U0118790

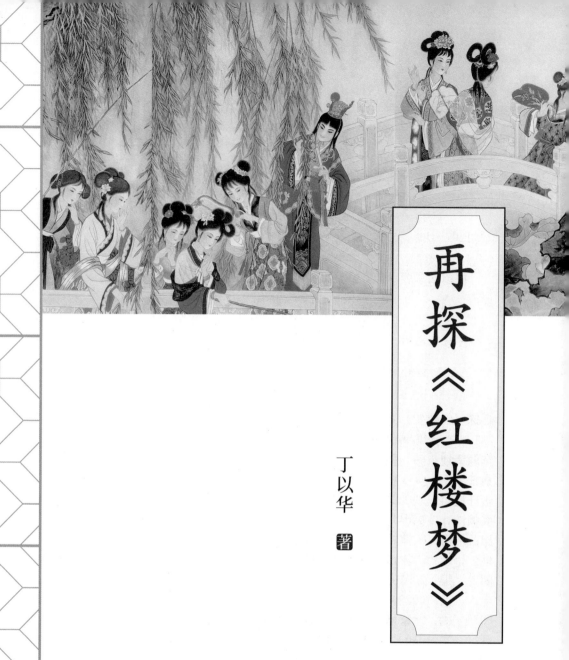

再探《红楼梦》

丁以华 著

天津社会科学院出版社

图书在版编目（ＣＩＰ）数据

再探《红楼梦》 / 丁以华著. -- 天津 ： 天津社会
科学院出版社，2023.9
　　ISBN 978-7-5563-0888-0

　　Ⅰ．①再… Ⅱ．①丁… Ⅲ．①《红楼梦》研究 Ⅳ.
① I207.411

中国国家版本馆 CIP 数据核字（2023）第 102246 号

再探《红楼梦》
ZAI TAN 《HONGLOUMENG》
选题策划：韩　鹏
责任编辑：吴　琼
责任校对：刘美麟
装帧设计：高馨月
出版发行：天津社会科学院出版社
地　　址：天津市南开区迎水道 7 号
邮　　编：300191
电　　话：（022）23360165
印　　刷：北京盛通印刷股份有限公司
开　　本：710×1000　　1/16
印　　张：19.5
字　　数：275 千字
版　　次：2023 年 9 月第 1 版　　2023 年 9 月第 1 次印刷
定　　价：68.00 元

# 红学不废百家言：《再探〈红楼梦〉》序

赵建忠

丁以华是位资深红迷，除熟读《红楼梦》原著外，还利用业余时间写些红学考据文章，曾出版过《探秘〈红楼梦〉》。如今他的第二部红学著作即将面世，请我为其作序，作为红友和老朋友，自是义不容辞。

《红楼梦》开篇即云"将真事隐去"，曹雪芹应隐去了若干真人真事。甄士隐谐音"真事隐"，是公认的红学常识。作品之所以出现这种现象，是由于乾隆年间"文字狱"的残酷，因言获罪者不计其数。"十年辛苦不寻常"，在当时历史环境下，曹雪芹创作《红楼梦》所遇到的阻力可想而知。为防被他人抓住把柄，对不方便明言的"牢骚话"，只能选用隐晦文字。对涉及"凡有不得不用朝政者"等政治敏感话题，更须慎之又慎。如此一来，由于不同读者、研究者的知识背景不同，因而对《红楼梦》的"立意本旨"有着不同的理解，所谓"经学家看见《易》，道学家看见淫，才子看见缠绵……流言家看见宫闱秘事"，这种情形的存在，也就不足为怪了。丁以华按照他理解的"真事隐"目标，开始了其探隐之路。

《试解薛宝琴十首"怀古诗"疑团谜案》和《脂砚斋母亲说》两文所阐述的观点，是丁以华第一部红学著作《探秘〈红楼梦〉》的基石。他从第一首至第三首"怀古诗"中探知作者父姓"曹"、母姓"马"，以及在南京的独特生活经历;从第四首至第八首"怀古诗"中探知作者对清朝雍正皇帝的不满;从第九首至第十首"怀古诗"中探知作者著书立说的旨趣。在此基础上,他作出推断:雪芹是曹家之雪芹,即曹寅之孙。又依据四条脂批:"钗玉名虽二个,人却一身""回思将余比作钗、颦等""皆信定(按,指林黛玉和贾宝玉)一段好夫妻,书中常常每每道及,岂其不然""常守常见",锁定脂砚斋是故事人物薛宝钗的原型,进而论证出脂砚斋系曹雪芹之母。这些观点是否能成立,尚待讨论,但曹雪芹身世和脂砚斋身份是长期困扰红学界的两大问题,更是《红楼梦》研究中的两大拦路虎,却是事实。丁以华在论述了这两方面问题后,其《论荣国府通曹》《曹雪芹是军属》《曹雪芹具有世代家奴的特殊身份》等十余篇文章就沿此方向考据和探佚,一脉相承,《再探〈红楼梦〉》一书的主体架构到此基本竣工。

丁以华在研究《红楼梦》过程中,坚持原创,拒炒冷饭,从原著中来,到原著中去,搜寻关键词,捕捉新讯息,理性探新秘。《"白首双星"新析》一文,推出的新说得到业内重视。《红楼梦》第三十一回的回目是"撕扇子作千金一笑 因麒麟伏白首双星",因"白首双星"词前出现一个真真切切的"伏"字,"双星"有其原型是毋庸置疑的,周汝昌和朱彤等红学先贤对"白首双星"的原型均有深入探佚。丁以华依据第二十九回至第三十二回中有关"麒麟"的文字表述,结合民间流传甚广的"麒麟送子"故事,顺藤摸瓜、"追踪摄迹",推论出"双星"原型应为作者亲生母亲和岳母的独家观点。《侦结"万几"悬案》一文,根据秦始皇的传国玉玺镌刻"受命于天,既寿永昌"八篆字,联系《红楼梦》第三十六回里也出现的"受命于天"这一皇帝专用语,丁以华紧咬住文本中出现的另一皇帝专用词"万几",再对贾宝玉"文死谏,武死战"的话进行逐字分析,从不经意的小线索之中挖出了他认为的大案件"受命于天",乃是《红楼梦》中的涉政信息,认为曹雪芹用"万几"一词伏下清代历史上一桩扑朔迷离的公案,即雍正帝继位非正统性。

《再探〈红楼梦〉》一书还收录了几篇演讲稿。丁以华的红学观点通过网络得到广泛传播，有的观点还受到了众多《红楼梦》爱好者的追捧。《红楼梦》包罗中国封建社会的物质文化、制度文化、精神文化等多个层面，是对整个中国古代文化的回顾总结、浓缩和艺术的表现，是中国封建社会生活文化的集大成者，被称作"百科全书"。他将长期研究《红楼梦》的心得体会，与当前全国各地广泛开展的"书香中国"等系列活动相结合，制作《〈红楼梦〉与新时代中国梦》《考与索是红学研究之要》等课件，在相关宣传部门推介下，先后赴安徽及江苏等地举办数场红学讲座，理论联系实际，大力宣讲中华传统文化，收到了很好的效果。

《红楼梦》研究之所以呈现一派繁荣景象，得益于国家传承优秀传统文化的方针，得益于中国红楼梦学会的引导，即便是一棵小草，也可为大自然增添绿色；纵然是一名红学"草根"，亦是大家庭中的一员。随着网络和数字报纸等新媒体的快速兴起，人们获取《红楼梦》研究资料的途径更加方便快捷，一支由红学"草根"组成的研究队伍异常活跃。所谓红学"草根"，即非专业的《红楼梦》研究者，但这批人有学历与文学素养，有经历与阅历，虽然所提观点与传统红学可能大相径庭，但释放出的巨大信息量是客观存在。丁以华一直谦称自己为红学"草根"，但他积极融入红学大家庭，已成为"研红"大军中的一员，数次参加全国性《红楼梦》研讨会。2017年12月，他应我邀请赴津参加"京津冀红学高端论坛"；2018年末，他又应云南省红楼梦学会会长吴玲女士邀请参加"中国西部红学研讨会"。会议期间，他与中国红楼梦学会张庆善会长、北京曹雪芹学会胡德平会长等学会领导及著名红学家交流。

《红楼梦》研究，征程漫漫，道阻且长。"大哉红楼梦，浩荡若巨川。众贤欣毕集，再论一千年！"中国红楼梦学会老会长冯其庸先生鼓励加油的话犹在耳边，激励着红学研究者砥砺前行。自《红楼梦》问世以来，历代学人探索其真相的步伐从未停顿，但由于著作本身存在"真事隐"等原因,不同学派之间的研究结果迥异,相同学派间的研究结果也不尽相同,甚至针锋相对。当下任何一派的观点都缺乏绝对权威,仅是一家之言,不能充当学术统一评判的标准。"沧海横流,方显英雄本色。"21世纪的中华文化复兴和发展的强大之势不可阻挡,《红楼梦》研究遇到了千载难逢的良机。红学不废百家言,所谓的"草根"研究者也应有一席之地,要抓住这一历史机遇,乘"百花齐放""百家争鸣"的文艺东风,深耕原著,撰写出高质量的学术论文,再历经浪淘水洗,论坛必定见真金。若此,红学曙光将现,全部死结解开又何须待千年之久?

相信《再探〈红楼梦〉》这部著作的出版,其新颖的观点一定会引发热烈的讨论,或许能为新时代红学增添一抹亮色。

(作者系中国红楼梦学会副会长、《红楼梦学刊》编委、天津师范大学教授、博士生导师)

# 目　录

## 第一编　文本解读与考据

## 第二编　版本研究与作者研究

## 第三编  交流材料和演讲稿

## 第四编  学者评论及媒体宣传

第一编 文本解读与考据

# "考"与"索"是红学研究之要

　　笔者对《红楼梦》(《石头记》,下称《红楼梦》)痴迷由来已久,且为之孜孜不倦。在长期研读过程中,笔者坚持"考"与"索"研究方法并重,业已建立一套较为完整的研究体系。"考"即考据法,又称考证法,以考证《红楼梦》的家世、版本、名物为主。"索"即索隐法,以考索《红楼梦》隐藏本事为主。考据法和索隐法只是研究的侧重点不同而已,两者之间相互兼容,往往采用对方研究结论与方法以成其论。笔者所形成的红学观点都是从文本中淘宝所得,有白纸黑字作佐证,很接地气。有的观点获得众多红迷朋友认同,有的观点引起许多海内外专家学者热评。不论观点正确与否,笔者可以负责任表态,本人绝不会做拾人牙慧的事情,这是因为抄袭行为不仅严重违反国家知识产权保护等法律法规,还为世人所不齿。如何走进曹雪芹创作世界以及探索发现著作中若干个"真事隐"和"假语存"？笔者现场分步阐述自己的见解,以期达到抛砖引玉的效果。

## 《红楼梦》及其"红学"

　　对于《红楼梦》,相信大家绝对不至于陌生。我国根据《红楼梦》题材制作的电影和电视剧不计其数,其播放量都很高,深受广大观众喜爱。例如,87 版电视连续剧《红楼梦》播出当年收视率创历史新高,该剧被安排在央视黄金时段播出,前奏曲刚刚响起,全家老少早已围坐在电视机旁。即使个别人不喜爱观看此类电影或电视剧,但至少曾在语文教材上学过或读过。当前,《红楼梦》在海外的影响力也是与日俱增。2014 年 4 月 23 日,英国《每日电讯报》评选出史上十佳亚洲小说,我国仅《红楼梦》榜上有名,且独占鳌头,为中华文化增光添彩。由研究此书的思想文化、作者原意等内容,"红学"应运而生。由于《红楼梦》传世版本较多,还由于学者对于涉及《红楼梦》的各个方面均有不同看法,红学研究分成考证派、索隐派、探佚派等派别。红学与敦煌学、甲骨文学并称二十世纪三大显学,这在我国文学史上是一种独特的现象,《三国演义》等名著则未获此项殊荣。什么是"红学"呢？笔者根据《红楼梦》研究现状以及学习心得,对这一概念给出通俗易懂解释:在研究中国古典小说《红楼梦》过程中,中外学人所形成理论化和系统化的专业知识,包括脂学、探佚学、版本学、曹学、鉴赏等。

在此,有必要简明扼要介绍《红楼梦》的中心思想。一是参照百度百科现成的答案;二是浅谈自己的理解。

百度百科关于《红楼梦》的表述如下:中国古代四大名著之首,章回体长篇小说,原名《脂砚斋重评石头记》,又名《情僧录》《风月宝鉴》《金陵十二钗》《还泪记》《金玉缘》等,梦觉主人序本正式题为《红楼梦》。本书前八十回由曹雪芹所著,后四十回由程伟元、高鹗续写。

《红楼梦》是一部具有高度思想性和艺术性的伟大作品,作为一部成书于清朝中期的文学作品,该书系统总结中国封建社会的文化和制度,对封建社会的各个方面进行深刻的批判,并且提出了朦胧的带有初步民主主义性质的理想和主张。这些理想和主张正是当时正在滋长的资本主义经济萌芽因素的曲折反映。

通过长期研读以及深入思考,笔者对《红楼梦》中心思想也作一浅显的表述:曹雪芹潜心创作《红楼梦》,采用"真事隐"和"假语存"两种独特的写作手法,以"淫邀艳约"的言情吸人眼球,再辅用若干个神话故事作遮掩,隐藏着曹家由痴忠到遗恨的那段不堪回首的家族史。不仅如此,其间还有鞭挞雍正皇帝的隐晦性文字。大量事实表明,《红楼梦》不是曹雪芹"自传说",而是一部曹雪芹的"家史说"。正因《红楼梦》存在"真事隐"和"假语存",才使这部章回小说更具传奇色彩。

## 熟读文本是必修课

　　研读《红楼梦》不能走马观花,温故而知新的道理是人所皆知的。只有顺利通过熟读文本这一关,才能准确揣度到作者用意,才能成功挖掘出著作背后若干个真实故事。

　　常言道:"内行看门道,外行看热闹。"《红楼梦》是以言情小说面目出现的。据传,抄本流行之初曾被当局列为禁书,"淫书"是被禁的首要原因。所谓"淫书",即今天人们所称的黄色小说。《红楼梦》文学性虽远迈前古,但毋须讳言,《红楼梦》色情文字真的不少,有些内容显然属于少儿不宜。例如,曹雪芹极其露骨描写了贾琏与多浑虫(多姑娘儿)一夜情的细节等。不可否认的是,《红楼梦》仍以贾宝玉与林黛玉、薛宝钗等人爱情故事为主线的,三者之间保持着三角恋关系。他们的爱情火花大放异彩,或妙语连珠、或风情万种,令人赏心悦目。另外,贾宝玉同多名"女服务员"之间的打情骂俏也很博人眼球。特别值得一提的是,林黛玉和薛宝钗人物形象深入人心,广大读者自发成立拥林派和拥薛派。拥林派为女主角之一林黛玉不幸早逝洒下了许多同情的泪水,而拥薛派仅关心薛宝钗的个人命运,对余下的事则漠不关心。《红楼梦》除才子佳人和花前月下之外,难道真的如此单纯吗? 答案是否定的。只要通读文本就会惊奇发现，曹雪芹经常借用"四次接驾"和"调京治罪"等重大史实，而这些重大事件恰巧全与他的祖上有关，不仅有史料记载，还有当时的文人记叙。一些人物命名和故事情节设计令人不可思议，要么有所特指，要么借题发挥，无不掺杂着曹雪芹的喜怒哀乐。一是惊现"金寡妇"的名字极不正常。满族人问鼎中原前，曾建国号为"金"，史称"后金"，清朝定都北京数十年之后，曹雪芹依然使用"金寡妇"之名，是不是很刺耳？"姓金的，你是什么东西"，这句叫骂声足令闻者色变！二是贾宝玉厌恶"四儿"师出无名。小丫头芸香在第二十一回出场，贾宝玉知悉她在家排行为四，当即粗暴呼她为"四儿"。不但如此，她在工作中受到了贾宝玉种种刁难。似此反常现象发生在贾宝玉身上实属罕见，与"护花使者"美好形象是格格不入的。是否因为她与雍正皇帝的排行同为四有关呢？三是贾敬之死何其怪哉！曹雪芹在第六十三回重笔描写贾敬死于服食金丹的全过程。为什么贾敬的死因同雍正皇帝的死因如出一辙呢？雍正皇帝在圆明园吸食丹药而暴亡的说法一直流传至今，有兴趣者可查阅雍正皇帝近臣张廷玉私人记录《自订年谱》。假如曹雪芹胆敢借用贾敬之死影射雍正皇帝之死，那可不是一件闹着玩的小事啦！这一切，到底是纯属巧合？还是作者有意为之？笔者带着诸多疑问，再度捧起原著研读，历经数载，终有重大发现，以上描述并不是曹雪芹误打误撞的巧合，而是他殚精竭虑的杰作，既伏下刻骨铭心的家事，又保存对雍正皇帝大不敬之词。笔者由此断定，《红楼梦》绝非一部纯粹性言情小说。

不能将曹雪芹反复吹风当作"耳旁风"。曹雪芹在开篇时布下一个迷宫大阵，一会儿说："假语村言""无朝代年纪可考""不知又过了几世几劫""毫不干涉时事""不敢干涉朝政"等；一会儿又说："本自历历有人""故将真事隐去""反失其真传也""实录其事"等语。这些关键词中既出现"真"又出现"假"，真真假假、真假难分，但其间莫不透露出某种真实感。非但如此，曹雪芹数次提到血和泪，"字字看来皆是血""一把辛酸泪"等,读者无不被他弄得丈二和尚摸不着头脑。著书立说对于每个人而言,无疑是件高大上的事情,理应开开心心才对呀!可曹雪芹一反常态,边写边哭,一把鼻涕一把泪。"谩言红袖啼痕重",该诗句尤为费解,曹雪芹在创作中竟至血泪盈襟的程度,这又是为何呢?无论是读者,还是研究者,面对曹雪芹如此过激反应,难道不值得深思吗?联系到曹家实际情况,笔者方如醍醐灌顶。原来,"男儿有泪不轻弹,只因未到伤心处"。《红楼梦》之所以随处可觅痛点和血泪点,是因为少年时期的曹雪芹经历了"无端被诏出凡尘"的悲惨遭遇。雍正六年(1728),雍正皇帝亲手炮制一起冤假错案,曹家遭到毁灭式抄家重创。曹雪芹家道自此败落,其人生轨迹也发生了逆转,忽地从天堂掉进人间地狱。整部书充斥悲愤之情,除曹雪芹痛心疾首的缘故外,唯恐读者有所偏失也是重要因素之一。"谁解其中味",曹雪芹深知,《红楼梦》知音最难寻觅。鉴于此,曹雪芹有必要在第一时间内向有识之士举办一场"吹风会",及时提醒读者千万不能将这部泣血之作当成普通小说来看待,更不能忽视这部书旨意与作者思想存在一定关联性。换言之,只有沿着曹雪芹所提示的正确方向研读,才能把握《红楼梦》立意本旨所在。弄通悟透的研究者现身"大观园",万紫千红的美景尽收眼底,"高山流水"之曲令其陶醉,曹雪芹总算遇到了真正的知音。可当下有些研究者漠视曹雪芹的忠告,完全忽略"真传"的存在,反而热衷于舍本逐末,成天漫谈钗肥黛瘦等无关紧要的题外话,甚至出版数部不着边际的专著,连自圆其说的这一基本点都根本做不到,实在乏善可陈。笔者郑重呼吁,不论研究者学历何其高、身份何其尊,也不论投入了多少时间和精力,若抓不住红学研究大纲,充其量仅是知其然而不知其所以然的过客,长此以往,势必陷入"剪不断,理还乱"的窘境。"胡适、俞平伯是腰斩《红楼梦》的,有罪。"著名红学家俞平伯先生毕生研究《红楼梦》,因为无法解决学术观点自相矛盾的问题,晚年也曾发出无可奈何之叹。

　　"真事隐"和"假语存"并不是"假大空"。曹雪芹在乾隆年间潜心创作《红楼梦》。此时的清王朝正在全国范围内大兴文字狱，其残酷性史上极为罕见。据统计，康雍乾时期文字狱高达170余宗，仅乾隆时期就发生了130余宗。绝大多数文字狱案件纯属牵强附会，甚至是无中生有。例如，查嗣庭案件系特大冤案之一。查氏官至礼部侍郎。雍正四年（1726），他出任江西主考官，选用《易经》《诗经》上的"正""止"两字命题，即"维民所止"。此命题被居心叵测者告发欲去"雍正"之头。查嗣庭真是祸从天降，即使病死狱中，仍被戮尸枭首（《清世宗实录》卷48）。曹雪芹生活在"普天之下，莫非王土；率土之滨、莫非王臣。"的封建时代，家门蒙受千古奇冤，岂敢站出来公开抗争？否则，只有死路一条。曹雪芹若在《红楼梦》中擂响鸣冤叫屈的战鼓，其著作取得"权利许可证"的几率则为零。面对如此严峻的政治形势，又为了不失其"真传"，曹雪芹迫不得已使用隐晦性语言文字，"真事隐"和"假语存"两种写作手法也就应运而生了。所谓"真事隐"和"假语存"，就是作者预先对若干个真实事件进行碎片化处理，漫布于大部头书籍之中，借机实现隐真示假或以假言真的战略意图。"假作真时真亦假"，曹雪芹为自己留有较大的回旋余地，没被当局抓到把柄，才使这部心血之作侥幸过关，从而远离了牢狱之灾。曹雪芹如此处理，《红楼梦》中就不可避免出现颇多含混其词和欲说还休的文字，让人有时如雾里看花，有时如盲人摸象，产生这种现象完全是曹雪芹布局所造成的。《红楼梦》作为一部章回小说，"真事隐"和"假语存"是个沉闷乏味的议题，若未经他人详细讲解和启发，坦然接受者绝对是寥寥无几。每每议及曹家史等敏感性话题，不置可否的有之，嗤之以鼻的有之。笔者认为：出现上述两种情形完全正常。"用事实说话"，这是央视《焦点访谈》节目中一句金字招牌语录，同样适用于红学研究领域。事实永远胜于雄辩，不管何人提出何种新的观点，须用强有力的证据支撑，摆事实讲道理，以理服人。还应指出的是，为避免产生无谓的争议，从著作里直接取证最可靠,用作举证更有说服力。总而言之,研究《红楼梦》不能脱离文本,观点要来自文本,最后要通过文史验证。曹雪芹写下的文字可否作为证据,采用之后是否符合曹雪芹的原笔原意,这是红学研究的底线。自《红楼梦》问世以来,曹雪芹所描写江南甄家和荣国府贾家是不是现实生活中的江宁织造府曹家,学界为此展开了旷日持久的论战,谁也说服不了谁,且越来越激烈。从目前情况来看,对这一议题的论证,已经无法从外围取得令人信服的证据,只能回归文本进行"追踪摄迹"。令笔者感到既惊且喜的是,《红楼梦》中保存着一份完整的江宁织造府"影像"资料。曹雪芹在第五回提到"水中月"和"镜中花",产生上述两种现象须有前提条件,一是天上悬挂一轮月亮,水中才能现出月影;二是镜外摆放真花,镜中才能出现花影。利用"复原法"所显现江南甄家和荣国府贾家确系曹家,人们既见到真月和真花,又寻到月影和花影。"甄"谐音"真","江南甄家",指位于江南地区的某个真正之家。第一处在第十六回:"还有如今现在的江南甄家,好热派,独他家接驾四次,若不是我们亲眼所见,告诉谁谁也不相信。"历史上的真相是,康熙年间,康熙皇帝一生共四次巡视南京,均以江宁织造府作为行宫,由曹雪芹祖父曹寅亲自安排接驾工作。第二处在第七十五回:"甄家犯了罪,现今抄没家私,调取进京治罪。"历史上的真相是,雍正六年,雍正皇帝命令江南总督范时绎查抄曹家家产,以"骚扰驿站"等罪名逮捕江宁织造曹𫖯,并将其押解京城。那位银铛入槛的曹𫖯正是曹雪芹亲叔叔。上述两项重大历史事件被官方记录在案。常言道:孤证不立。再从文本里搜集江南甄家从事织造的证据显得至为关键。奇迹发生在第五十六回,曹雪芹间接出示一份江南甄家就是"江南的织造府"的证明材料。江南甄家赠送荣国府一大批礼品,这些礼品全是皇帝使用的织物,证明江南甄家就是"江南的织造府"。林之孝的老婆说:"江南甄府里家眷昨日到京,今日进宫朝贺。此刻先遣人来送礼请安。说着便将礼单送上去,探春接了看道是:'上用的妆缎蟒缎十二匹,上用杂色缎十二匹,上用各色纱十二匹,上用宫绸十二匹,官用各色缎纱绸二十四匹。'"江南甄家送的礼全部是"上用""官用"的绸缎纱,"上"即皇上,"上用"顾名思义是皇上用,由此判定,江南甄家必是江南地区某个织造府。当时江南地区存在杭州、苏州和江宁三处织造府,江南甄家是否指江宁织造府还须打个问号。但若将"四次接驾""调京治罪"同"江南的织造府"三条特定信息紧紧联系在一起,形成强大证据链,锁定目标无疑就是江宁织造府曹家。江南甄家的问题得到了彻底解决,那么荣国府贾家也是影射江宁织造府曹家吗?经探究,恰好又是曹家。曹雪芹在文本中匠心独运对此进行了最必要和最充分的暗示。贾宝玉筹建制衣厂是一条证据。贾宝玉是荣国府法定继承人,公开反对学而优则仕的科举制度,痛恨贾雨村之流当官不仁。他决意不入仕,择业方向是服装生产。第二十六回,贾宝玉制定的长远发展战略竟与做衣服有关,这与织造府职能联系上了。"……昨儿宝玉还说,明儿怎么样收拾房子,怎么样做衣裳,倒象有几百年的熬煎。"荣国府库藏"软烟罗"织品又是一条重要证据。在封建社会里,"逾制"是一条极其严厉的制度,但凡世上所有的绝佳物品以及绝色美女,必须进贡,让皇帝享用。荣国府库房中"软烟罗"是件极品,第四十回,刘姥姥第二次进入大观园,受到贾母热情接待。刘姥姥不虚此行,有幸欣赏到"软烟罗"等库藏品。贾母向她作了详细介绍,"软烟罗"的质量远胜"如今的上用内造"。"上用内造"即皇上用内务造。"上用内造"足以证明荣国府就是皇家织造府。荣国府仆人补好"雀金裘"更是一条不可或缺的铁证。自隋唐起,雀金裘就是皇帝的专利品。第五十一回,进入隆冬季节,一场大雪即将来临。贾宝玉因事要外出,特向贾母辞行。贾母担心宝贝孙子挨冻,送他一件来自俄罗斯的雀金裘。贾宝玉晚上回到家中,发现那件衣服被烧个火眼。贾宝玉心知肚明,不想让贾母生气,唯有在天明前将雀金裘修复如初。聪明的麝月替贾宝玉想出一个办法,街道上聚集众多"织补匠""能干的裁缝",这些人专业性极强,修补雀金裘应该不费吹灰之力。贾宝玉也把希望寄托在他们身上,当即安排手下去执行。雀金裘送到专业师傅手上,发生了尴尬的一幕,那么多能工巧匠竟无一人识得此物。修补之事彻底泡汤了,贾宝玉急得好似热锅上的蚂蚁一样。情势越来越严峻,卧病在床的晴雯看在眼里急在心上,主动请战。贾宝玉在别无选择的情况下,只得派她带病上阵。晴雯艰难下了床,拖着沉重的病体,从府内找出"金线"和"金刀"等器材器具,按程序操作,加班加点,终于在天明前大功告成。为补好"雀金裘",晴雯被累得"力尽神危",若不是太医抢救及时,恐怕早已走上黄泉路。试问,荣国府为何保存"金线"等专用材料?又为何保存"金刀"等专用工具?荣国府里一个仆人比街上"织补匠""能干的裁缝"厉害得多,不仅识得"雀金裘",还能熟练操作,竟然按时完成这项艰巨性任务。修补"雀金裘"这个特例,坐实荣国府曾是皇家织造府。曹雪芹已在文本中明确交代荣国府坐落南京。至此,云开雾散见光明,史上符合上述特征的家庭独一无二,除曹雪芹一家外别无他家,这又与江南甄家的特征完全契合了。据史料记载:曹家先后有三代四人在江宁织造府担任过一把手,时间长达五十八年之久。以上确凿证据表明,曹雪芹在《红楼梦》中叙述真真切切的家事,其先祖"当过兵打过仗"等要事,也是用打埋伏战术将其隐蔽在文本之中。诸如此类的事例不胜枚举,后人既不要埋怨曹雪芹没有明示,更不能怀疑曹雪芹有所疏忽,只是我们在阅读过程中未做到用心理会而已。

运用"伏脉千里"的笔法必定要"说大事"。"唯心会而不可口传,可神通而不能语达",曹雪芹强调心领神会的重要性和特殊性,同时推介了解读《红楼梦》的基本方法。从此中可以看出,曹雪芹根本没有把若干"真事隐"和"假语存"弄成死结的意图。相反,他想方设法通过有效渠道把重要信息全部传递出去。如何才能让读者和研究者做到"心会"和"神通"呢?这就要求曹雪芹必须做到重点突出和突出重点,而运用"伏脉千里"笔法则是最有效的一种方法。所谓"伏脉千里",就是比喻叙事好似一座座连绵不断山峰一样,人们可探测到它的起终点以及海拔高度,"草蛇灰线"也是同理。文本中曾经交代过的大事和要事,之后反复出现,乃是曹雪芹有意点题或暗送秋波。类似情况发生之时,读者应当保持高度警觉,研究者尤要紧抓不放,对它进行溯源穷流。假如研究者仍然熟视无睹,不愿意进行深入探究,曹雪芹付出的大量心血就算白费了。"省亲"是一例。"省亲"是第十八回的重头戏,荣国府和宁国府实行总动员,出色完成这项光荣而艰巨的任务。"省亲"俗称回娘家。元春是贾政的大女儿,很早入宫。她因贤德晋封皇贵妃,摇身一变代表皇权。元春和贾政的角色随之大转换,元春自然而然成为主子,贾政反倒成了一位仆人。元春衣锦还乡,被荣国府视作一件"烈火烹油,鲜花着锦"的特大喜事。为了表忠心,贾政举全家之力大肆操办,耗费巨资建造"衔山抱水建来精"的大观园等形象工程。总之,整个接待过程穷奢极欲,开销十分巨大,曹雪芹惊呼把"银子当作泥土一样使用"。这场热闹异常的省亲又给荣国府带来了怎样的严重后果呢?至第五十三回时,曹雪芹对此作出明确回应,省亲引起荣国府严重的经济危机,"再两年再省一回亲,只怕净穷了。"再至第七十二回时,曹雪芹明确交待荣国府经济到了彻底崩溃的边缘,曾经"白玉为堂金作马"殷实之家已经穷到了揭不开锅,只得依靠典当大宗物品维持日常生计。荣国府沦落至此的主要原因是什么呢?全是省亲惹的祸。若将省亲的三大段文字联系起来加以解读,涉及到曹家的一桩历史公案,就是世所皆知的"巨额亏空案"。"省亲",不是曹雪芹一时心血来潮所虚构的故事,而是苦心孤诣用此影射曹家接驾真事,并借机表达对雍正皇帝抄家的强烈不满。"省亲"故事如同一张陈情诉冤的状纸——前朝康熙皇帝四次到访,致使曹家债台高筑。皇家未及时足额拨款,曹家几代人被巨额债务压得喘不过气,最终成为名副其实的穷光蛋。继任的雍正皇帝翻脸不认账,竟用"亏空"说事,抓了人、抄了家,曹家蒙受不白之冤呵！这与脂砚斋所作"借省亲事写南巡，出落心中多少忆昔感今"的批语完全相印证。"荣禧堂"又是一例。故事发生在《红楼梦》第三回，林黛玉的母亲因病去世，为了遵守父亲的命令，她首次光临荣国府。在舅母王夫人带领下，林黛玉走进正堂，一块金灿灿的"荣禧堂"大匾映入眼帘，其落款中有"宸瀚"两字。"宸瀚"已证该匾出自一位皇帝的手笔。"荣禧堂"金匾是否影射曹家"萱瑞堂"金匾呢？鉴定两块金匾存在关联性，切勿草率行事，必须得找出历史依据。一谈及曹家史，曹雪芹必定要大书特书"萱瑞堂"金匾。这块金匾是大有来头的。曹雪芹曾祖母孙氏曾是幼时康熙皇帝的保姆，康熙皇帝对孙氏的精心抚育一直心存感激，有种母子情结。康熙三十八年（1699），康熙皇帝第三次来到江宁织造府，于府上亲切接见孙氏，在大庭广众之下，亲口称她是"吾家老人"。适逢院中萱花盛开，康熙皇帝兴致勃勃题写"萱瑞堂"金匾，曹家人引以为荣，称作"旷世隆恩"。康熙皇帝以萱草为题赐字，崇敬母亲之意跃然纸上。古代，因为母亲居室的门前大多种有萱草，所以人们雅称母亲居所为萱堂。唐代著名诗人孟郊曾写诗："萱草生堂阶，游子行天涯。慈母依堂前，不见萱草花。"以歌颂伟大的母爱。从"萱瑞堂"金匾可以看出，康熙皇帝对孙氏的尊敬之情是发自肺腑的。如果仅凭皇帝墨宝这一相同点就认定"荣禧堂"影射"萱瑞堂"，实有证据不足之嫌。待到第七十六回时，曹雪芹对诗句"色健茂金萱"进行了全面释意，才使这件事柳暗花明，"金萱"为了"颂圣"，非杜撰的"即景之实事"，这段文字表述特地贴上曹家标签，影射之事终于得到了完全验证。

## 做"梦"中的明白人

一切以探求《红楼梦》真谛的研究都应值得称道，但必须坚决杜绝歪理邪说。笔者始终秉持一种理念,"红学"研究万变不离其宗,必须遵循文本为上的原则,用理性态度进行探秘,取回真经才是硬道理。否则,脱离文本,仅凭猜测,做无用功,不仅毫无出路可言,还必将贻笑大方。《红楼梦》八十回文本是一个巨大"信息库",内中储存不胜其数有价值的"绝密文件"。不论是读者,还是研究者,只有在掌握博大精深的中华传统文化以及丰厚的历史知识的前提下,坚持正确的研究方向,运用科学合理的方法,才能破解《红楼梦》一宗宗迷局。

十首怀古诗是本密码簿,每首诗则成密码簿中关键的字符。怀古诗犹如一把开启红楼大门的金钥匙,用它打开大门后,尘封已久的密码簿得以重见天日。只要手握密码簿,破译"真事隐"及"假语存"就易如反掌。绝密材料公诸于世之日,也就是破解"红学"迷案之时。《红楼梦》面世至今,作者身世资料当属最核心机密。其人姓甚名谁? 是不是江宁织造府曹寅之后? 其父是不是曹𫖯? 其母是不是曹𫖯向康熙皇帝所提及的马氏呢? 这是作者必设之密,也是后世必解之密。曹雪芹巧设薛宝琴这一特定人物,把十首怀古诗置于名下,个人档案资料就被悄无声息封存其间。从第四十九起至第五十三回止,居然是新人薛宝琴的主场。笔者反复阅读此段文字,心中疑窦暗生,曹雪芹为什么突然间颠覆林黛玉和薛宝钗的女主角地位呢? 薛宝琴喧宾夺主,"抢镜头"及"打脸"女主角的事例屡见不鲜——新主角已然横空出世了。曹雪芹如此行文显然违背小说创作常理,若不是"真事隐"和"假语存"的需要,那必成《红楼梦》一大硬伤。曹雪芹无限拔高薛宝琴的具体做法有三:一是美丽超过钗黛。钗黛是大观园公认的美女,薛宝钗之美:"生得肌骨莹润,举止娴雅,唇不点而红,眉不画而黛,脸若银盆,眼如水杏";林黛玉之美:"具有绝世风姿"。中途出场的薛宝琴又美到何种程度呢? 她好似鹤立鸡群,连贾宝玉也惊叹其美:"……更奇在你们成日家只说宝姐姐是绝色的人物,你们如今瞧瞧他这妹子,更有大嫂嫂这两个妹子,我竟形容不出了。老天,老天,你有多少精华灵秀，生出这些人上之人来！可知我井底之蛙，成日家自说现在的这几个人是有一无二的，谁知不必远寻，就是本地风光，一个赛似一个，如今我又长了一层学问了。除了这几个，难道还有几个不成？"二是待遇超过钗黛。贾母将一顶珍藏多年金翠辉煌的斗篷送给薛宝琴。林黛玉是贾母唯一的亲外孙女，又是第一个来到荣国府的外戚女子，未享受"斗篷"的特殊待遇。薛宝钗是大家闺秀，贾母眼中孙媳妇的不二人选，多次受到贾母当面表扬，也未享受"斗篷"的特殊待遇。另在贾母的提议下，王夫人只好将薛宝琴认作干女儿。薛宝琴还与孤芳自赏的林黛玉相处得特别融洽，"一时林黛玉又赶着宝琴叫妹妹，并不提名道姓，真是亲姊妹一般。"三是诗才超过钗黛。贾宝玉十分佩服薛宝钗和林黛玉才学，尤其是她俩在诗词方面的造诣。元春省亲时，她俩高水平的诗作给贾宝玉留下了极其深刻的印象。自从薛宝琴来了，她俩顿时黯然失色，薛宝琴的"吟鞭指灞桥""闲庭曲槛无余雪，流水空山有落霞。"等诗句显得霸气十足，明显占据上风，受到了大家交口称赞，"众人看了，都笑称赞了一番，又指末一首说更好。"令人跌破眼镜地描写发生在第五十三回，见证宁国府祭祀宗祠的理想人选不是钗黛，而是初来乍到的薛宝琴。这些描写乱象，着实让林黛玉和薛宝钗等正钗颜面扫地。曹雪芹意欲何为？当窥探到十首怀古诗真相时，笔者方才恍然大悟。原来，怀古诗暗藏玄机，曹雪芹预先将相关的重要机密编入"密码簿"，并以薛宝琴名义封存在原著。曹雪芹名字可能家喻户晓，但他的身世始终如谜一般，不仅身份信息迷失，就连曹氏宗谱也未见其名。"芹系谁子"，中国文化研究所原所长刘梦溪先生将其名列为"红学"三大死结之一。新红学已逾百年，这个死结仍未解开，严重阻碍红学研究进程。新探索必有新发现。曹雪芹在怀古诗中，隐讳回答了自己是谁之子的疑问。第一首《赤壁怀古》诗中隐藏着"曹"姓。《赤壁怀古》取材于三国故事，东汉建安十三年（208），曹操、孙权和刘备三大军事集团在赤壁发生激战。此战以孙刘联军胜利、曹操败退北方而告终,形成三国鼎立的局面。"徒留名姓载空舟",曹操在战败后仓皇逃遁,遗弃多艘战船,印有曹家字号的旗帜仍在桅杆上迎风飘扬。故证该诗句中暗隐"曹"姓。第二首《交趾怀古》诗中明示"马"姓。《交趾怀古》取材于东汉伏波将军马援的故事,马援是东汉开国功臣之一,因功累官伏波将军,封新息侯,也是成语"马革裹尸"的主人公。"马援自是功劳大",马援立下赫赫战功,是马氏家族杰出的代表人物。故证该诗句中明示"马"姓。第三首《钟山怀古》诗中封存着曹雪芹独特的人生经历。一是作者曾经居住南京。钟山位于南京东北郊,江宁织造府的治所在南京。钟山自古被誉为江南四大名山之一,因山顶常有紫云萦绕,又得名紫金山。二是作者在南京蒙冤。"名利何曾伴汝身,无端被诏出凡尘",作者平白无故遭到皇帝抄家。三是作者受到政治迫害。"牵连大抵难休绝,莫怨他人嘲笑频",作者在南京被抄家后,过着悲惨生活,一生不仅与名利毫不相干,还长期受到残酷无情的政治打压,尝尽了世态炎凉。经此劫难者,唯独曹雪芹一人。故证该诗是曹雪芹的"自白书"。曹姓、马姓以及"无端被诏"等揭秘结果极富价值,曹雪芹到底是谁之后、是谁之子,明眼人一看便知,当是曹颙的遗腹子。前三首怀古诗成功破译意义重大,成功解决《红楼梦》著作权纠纷,更从侧面证实了清代敦诚和敦敏等名流经常提及的曹雪芹就是曹家之雪芹,即曹霑。余下的隐秘之事在怀古诗中接连不断曝光,曹雪芹拥有《红楼梦》著作权毋庸置疑。至此,甚嚣尘上的《红楼梦》作者洪昇说、纳兰性德说等妄猜均不攻自破。

胡适先生界定的曹家辈分值得商榷。胡适先生是新红学的创立者,将《红楼梦》定性为"自叙传",周汝昌等考证派大师深信不疑,并将其作为考证指南。"自叙传"就是所谓的自传说,其理论依据——贾宝玉的原型就是曹雪芹本人。在此基础之上,另推定贾政原型是曹颙,贾母原型是曹寅的续妻李氏。在长期研读过程中,笔者对贾母和贾宝玉两人的重要信息进行认真比对,发现大师们对贾宝玉等重要人物还原与曹雪芹描述的人物特征如非匹配的螺栓和螺母一样,两者根本无法相吻合。从存疑到论证,笔者并非有意挑战权威或哗众取宠,而是对原始资料进行综合利用所得出的相关结论。具体推理方法如下——

利用贾宝玉的寿命和职业等资料作鉴定,贾宝玉的原型不可能是曹雪芹本人,而是曹雪芹之父曹颙。《红楼梦》神奇之隐达到了令人难以置信的程度,著作中居然能够查到贾宝玉的寿命以及职业的文字痕迹。一是贾宝玉的寿命没有超过二十六岁。通灵宝玉随同贾宝玉一起降临人世,两者的年岁完全可以画等号,且能够精确到分秒。如果有了通灵宝玉的年数,就能精确推算贾宝玉的岁数。第二十五回有个故事,赵姨娘为让儿子贾环上位,贿赂精通"魇魔法"的马道婆,欲置贾宝玉于死地。马道婆见利忘义,大施魔法,贾宝玉和王熙凤先后着魔,两人不省人事。府上开始料理后事,忽然来了一位癞头和尚和一位跛足道人。原来他俩是神仙,特地前来搭救贾宝玉和王熙凤性命。那位癞头和尚对通灵宝玉说了一大通神乎其神的话,看似荒唐透顶。其实不然,这段话中暗示贾宝玉的岁数,"青埂峰一别,展眼已过十三载矣!人世光阴如此迅速,尘缘已满大半了,若似弹指!可羡你当时的那段好处……"(周汝昌校订批点本《石头记》第 324 页)。对此段文字进行综合分析,笔者发现文字中有数字,数字中包含岁数。经推理得出以下结论:贾宝玉是位英年早逝者,其寿命没有超过 26 岁。从目前掌握的资料来分析,曹雪芹至少活过 40 岁,仅凭这一点,贾宝玉原型就不可能是曹雪芹本人了。而曹雪芹之父曹颙呢?他恰巧 25 岁时撒手人寰,贾宝玉寿命同曹颙寿命完全相吻合。二是从著作中可查到贾宝玉职业的蛛丝马迹。第二十六回出现一段文字,贾宝玉筹建一个万年的服装厂,"……昨儿宝玉还说,明儿怎么样收拾房子,怎么样做衣裳,倒象有几万年的熬头"(周汝昌校订批点本《石头记》第 328 页)。经查阅相关档案资料,曹雪芹终其一生从未与"做衣裳"沾上边,依据此段文字的描述,若将他同贾宝玉原型挂起钩纯属张冠李戴。

曹雪芹之父曹𫖯呢？他的履历表中千真万确可查到主管江宁织造三年多的记录。贾宝玉原型到底是曹𫖯还是曹雪芹呢？一经研判，不就有了正确的答案！

运用"老太君"这一特定称谓进行推理，贾母原型不可能是李氏，只能是孙氏。贾母原型是曹寅的续妻李氏还是曹寅的母亲孙氏，红学界意见不一。笔者认为：贾母原型考证的精准度牵一发动全身，它不仅直接影响人物艺术形象处理，还势必导致曹家人物在还原过程中出现辈分大错乱。从何处能够获取这部分基础信息呢？信息源也在文本中。其实，曹雪芹早做好对这一关键性人物的精准处理，就是在行文时别出心裁使用了"老太君"特定称谓，这一称谓可对贾母原型进行有效定位。老太君是我国古代社会一个特定称谓，指某个封建大家族史上出现一位顶梁柱式伟大女性。《红楼梦》中出现"老太君"特定称谓，曹雪芹显然受到《杨家将》影响。"老太君"和"太君"等称谓一旦映入眼帘，让我们立刻想起史上有位传奇式英雄人物——佘老太君。《杨家将》故事脍炙人口。该故事发生在北宋年间，宋辽两国连年开战，杨家满门忠烈，老令公杨继业等男丁先后为国捐躯。宋朝已经到了无良将可选的危急关头，佘老太君深明大义，主动请缨，坐镇指挥。在佘老太君爱国精神感召下，杨门女将群情振奋，冲锋陷阵，英勇杀敌，取得了那场战争的最后胜利。佘老太君不仅在朝廷中享有崇高威望，在杨氏家族中也是稳居至尊地位。后世一直将佘老太君英雄壮举视为报效国家的楷模。曹氏家族史上有没有"佘老太君"级别的人选呢？经查，曹家确有一位相当于"老太君"级的人物，此人就是曹雪芹的曾祖母孙氏。孙氏曾是幼时康熙皇帝的保姆，两人建立了不是母子胜似母子的特殊关系。尤当在康熙皇帝亲政后，对曹家另眼相看，数人受到加官晋爵，形成"当年笏满床"的奇特景观。曹家能够成为当时名扬四海的大官僚家庭，这与孙氏同康熙皇帝之间特殊关系是密不可分的。孙氏享受老太君尊称当之无愧。而身为儿媳的李氏在孙氏如此耀眼的光芒照射之下,无论从资格上,还是从辈分上,断不能与孙氏相提并论,无论如何也不可能成为曹氏家族的老太君。世事洞明的曹雪芹更不会误将李氏放在"老太君"考据之列。在贾母原型考据过程中,应将李氏排除在"老太君"考据之外。直待曹氏家族唯一的"老太君"人选孙氏对号入座后,曹家辈份随之顺理成章,主要人物依次公开亮相——

从下一代往上一代推:曹頫(贾宝玉)——曹寅(贾政)——孙氏(贾母)。

从上一代往下一代推:孙氏(贾母)——曹寅(贾政)——曹頫(贾宝玉)。

通过著书这一独特形式,完整记述含冤家史是曹雪芹最大梦想。"十年辛苦不寻常",曹雪芹克服常人难以想象的困难,呕心沥血,巧妙构思,耗时达十年之久,著成了《红楼梦》这部不朽的传世之作。"大梦谁先觉?平生我自知。"笔者数十年如一日潜心研究,有所领悟、有所觉知,红学研究终极目标就是探索发现"真事隐"和"假语存",存真就得考,有隐必须索,考据法和索隐法则是红学研究最有效的两种方法,两者也是殊途同归。"千淘万漉虽辛苦,吹尽狂沙始到金",若干个非虚构的故事散落在文本各个角落里,它就是《红楼梦》之金。红学路上无捷径,一分汗水一分收获,沉睡在文本中的丰富宝藏尚待有志者全力开采。

# "白首双星"新析

"白首双星"影射何人？这是红学界重点攻关课题之一。"白首双星"首现于《红楼梦》第三十一回的回目，即"撕扇子作千金一笑　因麒麟伏白首双星"。因"白首双星"词前出现一个"伏"字，人物当有原型。《红楼梦》隐存无小事。无论是阅读者还是研究者，唯有揭开"双星"的"红盖头"，所攻课题方算大功告成。反之，采取走过场态度，不求甚解，红学研究必多一个烂尾工程。笔者以原著及拙著《探秘〈红楼梦〉》为基础，搜集证据，缜密分析，终于破解这道难题。原来，"白首双星"的生活原型是与曹雪芹关系非常密切的两位寿星级人物，一位是故事中的重要人物薛宝钗，其生活原型是曹雪芹的亲生母亲；另一位是故事中的重要人物史湘云，其生活原型是曹雪芹的岳母。

## 关注"麒麟送子"传说

麒麟是我国古代汉族神话中的一个祥兽，性情温和且寿命高。麒为雄，麟为雌，麋身、牛尾、狼头、有角。"麒麟送子"的传说流行于全国各地，妇孺皆知。俗传积德人家，求拜麒麟可生育得子。晋朝王嘉在《拾遗记》一书中，将麒麟描述得神乎其神，孔子诞生之前，有麒麟吐玉书于其家院,此典故是"麒麟送子"的来源。后人对自家聪颖可爱的男孩儿,常呼为"吾家麒麟"。民间还有"麒麟送子"图,上面刻有"天上麒麟儿,地上状元郎"的对联。"麒麟送子"已成为我国民间喜闻乐见的吉祥图案。

## 曹雪芹所描述"麒麟"有特异之处

从第二十九回起至第三十二回止,"麒麟"一词的出现频率很高,其表述无不与"麒麟送子"传说存在着千丝万缕的联系,既有特定含义,又有特强针对性。

贾宝玉喜得一个大金麒麟。为求福禳灾,经元春提议,荣国府和宁国府须在端午节前到清虚观做一场法事。五月初一,老太君贾母亲自出马,带着贾宝玉等人,浩浩荡荡地向清虚观进发。到达清虚观,贾母一行受到了张道长热情接待。在张道长特别关照下,法事活动有条不紊地进行。活动期间,张道长向贾母馈赠大批礼物,其中有个"赤金点翠"的大金麒麟。贾宝玉看见金麒麟如获至宝,迅速将它收入囊中。上述内容原文本为:"宝玉听见史湘云有这件东西,自己便将那麒麟忙拿起来揣在怀里。一面心里又想到怕人看见他听见史湘云有了,他就留这件,因此手里揣着,却拿眼睛瞟人。只见众人都倒不大理论,惟有林黛玉瞅着他点头儿,似有赞叹之意。宝玉不觉心里没好意思起来,又掏了出来,向黛玉笑道:'这个东西倒好顽,我替你留着,到了家穿上你带。'林黛玉将头一扭,说道:'我不希罕。'宝玉笑道:'你果然不希罕,我少不得就拿着。'说着又揣了起来。"(第二十九回)

贾宝玉看待大金麒麟远胜于官位。官本位意识在国人的脑海里根深蒂固,尤以封建社会为甚,每个家族都将"官"列于光宗耀祖的首位。"学而优则仕",在一定程度上反映了学子们对做官的向往和追求。贾宝玉则与众不同,对做官丝毫不感兴趣,公开讽刺那些人属于"禄蠹"之辈。

那么,在贾宝玉心中,官位与麒麟相比孰轻孰重呢? 第三十二回中有这样的片段:"话说宝玉见那麒麟,心中甚是欢喜,便伸手来拿,笑道:'亏你拣着了。你是那里拣的?' 史湘云笑道:'幸而是这个,明儿倘或把印也丢了,难道也就罢了不成?' 宝玉笑道:'倒是丢了印平常,若丢了这个,我就该死了。'" 贾宝玉旗帜鲜明地表明自己的态度,金麒麟相当于自己的命根子,比官位重要得多。贾宝玉仅说"丢了印",为何与丢弃官位扯上关系呢? 这是因为我国古代交通和通讯等条件极不发达,"官"与"印"密不可分,当官者手中须有印,手中有印者才是官。贾宝玉占据大金麒麟原动机是让史湘云鉴赏,但当两人相遇时,贾宝玉找不着大金麒麟,也不知遗落于何处。史湘云告诉他,大金麒麟遗落在园内蔷薇花的花架下,幸好被自己的丫环翠缕捡到。翠缕当时就把大金麒麟交到我手中。既知大金麒麟的主人是你,现当面奉还,物归原主。贾宝玉见心爱的大金麒麟失而复得,激动万分地吐肺腑之言:"大金麒麟"比"印"重要! 这里的"印"可指代官印,丢印就是丢官,但在贾宝玉看来,丢印是无关紧要的,丢掉大金麒麟就当罪该万死。由此可见,大金麒麟在贾宝玉心目中的地位有何等重要。

史湘云比贾宝玉早得金麒麟。贾宝玉未得到大金麒麟前,史湘云早有一个稍小的金麒麟,这不算秘密,不仅贾宝玉和薛宝钗知根知底,连贾母也有所耳闻。清虚观之行,贾母忽见张道长馈赠的礼物当中出现金麒麟,顿觉似曾相识,不假思索地问一句,哪位孩子有这件东西? 可能是年老记忆力衰退的缘故,贾母怎么也想不起那位孩子是谁了。贾母刚发问,薛宝钗马上接话,史湘云有个金麒麟,只不过比张道长赠予的"金麒麟"稍小一点。贾母听后恍然大悟,连连点头称是。上述内容原文本为:"贾母因看见有个赤金点翠的麒麟,便伸手拿了起来,笑道:'这件东西好像我看见谁家的孩子也带着这么一个的。'宝钗笑道:'史大妹妹有一个,比

这个小些。'贾母道:'是云儿有这个。'"(第二十九回)

史湘云持有的小金麒麟属阴。小金麒麟属阴,史湘云和翠缕在神侃"阴阳论"时透露出这一重要信息。翠缕捡到大金麒麟,当即交给主子史湘云,并虚心向她请教,金麒麟能否分出阴阳? 史湘云兴致极高,滔滔不绝地发表了"阴阳论"演说,纵论"阴阳"存在于世间万物。至于史湘云持有的金麒麟属阴还是属阳,曹雪芹虽未明写,但从史湘云话中内容来看,史湘云绝对知晓自己的小金麒麟属阴,即是一只雌麒麟;贾宝玉手中那只文彩辉煌的大金麒麟属阳,即是一只雄麒麟。上述内容原文本为:"(翠缕)猛低头就看见湘云宫绦上系的金麒麟,便提起来问道:'姑娘,这个难道也有阴阳?'湘云道:'走兽飞禽,雄为阳,雌为阴;牝为阴,牡为阳。怎么没有呢!'翠缕道:'这是公的,到底是母的呢?'湘云道:'这连我也不知道。'翠缕道:'这也罢了,怎么东西都有阴阳,咱们人倒没有阴阳呢?'湘云照脸啐了一口道:'下流东西,好生走罢! 越问越问出好的来了!'翠缕笑道:'这有什么不告诉我的呢? 我也知道了,不用难我。'湘云笑道:'你知道什么?'翠缕道:'姑娘是阳,我就是阴。'说着,湘云拿手帕子握着嘴,呵呵的笑起来。翠缕道:'说是了,就笑的这样了。'湘云道:'很是,很是。'翠缕道:'人规矩主子为阳,奴才为阴。我连这个大道理也不懂得?'湘云笑道:'你很懂得。'"(第三十一回)

"金麒麟"类似于月老红线。林黛玉年岁渐长,所见世面越来越广,社会知识也越来越丰富了。"金玉良姻"的传闻在大观园里不胫而走,人们普遍认为贾宝玉和薛宝钗是天生一对,而贾宝玉与林黛玉的"木石前盟"逐渐销声匿迹。一波未平,一波又起。"金麒麟"又在大观园内公开化,林黛玉心中突然有种不祥的预感,"金麒麟"虽属于小巧玩物,可许多婚姻就是由这类小东西撮合而成。就在这节骨眼上,大观园相继出现两个金麒麟,难道它就是那根月老红线吗? 如果"金麒麟"充当那根红线,贾宝玉和史湘云就有可能配对成双。上述内容原文本为:"原来林黛玉知道史湘云在这里，宝玉又赶来，一定说麒麟的原故。因此心下忖度着，近日宝玉弄来的外传野史，多半才子佳人都因小巧玩物上撮合，或有鸳鸯，或有凤凰，或玉环金珮，或鲛帕鸾绦，皆由小物而遂终身。今忽见宝玉亦有麒麟，便恐借此生隙，同史湘云也做出那些风流佳事来。"（第三十二回）

　　小金麒麟暗喻史湘云的孩子。史湘云与人沟通存在两大问题。一是史湘云吐词含糊不清。她说话方言太重，使人不易听清，喊贾宝玉"二哥哥"，林黛玉听觉似"爱哥哥"，因而被林黛玉狠狠调侃过一次。二是史湘云说话经常得罪人。由于性格耿直，她说话随随便便，得罪过许多人，林黛玉就是其中之一。不知何故，贾宝玉公开表扬史湘云善于言谈。林黛玉的眼中原本掺不得沙子，对贾宝玉不尊重事实的讲话极为反感，毫不留情地给予批驳，史湘云说话不行，她的金麒麟会说话。说完话，林黛玉愤然离开现场。人们完全可以想象得到，地球上除人类会说话外，绝无它物能够开口说话。史湘云的金麒麟"会说话"，曹雪芹显然使用借代修辞手法，喻指史湘云的孩子说话水平要高于史湘云。上述内容原文本为："……林黛玉听了，冷笑道：'他不会说话，他的金麒麟会说话。'一面说着，便起身走了。"（第三十一回）

　　大金麒麟暗喻贾宝玉和薛宝钗的孩子。文本中之"金"，代指薛宝钗，大观园里是无人不知无人不晓，阅读者和研究者也都接受了这一事实。第五回出现《终身误》判词，曹雪芹在此预判贾宝玉和薛宝钗两人的结合属于"金玉良姻"，薛宝钗的最终结局反倒是"纵然举案齐眉，到底意难平"。该判词的言下之意：一是金和玉未来必然结合，就是说，薛宝钗最终必然嫁于贾宝玉为妻。二是薛宝钗属于"举案齐眉"式好妻子，可她的未来生活中留下一大难以抚平的缺憾。回归文本，曹雪芹对"金"和"大金麒麟"都设有伏笔，贾宝玉既与"金"有缘，也与"麒麟"有割不舍的缘。"金"确指薛宝钗，那么"大金麒麟"是物品，还是另有所指呢？这得从贾宝玉和林黛玉两人关系说起,贾宝玉和林黛玉两小无猜,相处时间比别人既早又长,且有一段"日则同行同坐,夜则同息同止"的特殊经历。正因为他俩很熟悉,贾宝玉不如意时总冲着林黛玉发牢骚,要么扬言当和尚去,要么寻死寻活的。每遇到这种情况,林黛玉不仅不安慰他,还对他冷嘲热讽。有一次,林黛玉眼角有泪水痕迹,贾宝玉见了,心里急得像火烧一样,非常希望能探出一个究竟。林黛玉仍然不理不睬,贾宝玉感到既委屈又伤心,再度说出轻生的话。谁料他的话音刚落,立刻遭到林黛玉反唇相讥。大意是,你死算不了什么,只是丢下"金"和"麒麟",才不知如何是好呢?林黛玉的话里同时出现"金"和"麒麟",实乃非比寻常,其中隐藏一大玄机。在"金玉良姻"前提条件十分确定的情况下,若贾宝玉和薛宝钗两人健在,"大金麒麟"则归双方共同拥有;贾宝玉一旦离开人世,"大金麒麟"则毫无争议地归属薛宝钗。林黛玉同贾宝玉已经言明,你若死了,就会丢下"金"和"大金麒麟"。可以推理一下,贾宝玉所丢之"金",无疑指薛宝钗,所丢之"大金麒麟"自然落入薛宝钗之手。"大金麒麟"又可与"金"相提并论,它当然不是一件普通的物品了。结合史湘云的小金麒麟"会说话",再结合"麒麟送子"传说,终归薛宝钗所有的"大金麒麟"必定与人有关。故可得知,曹雪芹再次使用借代修辞法,用"大金麒麟"代指某位特定的人。依据"金玉良姻"的事实进行判定,"大金麒麟"很可能是贾宝玉和薛宝钗所生的孩子了。上述内容原文本为:"林黛玉道:'你死了倒不值什么,只是丢下了什么金,又是什么麒麟,可怎么样呢?'一句话又把宝玉说急了。"(第三十二回)

## 推定"白首双星"为年迈的薛宝钗和史湘云原型

"因麒麟伏白首双星"之"伏",既可解释为隐藏,也可以引申为伏线的意思,即前文为后文预置一条线索。曹雪芹充分利用关键之"伏"做足文章,向外界释放出一条超强讯号:"麒麟"与"白首双星"之间存在一定的因果关系,即眼前出现一大一小的两个金麒麟,未来必然就有两位白发老人的命运紧紧联系在一起。再以《红楼梦》为基础,以曹家史为依据,对曹雪芹所隐真事进行还原。根据文本推证,荣国府贾家是江宁织造府曹家,史湘云原型的史家是"四大家族"之一的孙家,可将清贾宝玉、史湘云、薛宝钗三位主人公之间的关系:贾宝玉和史湘云是表兄与表妹关系,贾宝玉和薛宝钗则是表弟与表姐关系。由此得知,史湘云和薛宝钗属于同辈的亲戚关系。经推理还可获取信息,史湘云生活原型姓孙,就是曹雪芹曾祖母孙氏的娘家姓。为了便于将史湘云生活原型的孙氏与曹雪芹的曾祖母孙氏相区分,暂将史湘云生活原型称作"小孙氏"。"世人若肯平心度,便解云钗两不瑕",脂砚斋向大众推介了"云钗"原型考据的基本方法,其要点是:假如能用公正的态度揣摩曹雪芹笔下完美高大的"云钗"形象,那么考据史湘云和薛宝钗的生活原型就不会出现丝毫偏差。将史湘云和薛宝钗的人物形象与她们生活原型进行适时转换之后,"白首双星"也将走进读者的视野。

依据《易经》及道家思想,运用"男为阳,女为阴""阴阳结合""阴阳互补"等理论,笔者仔细分辨一大一小的两只金麒麟,可得出结论,大的金麒麟隐喻贾宝玉和薛宝钗诞下一位男婴,小的金麒麟隐喻史湘云诞下一位女婴。史湘云比贾宝玉稍早得到金麒麟,说明史湘云所生的孩子是位姐姐;贾宝玉和薛宝钗稍迟得到金麒麟,说明他俩所生的孩子则是一位弟弟。

贾宝玉的最终结局是什么?根据《红楼梦》文本推断,他是一位"狠心短命"之人,说白了,就是英年早逝。薛宝钗最终结局又该如何?由于贾宝玉过早离开人世,年纪轻轻的薛宝钗成为寡妇。可她坚守"不离不弃,芳龄永继"的信念,既没有离开贾府半步,也没有改嫁。在这种情况下，贾宝玉从清虚观得到的大金麒麟自然而然落入薛宝钗之手。经笔者考证，贾宝玉生活原型是曹頫，薛宝钗生活原型乃是曹颙的妻子马氏。"都道是金玉良姻"，曹颙和马氏均属贵族之后，一个郎才，一个女貌，一个是风流倜傥，一个是稳重平和，两人婚配属天作之合。当两人喜结良缘之时，所有人都投去羡慕的目光，祝福新人百年好合。可惜好景不长，康熙五十四年（1715）正月，曹颙在江宁织造府任上不幸早逝，对于年轻的马氏来说，痛不欲生的心情自不待言。马氏是一位"停机德"和"举案齐眉"式的封建淑女，同文本中薛宝钗操守完全一样，始终坚守"不离不弃，芳龄永继"的信念，既没有选择再婚，也没有离开曹家。不幸之中的万幸，曹颙虽然离开人世，可马氏已经身怀六甲。马氏为曹颙保留唯一的血脉，对整个曹氏家族而言，这是一则求之不得的好消息。继任江宁织造的曹頫更是喜形于色，甚至期盼曹颙的遗腹子是个男孩儿。假如马氏诞下一个男丁，曹家就是后继有人了。康熙五十四年（1715）三月初七日，赴任不久的曹頫向康熙皇帝呈送奏折，除汇报正常工作外，还专门反映马氏即将生产等家务事。该份奏折的内容："……奴才之嫂马氏，现因怀妊已及七月，恐长途劳顿，未得北上奔丧，将来倘幸生男，则奴才之兄嗣有在矣……"曹頫的奏折透露几方面重要信息；一是马氏有了身孕；二是提供马氏确切的预产期，"现因怀妊已及七月"，马氏将在三个月内生产；三是对遗腹子有所期盼，"倘或生男"，热切期盼遗腹子是个男丁。时过不久，曹頫梦想成真，曹家果真欢天喜地迎来了一位新男丁。但天有不测风云，雍正五年（1727），曹頫在任上"犯了事"，遭到雍正皇帝"抄没家私，调京治罪"的严惩。自此以后，曹家人生活在水深火热之中，马氏和那位遗腹子当然也在其列。"万缕千丝终不改，管他随聚随分"，马氏守护曹家无怨无悔，并含辛茹苦将"大金麒麟"抚育成人。那位男孩可不是一个等闲之辈，他就是日后斐声中外文坛的曹雪芹。

"小金麒麟"乃是小孙氏所生的女儿。至于史湘云生活原型，推证她是孙家的一位女儿较容易,但其夫君真名实姓以及"小金麒麟"姓甚名谁,在目前资料残缺不全的情况下,尚无法探知。好在天无绝人之路,作者曹雪芹和评批者脂砚斋运用"伏脉千里"之法,隐存史湘云和金麒麟一些基础信息,这为考证和探佚带来一线希望。尤以其中的两条专属判词(曲)和两条专属脂批至为关键,为最直接和最有效的证据。

史湘云的专属判词和专属曲子保存在第五回,判词:"富贵又何为?襁褓之间父母违,展眼吊斜晖,湘江水逝楚云飞。"曲子:"襁褓中,父母叹双亡。纵居那绮罗丛,谁知娇养?幸生来英豪阔大宽宏量,从未将儿女私情略萦心上。好一似、霁月光风耀玉堂。厮配得才貌仙郎,博得个地久天长,准折得幼年时坎坷形状。终久是云散高唐,水涸湘江。这是尘寰中消长数应当,何必枉悲伤!"判词和曲子释放出许多重要信息,"襁褓之间父母违"和"襁褓中父母叹双亡",明示史湘云命苦,襁褓中双亲亡故;"厮配得才貌仙郎",暗示史湘云的未来丈夫是一位才貌双全的男子,她同那位男子结合属于天造地设的一对;"云散高唐",暗指史湘云夫妻之间的情事消亡。史湘云夫妻感情笃厚,两人的情事突然消亡,这是不正常的现象,说明其夫属于非正常死亡。"高唐"一词,出自战国作家宋玉的《高唐赋》,高唐神女自由奔放,大胆追求爱情。高唐神女后来被指男女情爱,成为男女性爱的代语。20世纪30年代,著名学者闻一多先生著有《高唐神女传说之分析》,开创了研究巫山神女的先河,成为后世学者对该神话进一步考察的出发点。闻一多指出:高唐神女、涂山、简狄、姜源等源于一个古老的传说——"高禖"的故事,巫山神女是楚民族的第一位母亲,同北方和中原地区的女娲神女极为相似。

两条涉及"麒麟"的脂批也释出极有价值的信息。第一条脂批出现于第三十一回,即"因麒麟伏白首双星",在庚辰本回末出现一条总评:"后数十回若兰在射圃所佩之麒麟,正此麒麟也。提纲伏于此回中,所谓草蛇灰线,在千里之外。"该脂批清晰表明,史湘云的金麒麟后来佩戴在卫若兰身上。第二条脂批出现于第二十六回,第二十六回描写冯紫英等人豪饮的场景,该处出现一条眉批:"惜卫若兰射圃文字迷失无稿,叹叹。"该脂批透露八十回后应有文字初稿或原稿,其中就有卫若兰射圃和麒麟等重要的故事情节。不知何故,"卫若兰射圃"和"若兰在射圃所佩之麒麟"等文字不翼而飞。可以肯定的是,卫若兰的真名实姓已无从查考,权以卫若兰原型代之。结合文本以及脂批关于麒麟的描述,笔者将顺小孙氏与卫若兰生活原型以及小金麒麟的三者之间关系。

推论一:小孙氏的丈夫乃是卫若兰生活原型。同一麒麟先后出现于史湘云和卫若兰两人身上,那卫若兰自然也成了不可忽略的关键。卫若兰名字仅在第十四回出现过一次,但他以"王孙公子"级别参加秦可卿隆重葬礼,证明其身份显赫。另外,依前述脂批可知卫若兰在八十回后参加一次射圃活动,身上佩戴着史湘云的金麒麟。"男女有别,授受不亲"是封建时代男女之间必须严格遵守的戒律。当时青年男女没有建立夫妻关系,绝不可能发生私相授受的事情。史湘云的金麒麟为何出现在卫若兰的身上呢?根据文本描述以及脂砚斋批语提示,笔者判断,卫若兰在参加射圃之前已同史湘云完婚。推而得之,小孙氏的丈夫就是卫若兰生活原型之人,卫若兰生活原型在参加"射圃"活动前已同小孙氏结为伉俪。

推论二:小金麒麟乃是小孙氏和卫若兰生活原型的女儿。在掌握第一手资料基础上,只要扒得更深、揭得更透,就完全可以模拟出小孙氏和卫若兰原型的情景——某年某月的某一天,小孙氏与一位才貌俱佳的男子举行了一场盛大婚礼。新郎堪称"才貌仙郎",他就是王孙公子级别的卫若兰生活原型。两人婚后十分恩爱,生活甜蜜。不仅如此,他们的爱情开花结果,两人喜得一位千金。天道无常,世事难料。卫若兰生活原型佩戴小孙氏所赠的金麒麟,赴某地参加"射圃"活动。那次活动发生特大事故,卫若兰生活原型命丧黄泉。自此,小孙氏与夫君阴阳两隔,恰如史湘云的《乐中悲》判词一样,与"才貌仙郎"白头偕老的美好愿望彻底破灭了，沦至"云散高唐，水涸湘江"和"湘江水逝楚云飞"的悲惨境地。小孙氏自此孀居，没有选择再婚，而是勇敢挑起家庭重担，尽心尽力地抚育小金麒麟。那个小金麒麟就是小孙氏和卫若兰生活原型的爱情结晶。在未来的日子里，活泼可爱的小女孩始终陪伴在小孙氏左右，给这个不完整的家庭增添无限欢乐。

"白首双星"在千呼万唤声中终于现身。根据曹雪芹和脂砚斋透底，经过深度发掘文本文意，"白首双星"的影像越来越清晰。马氏和小孙氏虽是两位柔弱的孀居者，却成了各自家庭的顶梁柱。马氏和小孙氏经历许许多多的生活磨难，特别是遭到惨无人道的政治迫害，她们的青丝染上了白霜。若干年后，一男一女的两个孩子渐渐长大成人，业已到了谈婚论嫁的年龄。两家原本存在亲戚关系，还有"连络有亲"式联姻的老传统，两个"金麒麟"最终喜结连理。直至此时，"白首双星"的问题终于迎刃而解。"光阴荏苒须当惜，风雨阴晴任变迁"。马氏和小孙氏均以家庭为重，不畏艰难困苦，能坦然面对严酷的生存环境。据前所述，二者均为长寿老人，我国各地有敬称高龄老人为"老寿星"的习俗。马氏和小孙氏既是长寿之人，还因有满头银发，故被作者曹雪芹称作"白首双星"。"因麒麟伏白首双星"的大幕徐徐开启，两位白发苍苍的高寿之星携手闪亮登场，一位白发老人是曹雪芹的亲生母亲马氏，另一位白发老人就是曹雪芹岳母小孙氏。

更需要补充说明的是：关于曹雪芹正妻一事，他迎娶一位表姐妹为妻的说法流传甚广。曹雪芹妻子的姓氏有两种版本，一说是堂姑的女儿梅氏，另一说是原苏州织造李煦的孙女。笔者通过对"白首双星"的解析，根据曹雪芹《红楼梦》提供的有关信息进行研判，"卫"姓同"林"姓一样都不在《红楼梦》"四大家族"之列，所以曹雪芹的妻子既不可能是梅氏，也不可能是李煦的孙女，而是小孙氏和卫若兰原型的女儿，证明民间的两种说法均存在很大的误差。

《红楼梦》奇妙处数不胜数,曹雪芹竟然连自己结婚的这桩人生大事喜事也用"真事隐"之法写进著作中,简直令人拍案叫绝。由于众所周知的原因,曹家和孙家均在雍正年间先后家道中落。在"风刀霜剑严相逼"的日子里,曹雪芹仍然迎娶表姐为妻,重复着表亲开亲和亲上加亲的传奇。另外,薛宝钗的"稳重平和"和史湘云的"英雄阔大宽宏量"品行贯穿全书始终。这一切,正是曹雪芹表达了对两位长辈的无比崇敬之情。

# 侦结"万几"悬案

通览古典小说《红楼梦》,发现"万几"一词出现两次。"万几"特指帝王处理纷繁的日常政务。广大《红楼梦》阅读者和研究者或许被曹雪芹"此书不敢干涉朝廷"和"因毫不干涉时世"等公开声明所蒙蔽,从而忽视其重要性。经笔者深入探究,仅有两字的"万几"在《红楼梦》中出现两次,隐存清朝历史上一桩特大公案,即雍正继位的非正统性。

## "万几"在《红楼梦》文本中闪现了两次

第一处是:林黛玉作为荣国府幺女贾敏与巡盐御史林如海的独生女,在其母不幸病逝后与其父林如海相依为命。不久林黛玉遵父命,从苏州乘船来到荣国府,拜望外祖母贾母。林黛玉首次来到府上,受到了贾母等人的热烈欢迎。在拜亲访戚过程中,林黛玉目睹荣国府中堂悬挂着一块"荣禧堂"金制大匾,此匾加盖的印章赫然出现"万几"两字。上述内容原文本位于第三回:"进入堂屋中,抬头迎面先看见一个赤金九龙青地大匾,匾上写着斗大的三个大字,是'荣禧堂',后有一行小字:'某年月日,书赐荣国公贾源',又有'万几宸翰之宝'。"

另一处是:贾宝玉对"文死谏,武死战"等道德标准提出了强烈质疑,并为此慷慨陈词。其谈话要点是:文谏没有使皇帝改过,武战没有取得胜利,这些人为此丢掉性命,不仅解决不了实际问题,即是毫无价值的牺牲。在阐述其观点时,贾宝玉涉及了"万几"二字,即第三十六回:"那武将不过仗血气之勇,疏谋少略,他自己无能,送了性命,这难道也是不得已! 那文官更不可比武官了,他念两句书横(汗)在心里,若朝廷少有疵瑕,他就胡谈乱劝,只顾他邀忠烈之名,浊气一涌,即时拼死,这难道也是不得已! 还要知道,那朝廷是受命于天,他不圣不仁,那天地断不把这万几重任与他了。可知那些死的都是沽名,并不知大义。"

## 曝光"万几"案情

### 一、林黛玉所见"万几"乃是康熙的代名词

"荣禧堂"匾额是件完整的书法作品:"荣禧堂"是此件作品的内容;"某年月日,书赐荣国公贾源"是此件作品的落款;"万几宸翰之宝"是此件作品所加盖的印章。荣国府中堂悬挂着"荣禧堂"大匾,彰显出荣国府与皇帝之间存有特殊的关系。曹雪芹对"荣禧堂"的书写者进行了充分的暗示,"进入堂屋中,抬头迎面先看见一个赤金九龙青地大匾""万几宸翰之宝"。"赤金九龙"是封建时代皇帝的专属品;"青地"谐音清帝;"宸翰"本义就是皇帝的墨宝。"荣禧堂"影射萱瑞堂。"荣禧堂"悬挂于荣国府中堂,说明此金匾无比尊贵。第三回写道,"黛玉便知这方是正经正内室,一条大甬路,直接出大门的。进入堂屋中,抬头迎面先看见一个赤金九龙青地大匾,匾上写着斗大的三个大字,是'荣禧堂',后有一行小字'某年月日,书赐荣国公贾源',又有'万几宸翰之宝'"。"万几宸瀚之宝"的落款格外引人注目,尤其是"宸瀚"两字特指皇帝书写的墨宝,那么

"荣禧堂"出自皇帝之手是毫无悬念的。第七十六回的文字补述则更为关键,曹雪芹特地对"色健茂金萱"诗句进行全面释意,同时贴上曹家标签,"金萱"为了"颂圣",非杜撰的"即景之实事"。文本中金匾和现实中金匾均出自皇帝的手笔也是极其重要的,否则,一块金匾由皇帝题写,另一块金匾则由皇帝之外的人题写,两者就不能相提并论。

曹家有没有一块由皇帝题写的金匾呢?经查,曹家确有块"萱瑞堂"金匾,出自康熙帝的御笔。"萱瑞堂"金匾由康熙皇帝题写有史可查,他第三次来到江宁织造府时,接见曹雪芹曾祖母孙氏,大庭广众之下称孙氏为"吾家老人"。康熙见门前萱花盛开,兴致勃勃地亲书"萱瑞堂"三字。时官僚兼文人冯景在《御书萱瑞堂记》一文中记录这一殊荣:"康熙己卯夏四月,皇帝南巡回驭,止跸于江宁织造臣寅之府。寅绍父官,实维亲臣、世臣,故奉其母孙氏朝谒。上见之色喜,且劳之曰:'此吾家老人也。'赏赐甚厚。会庭中萱花开,遂御书'萱瑞堂'三大字以赐。尝观史册,大臣母高年召见者,第给扶,称'老福'而已,亲赐宸翰,无有也。"

至于"万几宸翰之宝",则是曹雪芹幻化而成的一枚闲章,其原型的主人乃是康熙。清朝自顺治帝始,为了有效统治人口占绝大多数的汉族人,每位皇帝对儒家经典的索求以及对汉文化艺术的模仿均有一定的水准,特别是御用闲章的使用已至登峰造极的程度。康熙在位时,他手中握有"育德勤民""文华殿宝""弘德殿宝"等闲章多达百余方。曹雪芹未对"万几宸翰之宝"的主人作出明确交代,可它的来龙去脉仍然有迹可循,因为康熙生前拥有三枚非常特殊的闲章,一枚为"万几余暇"、一枚为"康熙御笔之宝"、一枚为"康熙宸翰"。据此研判,曹雪芹从上述三枚闲章中各取两字,极其巧妙地幻变成一枚"万几宸翰之宝"的新闲章。由此看出,曹雪芹虽用"烟云模糊法"避谈该枚印章的主人,但依据新印章的特定含义,完全可以推定其原型的主人必是康熙。

## 二、贾宝玉所言"万几"隐射雍正帝篡位

贾宝玉对"文死谏武死战"的观点,表明自己不愿成就虚仁假义。他打心底鄙视贾雨村之流的谋功名,即拿着国家的俸禄、扛着圣人的旗号,做出许多伤天害理的事情。令人感到不可思议的是,贾宝玉口若悬河,滔滔不绝,说出"朝廷少有疵瑕""受命于天""他不圣不仁""那天地断不把万几重任与他了"等大量的政治敏感词,这些敏感词中竟有"万几"两字。若将一前一后出现的"万几"联系起来,再结合《红楼梦》文本及清史加以分析,此段文字就是曹雪芹最大的涉政言论。"万几宸翰之宝"指代康熙帝,"万几重任与他了",则剑指康熙帝的继任者雍正帝,这是因为雍正帝继承康熙帝的帝位是历史事实。如果曹雪芹胆敢在《红楼梦》中隐议康熙帝等政治人物,就是公然违背不干涉朝政的承诺。若此,《红楼梦》作为纯粹性言情小说的根基已动摇。岂止如此,"万几"所揭示的深层次内幕更是骇人听闻,曹雪芹借机隐存一份雍正帝继位非正统性的材料。"朝廷少有疵瑕",这是曹雪芹明目张胆议论朝政的铁证。曹雪芹公然批评朝政是稍有缺点和过失的,仅凭这一点,他已经踩到政治红线。

"受命于天",此句是皇帝玉玺上的前半句,向来作为皇帝的专用语。皇帝玉玺,称传国玉玺,简称"传国玺"。秦王政十九年(前228),秦破赵,得和氏璧。秦国逐步以武力统一天下,建立了中国历史上第一个中央集权的统一国家。秦王嬴政自称始皇帝,命令丞相李斯用和氏璧制作一枚传国玉玺。李斯精心用小篆字体在和氏璧上镌刻"受命于天、既寿永昌"八字印文。"受命于天、既寿永昌"的基本含义是,(我)顺受天命做天下人的皇帝,必能使黎民百姓长寿、国家命运永久昌隆。自此以后,传国玉玺始终作为国之重器,被历代帝王奉若奇珍。得之者象征其"受命于天",失之者则被外界认为其"气数已尽"。凡登大位而无此玺者,世人则讥讽他为"冒牌皇帝"。两千余年间,传国玺数易其主现已销声匿迹,杳

无踪影,但它早已成为正统皇帝的象征之一。

清代称得上圣仁皇帝者唯有康熙一人。康熙庙号确有一个"圣"字。终清一朝,共有十二帝,仅康熙庙号带有"圣"字,庙号圣祖。《清史稿》中关于康熙的记述如下:"圣祖仁孝性成,智勇天锡。早承大业,勤政爱民。经文纬武,寰宇一统,虽曰守成,实同开创焉。圣学高深,崇儒重道。几暇格物,豁贯天人,尤为古今所未觏。而久道化成,风移俗易,天下和乐,克致太平。其雍熙景象,使后世想望流连,至于今不能已。传曰:'为人君,止于仁。'又曰:'道盛德至善,民之不能忘。'于戏,何其盛欤!……"

"他不圣不仁",这是曹雪芹暗地嘲讽雍正帝不圣不仁。雍正在谕旨中曾对康熙使用"圣祖仁皇帝"的这一特定称谓。"他不圣不仁",既包含"圣",又包含"仁",曹雪芹将矛头直接对准雍正。"万几重任与他了"中的那个"他"必然也指向雍正。曹雪芹真是吃了熊心豹子胆,竟敢用"不圣不仁"给雍正定性。如此冒天下之大不韪的文字出现于《红楼梦》,岂能用巧合两字来解释?曹雪芹运用隐晦曲折的写法,讽刺雍正是一位"不圣不仁"的皇帝。一位皇帝"圣仁",另一位皇帝"不圣不仁",两位皇帝的德行有天壤之别,两者又形成了鲜明对比,这与曹雪芹兴衰成败的家史完全相吻合。

爱新觉罗·胤禛系康熙的第四子,母为孝恭仁皇后,即德妃乌雅氏。康熙三十七年(1698),胤禛被封贝勒;康熙四十八年(1709),胤禛被封为和硕雍亲王。康熙帝在二废太子胤礽后,胤禛积极经营争夺储位。康熙六十一年十一月十三日(1722年12月20日),康熙驾崩于北京北郊畅春园,胤禛继承皇位,次年改年号为雍正,但雍正的继位却有争议。"那天地断不把这万几重任与他了",曹雪芹借此隐存雍正帝位的来路不正。康熙六十一年十一月二十日(1722年12月27日),雍正在北京紫禁城举行登基大典,宣读即位诏书,接受群臣朝贺,正式即天子位。"祇告天地宗庙社稷,即皇帝位,以明年为雍正元年",自昭告天下后,"皇权天授、正统合法",标志着雍正时代的到来。可是,曹雪芹对此嗤之以鼻,遂利用《红楼梦》文本,斩钉截铁地说"不"——因为他是不圣不仁之人,既不能称之为天之子,又不能称之为地之子,"那天地断不把这万几重任与他了"的潜台词呼之欲出:雍正帝既是"不圣不仁"的人,那康熙就不可能钦定他为接班人。推而得之,雍正没有"受命于天",只有依靠非正常手段才能登上皇帝宝座。

### 三、"万几"的继位者与雍正帝的"受命于天"雷同

为争当九五之尊的皇位,史上弑君弑父、兄弟相残以及杀害亲生子女等残酷事例屡有发生。即使像唐太宗李世民那样英明的君主,也是通过阴谋手段和残酷斗争才夺取了政权。雍正帝当然也不例外,历史向来由胜利者书写。雍正确定使用"雍正"年号,虽与自己曾是"雍亲王"有关,但主要用意还是向外界传递"雍亲王得位之正"的信号。然而这一切,恰与曹雪芹所掌握的情况相左。他用如椽之笔巧妙将此事隐入《红楼梦》中。自雍正帝坐上龙椅的那刻起,有关他矫诏篡立的传闻一直闹得沸沸扬扬,小道消息从未间断过。雍正一旦大权在握,就有了销毁档案和篡改历史的可乘之机。但凡做假的史料,"露马脚"只是个时间问题。雍正的所作所为无法得到合理的解释,改动的历史文献也是破绽百出,他的正统性备受质疑。主要有以下几个方面疑点。

疑点一:雍正交待康熙传位情形为何自相矛盾? 有史料造假之嫌。

雍正说不清道不明康熙临终授命的情形。雍正元年(1723)八月,他在上谕中记述:"圣祖……命朕缵承统绪,于去年十一月十三日仓猝之间,一言而定大计。"此间未提到有聆听遗命之人。可到了雍正五年(1727)十月,他在上谕中又是这样记述的:"皇考升遐之日,召朕之诸兄弟及隆科多入见,面降谕旨,以大统付朕。是大臣之内,承旨者惟隆科多一人。"此处忽有诸位皇子和隆科多等人聆听遗命。《大义觉迷录》一书

记述了康熙临终授命情形,与雍正五年十月上谕中记述相一致,而与雍正元年八月上谕中记述相违背。"康熙六十一年十一月冬至之前,朕奉皇考之命,代祀南郊。时皇考圣躬不豫,静摄于畅春园。……至十三日,皇考召朕于斋所。朕未至畅春园之先,皇考命诚亲王允祉、淳亲王允祐、阿其那(允禩)、塞思黑(允禟)、允䄉、允祹、怡亲王允祥、原任理藩院尚书隆科多至御榻前,谕曰:'皇四子人品贵重,深肖朕躬,必能克承大统,着继朕即皇帝位。'是时,庄亲王允禄、果亲王允礼、贝勒允裪,贝子允祎在寝宫外祗候。及朕驰至问安,皇考告以症候日增之故,朕含泪劝慰。其夜戌时,龙驭上宾。朕哀恸呼号,实不欲生,隆科多乃述皇考遗诏。朕闻之惊恸,昏仆于地。诚亲王等向朕叩首,劝朕节哀。朕始强起办理大事。"(《大义觉迷录》)

康熙去世之前,雍正本人不知道由自己继承帝位,"朕向者不特无意于大位,心实苦之。前岁十一月十三日,皇考始下旨意,朕竟不知。朕若知之,自别有道理,皇考宾天之后,方宣旨于朕"(《上谕内阁》)。雍正后来又透露一个重要情节,康熙在弥留人世前八个时辰是尚能言语的,雍正赶到了病榻,"皇考告以症候日增之故"(《大义觉迷录》)。此时此刻,康熙还不向雍正透露传位于他的重大决定,要么遗忘,要么出于保密需要,以上两种解释于情于理都说不通。至于康熙面谕传位之事,雍正的众兄弟和隆科多等人亦无一言道及,直到康熙逝世以后,才出现了"隆科多乃述皇考遗诏",情形未免太过离奇。

隆科多是否面承遗诏? 对于这件事,雍正是前言不搭后语,相互矛盾,他曾在上谕中说隆科多是面承遗诏的唯一大臣(《大义觉迷录》);但后来又在谕旨中说隆科多并没有面承遗诏:"圣祖仁皇帝升遐之日,隆科多并未在御前,亦未派出近御之人。"(《东华录》)康熙帝驾崩前,果亲王允礼在忙什么? 雍正如此记述:"在寝宫外祗候",隆科多则否认允礼在"寝宫外祗候"。隆科多说,允礼得到了康熙去世的消息,匆匆忙忙赶往畅春园。隆科多和允礼在西直门大街相遇，当闻知由雍正即位，他惊骇万分地往家中逃。"圣祖皇帝宾天之日，臣先回京城，果亲王在内（指皇宫内）值班，闻大事出，与臣遇于西直门大街，告以皇上绍登大位之言，果亲王神色乖张，有类疯狂，闻其奔回邸，并未在宫迎驾伺候"（《上谕八旗》）。

允祀拒不执行新帝雍正的命令，《清世宗实录》是这样记述的："圣祖仁皇帝宾天时，阿其那（允祀）并不哀戚，乃于院外倚柱，独立凝思，派办事务，全然不理，亦不回答，其怨忿可知"，此外允禟对新帝雍正拒行三跪九叩大礼，《大义觉迷录》记述："皇考升遐之日，朕在哀痛之时，塞思黑（允禟）突至朕前，箕踞对坐，傲慢无礼，其意大不可测。"按照雍正的说法，允祀和允禟理应在康熙帝弥留之际聆听了传位遗言。允祀和允禟觐见雍正时出现反常举动，甚至产生激愤之情，说明他俩对雍正继位毫无心理准备。可见，所谓八人接受康熙帝面谕传位雍正帝一事，令人十分生疑，有可能系伪造。

疑点二：雍正为何采用极端手段处置众兄弟和亲生儿子？有残酷镇压异己者之嫌。

雍正的兄弟虽多，但鼎力支持他的仅有皇十三子允祥。雍正为九五之尊，众兄弟及其他皇室成员人人感到义愤填膺，一致采取抵制行动。雍正对待政敌心狠手辣，不论是皇亲国戚，还是手握重权的大臣，只要胆敢公开反对，很大程度会给予无情打击和残酷镇压。

皇十四子允禵与雍正既是一母所生的兄弟，又是角逐帝位的对手。允禵从军前回京奔丧，与雍正发生激烈口角，遭到终生囚禁。允祀和允禟被迫害致死。皇八子允祀和皇九子允禟是雍正的两个死对头，他们势力大、影响广，成为雍正争夺帝位的拦路虎。他俩被雍正当作重点打击对象。雍正四年（1726），允祀和允禟两人先后被囚禁。曾经红极一时的两位王爷沦落至此，雍正仍未觉得解恨，恶意将允祀改名为"阿其那"允禟改名为"塞思黑"。阿其那在满语中是狗的意思，塞思黑在满语中是猪的意思。雍正把兄弟两人当作畜生一样看待,他们之间积怨是何其深。皇十子允䄉是允禩一党。雍正二年(1724),他永遭囚禁。皇三子允祉与其子弘晟同遭禁锢。允祉反对雍正继位,被视为眼中钉,"与阿其那、塞思黑、允禵交相党附"(《清史稿》)。允祉的儿子弘晟看不惯四叔的作风,被雍正皇帝斥其为"凶顽狂纵,助父为虐",与父亲一起遭到禁锢。皇五子允祺胆小怕事,康熙帝认为他性情善良,但其子弘升流露出对雍正不敬之意,因此被削除世子。皇十二子允祹,早年被封履郡王。雍正元年,他因"并不感激效力",将他降为贝子。雍正仅宽待那些不谙世事的小弟。因为他们未卷入争权夺利的斗争,故得以保全。此外,雍正还下令处死长子弘时,弘时不赞同父亲的做法,两人经常发生冲突。雍正宣布与他断绝父子关系,反令他做了允禩的儿子,"雍正四年二月十八日奉旨:弘时为人断不可留于宫廷,是以令为允禩之子。令允禩缘罪撤去黄带,玉牒内已除其名,弘时岂可不撤黄带,着即撤去黄带,交与允祹,令其约束赡养"(《宫中档雍正朝奏折》)。雍正五年(1727),弘时暗中加强与其他皇室人员联系,引起雍正愤怒,下旨被赐死。

疑点三:康熙的近臣赵昌为何被雍正当即处死?有杀人灭口之嫌。

赵昌是清内务府的一位重要官员,颇得康熙宠信。康熙的晚年生活基本上由赵昌负责,他常伴康熙帝左右,照料其起居,传达其旨意。如康熙与外国传教士的接触就是通过他。由此来看,赵昌不仅可能掌握康熙逝世真相,更有可能掌握政权更迭之际的核心机密。如此重要的知情人却被雍正杀害了。据当时在京的意大利传教士马国贤记述:雍正即位,发布了一个使全国震惊的命令,赵昌被拘执,处死刑,财产抄没,子女为奴。雍正处死赵昌是极不明智之举,这使世人产生许多遐想:赵昌是唯一完全掌握康熙帝去世和传位真相之人,或许不肯附和雍正,才被开刀问斩的。《雍正朝满文朱批奏折全译》对此事也有明确记载:雍正元年(1723)正月初六,有份奏折记录了查抄赵昌家产情况,计有奴才家丁四百余人,房五百余间、田地五千六百余亩及大批金银物件。此份史料更证实意大利传教士马国贤所言赵昌被杀事件的真实性。

疑点四:雍正的两大得力干将隆科多和年羹尧为何均未得以善终?仍有杀人灭口之嫌。

雍正成功上位的最大功臣无疑是隆科多。康熙在位时,隆科多以国舅之尊担任步军统领,负责保卫京城安全,地位举足轻重。他在康熙弥留之际突然倒向雍正一边,力拱雍正登基。雍正未当皇帝前,同隆科多交往甚少,彼此了解甚少。执政之初,雍正对隆科多是感激涕零,极力笼络。他亲口对年羹尧说:"舅舅隆科多,此人朕与尔先前不但不深知他,真正大错了。此人真圣祖皇考忠臣,朕之功臣,国家良臣,真正当代第一超群拔萃之希世大臣也。"一位皇帝如此大肆吹捧大臣,让人觉得有点肉麻。伴君如伴虎。待雍正坐稳江山后,翻脸比翻书还快,以私藏玉牒(皇帝的家谱)为由,罗织四十一条罪名,将隆科多囚禁至死。

年羹尧则是雍正夺取帝位的另一位大功臣。年羹尧,原籍凤阳府怀远县,妹妹是雍正的贵妃。康熙年间,康熙任命十四阿哥允禵担任大将军王,手握重兵,驻扎西北。雍正对他心存顾虑,时年羹尧任川陕总督,掌管粮饷,扼允禵之后路,正好成为牵制允禵的一枚重要棋子。雍正即位之初,对年羹尧极其倚重。年羹尧因此极尽荣宠,雍正在奏折上用尽好言安慰他:"你此番心行,朕实不知如何疼你……尔此等用心爱我处,朕皆体会到,每向怡(怡亲王允祥)舅(隆科多),朕皆落泪告之。"雍正二年(1724)十月,年羹尧回到北京,雍正当面称赞他:"公忠体国,不矜不伐,内外臣工当以为法,朕实嘉重之至"(《雍正朱谕》)。后来,雍正对年羹尧的态度也发生了很大转变。人有旦夕祸福,年羹尧误将"朝乾夕惕"写作"夕惕朝乾",雍正皇帝见之勃然大怒,斥责他有意为之。"羹尧不以朝乾夕惕许朕,则羹尧青海之功,亦在朕许不许之间未定也"(《清史稿》)。年羹尧随即被贬为杭州将军,一些地方官员眼见年羹尧大势已去,纷纷落井下石,上表弹劾。不久,年羹尧被押解至京,雍正罗列 92 条罪状,令他自尽。

疑点五:雍正为何只能依仗屠刀立威?有不能服众之嫌。

雍正登基引起了皇族内部集体性抗争,不仅有他的众位兄弟和皇室成员参与,连他的生母和亲子等人也站到敌对的营垒。假如雍正是按照康熙旨意正常接班的,属于名正言顺的君主,很难想象会集结如此强大的反对力量。雍正在位十三年,基本上属于众叛亲离的状态,成了地地道道的孤家寡人。为了稳定政权,雍正制造多起血腥的屠杀。他本人如此解释:"在廷诸臣为廉亲王(允禩)所愚,反以朕为过于苛刻,为伊抱屈,即联屡降谕旨之时,审察众人神色,未尝尽以廉亲王为非"(《上谕内阁》)。雍正在排除异己过程中,遭到杀害的皇室成员和大臣多达数百人。史料记载:"清皇(雍正)为人自圣,多苛刻之政,康熙旧臣死者数百人"(《朝鲜李朝实录中的中国史料》)。

疑点六:雍正为何从不涉足畅春园和避暑山庄?有疑神疑鬼之嫌。

畅春园和避暑山庄是当时我国规模最大最富丽堂皇的皇家园林。康熙生前多次入住畅春园,最后驾崩于此。一向倡导节俭的雍正帝弃而不用,另耗费巨资,大兴土木扩建圆明园,用来作为自己的行宫。经查核,雍正在位十三年,一直居住圆明园,从未入住畅春园。另外,康熙生前多次去避暑山庄,行围打猎,练兵习武,在此曾接待蒙古王公等要员。雍正也曾陪同父皇去过避暑山庄。当他做皇帝之后,再没有去过避暑山庄。雍正一再声称自己是康熙最孝顺、最受父皇重视的儿子,在位长达十三年之久,却从未涉足畅春园和避暑山庄,个中隐情只有他心里最清楚。

疑点七:乾隆为何急如星火为涉案宗室人员平反昭雪?有平反冤假错案之实。

乾隆即位之初,立即着手为那些被打倒的伯伯和叔叔等宗室人员进行平反昭雪。乾隆对雍正帝兄弟间那场政争是一本全知的,忆及往事也是痛心不已,并作出较为客观地评论:各方都是斗争的受害者。允禩和允禵遭到雍正打击报复,最后含冤而死,结局惨不忍睹。雍正晚年或许有良心发现,一想起此事,心情也是糟糕透顶的。"觊觎窥窃,诚所不免。及皇考绍登大宝,怨尤诽谤,亦情事所有,特未有显然悖逆之迹。皇考晚年屡向朕谕及,愀然不乐"。另外,康熙葬于东陵,极度迷信的雍正生前大力营造西陵,死后葬于西陵,也是疑点之一。正因为雍正本人无法将坐上大位的经过做到自圆其说,之后的清统治者及史官对此事讳莫如深,所以他的正统性存疑至今。

曹雪芹既然在《红楼梦》中隐藏曹家兴衰史,那就不可避免触碰到时事政治,尤其回避不了雍正迫害曹家一事。但用"万几"两字伏下雍正非法继位真相,着实令笔者始料未及,足见曹雪芹够拼的,果真使出了王熙凤所言"舍得一身剐,敢把皇帝拉下马"的那股狠劲儿。

# 《红楼梦》"碍语"牵及雍正

曹雪芹经历"无端被诏出凡尘"的悲惨遭遇,内心时刻涓涓血流,对始作俑者雍正的仇恨也是与日俱增。在文字狱空前残酷的康雍乾时期,公开丑化或讽刺皇帝,可不是一件闹着玩的小事,"维民所止"等血案早已证明此路不通。如何才能抒发自己的真情实感呢?他最终使出两记绝招,即用"借代法"将雍正一些存在争议的事隐入《红楼梦》著作之中,痛快淋漓地表达了对他无比憎恶之情。

## 绝招之一:恨"四"情结与雍正有关

一般情况下,"四"仅作为一个数字而已。可该字接二连三出现于《红楼梦》,着实令人感到无比讶异。它犹如鬼魅一般,一旦出现,要么有人进入鬼门关,要么有人大难临头。笔者在尊重原著和史实基础上,结合脂砚斋批语等相关资料,经过深入探究,终于弄清了此事的来龙去脉。原来,曹雪芹刻意对其妖魔化,剑锋则直指雍正。

因为雍正在兄弟间排行为四,所以曹雪芹借机利用数字"四"做足文章。史料记载,雍正即爱新觉罗·胤禛(1678—1735),满族,由皇四子继承大统。他是清朝第五位皇帝,入关后第三位皇帝,父亲是清圣祖康熙,母亲为孝恭仁皇后（德妃乌雅氏）。他的年号是雍正，庙号是清世宗，葬于清泰陵。

**"四"是一个"催命鬼"，正钗之一的秦可卿成为"万艳同悲"第一人。**

秦可卿，金陵十二钗之一，乳名可卿，营缮郎秦邦业从养生堂抱养的女儿，后成为宁国府重孙贾蓉的原配夫人，府内人称她为蓉大奶奶。

秦可卿深得贾母欢心。贾母是一位德高望重的长者，宁国府和荣国府共同尊崇的老太君。秦可卿懂得待人接物的处世之道，贾母始终将她视作重孙媳妇中最满意的人。原文本内容为："贾母素知秦氏是个极妥当的人，生的袅娜纤巧，行事又温柔和平，乃重孙媳中第一个得意之人。"（第五回）

秦可卿与各阶层人员和睦相处，她嫁入豪门宁国府，但从不摆贵妇人的架子。由于她真诚待人、不分贵贱、不分老幼，朋友圈越聚越广，不仅与贾宝玉和王熙凤等常来常往，同府内服务人员也建立了十分融洽的关系。秦可卿的不幸早逝，使举家上下沉浸在哀痛中。原文本内容为："那长一辈的想他素日孝顺；平一辈的想他平日和睦亲密，下一辈的想他素日慈爱，以及家中仆从老小想他素日怜贫惜贱、慈老爱幼之恩，莫不悲嚎痛哭者。"（第十三回）

秦可卿有居安思危的战略眼光，她的综合能力不亚于王熙凤和贾探春。荣国府正处于辉煌时期，秦可卿已对其现状进行全方位观察和深入思考，发现致命的症结所在，特制定一整套切实可行的预案。她通过梦境向王熙凤面授机宜，一是荣国府逃不过久盛必衰的周期律，"常言月满则亏，水满则溢"。二是提醒王熙凤早作打算，应留条后路，不至于大难临头时束手无策，"目今祖茔虽四时祭祀，只是无一定的钱粮；家塾虽立，无一定的供给。依我想来，如今盛时固不缺祭祀供给，但将来败落之时，此二项有何出处？莫若依我定见，趁今日富贵，将祖茔附近多置田庄房舍地亩，以备祭祀供给之费皆出自此处，将家塾亦设于此。合同族中长幼，大家定了则例，日后按房掌管这一年的地亩、钱粮、祭祀、供给之事。如此周流，又无竞争，亦不有典卖诸弊。便是有了罪，凡物可入官，这祭祀产业连官也不入的。便败落下来，子孙回家读书务农，也有个退步，祭祀又可永继"。三是警告王熙凤不能被眼前的表面繁华所迷惑，更不要抱有任何幻想，"眼见不日又有一件非常喜事，真是烈火烹油、鲜花着锦之盛。要知道，也不过是瞬息的繁华，一时的欢乐，万不可忘了那'盛筵必散'的俗语"。

秦可卿在门响"四"声时命赴黄泉。"四"是一个特大丧音，既是她生命终结之时，又是宁荣两府走下坡路的开始。王熙凤在梦境中正与她交流，且记住她的临别赠言，"三春去后诸芳尽，各自须寻各自门"。王熙凤突然被"传事云牌连叩四下"所惊醒，恰在此时，传来秦可卿死亡噩耗，她是十二正钗中离世第一人。自此以后，金陵十二钗逐渐凋谢。原文本内容为："凤姐还欲问时，只听二门上传事云牌连叩四下，将凤姐惊醒。人回：'东府蓉大奶奶没了。'凤姐闻听，吓了一身冷汗，出了一回神，只得忙忙的穿衣，往王夫人处来。"（第十三回）

## "四"是一根"导火索"，水灵的丫头芸香受到贾宝玉不公正的处理。

蕙香，贾宝玉房中的一名小丫鬟。原名芸香，袭人替她改名为蕙香。贾宝玉得知蕙香在家排行为四，马上改口唤她"四儿"。

蕙香姣好的容貌引起了宝玉的注意，贾宝玉是荣国府未来的掌门人，长期生活在美人圈内，不仅林黛玉、薛宝钗等正钗个个美若天仙，连袭人和麝月等女佣人也都是精挑细选的美人。蕙香也不例外，因她年轻貌美，才被选为贾宝玉的服务人员。贾宝玉也觉得她很养眼。原文本内容为：

"麝月只得笑着出来，唤了两个小丫头进来。宝玉拿一本书，歪着看了半天，因要茶，抬头只见两个小丫头在地下站着。一个大些儿的生得十分水秀。"（第二十一回）"大些儿的"即指蕙香。

蕙香因排行"四"被贾宝玉唤作"四儿"。蕙香是"聪敏乖巧不过的丫头"，热心为贾宝玉服务，端茶送水，随叫随到。有一次，贾宝玉主动与她搭讪，问她姓甚名谁，蕙香如实回答："我原叫芸香的，是花大姐姐改了蕙香。"贾宝玉听后反而不乐意："正经该叫'晦气'罢了，什么蕙香呢！"当得知她在家排行四时，贾宝玉情绪突然失控，对她发飙，决定从明日起唤她为"四儿"。贾宝玉作为怜香惜玉的公子哥，有一段前所未闻的千古奇谈："女儿是水做的骨肉，男人是泥做的骨肉。我见了女儿，我便清爽；见了男子，便觉浊臭逼人。"而面对眼前的丫头蕙香，他的态度发生了180度的大转弯，将她花一般好听的名字改成俗不可耐的"四儿"。原文本内容为："（贾宝玉）又问：'你姊妹几个？'蕙香道：'四个。'宝玉道：'你第几？'蕙香道：'第四。'宝玉道：'明儿就叫四儿，不必什么蕙香兰气的。那一个配比这些花，没的玷辱了好名好姓。'"

蕙香还因排行"四"受到贾宝玉的惩罚。蕙香的排行问题原本与贾宝玉毫不相干，竟被他恶意更名为"四儿"。可贾宝玉仍未觉得解气，故意在工作中刁难她。蕙香忍辱负重，服从安排，继续为贾宝玉服务。一是贾宝玉只安排她一人做事。"宝玉一天都不出房门（这一日，宝玉也不大出房），也不和姊妹丫头等厮闹，自己闷闷的，只不过拿着书解闷，或弄笔墨，也不使唤众人，只叫四儿答应。"二是贾宝玉只命令她一人加班加点。原文内容为："至晚饭后，宝玉因吃了两杯酒，眼饧耳热之际，若往日则有袭人等大家喜笑有兴，今日却冷清清的一人对灯，好没兴趣。待要赶了他们去，又怕他们得了意，以后越发来劝，若拿出做上的规矩来镇唬，似乎无情太甚。说不得横心只当他们死了，横竖自然也要过的。便权当他们死了，毫无牵挂，反能怡然自悦。因命四儿剪灯烹茶，自己看一回《南华

经》。"（第二十一回）

"四"是一个"害人精"，判词第一人的晴雯差一点走上黄泉路。

晴雯，金陵十二钗又副册之首，贾宝玉房内四位大丫鬟之一。她虽是一名丫鬟，在贾宝玉身边却过着千金小姐一般的生活，贾母也非常喜欢她。晴雯作为一个"身为下贱"的丫头，从小被卖到贾府的奴仆赖大家中，成了奴才家的奴才，这种人谈不上有社会地位。有次，赖嬷嬷带着伶俐标致的晴雯来到贾府，她有幸被贾母看中。赖嬷嬷是个马屁精，将她当作礼物一样孝敬贾母。

贾母对晴雯的优质服务感到很满意，特意安排她服侍贾宝玉。进入雨雪季节，贾宝玉须外出。贾母担心他挨冻，特地从库房内取出一件雀金裘给他御寒。这件衣服来自俄罗斯，"只听贾母笑道：'……前儿把那一件野鸭子的给了你小妹妹，这件给你罢。'宝玉磕了一个头，便披在身上。"有一次贾宝玉临行前，王夫人托人捎来话，务必要小心，千万不能把那件珍贵衣服给弄坏了。贾宝玉晚间回到家，才发现雀金裘被烧一个洞。明天府上安排了一场重要活动，贾宝玉必须身着雀金裘出席。假如贾母发现雀金裘遭到损坏，老人家心里定会不愉快。当务之急，唯有在天亮前补好雀金裘，才能蒙混过关。贾宝玉身边有位机灵的丫头，她的名字叫麝月。麝月眉头一皱，计上心来，当即向贾宝玉献上一条妙策——街道上聚集众多手艺高超的裁缝师傅，这些人见多识广，专业水平高，补好雀金裘应该不费吹灰之力。只要师傅们及时补好衣服，大伙儿今夜方可高枕无忧。贾宝玉认为这个主意好，立即派人去执行。仆人以十万火急的速度将雀金裘送到能工巧匠的手中，但却发生了最为尴尬的一幕，那些所谓的能工巧匠竟无一人识得此物，个个是呆若木鸡。麝月的计划因此宣告泡汤。时间一分一秒流逝，形势也是越来越严峻，贾宝玉急得如同热锅上的蚂蚁一样团团转。卧病不起的晴雯是看在眼里，急在心上。她不顾个人身体抱恙，主动请缨，决定完成这项艰巨任务。在别无选择的情况下，贾宝玉勉强同意她的请求，让她试着修补。修补雀金裘是项尖端技术，整个荣国府仅有晴雯一人掌握该技术。她艰难下床，拖着沉重的病躯，从府内取出"金线"等材料，找到"金刀"等工具，有条不紊按"界线之法"程序操作。晴雯不顾病重，加班加点，终于在黎明前将雀金裘修复如初。而宝玉悬着的心也终于可以放下了。原文本为："晴雯道：'这是孔雀金线织的，如今咱们也拿孔雀金线就象（就像）界线似的界密了，只怕还可混得过去。'麝月笑道：'孔雀线现成的，但这里除了你，还有谁会界线？'晴雯道：'说不得，我挣命罢了。'宝玉忙道：'这如何使得！才好了些，如何做得活。'晴雯道：'不用你蝎蝎螫螫的，我自知道。'一面说，一面坐起来，挽了一挽头发，披了衣裳，只觉头重身轻，满眼金星乱迸，实实撑不住。若不做，又怕宝玉着急，少不得恨命咬牙捱着。便命麝月只帮着拈线。晴雯先拿了一根比一比，笑道：'这虽不很象（很像），若补上，也不很显。'宝玉道：'这就很好，那里又找哕嘶国的裁缝去。'晴雯先将里子拆开，用茶杯口大的一个竹弓钉牢在背面，再将破口四边用金刀刮的散松松的，然后用针纫了两条，分出经纬，亦如界线之法，先界出地子后，依本衣之纹来回织补。补两针，又看看，织补两针，又端详端详。无奈头晕眼黑，气喘神虚，补不上三五针，伏在枕上歇一会。宝玉在旁，一时又问：'吃些滚水不吃？'一时又命：'歇一歇。'一时又拿一件灰鼠斗篷替他披在背上，一时又命拿个拐枕与他靠着。急的晴雯央道：'小祖宗！你只管睡罢。再熬上半夜，明儿把眼睛抠搂了，怎么处！'宝玉见他着急，只得胡乱睡下，仍睡不着。一时只听自鸣钟已敲了四下。"（第五十二回）

　　虽然修补雀金裘大功告成，可晴雯的病越来越严重了。晴雯原本病得不轻，加之劳累过度，她已到了"力尽神危"的地步，晴雯险些在自鸣钟敲"四下"时送命。按据曹雪芹所描述，晴雯离死亡仅有一步之遥。幸亏王太医等人抢救及时，才使她转危为安。"晴雯已嗽了几阵，好容易补完了,说了一声:'补虽补了,到底不象(像),我也再不能了!'嗳哟了一声,便身不由主倒下""话说宝玉见晴雯将雀裘补完,已使得(使的)力尽神危。"(第五十三回)

"四"是一件"花外衣",掩盖着一位荒淫无道的当政者。

"姽婳将军林四娘"和"恒王"是贾政讲述故事中出现的两个人物。贾政在第七十八回向手下人讲故事:当年,有位恒王出镇青州,他是"好武兼好色"之人,命令一大群美女演练攻城拔寨之事。这群美女中有位林四娘,"姿色既冠,武艺更精",恒王命令她统辖众多美女。因此,林四娘被人们称作"姽婳将军"。"姽婳"二字大有深意,原指女子体态娴静美好,可它的谐音却是"鬼话"。有一年,青州发生大规模叛乱,恒王束手无策,文武百官纷纷准备投降。"不期忠义明闺阁",林四娘亲自率领娘子军,趁着夜色向贼营发起突袭,最后力战不支,全部为国捐躯。曹雪芹特用"风流隽逸,忠义慷慨",褒扬姽婳将军林四娘,她绝对是一个正面形象。这一切,不禁使人联想到第十二回出现的"风月宝鉴"。"风月宝鉴"出自太虚幻境空灵殿上,由警幻仙姑所制而成。此镜神奇之极,背面现出一具死人骷髅,令人毛骨悚然;正面则现出绝色美人王熙凤,尚且能与之云雨。贾瑞色胆包天,不顾人伦,妄想吃王熙凤的"豆腐"。可他却反被王熙凤三番五次玩弄于股掌之间,不仅丑态百出,还落得一身病,最后到了无药可救的地步。贾瑞死亡只是时间问题,可他的求生愿望越来越强烈。忽有一位跛足道人上门,自称专治冤业之症,并主动把那面镜子借给贾瑞使用三日。跛足道人离开前,反复告诫贾瑞:照镜子背面三日,病保痊愈;否则,性命难保。不幸的事情最终还是发生了,贾瑞劣性不改,没有听从跛足道人的忠告,对着镜子正面照数次,最终一命呜呼。

曹雪芹使用伏脉千里的技法屡见不鲜。我们不妨大胆猜想:若将姽婳将军林四娘置于"风月宝鉴"之下进行检试,看一看这面宝镜的反面能显现哪些奇异之处——

试镜一:正面姽婳者是一位娴静美好的女子;反面鬼话者则是一位须眉浊臭男子。

试镜二:正面排行四者是四娘,反面排行四者是四郎。

试镜三:正面的四娘是风流隽逸和忠义慷慨;反面的四郎是满嘴鬼话和众叛亲离。

经此一照,反面立现一位说鬼话、唤作四郎的主子。由此可知,曹雪芹表面上赞扬姽婳将军林四娘,实则暗批雍正是"好武兼好色"的荒唐君主。

好色的恒王是一位真正的"须眉浊物"兼大草包,竟然被"流贼"杀死。那么,恒王是否也有所指呢?从贾政等人对话以及诗歌内容来分析,其间包含许多易学思维。有几句玄虚的语言毫无疑义是来自易学的。一是众人听贾政说完都又笑道:"'圣朝无阙事'唐朝人预先竟说了,竟应在本朝。";二是"明年流寇走山东,强吞虎豹势如蜂",贾宝玉怎么可能预测到明年将发生流寇?三是"胜负自然难预定,誓盟生死报前王"。历史上确曾发生赤眉和黄巾农民大起义,但均以失败而告终,这些早有定论。问题在于,赤眉和黄巾根本不是同一时期发生的农民大起义,而文本中却将两者混为一谈,"谁知次年便有'黄巾''赤眉'一干流贼馀党"。由此得知,此故事纯属虚构。"胜负自然难预定",显然含有预测的成分。

从《周易》里来,到《周易》中去,运用易学理论探求极其深奥之"恒"。恒王受封镇守青州,封王当然是国之大事,应属政事类。《周易》政事篇是怎样解释这个"恒"字呢?有两种较为权威的解释,一是唐代李鼎祚著《周易集解》的解释:"侯果曰:'浚,深。恒,久也。初本六四,自四居初,始求深厚之位者也,位既非正,求得涉邪,以此为正,凶之道也'";二是易学专家杨吉德在《周易讲座》中的解释:涉及政事特指政权岌岌可危,须有修行善举方可赎其罪孽。

"恒"在易学中有"位既非正"以及"政权岌岌可危"等特定含义。由此可知,曹雪芹别出心裁虚构一个"恒王",暗讽雍正的帝位来路不正以及其政权岌岌可危。

脂砚斋对神奇之"四"进行了大揭秘。

《红楼梦》文本中经常出现的"四"仅是一个单纯数字吗?答案是否定的。知情人脂砚斋利用批语形式进行了大揭秘。脂砚斋是《红楼梦》最具权威的评批者,其批语对后世研究文本内容、创作过程以及曹雪芹家庭背景等情况有着重要的参考价值。如果哪位无名小辈指证《红楼梦》之"四"不仅仅是一个单纯的数字,而且代指了某个人,必将招致铺天盖地的口诛笔伐。由资深的评批者脂砚斋亲自披露该字真相,则能起到指点迷津的作用。脂砚斋言之凿凿,一语道破天机:数字"四"根本不只是一个简单的数字,特指一位炙手可热的大人物。对曹家而言,此人是地地道道的"有害无益者",我和作者都受到了此人的迫害。即使有人喜欢他,但我对他是恨之入骨的。鉴于曹家当时的社会地位,谁迫害作者和批者,已经自不待言。当贾宝玉把蕙香唤作"四儿"时,脂砚斋在庚辰本作出了一条惊世骇目的批语:"又是一个有害无益者。作者一生为此所误,批者一生亦为此所误,于开卷凡见如此人,世人故为喜,余反抱恨,盖四字误人甚矣。被误者深感此批。"(第二十一回)另外,"呼三喝四""顾三不顾四"等语,也可看出曹雪芹对雍正的大不敬之意。

## 绝招之二:用贾敬形象影射雍正

贾敬是宁国公贾演的孙子,京营节度使世袭一等神威将军贾代化的次子,生有儿子贾珍和女儿贾惜春,可谓是一个幸福美满的家庭。可他放弃优越的工作和生活环境,住进玄真观,整日烧丹炼汞,对国事和家事一概置之不理,最终落得吃丹砂被烧胀而死的可悲下场。曹雪芹如此这般描述贾敬的所作所为,竟与雍正有惊人的雷同之处。两者不仅有交集,还如同雍正的"影像实录"。笔者由此判定,曹雪芹利用贾敬形象影射雍正,推理如下:

### 两者名字均含一个敬字

宁国府第三代"领导人"姓贾名敬,冷子兴和贾雨村在演说荣国府时特意提到了贾敬,他是宁国府的第三代,贾代化的二公子。"宁公死后,贾代化袭了官,也养了两个儿子。长名贾敷,至八九岁上便死了,只剩了次子贾敬袭了官。"(第二回)

雍正的谥号中也有个"敬"字。皇帝驾崩后,按照惯例,朝廷必须根据其生平行为给予一种称号。清廷给雍正所上的谥号:敬天昌运建中表正文武英明宽仁信毅睿圣大孝至诚宪皇帝。

### 两者的建筑物均属皇家级

建造宁国府是经过皇帝批准的,规格极其高。"厅殿楼阁""峥嵘轩峻""三间兽头大门"等细节反映出所建的宁国府具有皇家气派。另一处体现宁国府为"皇帝级"的细节为第三回中林黛玉亲眼看见"敕造宁国府"五个大字。需要说明的是,"敕"为皇帝或帝王自上命下之词(汉时凡尊长或官长告诫子孙或僚属皆称敕,南北朝以后专指皇帝诏书)。此外还有敕书(皇帝行文给臣僚的文书)、敕命(皇帝颁赐爵位或物品的诏命)、敕符(书有皇帝命令的凭证)等与"敕"相关的词语。

紫禁城属于皇家级。紫禁城是世界上现存规模最大、建筑最雄伟、保存最完整的古代宫殿和古建筑群。明永乐五年(1407),朱棣下令修建北京皇宫,主要设计者有杨青和蔡信等人。修建紫禁城动用大量的全国著名工匠和民工,于永乐十八年(1420)基本竣工。1644年4月,明朝骁将吴三桂勾结山海关外的清军,放行他们入关与李自成军队在山海关展开大决战。李自成战败后退回北京城,仓促举行皇帝登基大典,国号大顺。仅一天,李自成主动撤离北京城。清军顺利开进金碧辉煌的紫禁城,顺治帝稳坐在金銮殿的龙椅上,开启了二百余年的清帝国统治。

### 两者均在外居住

贾敬主动辞去了官职,不肯居住宁国府,到道观修炼去了。原文内容为:如今敬老爹一概不管,因他父亲一心想作神仙,把官倒让他袭了。他父亲又不肯回原籍来,只在都中城外和道士们胡羼。(第二回,此句在原文中并非连续,且语序颠倒,原文中先出现的后半句,然后才出现前半句。)

雍正长期居于圆明园。清代历位皇帝长住紫禁城,仅雍正是个例外,他喜欢住在圆明园。圆明园是雍正作为皇子时所得的封赐。雍正如此解释圆明园:"圆而入神,君子之时中;明而普照,达人之睿智也。"雍正三年八月(1725),开始修建圆明园。竣工后,雍正搬进圆明园,生活起居及处理公务均在园内。他曾明谕百官:"每日办理政事与宫中无异。"雍正御用画师郎世宁画有12幅行乐图,就是展现他在圆明园生活情况,同时反映出12个月的不同节令风俗。

### 两者均痴迷道教

贾敬信道已至痴迷程度,不论家中发生何等要事,他都撒手不管。孙媳妇秦可卿丧事期间,许多王爷和朝廷要员前来祭奠。他却生怕影响其修道,不肯露面,有失基本礼节。"闻得长孙媳死了,因自为早晚就要飞升,如何肯又回家染了红尘,将前功尽弃呢,因此并不在意,只凭贾珍料理。"对此,荣国府的大管家王熙凤曾讥讽贾敬:"大老爷原是好养静的,已经修炼成了,也算得是神仙了。太太们这么一说,这就叫作'心到神知'了。"

雍正自皇子时期起，便十分推崇道教，且越来越痴迷。清朝官方资料记载，雍正在没当皇帝前，不仅对道家的丹药产生浓厚兴趣，而且颇有研究。他写过一首《烧丹》诗："铅砂和药物，松柏绕云坛。炉运阴阳火，功兼内外丹。"雍正登基后，一朝权在手，便把令来行，极力推崇金丹派南宗祖师张伯端，御封他为"紫阳真人"。

### 两者均在外胡羼

胡羼，意为鬼混、胡搞、胡来。

贾敬作为宁国府长房继承人，没有发挥表率作用。他潜心修道原本无可厚非，可在外头胡来乱搞，造成了极其恶劣的影响。"如今敬老爹一概不管，因他父亲一心想作神仙，把官倒让他袭了。他父亲又不肯回原籍来，只在都中城外和道士们胡羼。"

雍正执政以后，身体逐渐亮起"红灯"。在力不从心的情况下，雍正必须依赖药物。他亲自上阵，研究炼丹方法，把圆明园当作炼丹的"主战场"。据《活计档》记载，从雍正八年（1730）至雍正十三年（1735），在短短的五年时间里，雍正帝先后下旨向圆明园运送炼丹所需物品，仅煤、炭就达234吨，还有大量矿银、红铜、黑铅、硫磺等矿产品。不难想象昔日圆明园热火朝天的大炼丹药的场面。

### 两者均长期服用丹药

贾敬不仅按时服食丹药，还亲自研制新丹药，这是公开的秘密。医生们掌握贾敬按时服食丹药的情况："……大夫们见人已死，何处诊脉来，素知贾敬导气之术总属虚诞，更至参星礼斗，守庚申，服灵砂，妄作虚为，过于劳神费力，反因此伤了性命的。如今虽死，肚中坚硬似铁，面皮嘴唇烧的紫绛皱（皱）裂，便向媳妇回说'玄教中吞金服砂，烧胀而殁'。"道士们也知道贾敬死前曾服食大量自制的新丹药："众道士慌的回说：'原是老爷秘法新制的丹砂吃坏事，小道们曾劝说：功行未到且服不得，不承望老爷于今夜守庚申时悄悄的服了下去，便升仙了。这恐是虔心得道，已出苦海，脱去皮囊，自了去也。'"

雍正也有长期服用丹药的历史，由于年复一年的使用，他的体内积累大量毒素。为了增强药效，服用丹药的剂量也是越来越大。雍正十分推崇紫阳真人，为之重建道院。他掌握紫阳真人"发明金丹之要"。从雍正四年（1726）起，雍正特别喜欢吸食"既济丹"。不仅如此，他还极力向身边的臣子推广。雍正四年（1726），鄂尔泰得到雍正所赐的"既济丹"。鄂尔泰连续服用一个月，向雍正奏报"大有功效"。雍正听后极为高兴："此方实佳，若于此药相对，朕又添一重宽念矣。仍于秋石兼用作引，不尤当乎"；雍正又将"既济丹"赐给田文镜。雍正为了打消田文镜顾虑，畅谈自己服食的体会，声称此药可大补元气，劝他可以放心大胆服食："此丹修合精工，奏效殊异，放胆服之，莫稍怀疑，乃有益无损良药也。朕知之最确。"

## 两者的死因均系中毒暴亡

曹雪芹对贾敬的死相描写很细致、很到位，他属于中毒暴亡是确定无疑的。众人听到贾敬突然死亡的消息，全都感到十分意外，"刚好好的，并无疾病，怎么就没了？"大伙儿赶到现场，见到已断气贾敬的死相，"如今虽死，肚中坚硬似铁，面皮嘴唇烧的紫绛皱裂""系玄教中吞金服砂，烧胀而殁"。

据传雍正系中毒暴亡。官方未如实记载雍正的死因，实有难言之隐，因它涉及皇家隐私。但从雍正亲近大臣张廷玉的私人记录来看，他属于中毒暴亡。当见到驾崩的雍正时，令其"惊骇欲绝"，死去的雍正是"七孔流血"。据史料记载，雍正十三年（1735）农历八月十八日，雍正在圆明园与大臣议事;农历八月二十日召见宁古塔的几位地方官员;又过了一天,雍正仍照常办公;农历八月二十二日晚上,朝中重臣等被匆忙召入寝宫,见到奄奄一息的雍正。也就在此时,雍正作出传位于乾隆的决定;农历八月二十三日雍正在圆明园咽下了最后一口气。在毫无征兆情况下,时年58岁的雍正突然死去,证明他确系猝死。

### 两者报丧均使用"宾天"一词

"宾天"一词指作天帝的上宾,指帝王之死。

贾敬报丧,不应该使用"宾天",对他使用"宾天"一词,属非理性。《红楼梦》出现守庚申时,守庚申是炼丹术(外丹)的术语。"不承望老爷于今夜守庚申时悄悄的服下了药,便升仙了",东府几个家人赶紧向尤氏报丧:"忽见东府中几个人慌慌张张跑来说:'老爷宾天了。'"

雍正在夜间去世,史料记载,他死于八月二十三日子时。故而,此时从圆明园向各王爷等处报丧,必须使用"宾天"或驾崩等专用词。

### 两者逝后均不可能产生过度的悲哀气氛

贾敬之死缺少悲哀气氛,他生前荒诞不经,毫无亲情观念,亲人们对他去世也就漠然置之。对于贾敬之死,儿子贾珍和孙子贾蓉仅是走过场,甚至还寻欢作乐。"贾珍贾蓉此时为礼法所拘,不免在灵旁藉草枕块,恨苦居丧。人散后,仍乘空寻他小姨子们厮混。"连亲生女儿惜春也未奔丧,这是贾敬人生最大的失败。惜春自母亲去世后,一直在贾母身边长大,自小养成了孤僻冷漠的性格,以至成人后万念俱灰,最终走向"独卧青灯古佛旁"的结局。

雍正之死不会产生过多的悲哀气氛。他继位存在过多的疑点,难以服众,尤其过不了亲兄弟们的那一关,如抚远大将军、贝子胤禵奉诏奔丧抵京,见到雍正时"倨傲不恭"等。面对这些顽固不化的皇亲国戚,为了政权稳固,雍正只得倚仗屠刀立威。据朝鲜文献记载,雍正年间,被杀宗室和官员上百人。康熙第八世孙金恒源评论雍正:执政十三年期间,他请同胞兄弟出山辅助却遭坚辞,基本上处于众叛亲离之中,成了真正的孤家寡人,其情其状其心态之苦可想而知。雍正依靠铁腕手段处理一大批政敌,杀的杀、关的关。历史上,无论哪位皇帝离世,只有得到恩惠的皇亲国戚或臣子们才会感到无比悲哀。由于雍正生前毫不念及手足之情,受到处理的王公大臣不计其数。对待他的死,这些人表现淡漠倒是一件很自然的事。

## 两者的涉案道士均受到了处理

贾敬之死除自身原因外,道士也有推脱不了的责任。人命关天,道士们却妄言贾敬升仙得道,脱离了苦海。贾珍和贾蓉等人出门在外,尤氏只能独当一面操办此次丧事。她先命令把所有的道士锁起来,等候发落,书中称:"尤氏也不听,只命锁着,等贾珍来发放,且命人去飞马报信"。

雍正之死的涉事道士受到乾隆处理。按照雍正的遗诏,由弘历继承大位。雍正十三年(1735)九月初三日,新皇帝乾隆即位于太和殿,宣读登极诏书,大赦天下,以转年为乾隆元年(1736)。然而,雍正死后仅隔一日,即雍正十三年八月二十五日,乾隆就下旨将宫中炼丹道士全部驱逐,同时下达严厉的封口令,责令他们各人回归本籍后必须安守本分,不准在外宣扬先帝的所作所为,如有违反,绝不宽贷。乾隆驱逐全部道士不失为明智之举,如果迁怒于道士而大开杀机,就有揭父过错之嫌。同时,乾隆严令太监和宫女们也不准将宫中消息传出,更不许传入内廷,否则,必将严惩不贷。

另外,贾敬死后仅追赐为五品之职,天子忙下额外恩旨对贾敬着光禄寺按上例赐祭、朝中由王公以下准其祭吊等,曹雪芹暗示贾敬的丧事按皇帝等级操办。

雍正既然对曹家不仁,那怨不得曹雪芹对他不义。曹雪芹凭借非凡的智慧和惊人的勇气,拿起笔杆子当作锐利武器,既隐存曹家史,又鞭挞雍正暴虐无道。任何史官和近臣都不敢涉足的禁区,就如此被一代文坛巨匠曹雪芹轻而易举地突破了。

# 曹雪芹系军属

"昌明隆盛之邦,诗礼簪缨之族,花柳繁华地,温柔富贵乡",贾宝玉降生荣国府贾家,嘴里如似含着一把金汤匙,一出世便是享受荣华富贵。可荣国府那份殷实的家业又是从何而来的呢?曹雪芹委婉地道出实情,贾宝玉祖上曾经浴血疆场,依靠军功起家。笔者认真细致比对这一重要信息,发现该描述与曹雪芹先辈的发迹史相一致,从而证明曹雪芹是军人之后。如此这般,曹家那段波澜壮阔的从军史立刻呈现在世人面前。

## 宁国府和荣国府均凭军功起家

"打仗亲兄弟",贾氏兄弟齐上阵,建功立业,分别受封宁国公和荣国公。"阶崇金紫,爵极国公",这是封建时代有志男儿的奋斗目标之一。贾氏家族一门出了两位国公,并不是天上掉下来馅饼,而是他们用生命和鲜血所换来的荣誉。

第一代宁国公和第一代荣国公不仅是兄弟,而且是一娘所生的同胞亲兄弟,这是古董商冷子兴透露这一重要信息。贾雨村因腐败问题遭下属举报,被皇帝毫不留情开除公职。贾雨村在妥善安顿家眷之后,终日游山玩水消磨时光。时过不久,他来到名胜之地扬州。观光期间,贾雨村托熟人介绍,被盐政林如海聘请为家庭教师。一日,学生林黛玉旧病复发不能上课。贾雨村闲得慌,趁天气晴朗远赴郊外,欣赏田园风光。中午时分,他已是饥肠辘辘,缓步走进小餐馆,不巧遇见好友冷子兴。两人把酒言欢,天南海北的狂侃一通。此次交谈中,冷子兴透露宁国公与荣国公同胞亲兄弟的信息:"正说的是这两门呢。待我告诉你。当日宁国公与荣国公是一母同胞弟兄两个。宁公居长,生了四个儿子。宁公死后,贾代化袭了官,也养了两个儿子。长名贾敷,至八九岁上便死了,只剩了次子贾敬袭了官,如今一味好道,只爱烧丹炼汞,余(馀)者一概不在心上。"(第二回)

宁国府"太爷"从战场上死里逃生。太爷是位军官,经常带兵打仗。太爷在一次战斗中身负重伤,奄奄一息。太爷手下有位忠义可嘉的战士,他的名字叫焦大。焦大舍生忘死,从死人堆里找到"太爷",偷来食物,弄来"半碗"饮用水,把太爷背回府上。太爷转危为安,可焦大在两天多时间里仅靠喝马尿维持生命。宁国府的现当家人是贾珍,贾珍的老婆尤氏邀王熙凤次日来府作客,第二天清早,王熙凤洗漱完毕,正准备动身,贾宝玉听了,嚷着要去,王熙凤只好同意。尤氏率领家人,早在仪门前等候,热烈欢迎王熙凤一行。贾宝玉在宁国府结识秦可卿的弟弟秦钟,两人相见恨晚。夜幕降临,尤氏让家丁护送秦钟回家。那晚轮到焦大当班,他喝得烂醉如泥,非但不能执行任务,还公开府内最大的丑闻,"爬灰的爬灰,养小叔子的养小叔子"。王熙凤看到宁国府管理混乱不堪,批评尤氏过于软弱,这种人万万不可留在府上。尤氏听到王熙凤这样说,向她大倒苦水:焦大多次跟随"太爷"打仗,曾经冒死救过老主人的命,功劳不可谓不大。可他现在躺在功劳簿上,不服从管理,经常酗酒闹事。原书这样借尤氏之口公开太爷的军官信息:"你难道不知这焦大的?连老爷都不理他的,你珍大哥哥也不理他。只因他从小儿跟着太爷们出过三四回兵,从死人堆里把太爷背了出来,得了命,自己挨着饿,却偷了东西来给主子吃。

两日没得水,得了半碗水给主子喝,他自己喝马溺。不过仗着这些功劳情分,有祖宗时都另眼相待,如今谁肯难为他去。他自己又老了,又不顾体面,一味吃酒,吃醉了,无人不骂。我常说给管事的,不要派他差事,全当一个死的就完了。今儿又派了他。"(第七回)

贾宝玉祖上同贾珍祖上一样,不仅是军官,还是一名高级军官。贾赦自作主张,把女儿贾迎春许配孙绍祖。孙绍祖的祖上原是一名军官,为了攀龙附凤,心甘情愿地投靠在宁荣两府门下执弟子礼。在两府的庇护下,孙绍祖的祖上终于如愿以偿,步步高升。孙绍祖继承祖上官职,又在"兵部候缺题升"。那么,宁国公和荣国公的军阶当然高于孙绍祖的祖上。由此得之,贾珍祖上是一名高级军官,贾宝玉祖上也是一名高级军官。原文表述如下:"原来贾赦已将迎春许与孙家了。这孙家乃是大同府人氏,祖上系军官出身,乃当日宁荣府中之门生,算来亦系世交。如今孙家只有一人在京,现袭指挥之职,此人名唤孙绍祖,生得相貌魁梧,体格健壮,弓马娴熟,应酬权变,年纪未满三十,且又家资饶富,现在兵部候缺题升。"(第七十九回)

贾宝玉祖上和贾珍祖上浴血奋战,俘获一大批敌兵,从而证明他们是那场战争胜利的一方。贾宝玉祖上和贾珍祖上实行优待政策,没有野蛮杀害俘虏,而把他们全部充作家奴。这些家奴虽然只干饲养马匹等小事,但他们生命安全得到了充分保障。这在《红楼梦》第六十三回"寿怡红群芳开夜宴,死金丹独艳理亲丧"里有所体现:贾宝玉看到芳官梳了头,挽起鬓,头戴花翠,连忙令她改妆,"又命将周围的短发剃了去,露出碧青头,后面当分大顶"。这种发型与中原女性的发型存在明显差异,却与北方少数民族的发型十分接近。贾宝玉见芳官这等妆扮,突发奇想,要替她起个男人名字,"芳官之名不好,竟改了男名别致",她的名字被改作"雄奴"。芳官对这个稀奇古怪的名字不仅毫不反感,还觉得称心如意。芳官告诉贾宝玉,家中现来了几个土番人,你对外就称我是"小土番儿"。

贾宝玉听了喜出望外，芳官再度被更名为"耶律雄奴"。如此喧闹之时，曹雪芹突然笔锋一转，提到了荣国府和宁国府先人优待俘虏的往事，"究竟贾府二宅皆有先人当年所获之囚，赐为奴隶，只不过令其饲养马匹，皆不堪大用"。

贾氏宗祠供奉着宁荣两府共同始祖。除夕祭祖是一年之中的大事，这种风俗起源于宗法制。宗法制按照血缘宗族关系分配利益，维护其家族联系。因为宁国公是兄长，所以"贾氏宗祠"建在宁国府。腊月二十九日，"贾氏宗祠"里灯火通明，两府有关人员齐聚宗祠，参加隆重的祭祀先祖仪式。宁荣二祖遗像悬挂正居中央，两旁悬挂着贾家列祖遗像。据此判断，两旁悬挂的贾家列祖遗像就是贾宝玉和贾珍的共同始祖。祭祀仪式庄严肃穆，程序严谨规范。原文本内容为："只见贾府人分昭穆排班立定：贾敬主祭，贾赦陪祭，贾珍献爵，贾琏贾琮献帛，宝玉捧香，贾菖贾菱展拜垫，守焚池。青衣乐奏，三献爵，拜兴毕，焚帛奠酒。礼毕，乐止，退出。众人围随贾母至正堂上，影前锦幔高挂，彩屏张护，香烛辉煌。上面正居中悬着宁荣二祖遗像，皆是披蟒腰玉；两边还有几轴列祖遗影。贾荇贾芷等从内仪门挨次列站，直到正堂廊下。槛外方是贾敬贾赦，槛内是各女眷。众家人小厮皆在仪门之外。每一道菜至，传至仪门，贾荇贾芷等便接了，按次传至阶上贾敬手中。"（第五十三回）

荣国公和宁国公服务于现政权。"太爷"带兵打仗，出生入死，取得了战争胜利。尤氏可以如此大张旗鼓宣传太爷的战功，可以肯定荣国公和宁国公绝对是为现政权效力的。一门出两公，既是朝廷对臣子的论功行赏，更是贾氏家族的莫大荣耀。"国朝"的几任皇帝都非常尊重贾家。"贾氏宗祠"悬挂着先帝和在位皇帝的题词。两位皇帝的题词都是正面的，一致肯定荣国公和宁国公为国家做出巨大贡献，称赞他们所建立的功勋可与日月同辉，并且作出庄严承诺，一定会善待两位国公的子孙后代，让他们永享荣华富贵。书中是这样表述的："月台上设着青铜（青绿）古铜鼎彝等器。抱厦前上面悬一九龙金匾,写道是:'星辉辅弼。'乃先皇御笔。两边一副对联,写道是:'勋业有光昭日月,功名无间及儿孙。'亦是御笔。五间正殿前悬一闹龙填青匾,写道是:'慎终追远。'旁边一副对联,写道是:'已后儿孙承福德,至今黎庶念荣宁。'"(第五十三回)

## 曹雪芹祖上确以赫赫军功起家

正所谓"上阵父子兵",曹雪芹先辈前仆后继,九死一生,从奴才成为清朝皇帝身边的大红人,这是一部血泪斑斑的家族史。清朝是马背上得天下的王朝,没有军功的人绝无可能获得特别封赏。自曹雪芹的太高祖曹世选和高祖曹振彦投降后金(清)后,从最底层做起,不怕流血牺牲,南征北战,立下了无数战功。经过数代人努力,曹家终于取得统治阶级的充分信任,建立了来之不易的百年兴旺家业。

太高祖曹世选被迫向后金投降。曹世选,又名曹锡远。他是曹俊后代四房曹智那一支系,籍贯辽阳,原属中国东北辽阳的汉人。曹世选曾是明朝沈阳中卫的低级军事教官,家在沈阳。档案记载:"宦沈阳,遂家焉。""令沈阳有声"。明朝末年,政治黑暗,民不聊生,各地农民纷纷揭竿而起。与此同时,满族出了一位雄才大略的首领,他的名字叫努尔哈赤。在他的统领下,满族快速兴起于黑山白水间。努尔哈赤(1559—1626),二十五岁时起兵统一女真各部。明万历四十四年(1616),努尔哈赤在赫图阿拉称"覆育列国英明汗",年号天命,史称"后金"。自此以后,努尔哈赤正式与明王朝分庭抗礼。后金天命六年(1621),努尔哈赤率军攻占沈阳,在"合城官民薙发归顺"的大情势下,曹世选同儿子曹振彦一起被迫向后金(清)投降;另一说,曹世选在1618年铁岭卫腰堡战役被后金军队俘虏。

据《五庆堂重修曹氏宗谱》《曹玺传》及辽阳大宁寺《重建玉皇庙石碑》《大金喇嘛宝记碑》、弥陀寺碑刻等资料显示,曹世选和曹振彦投降清朝,他们立即由汉人变成旗人,成为包衣阿哈。包衣阿哈是满语,称牛录包衣,简称包衣。包衣就是汉语所称的奴才、家庭奴隶。这种人在当时地位极其微贱,没有人身自由等权利。

高祖曹振彦在辽阳归附后金,隶属努尔哈赤的驸马、正黄旗汉军的佟养性麾下。他在佟养性乌真超哈部队中担任教官,乌真超哈在满语中意为炮兵。天聪六年(1632),佟养性卒,曹振彦被划入多尔衮王府,属正白旗汉人作战部队。

曹振彦凭借军功屡获升迁。曹振彦能征善战,在多尔衮军中崭露头角,屡获封赏。后金天聪八年(1634),曹振彦跟随多尔衮参加大凌河战斗,立有军功,任包衣旗鼓的佐领,领兵逾三百余人。顺治元年(1644),曹振彦参加对李自成的山海关大决战。李自成部队大败而回,于次日逃离北京。曹振彦随大军入关。顺治六年二月(1649),摄政王多尔衮率领大军抵达山西大同,在平定姜瓖叛乱中,曹振彦再次立下战功。

曹振彦由武官转任文官。清军入关,定都北京。与此同时,清加快了统一全国的步伐,李自成农民军和南明小朝廷等政权相继土崩瓦解。在大局已定的情况下,为了治理国家需要,朝廷急需选拔一批文官。曹振彦能文能武,顺治六年(1649)参加特别廷试,准作贡士。所谓特别廷试,就是在八旗汉军中选择哪些通晓汉文和文理优长者参加的考试。曹振彦自此由武将转任文职官员,先后出任山西吉州的知州、阳和府的知府等职。

曹振彦逐步拉近与皇室关系。顺治七年(1650),摄政王多尔衮病故。一年后,顺治皇帝开始秋后算账,列举多尔衮数十条罪状,剥夺其封号,对其进行掘墓鞭尸。同时,顺治皇帝顺势将隶属多尔衮的正白旗收归自己掌控。曹家角色悄然发生重大变化,曹振彦由王府包衣转为内务府包衣,就是说,曹振彦成了皇帝身边的人。内务府包衣不分种族,全属满洲旗份。顺治十二年(1655),曹振彦任浙江的盐法道(两浙都转运盐使司运使),成为三品高级官员。

曾祖父曹玺颇受顺治皇帝和康熙皇帝宠信。曹玺是曹振彦的长子、曹雪芹的曾祖父。顺治六年(1649),曹玺由王府护卫升任内廷二等侍卫。曹玺行伍出身,精通军事,在平定山西叛乱中立有大功,受到顺治皇帝赏识和提拔。康熙二年(1663),康熙皇帝任命曹玺主管江宁织造,负责为皇室采办江南地区的丝绸等事务,同时监视南方各级官吏。康熙二十三年(1684),曹玺积劳成疾,病死在江宁织造任上。曹玺执掌江宁织造府二十八年,奠定曹氏家业兴旺的基础。曹玺忠实勤奋,办事干练,康熙帝对他宠信有加,赏蟒袍,赠一品尚书衔,亲笔题写"敬慎"匾额。半年后,康熙帝巡视至南京,亲临江宁织造府慰问曹氏家属。

曹雪芹的曾祖母孙氏与康熙建立近似母子的特殊关系。曹玺在内廷当差,与皇家接触机会越来越多。"向阳花木易为春",曹玺逐步取得了顺治皇帝的信任。"内廷"是皇帝居住的地方。按清朝制度规定,凡皇子和皇女出生,一律在内务府镶黄、正黄、正白三旗包衣妇女中挑选奶妈和保姆。顺治十一年(1654),皇三子爱新觉罗·玄烨出生。曹玺的妻子孙氏符合上述条件,被选作爱新觉罗·玄烨的保姆。爱新觉罗·玄烨于顺治十八年正月(1662)继位,他就是首开大清盛世的康熙帝。从做保姆的那刻起,孙氏与康熙感情越来越深,两人不是母子胜似母子,从康熙御题"萱瑞堂"的金匾中可得到验证。

祖父曹寅同康熙保持"亲臣和世臣"的关系。据传,曹寅极其幸运地成为康熙的伴读,从而确立了同学关系。曹寅受康熙宠信,一生平步青云,官运亨通。十六岁时入宫为康熙銮仪卫;二十多岁时被提拔为御前二等侍卫兼正白旗旗鼓佐领;康熙二十九年(1690),任苏州织造;康熙三十一年(1692),任江宁织造。从康熙四十二年(1703)起,曹寅与李煦隔年轮管两淮盐务,共计四次。康熙五十一年(1712),曹寅在扬州工作期间身染重疴,病情一天天恶化。在京的康熙心里牵挂这位亲臣,特赐奎宁,亲自标明用法用量,委派专人星夜兼程赶赴扬州。令人遗憾的是,药送到了扬州,曹寅已经含恨九泉。

曹寅任内四视淮盐,奉旨完成《全唐诗》和《佩文韵府》的校刻任务,五次承办康熙南巡接驾大典(江宁织造府接驾四次,扬州接驾一次),实际工作远远超出其职务范围,所受到的信任与器重也是其他地方督抚所无法相比的。其后人曹颙和曹頫之所以能够相继主管江宁织造府,这与曹寅生前和康熙之间建立特殊的君臣关系是分不开的。翻阅曹家史,曹雪芹先辈为清王朝舍生忘死,拼杀疆场,立下赫赫战功,确是曹氏家族从卑微走向辉煌的奠基石。曹雪芹匠心独运将从军家庭背景列作“真事隐”的重要组成部分。从军家庭背景既是曹雪芹抹不去的历史记忆,又是《红楼梦》研究者在考证过程中不可忽略的一大关键点。

# 曹雪芹具有世代家奴的特殊身份

曹雪芹生活年代是中国奴才史上最黑暗的时期,清朝统治集团制定一系列严刑峻法迫害这一弱势群体。奴才没有政治地位、没有经济地位,甚至连生命也难以得到保障。曹雪芹在《红楼梦》中艺术再现一大批奴才的辛酸苦累,除真实反映当时奴才的生存状况外,还向世人诉说曹家有段曾经为奴艰难岁月。

## 清代的奴才制度及其生存状况

"奴才",指侍奉主人的仆人。奴才一词始于春秋时期,这是对下人的一种特定称谓。清代称"包衣阿哈",汉译为"家奴""奴仆"或"奴才",他们是社会最底层的人士。

清朝的奴才来源及其演变过程。从清初颁布的《逃人律》了解到,奴才主要来源包括战俘、罪犯、负债破产者以及他们所生的子女,既有满族人,也有其他民族人员。这些人没有人身自由,为满族贵族所占有,被迫从事各种劳动。即使奴才立功获得升迁,但对其主子仍然保留奴才身份。清初,皇宫内的太监和侍女等人称奴才。之后,朝中的王公贵族和大臣在皇帝及妃嫔面前开始自称奴才,表示自己对皇帝及妃嫔的绝对忠诚。自此以后，奴才便成了王公贵族及臣子邀宠的专用名词。到了雍正时期，这种风气开始蔓延，一些家臣也自称奴才。这样做主要目的，一是自我贬低讨好主人，二是让外人和主人觉得自个儿比别人对主人更忠诚，关系比一般人更亲密。

## 《红楼梦》是一曲奴才悲歌

奴才不惜为主子献身。袭人原名珍珠，家境贫寒，自小被卖入贾府，服侍贾母。袭人心地纯良，"温柔和顺"，恪尽职守，只对所服侍的对象负责。贾母特别赞赏袭人的专一精神，选派她伺候爱孙贾宝玉。原文称袭人"伏侍贾母时，心中眼中只有一个贾母，今与了宝玉，心中眼中又只有一个宝玉"。宝玉与袭人不得不提的事便是贾宝玉在秦可卿卧室里午休，入睡后发生梦遗。梦醒之后，他强行同袭人发生性关系。袭人清楚自己的奴才身份，又怎能抗拒主子的旨意？面对贾宝玉的性需求，袭人心甘情愿为他提供了服务。"袭人素知贾母已将自己与了宝玉的，今便如此，亦不为越礼，遂和宝玉偷试一番，幸得无人撞见。自此宝玉视袭人更比别个不同。"（第六回）

奴才是心强拗不过命。晴雯是一位有理想的女孩子，从她的身上看不到一点奴性。她出身贫贱，卖身为奴，生死由不得自己掌控，最后凄惨地离开人世。晴雯十岁时被赖大的老婆买来做丫头，成了奴才家中的奴才。赖大的老婆又将她当作礼物孝敬贾母。之后，受贾母派遣，晴雯伏侍贾宝玉。晴雯光明磊落，与鬼鬼祟祟的人势不两立。不仅如此，她尤其珍爱自己的清白，每时每刻注重自身形象。重病期间，晴雯不顾个人身体不适，加班加点，完成"雀金裘"修复任务，体现仆人高度的责任心，赢得贾宝玉的刮目相看。"心比天高，身为下贱"，晴雯憧憬宝二爷姨娘的地位，但出身地位却击碎了她的黄粱美梦。"削肩膀、水蛇腰",晴雯自身条件非常好,可她没有摆正自己的位置,天天爱打扮,被王夫人当作狐狸精遣送回家。晴雯无家可归,舅姑表哥的家是唯一栖身之所,可她的表嫂从来不管她是死是活。晴雯躺在破旧的床上,病重得不到及时医治,不久含悲离开人世。原文这样描写:"(贾宝玉)一眼就看见晴雯睡在芦席土炕上,幸而衾褥还是旧日铺的。心内不知自己怎么才好,因上来含泪伸手轻轻拉他,悄唤两声。当下晴雯又因着了风,又受了他哥嫂的歹话,病上加病,嗽了一日,才朦胧睡了。忽闻有人唤他,强展星眸,一见是宝玉,又惊又喜,又悲又痛,忙一把攥住他的手,哽咽了半日,方说出半句话来:'我只当今生不得见你了。'接着,便嗽个不住。"(第七十七回)

奴才的性命用金钱就能摆平。金钏是王夫人的侍女,为了实现攀龙附凤的梦想,时常向贾宝玉暗送秋波,最后酿成自杀身亡的悲剧。有天,王夫人正当午睡,贾宝玉估计母亲进入梦乡,开始主动同金钏调笑。金钏忘记自己的奴才身份,把贾宝玉弄得神魂颠倒。王夫人仅在闭目养神,两人的对话听得真真切切她据此判断金钏是个坏女孩。王夫人迅疾起床,狠扇金钏几记耳光,并作出辞退处理决定。金钏被撵回娘家,在家人面前抬不起头,寻了短见。按理说,人命关天,可死了一个奴才又怎会被当作大事呢?薛宝钗得知这一消息,第一时间前去安慰王夫人,并向王夫人建言献策:多出点银两,提高金钏丧事的操办规格,拿几件自己未穿的新衣给死者入殓。王夫人按照薛宝钗的意见,赏给金钏母亲"五十两银子"和"几件簪环",另请道士超度亡灵。金钏母亲看到女儿的丧事不仅风风光光,还另得到一笔可观的钱财,亲自向王夫人磕头致谢。金钏之死就这么轻而易举地摆平了。"宝钗见此光景,察言观色,早已觉了七八分,于是将衣服交割明白。……王夫人唤他母亲上来,拿几件簪环当面赏与,伊(他)母亲磕头谢了出来(出去)。"(第三十二回、三十三回)

奴才有功也是厄运难逃。焦大是一位忠心耿耿的奴才,多次跟随

"太爷"上战场。他冲锋陷阵,出生入死,忠心护主,为宁国府立下了汗马功劳。在一次战斗中,太爷身负重伤,奄奄一息。焦大从死人堆里找到太爷,好不容易弄点粮食,取来水,背起太爷往家跑。太爷的命被焦大从鬼门关抢回来,可他几天之中仅靠喝马尿维持生命。如果没有焦大的忠心耿耿,哪来宁国府百年兴旺的基业。但是,主子永远是主子,奴才永远是奴才。焦大不仅未受到应有的尊重,还在一线干最苦的差事。他为此愤愤不平,酒后吐真言,不仅大骂新主子是"畜生",更揭发府内"爬灰"等丑行。他被人揪翻在地,捆住手脚,拖到马圈内,口中灌了马粪。原文称:"众小厮听他说出这些没天日的话来,唬的魂飞魄散,也不顾别的了,便把他捆起来,用土和马粪满满的填了他一嘴。"(第七回)

奴才净做些苦力活。奴才身份低微,地位低下,被主子使唤来使唤去,只能做重活、累活、脏活。另外,主子对奴才有一套严格管理办法,只要主子不满意,奴才就会受到严厉惩罚。"先要揭我们的皮呢",主子都是惹不得的,奴才李贵知道主子是心狠手辣之辈。王熙凤协理宁国府时,为了树立个人威信,把一位迟到的仆人"打二十板子""革她一月银米""还要进来叩谢"。可见,奴才的生存环境有多恶劣。荣国府和宁国府的先辈都是军人,又是战争的胜利方。贾宝玉祖上和贾珍祖上曾经浴血疆场,俘获一大批敌兵,把他们全部充作家奴,这些家奴净做饲养马匹等小事。"究竟贾府二宅皆有先人当年所获之囚赐为奴隶,只不过令其饲养马匹,皆不堪大用。"(第六十三回)

有些奴才遇上好主子,经过几代人努力打拼之后,生存状况就会有所改观,甚至有人花钱买官,成为当地有头有脸的人物。这些人虽然衣着光鲜,有"主子"派头,可他们改变不了奴才身份。奴才翻身谈何容易,那全靠主子的恩典。主子既然能够给予,也可以无条件收回。《红楼梦》中奴才混得最好的当数赖大一家。赖家数代人在荣国府当差,置有一份不菲的家产,为儿子捐个前程,被贾母戏称为"财主"。但奴才毕竟是奴才,赖嬷嬷始终保持着清醒头脑,不但自己不忘本,还反复告诫儿子要永远牢记奴才身份,懂得知恩图报。她称"你那里知道那'奴才'两字是怎么写的!只知道享福,也不知道你爷爷和你老子受的那苦恼,熬了两三辈子,好容易挣出你这么个东西来。从小儿三灾八难,花的银子也照样打出你这么个银人儿来了。到二十岁上,又蒙主子的恩典,许你捐个前程在身上。你看那正根正苗的忍饥挨饿的要多少?你一个奴才秧子,仔细折了福!如今乐了十年,不知怎么弄神弄鬼的,求了主子,又选了出来。州县官儿虽小,事情却大,为那一州的州官,就是那一方的父母。你不安分守己,尽忠报国,孝敬主子,只怕天也不容你"。(第四十五回)

## 曹雪芹的奴才家史被记录在案

曹家本身也是作为清朝皇族的家奴出身至曹雪芹已有六代,下文将每代代表人物加以简述。曹家第一代奴才当属其太高祖曹世选,曹世选,又名曹锡远。他是曹俊后代四房曹智那一支系,籍贯辽阳,原属中国东北辽阳的汉人。曹世选曾是明朝沈阳中卫的低级军事教官,居住沈阳。档案记载:"宦沈阳,遂家焉""令沈阳有声"。明朝末年,朝廷政治黑暗,民不聊生,各地农民纷纷揭竿而起。与此同时,满族出了一位雄才大略的首领,他的名字叫努尔哈赤。在他的统领下,满族迅速兴起于黑山白水之间。努尔哈赤(1559—1626),二十五岁时起兵统一女真各部。明万历四十四年(1616),努尔哈赤在赫图阿拉称"覆育列国英明汗",年号天命,史称"后金"。从此以后,努尔哈赤正式与明王朝分庭抗礼。后金天命六年(1621),努尔哈赤率军攻占沈阳,在"合城官民薙发归顺"的大情势下,曹世选同儿子曹振彦一起被迫向清朝(后金)投降。另一说,曹世选在1618年铁岭卫腰堡战役被后金军队俘虏。据《五庆堂重修曹氏宗谱》《曹玺传》及辽阳大宁寺《重建玉皇庙石碑》《大金喇嘛宝记碑》、弥陀寺碑刻等资料显示,曹世选和儿子曹振彦投降后金之后,自此由汉人变成旗人,成为包衣阿哈。

曹家第二代奴才当属其高祖曹振彦。曹振彦在辽阳归附后,隶属努尔哈赤的驸马、正黄旗汉军的佟养性麾下。他在佟养性乌真超哈部队中担任教官,乌真超哈在满语中称作炮兵。天聪六年(1632),佟养性卒,曹振彦被划入多尔衮王府,属正白旗汉人作战部队。曹振彦能征善战,在多尔衮军中崭露头角,屡获封赏。天聪八年(1634),曹振彦跟随多尔衮参加大凌河战斗,立有军功,任包衣旗鼓的佐领,统领300余人。

顺治元年(1644),曹振彦参加对李自成的山海关决战。李自成起义军大溃败,曹振彦随大军入关。顺治六年二月(1649),摄政王多尔衮率领大军抵达山西大同,平定姜瓖叛乱,曹振彦再立军功。清军挥师入关之后,加快了统一全国的步伐,南明小朝廷等其他几个地方政权相继土崩瓦解。在大局已定的情况下,为了治理国家需要,朝廷急需选拔一批文官。曹振彦能武能文,文武全才。顺治六年(1649),曹振彦参加特别廷试。所谓特别廷试,就是在八旗汉军中,选择一批通晓汉文和文理优长者参加的考试。曹振彦通过考试,准作贡士,由武将转任文职官员,先后出任山西吉州的知州、阳和府的知府等职。顺治七年(1650),摄政王多尔衮病故。一年后,顺治开始秋后算账,列举多尔衮数十条罪状,剥夺其封号,对其掘墓鞭尸。与此同时,顺治顺势将隶属多尔衮的正白旗收归自己掌控。曹家角色悄然发生重大变化,由王府包衣转为内务府包衣,就是说,曹振彦成了皇帝的身边人。内务府包衣不分种族,全属满洲旗份。顺治十二年(1655),曹振彦任浙江的盐法道(两浙都转运盐使司运使),成为三品高级官员。

曹家第三代奴才当属其曾祖父曹玺。曹玺,又名曹尔玉,字完璧,是曹振彦的长子。大约生于万历四十八年(1620),卒于康熙二十三年

（1684）。顺治八年（1651），曹玺由王府护卫升任内廷二等侍卫。曹玺精通军事，在平定山西叛乱中也有立功表现，受到顺治皇帝赏识和提拔。康熙二年（1663），康熙皇帝任命曹玺主管江宁织造，负责为皇室采办江南地区的丝绸等事务，同时监视南方各级官吏。康熙二十三年（1684），曹玺积劳成疾，病死在江宁织造任上。曹玺执掌江宁织造府达二十八年之久，亲自奠定曹氏家业兴旺的基础。曹玺忠实勤奋，办事干练，康熙皇帝对他宠信有加，赏蟒袍，赠一品尚书衔，亲笔题写"敬慎"匾额。半年后，康熙皇帝巡视到了南京，亲临江宁织造府慰问曹氏家属。清《皇朝通志》卷七十四《氏族略·满洲旗分内尼堪姓》记载："曹氏：曹玺，正白旗包衣人，世居沈阳地方，任（内）工部尚书。"

曹家第四代奴才当属其祖父曹寅。据传，曹寅是康熙的伴读，两人可能存在同学关系。康熙一直将曹寅视作"亲臣和世臣"，受到无比宠信。曹寅一生平步青云，官运亨通。十六岁时入宫为康熙銮仪卫；二十多岁时被提拔为御前二等侍卫兼正白旗旗鼓佐领；康熙二十九年（1690），任苏州织造；康熙三十一年（1692），任江宁织造。从康熙四十二年（1703）起，曹寅与李煦隔年轮管两淮盐务，共计四次。曹寅任内四视淮盐，奉旨完成校刻《全唐诗》和《佩文韵府》等专项任务，数次承办康熙南巡接驾大典（江宁织造府接驾四次，扬州接驾一次），所受到的信任与器重是其他地方督抚无法可比的。另外，曹寅还肩负替康熙搜集情报的工作，经常向康熙密奏南方各方面的情况，包括政治、经济、文化、思想、治安、民情等。曹寅在给康熙的奏折中自称"臣系包衣下贱"等，证明曹寅具有"奴才"的特殊身份。

曹家第五代奴才当属其父曹颙。康熙五十一年（1712），曹寅在扬州染病逝世，康熙任命其独子曹颙继任江宁织造。曹颙在其父逝后不久就已走马上任了，除管理江宁织造日常工作外，另一项重要任务就是继续清理债务。康熙是诚心诚意对待曹家的，总想着法子帮助曹家偿还旧欠。

康熙五十二年(1713)十一月十三日,曹颙用奏折形式向康熙帝汇报清理债务情况。从奏折内容来看,康熙认同曹颙的奴才身份。"……窃奴才父寅去年身故,荷蒙万岁天高地厚洪恩,怜念奴才母子孤寡无倚,钱粮亏欠未完,特命李煦代任两淮盐差一年,将所得余银为奴才清完所欠钱粮。皇仁浩荡,亘古未有。令李煦代任盐差已满,计所得余银共五十八万六千两零,所有织造各项钱粮及代商完欠,李煦与奴才眼同俱已解补清完,共五十四万九千六百余两。谨将完过数目,恭呈御览。尚余银三万六千余两,奴才谨收贮。"

　　曹家第五代奴才还有其叔曹頫。康熙五十四年初(1715),曹颙在江宁织造任上猝死。曹寅一支已无男儿可接任这一重要职位。为了保全曹家在江南的家产,也为了曹寅遗孀有人照顾,清内务府遵照康熙帝旨意,将曹頫立为曹寅遗孀李氏的嗣子。康熙五十四年三月六日,曹頫正式继任江宁织造。康熙五十四年三月七日,曹頫以奏折形式首次向康熙帝汇报工作情况及一些重要家事。从奏折内容来看,康熙认同曹頫的奴才身份。"窃念奴才包衣下贱,黄口无知,伏蒙万岁天高地厚洪恩,特命奴才承袭父兄职衔,管理江宁织造……"

　　雍正认同曹頫的奴才身份。康熙六十一年十一月十三日(1722年12月20日),康熙驾崩,雍正继位,大清正式进入雍正时代。"一朝天子一朝臣",幸运之神不再眷顾曹頫。雍正对曹頫从刚开始的不顺眼发展到了后来极不信任,甚至在公开场合严厉批评他。曹頫向雍正呈折中数次使用奴才一词,雍正均未提异议,所以他的奴才身份仍得到雍正认同。雍正二年(1724)正月初七,曹頫在《江宁织造曹頫奏谢准允将织造补库分三年带完折》中作出还款计划:"窃奴才前以织造补库一事,具文咨部,求分三年带完。今接部文,知已题请,伏蒙万岁浩荡洪恩,准允依议。钦遵到案。窃念奴才自负重罪,碎首无辞,今蒙天恩如此保全,实出望外。奴才实系再生之人,惟有感泣待罪,只知清补钱粮为重,其余家口妻孥,虽至饥寒迫切,奴才一切置之度外,在所不顾。凡有可以省得一分,即补一分亏欠,务期于三年之内,清补全完,以无负万岁开恩矜全之至意。"

雍正虽然认同曹頫皇室家奴的身份,但却一直对其抱有成见,当众辱骂他"包衣下贱",对他进贡的织品更是横挑鼻竖挑眼。雍正五年(1727),雍正罗织数条罪名,对曹頫实施抄家治罪。至此,曹家数代人为大清所建立的功劳全部付诸东流。曹家第六代奴才乃是曹雪芹本人。一代为奴,世代为奴,曹雪芹是天生的世代家奴,其生杀予夺皆受制于当朝皇帝。覆巢之下,安有完卵。曹家遭受抄家重创,曹雪芹的人生命运自此发生逆转,锦衣玉食的日子宣告终结,今后的奴才之路也会越走越艰辛。"满纸荒唐言,一把辛酸泪",《红楼梦》的繁华背后隐约可见曹雪芹斑斑点点的血泪。"你哪里知道那'奴才'两字是怎么写的?"这句话正是曹雪芹的"刺心笔也",从他内心深处发出了无限的感慨悲凉!

# 贾宝玉原型考辨

曹雪芹在《凡例》中开宗明义地指出："因曾历过一番梦幻之后，故将真事隐去，而撰此《石头记》一书也。"曹雪芹神奇之隐令人难以置信，著作中居然能够觅见贾宝玉寿命以及职业等痕迹。另外，脂砚斋在数处批语中也对贾宝玉生活原型透露了底细。两者信息相通，相互印证，且有史料佐证。贾宝玉生活原型绝非他人，他就是曹雪芹之父曹颙。

## 作者对贾宝玉原型已作暗示性处理

贾宝玉寿命没有超过二十六岁，应与其生活原型的寿命接近。贾宝玉寿命的信息隐存于第二十五回。通灵宝玉随同贾宝玉一道降临人世，两者的年岁完全可以画等号，且精确到分秒。如果有了通灵宝玉的年数，就能轻而易举推算出贾宝玉的岁数。赵姨娘是贾政的小老婆，育有一子名贾环。古人崇尚以"嫡庶有别"为核心的宗法制，只要贾宝玉健在一天，贾环就无出人头地之日。为此，赵姨娘无比嫉恨贾宝玉，欲置他于死地而后快。贾宝玉的寄名干娘马道婆精通巫术，所施的"魇魔法"特别灵验。赵姨娘暗中买通马道婆，欲用阴招干掉贾宝玉。马道婆是个见钱眼开的小人，在收到钱财后，当真对贾宝玉施展魔法。贾宝玉大叫一声：

"我要死",将身一纵,跳起来有三四尺高,拿刀弄杖,寻死觅活,把整个荣国府闹得天翻地覆。紧接着,当家理财的王熙凤也在不知不觉之中着魔。不久,两人全都不省人事。府上炸开了锅,他们的后事提到了议事日程。正当贾府上下无计可施之际,门外传来一阵阵木鱼声。贾母心头燃起一线希望,当即派人请僧侣进府。一位癫头和尚和一位跛足道人来到贾母面前。原来,他俩专程前来搭救贾宝玉和王熙凤。贾政遵从癫头和尚吩咐,闪电般将通灵宝玉从贾宝玉颈上取下来。癫头和尚接过玉,置于手掌心,长叹一声道:"青埂峰一别,展眼已过十三载矣! 人世光阴如此迅速,尘缘已满大半了,若似弹指! 可羡你当时的那段好处……"此段文字有点神乎其神,看似荒唐透顶。其实不然,曹雪芹竟用它暗示贾宝玉的寿命。和尚同通灵宝玉的对话要点:时光如白驹过隙,我与你(通灵宝玉)自青埂峰分别有十三个年头,可你的尘缘已逾大半了。此段文字中有数字,数字中又隐含贾宝玉岁数。通灵宝玉来到人世十三年,暗示贾宝玉的年龄正值十三岁;通灵宝玉尘缘逾大半,则暗示贾宝玉的阳寿逾大半。换言之,通灵宝玉在富贵场中和温柔乡里的剩余时间不足十三年,贾宝玉在世时间也就不足十三年了。经推理得出如下结论,通灵宝玉历世总长没有超过二十六个年头,说明贾宝玉是一位英年早逝者,其寿命绝对不会超过二十六岁。推而得之,贾宝玉生活原型的寿命则定格在二十六岁以内。从目前掌握的资料来看,"热度"较高的几位"贾宝玉原型"寿命分别为:允礽寿命五十岁(1674—1725 年);纳兰性德寿命三十岁(1655—1685 年);曹颙寿命超过六十岁(1715 年继任江宁织造时约十三岁,1767 年尚健在);根据年龄因素判断,贾宝玉生活原型不可能是允礽等人。而曹雪芹之父曹颙的寿命是多少岁呢? 他恰巧是二十五岁时撒手人寰,贾宝玉寿命同曹颙寿命相吻合。

　　贾宝玉选择服装制造业,故其生活原型与"织造"有交集。皇家织造府的主要职责为制作各项衣料及制帛诰敕彩缯之类,以供皇帝及宫廷祭祀颁赏之用。从织造府职能来看,这与普通裁缝"做衣裳"的基本任务是相一致的,两者只有高低优劣之分,而无本质上的差别。贾宝玉是贾政和王夫人所生的嫡次子,嫡长子贾珠已早逝,他顺理成章成为继承人。这位未来掌门人对何种职业最感兴趣呢? 书中暗表是"做衣裳"。经此一来,贾宝玉与"织造"就存在着千丝万缕的联系了。一提到贾宝玉,几乎所有人会异口同声回答,他是一位玩世不恭的纨绔子弟,他即混迹于美女圈内又不愿意做官。谁知以上仅是一种表面现象,不过是曹雪芹的幻笔而已。贾宝玉不愿当官是人所皆知的,因为他曾公开讽刺"学而优则仕"者是"禄蠹"。假如贾宝玉没有远大的人生志向,那他不就成颓废之人了吗?答案当然是否定的。贾宝玉就业方向选择服装制造业,对"做衣裳"情有独钟。作者将这一信息隐于何处呢? 红玉和佳蕙两人在第二十六回做过一次长谈,佳蕙不经意间透露贾宝玉的长远发展战略就是"做衣裳"。"红玉道:'也不犯着气他们。俗语说的好,'千里搭长棚,没有个不散的筵席',谁守谁一辈子呢? 不过三年五载,各人干各人的去了,谁还认得谁呢? 这两句话不觉打动了佳蕙(的心肠),由不得眼睛红了,又不好意思好端端的哭,只得勉强笑道:'你这话说得却是。昨儿宝二爷还说,明儿怎么样收拾房子,怎么样做衣裳,倒象(倒像)有几百年的熬头(熬煎)。'"经查阅相关档案资料,废太子允礽和纳兰性德终其一生从未与"做衣裳"沾上边,曹頫虽有织造经历,可两者的年龄、寿命出入过大,故可排除在外。依据此段文字描述,若将允礽等人同贾宝玉生活原型挂钩纯属张冠李戴。而曹雪芹之父曹頫呢? 他的履历表中千真万确可查到主管江宁织造三年多的记录。一经比对,贾宝玉择业方向仅与曹頫相同!

贾宝玉是"狠心短命"之人,故其生活原型不可能是长寿者。林黛玉两次透露贾宝玉"短命"一事。第一次明言贾宝玉"短命",第二次在未竟之言里暗含贾宝玉"短命",这是作者借机隐存其生活原型非长寿信息。贾宝玉是神瑛侍者转世,林黛玉是绛珠仙草转世。他俩前世有缘,神瑛侍者长期呵护绛珠仙草。经过转世,神瑛侍者成了荣国府的二公子,绛珠仙草成了林家的大小姐。林黛玉是苦命人,其母贾敏不幸病逝,幼小的她开始与父亲林如海相依为命。贾母怜惜黛玉,想将其接至身边教养,正是此行促成林黛玉同贾宝玉首次晤面,即宝黛初会。屋漏偏逢连夜雨,船迟又遇打头风,林如海也一命归西。至此,孤苦伶仃的林黛玉只得久居荣国府。随着林黛玉与贾宝玉相处的时间越长,两人产生误会的次数也就越多。每次闹别扭,林黛玉总是无休止的"淌眼抹泪",贾宝玉还非得向她低头认错,最后弄得双方均泪流满面。林黛玉第一次脱口说出贾宝玉"狠心短命",心中已是懊悔不迭,不忍心再往下说,继而长叹一声,马上转身离开。这件事的起因是贾政约谈了贾宝玉,林黛玉放心不下。吃过晚饭,她急急匆匆赶到怡红院。晴雯不知敲门者是林黛玉,拒不开门。林黛玉怀疑晴雯受到贾宝玉指使,忍不住暗自抽泣,连宿鸟栖鸦闻到凄惨声都纷纷飞走了。林黛玉一连好几天足不出户,待在房间闷闷不乐。有次,林黛玉在山上遇见贾宝玉,当面指责他是"狠心短命"的人。"那林黛玉正自伤感,忽听山坡上也有悲声,心下想道:'人人都笑我有些痴病,难道还有一个痴子不成?'想着,抬头一看,见是宝玉。林黛玉看见,便道:'啐!我道是谁,原来是这个狠心短命的……'刚说到:'短命'二字,又把口掩住,长叹了一声,自己抽身便走了。"林黛玉第二次连"狠心短命"几字尚未说出口,眼泪像断了线的珍珠一样流出来。林黛玉这句"你这……"跟上文的"你这狠心短命的"的情形是完全一致的,林黛玉的未尽之言理应是"狠心短命"。此情节发生在第三十回,贾宝玉和林黛玉为金玉姻缘之说再次产生误会。袭人劝贾宝玉主动向林黛玉认错。话不投机半句多,贾宝玉刚说你若死我就出家去,林黛玉突然翻脸不认人,竟又说出那句未完之语。贾宝玉听到林黛玉又要重复那句话,顿时泪如雨下。"黛玉两眼直瞪瞪的瞅了他半天,气的一声儿也说不出来。见宝玉憋的脸上紫胀,便咬着牙用指头狠命的在他额颅上戳了一下,哼了一声,咬牙说道:'你这……'刚说了两个字,便又叹了一口气,仍拿起手帕子来擦眼泪。宝玉心里原有无限的心事,又兼说错了话,正自后悔,又见黛玉戳他一下,要说又说不出来,自叹自泣,因此自己也有所感,不觉滚下泪来。"曹雪芹两次释放出"狠心短命"的重要讯息,综合贾宝玉寿命及"做衣裳"等因素分析,允礽、纳兰性德及曹𫖯等人显然与贾宝玉生活原型是沾不上边的,与曹颙的基础信息则完全匹配。

## 脂砚斋也对贾宝玉原型透露底细

贾宝玉生活原型是先于脂砚斋离开人世的。通灵宝玉由补天遗石幻变而成,自始至终与贾宝玉形影不离。文本中时常用"石"或用"玉"代指贾宝玉。假若通灵宝玉离开人世,贾宝玉也就离开了人世。脂砚斋在批语中言之凿凿"此石先于己离开尘世",故得之,贾宝玉生活原型是先于脂砚斋而亡的。通灵宝玉原是一块被女娲遗弃于青埂峰下的补天石,因无材补天而日夜悲号。茫茫大士和渺渺真人是两位大仙,结伴路过青埂峰下。补天石苦苦哀求神仙点化,最终被幻变成一块通灵宝玉。又过了若干年,它才下世造历,成为贾宝玉的"命根子"。曹雪芹在第一回中详尽描写了点石成玉的全过程:神仙同意补天石请求,大展幻术,立刻将巨石变成扇形一般大小的可佩可拿的美玉。接着,神仙把通灵宝玉托于手掌上,笑着说:"形体倒也是个宝物了!还只没有实在的好处,须得再携上数字,使人一见便知是奇物方妙。然后携你到那昌明隆盛之邦,诗礼簪缨之族,花柳繁华地,温柔富贵乡去安身乐业。"脂砚斋对此段文字作出一条点石成金的批语:"昔子房后谒黄石公,惟见一石。子房当时恨不能随此石去。余亦恨不能随此石去也。聊供阅者一笑。"其大意是:张良凭借黄石公所赠一部兵书,辅助刘邦夺取天下,成为汉初三杰之一。他在功成名就之后,特地前往济北谷城山寻访黄石公,果然看见山下有块黄石。这块石就是黄石公的化身。张良没有随黄石公一同前往仙界,为此抱憾终生。现如今,我没有随同青埂峰那块补天石一道离去,也成了人生一大憾事。该脂批信息清晰表明,贾宝玉生活原型先于脂砚斋离开人世。

贾宝玉的面容和面相决定其生活原型是短命之人。神瑛侍者与绛珠仙草自天庭一别,一个以贾宝玉面目出现于人间,另一个以林黛玉面目出现于人间,两者再续前世的缘分。林黛玉奉父之命来到荣国府,与贾宝玉初次相会。虽是第一次见面,两人却有"眼熟"的神奇之感。母亲曾亲口告诉林黛玉,荣国府有位表兄姓贾名宝玉。现有了零距离接触的机会,林黛玉极其细致审视眼前这位翩翩少年,"忽见丫鬟话未报完,已进来了一位年轻的公子:头上戴着束发嵌宝紫金冠,齐眉勒着一龙抢珠金抹额,穿一件色金百蝶穿花大红箭袖,束着五彩丝攒花结长穗宫绦,外罩石青起花八团倭锻朴穗褂,登着缎粉底小朝靴。面如中秋之月,色如春晓之花"。(第三回)脂砚斋在"面如中秋之月,色如春晓之花"的文字后特作一条关键性批语:"'少年色嫩不坚牢',以及'非夭即贫'之语,余犹在心。今阅至此,放声一哭。"其大致意思是:少年贾宝玉的面容过于娇嫩,生命怎会长久呢?另外,生有这种面相的人,不是自小夭折就是一世贫穷。这些话我始终牢记于心,今见到这段文字,不禁失声痛哭。该条脂批释放出一条超强信息:贾宝玉生活原型是一位短命之人。

贾宝玉生活原型不会见到脂砚斋所作的批语。第二十六回是"蘅芜院设言传蜜意",此回有个故事情节:贾芸为谋求荣国府一宗生意,打起走后门的主意,决定拜会贾宝玉。他小心翼翼走进怡红院,有幸见识到贾宝玉尊容。"宝玉穿着家常衣服,趿着鞋,倚在床上拿着本书",就是说,此时的贾宝玉身着休闲装,拖着鞋,歪躺床上,装模作样看书。作者如此描写贾宝玉,着实有损豪门公子的光辉形象。脂砚斋也是大惑不解,特作出六十余字专批。这是一条核心批语,脂砚斋直接"打开天窗说亮话",

所批内容令人惊魂摄魄，"这是等芸哥看，故作款式。若果真看书，在隔纱窗子说话时已经放下了。玉兄若见此批，必云：老货，他处处不放松我，可恨可恨！回思将余比作钗、颦等，乃一知己，余何幸也！一笑。"脂砚斋本人原是钗黛合一的人物原型——本人被作者分设成薛宝钗和林黛玉两位美女艺术形象，不仅写进著作之中，还被当作一位"知己"，这是何等幸运的一件事情呵！但从该条批语内容还可以看出，脂砚斋的心情是极其复杂的。假如宝玉哥哥见到此条批语，自己定会受到他责骂：老货，他（作者）处处没有放过我，实在可恨至极。老货是句骂人语，相当于老东西。脂砚斋既然自称老货，那她已进入老年阶段。此时的脂砚斋发出"一笑"，其潜台词是：宝玉原型已是作古之人，当然不会见到该条脂批，故担心是多余的。

贾宝玉生活原型是多情不寿之人。"多情公子空牵挂"，曹雪芹在晴雯的判词中已将贾宝玉定性为多情公子，即脂砚斋所称"情不情"。贾宝玉对待相识或不相识、领情或不领情的人，大都予以体贴、尊重、爱护，龄官画蔷就是最生动的一例。一个骄阳似火的午间，贾宝玉从王夫人住处返回大观园，途经蔷薇花架，忽见一女孩蹲在花架下，一面悄悄地流泪，一面用簪子在地上写着同一个字。后来才知道那位女孩子名字叫龄官。贾宝玉经过仔仔细细揣摩，龄官所写的乃是"蔷"。时值三伏天，天气变幻无常，忽然骤雨如注。龄官全身已被雨水淋透，仍全神贯注写着字。贾宝玉看在眼里急在心上，一个弱女子的身体怎经得住暴雨袭击？于是，他高声大喊，提醒女孩快去躲雨。贾宝玉成了落汤鸡，自己反而浑然不知。俗言情深不寿，贾宝玉如此多情，其阳寿不会久长。脂砚斋作为一位知情者，透露这一绝秘消息。她在三十回末利用批语形式加以证实，贾宝玉生活原型非长寿之人："爱众不长，多情不寿。风月情怀，醉人如酒。"

## 历史上的曹頫

曹頫生于康熙二十八年(1689),卒于康熙五十四年正月初(1715),终年二十五岁。

曹頫是曹寅之子,字孚若,乳名连生。其字其名出自《易经》:"盥而不荐,有孚颙若。"取"连生"乳名有接连不断生子之意。当时的曹家虽是江南名门望族,但人丁不兴旺的现状着实令曹寅至为烦心。有学者称:照旧日的习俗,大凡子嗣稀罕的,一旦生了儿子,常取"连生"为名,意在图吉利,要"连生贵子",不止一个的意思。足证连生是曹寅中年以后所得的第一子。

曹頫继任江宁织造。康熙四十八年(1709),曹頫十九岁。同年二月初八,曹頫奉父命送姐姐福金入京大婚,后居京习学,候补京缺。曹寅奏曰:"臣有一子,今年即令上京当差,送女同往,则臣男女之事毕矣。"康熙五十年(1711),曹頫二十一岁,由内务府总管赫奕引见,未被录用,继续留在北京。康熙五十一年(1712)初,曹頫随父曹寅一道南返。同年七月,曹寅在扬州病逝,康熙皇帝当即决定由其子曹頫继任江宁织造。从曹頫于康熙五十一年八月二十九日向康熙皇帝呈送的奏折内容来看,曹頫于日前已经走马上任。张云台在《闻曹荔轩银台得孙却寄兼送入都》一诗中提供曹頫卒年的大致时间,"时頫在京任职,此子在康熙五十四年(1715)之前即殇,学名不知。康熙五十一年曹寅死,康熙令曹寅独子曹頫继任江宁织造"。

曹頫遵旨停用乳名"连生"。曹頫参加工作以后,仍使用乳名连生。康熙甚觉不妥,命他尽快启用学名。康熙五十二年(1713)正月初九的谕旨中称:"连生又名曹頫,以后著写曹頫。"曹頫接到圣旨,无条件停用其乳名,并及时向康熙汇报了此事:"复奉特旨改换奴才曹頫学名。"

曹颙卒于康熙五十四年(1715)正月初九之前。曹颙在江宁织造府任上猝死,清内务府奏事员外郎双全等人于康熙五十四年正月初九证实其人已病故。康熙五十四年正月十二日,双全等人向康熙皇帝呈送一份奏折,拟由曹頫继任江宁织造。清史档案保存双全奏折:康熙五十四年正月十二日,总管内务府衙门谨奏:为请旨事。康熙五十四年正月初九日奏事员外郎双全……本日李煦来称:奉旨问我,曹荃之子谁好?我奏,曹荃第四子曹頫好,可为曹寅之妻养子。奉旨:好,钦此等因。查曹颙之母不在此处,臣等向曹颙家人罗汉询问曹荃之子,尔主人应选何人?据称曹荃之子曹頫忠厚,是母慈子孝,我主人以为养子都好等情。……因查曹荃诸子中,惟曹頫可为曹寅妻之子,请补官主事,袭曹颙江宁织造之缺。为此缮折谨奏请旨。内务府大臣兼工部尚书赫奕、署内务府大逐兼牛录章京马齐等谨奏。奉旨:依议,钦此。

康熙与曹家几代人之间渊源极深。曹雪芹曾祖母孙氏是康熙幼时的保姆,康熙对孙氏怀有不是母子胜似母子的情感;曹雪芹祖父曹寅同康熙建立了"亲臣和世臣"关系,堪称封建时代君臣之谊的典范。或许是爱屋及乌的缘故,康熙眼中的曹颙文武双全、十分优秀,且有意栽培他。据史料记载,康熙对曹颙的好感度甚高,对他工作业绩给予充分肯定。曹颙早逝的噩耗突然传来,康熙无比惋惜:"曹颙系朕眼看自幼长成,此子甚可惜。朕所使用之包衣子嗣中,尚无一人如他者。看起来生长的也魁梧,拿起笔来也能写作,是个文武全才之人。他在织造上很谨慎。朕对他曾寄予很大的希望。他的祖、父,先前也很勤劳。"

## 结语

贾宝玉生活原型考据是红学研究重中之重,其精准度事关红学研究成败。否则,一步错,步步错,整个研究体系崩塌在所难免。笔者考证贾宝玉人物原型乃是曹雪芹之父曹頫,既采用曹雪芹和脂砚斋的原文,又择取相关史料照应。故此,笔者向广大红学研究者建言:脱离文本以及脂批考据贾宝玉生活原型,必是竹篮打水一场空,甚至会沦为世人笑柄。

# 薛宝钗德才超群

薛宝钗是《红楼梦》主要人物之一,适值妙龄,天生丽质,其外貌酷似唐代绝色美女杨贵妃。除外表美之外,她又是大观园里"妇德"代表,同时佩戴着一顶博学多才的桂冠。由此可见,薛宝钗其德其才在整个封建时代里是十分罕见的。

## 薛宝钗有世人称道之德

《女儿经》内容丰富,涉及为人、处事、治家等各个方面,它是古时大家闺秀的必修课。薛宝钗言行举止符合《女儿经》规范,敬老爱幼、勤俭节约、严于律己、宽以待人、注意礼貌等方面都做得可圈可点,受到众人一致喝彩,让林黛玉和史湘云等正钗望尘莫及。

"烧茶汤,敬双亲",薛宝钗孝敬父母。女孩子未出嫁前,清晨要先起床,烧开水,沏好茶,然后向父母请安,敬献茶水,让双亲享用。"百善孝为先",我国孝道文化源远流长,子女孝敬父母是件天经地义的事情,薛宝钗之父是当朝大皇商,家资丰厚。薛宝钗是个乖乖女,被父母视为掌上明珠。但天有不测风云,薛宝钗之父过早离开了人世。在这种情况下,薛宝钗兄长薛蟠理应担起孝敬母亲的责任,可他依然我行我素、恶习不改,成天吃喝玩乐、惹是生非,把自己的责任全抛到了九霄云外,"终日唯(惟)有斗鸡走马,游山玩水(而已)"。(第四回)薛宝钗眼见哥哥无药可救,主动放弃学业,料理家务,独自一人承担起孝敬母亲的义务。"还有一女,比薛蟠小两岁,乳名宝钗,生得肌骨莹润,举止娴雅。当日有她父亲在日,酷爱此女,令其读书识字,较之乃兄竟高过十倍。自父亲死后,见哥哥不能依贴母怀,她便不以书字为事,只留心针黹家计等事,好为母亲分忧解劳。"(第四回)

"看古人,多贤德",薛宝钗妇德超群。《红楼梦》判词和曲子具有预定和预判的特殊功能,即曹雪芹超前对有关人物的结局作出隐讳性总结。据《红楼梦》判词和曲子透露,薛宝钗集"停机德"和"举案齐眉"于一身。"停机德"和"举案齐眉"是我国古代妇德最具代表性的两个典型事例。金陵十二正钗和部分副钗有特定判词和特定曲子,薛宝钗位于正钗之列,理所当然有其特定判词和特定曲子。我国古代女性大都视"妇德"远胜于生命,把它当作人生金字招牌,现存贞节牌坊见证了那段血泪斑斑的历史。"停机德"出自《后汉书·列女传·乐羊子妻》的故事:乐羊子寻师求学,常年在外。由于思念娇妻心切,他放弃了学业,高高兴兴回到家中。正在织布的妻子得知他回家的原因后,拿起锋利的剪刀,毫不迟疑割断织布机上的绢,并向他提出忠告:中断学业如同绢被割断一样,已经毫无价值可言。乐羊子听了无地自容,马上告别妻子,继续踏上求学之路,最终功成名就。此后,"停机德"成为妇德的一大典型事例。"举案齐眉"出自《后汉书》:孟光,东汉人,家住扶风平陵,身材肥胖,又黑又丑,年满三十岁尚待字闺中,故被许多人误已为嫁不出。然而实际情况到底如何呢?孟光不是长得丑嫁不出,而是非梦中情人不嫁。孟光一再拒绝媒人提亲,其父语重心长地问:"闺女,你究竟想嫁一个什么样的人呀?"她的回话语惊四座:"除了当今第一贤德才子梁鸿,我是谁也不嫁的!"梁鸿是何许人也?他毕业于当时最高的学府——太学,公认的贤德第一、才学第一、容貌第一。当时众多达官显贵心目中的乘龙快婿就是他。孟光的话迅速传遍全国各地，梁鸿本人也听到了这则消息。重德才、轻容貌是梁鸿择偶的唯一标准，这位东汉才俊经过深入了解，决定迎娶孟光为妻，成为一段千古佳话。曹雪芹居然将两大妇德的光环全部聚集到薛宝钗一人身上，无疑向世人释放一条超强讯号：薛宝钗拥有世所罕见的妇德，绝不亚于前贤。曹雪芹引用"停机德"典故：秦可卿安排贾宝玉到自己的卧室午休，他很快进入梦乡。贾宝玉在梦中翻阅一本画册："（宝玉）再去取'正册'看，只见头一页上便画着两株枯木，木上悬着一围玉带；又有一堆雪，雪下一股金钗（金簪）。"此处出现薛宝钗专属判词："可叹停机德，堪怜咏絮才；玉带林中挂，金簪雪里埋。"（第五回）该处"停机德"的特定对象指薛宝钗。曹雪芹又引用"举案齐眉"典故：梦中的贾宝玉听到《终身误》特定曲子："都道是金玉良姻，俺只念木石前盟。空对着，山中高士晶莹雪；终不忘，世外仙姝寂寞林。叹人间，美中不足今方信。纵然是齐眉举案，到底意难平。"（第五回）该处"齐眉举案"的特定对象指薛宝钗。

"奴婢们，也是人"，薛宝钗友善仆人。薛宝钗听从妈妈安排，客居荣国府梨香院。自入住梨香院以后，她从不摆千金大小姐的架子，性格大度随和，与人为善，广交朋友。薛宝钗人缘好，亲和力强，结交了许许多多朋友。她的朋友圈中既有贾迎春和林黛玉等贵族佳丽，也有府内最低层的服务人员。薛宝钗这种没有等级观念意识实属难能可贵，与先前来到荣国府的林黛玉形成了鲜明对比。林黛玉孤傲脆弱，终致门前冷落鞍马稀，朋友是屈指可数。"不想如今忽然来了一个薛宝钗，年岁虽大不多，然品格端方，容貌丰美，人多谓黛玉所不及。而且宝钗行为豁达，随分从时，不比黛玉孤高自许，目无下尘，故比黛玉大得下人之心。便是那些小丫头子们，亦多喜与宝钗去顽。"（第五回）

"穿衣裳，旧如新"，薛宝钗崇尚简朴。提倡节俭是中华民族的传统美德，薛宝钗是节俭楷模。薛宝钗出生于条件非常优渥的家庭，其父是国朝的大皇商。薛宝钗身为皇商之女,不爱穿华丽衣服、不爱涂脂抹粉,但着装整洁得体,流露"天然去雕饰,清水出芙蓉"的自然之美。薛宝钗使用半新不旧的生活用品。薛宝钗身体不适,表弟贾宝玉亲往梨香院探视。贾宝玉走进薛宝钗闺房,发现她使用的生活用品全是半新不旧的,这大大出乎贾宝玉意料,同时留下极其美好的印象。"宝玉听说,忙下了炕来至里间门前,只见吊着半旧的红绸软帘。宝玉掀帘一迈步进去,先就看见薛宝钗坐在炕上做针线,头上挽着漆黑油光的鬏儿,蜜合色棉袄,玫瑰紫二色金银鼠比肩褂,葱黄绫棉裙,一色半新不旧,看去不觉奢华。"(第八回)

薛宝钗厌恶衣服熏香。一些纨绔子弟为了追求时尚,常把衣服熏得香气扑鼻。贾宝玉正与薛宝钗亲切交谈,忽闻到一种异香。他猜测薛宝钗的衣服熏过香。薛宝钗直言不讳地回答,自己最讨厌穿熏香的衣服。"宝玉此时与宝钗相近(就近),只闻一阵阵凉森森甜丝丝的幽香,竟不知系何香气,遂问:'姐姐得是(熏的是)什么香?我(竟)从未闻过这味儿。'宝钗笑道:'我最怕熏香,好好的衣服,熏的烟燎火气的。'"(第八回)

薛宝钗的居室过于简朴。薛宝钗随同大家一起搬进大观园,其居室未进行豪华装修,也没有摆放贵重的器皿。皇商之女的居所如此淡素,毫无喜庆氛围,贾母见状不可思议,甚至为之叹息。"(贾母)乃进了房屋,雪洞一般,一色玩器全无,案上只(有)一个土定瓶供者数枝菊花,并两部书,茶奁茶杯而已。床上只吊着青纱帐幔,衾褥也十分朴素。"(第四十回)

"凡笑语,莫高声",薛宝钗谨口慎言。蓝鼎元在《女学》中指出:"妇言不贵多,而贵当。"即女性不宜多讲话,倘若开口说话,必须使用恰如其分的言辞,做到少而准,绝不允许胡说八道。故此,"妇言"最能体现一位女性的智慧及其知识修养。宁可多走一步路,也不愿多说一句话,人们实难见到薛宝钗谈天论地。薛宝钗是"罕言寡语"之人。"罕言寡语"指一个人极少说话,那时的淑女大都属于这种类型。贾宝玉探望病中的薛宝

钗,不仅一睹芳容,还发现她不爱讲话。"……罕言寡语,人谓藏愚,安分随时,自云守拙。"(第八回)

薛宝钗是不轻易表态之人。薛宝钗说话谨慎,不似林黛玉那样尖酸刻薄,也不似史湘云那样说话经常得罪人。那些与己无关的事情,她向来不愿发表自己的意见。事不关己高高挂起,王熙凤充分掌握薛宝钗这一特性,亲口对平儿说过:"宝丫头虽好,却打定主意,不干己事不开口,一问摇头三不知。"("林丫头和宝姑娘他两个倒好……一个是拿定了主意,'不干己事不张口,一问摇头三不知'。")(第五十五回)

薛宝钗又是装糊涂之人。即使把事物一眼看穿,她仍是装聋作哑,不发一言。薛宝钗发现有位小旦酷似林黛玉,王熙凤有同感。当王熙凤提问该小旦像谁时,薛宝钗只笑不语。"凤姐笑道:'这个孩子扮上活像一个人,你们再看不出来。'宝钗心内也已知道,便只一笑不肯说。"(第二十二回)元春从宫中送来一个灯谜,薛宝钗一看就知道谜底。可她故作竭力思考的样子,就是不肯说破。"宝钗(等)听了,近前一看,是一首七言绝句,并无甚新奇,口中少不得称赞,只说难猜,故意寻思,其实一见便猜着了。"(第二十二回)

"无是非,是贤良",薛宝钗以和为贵。"嫡庶有别"的观念不仅在皇室内盛行,荣国府等大户人家亦是如此。贾宝玉和贾环是同父异母的兄弟,只因一个是正妻所生,另一个是妾所生,两人的境况就有了天壤之别。附势的奴才懂得人情世故,他们唯贾宝玉马首是瞻,对贾环的态度是冷若冰霜。贾环的生活环境如此恶劣,心理严重扭曲,不仅忌恨贾宝玉,还想方设法陷害他。贾环纯属心胸狭窄的小人,做出很多让别人瞧不起的事情。在日常交往中,薛宝钗并不歧视贾环,一不介意贾宝玉和贾环兄弟之间谁对谁错,二没有因自己与贾宝玉存有"金玉良姻"的特殊关系而断绝同贾环的正常往来。

薛宝钗偏袒贾环的过错。贾环同薛宝钗的丫头莺儿在一起赌博,输几文小钱,就想耍赖。莺儿说几句重话,他又是哭又是闹,太有失公子哥体面。虽然贾环有错在先,但薛宝钗一边责备莺儿,一边安抚贾环。贾宝玉刚巧路过这儿,薛宝钗担心贾环受到其兄责骂,赶忙替他打圆场。"如今宝钗生怕(恐怕)宝玉教训他,到(倒)没意思,便连忙替贾环掩饰。"(第二十回)

薛宝钗馈赠贾环一份特产。薛蟠从南方带回一批土特产,交由薛宝钗全权处理。薛宝钗亲自分配,除林黛玉略微多些外,其余人员相等,并安排专人派送。贾环收到了礼物,赵姨娘知道后大喜过望。赵姨娘没有表扬别人的先例,却打心眼里佩服薛宝钗:"怨不得别人都说(那)宝丫头好,会做人,很大方,如今看起来果然不错。他哥哥能带了多少东西来,他挨门(儿)送到,(并不遗漏一处,)也不露出谁薄谁厚,连我们这样没时运的,他都想到了。若是那林丫头,他把我们娘儿们正眼也不瞧,哪里还肯送我们东西?"(第六十七回)她还当着王夫人的面猛夸薛宝钗:"……怪不得老太太和太太成日家都夸她(他)疼她(他)。"(第六十七回)

"坐起时,要端正",薛宝钗落落大方。古时少女未嫁时独守闺房,这是造成她们"养在深闺人不识"的直接原因之一。女孩子偶尔参加一些社交活动,也要求她们举止优雅、端庄稳重。否则,给人留下轻浮的坏印象。薛宝钗不喜欢抛头露面,"珍重芳姿昼掩门",即使在大白天,她家的大门也被掩上了。薛宝钗在公开场合努力克制自己,时时显得心平气和,处处表现端庄大方。薛宝钗的"稳重和平"受到贾母首肯。随着接触机会越来越多,贾母发觉到薛宝钗稳重大方,越来越喜欢她,"贾母自见宝钗来了,喜他稳重和平。"(第二十二回)

薛宝钗的"坦然自若"获得贾政赏识。贾政官至员外郎,是当朝皇帝的宠臣。贾元春久居"见不得人"的皇宫,生活过得枯燥乏味,选用制谜和猜谜方法排遣寂寞。一次,元春特制一个谜面,差人送到荣国府,让家里人竞猜。贾母高度重视,召集迎春、探春、惜春、史湘云、林黛玉、薛宝钗等人,组织一场别开生面地制谜猜谜活动。闻知府上有活动,贾政自告奋勇地参与。活动期间,贾政特别留意史湘云、林黛玉、薛宝钗各自表现如何。史湘云是旁若无人,不停地高谈阔论;林黛玉整个人是无精打采,不愿意与任何人交流;薛宝钗是举止大方、不拘谨、彬彬有礼。贾政在现场掌握了第一手资料,认为薛宝钗具备世府千金的素质。"往常间只有宝玉长谈阔论,今日贾政在这里,便惟有唯唯而已。余者湘云虽系闺阁弱女,却素喜谈论,今日贾政在席,也自插口禁言。黛玉本性懒与人共,原不肯多语。宝钗原不妄言轻动,便此时亦是坦然自若。故此一席虽是家常取乐,反见拘束不乐。"(第二十二回)

"尊长至,要亲敬",薛宝钗敬重尊长。贾母享有老太君至尊地位,受到全体人员共同爱戴。薛宝钗作为一个晚辈,对待贾母恭敬有加,平时注意观察,从细微处入手,把贾母的饮食起居等生活习惯熟记于心。薛宝钗真正用心服务,贾母对她也是高看一眼厚爱三分。薛宝钗熟知贾母的食谱。薛宝钗的生日临近,贾母从积蓄中拿出二十两银子,破例为她举办一场隆重的生日庆典。生日那天,薛宝钗没按自己的口味安排佳肴,满桌尽上贾母平时爱吃的甜烂之食。贾母品尝到自己喜爱的美味,"更加欢悦。"(第二十二回)

薛宝钗熟记贾母喜爱的剧目。贾母只对热闹的剧情感兴趣,薛宝钗早已一本全知。薛宝钗生日宴刚结束,大家陪同贾母观看戏剧。贾母命令薛宝钗点戏,她见无法推辞,先后点《西游记》和《智深醉闹五台山》两出戏。这两部戏全都热闹异常,"贾母自是喜欢。"(第二十二回)薛宝钗说话贾母受用。薛宝钗尽说贾母爱听的话,虽有阿谀奉承的成分,但主要目的是哄老人家开心。贾母听到这些话,口头上谦虚几下,心里是挺受用的。薛宝钗说:"任凭凤丫头再怎么巧,(凤丫头凭他怎么巧,)再巧不过老太太去。"(第三十五回)

薛宝钗经常看望贾母。贾母同其他老年人一样害怕孤单寂寞。薛宝钗经常挤出时间到贾母住处,同老人家聊聊天。"且说宝钗等吃过早饭,又往贾母处问过安。"(第四十二回)"宝钗等歇息了一回,方来看贾母凤姐。"(第四十四回)薛宝钗心中时刻装着贾母,有付出必有回报,贾母终于高调赞扬薛宝钗。老太君金口一开,薛宝钗的前景是一片光明。贾母说:"提起姊妹……从我们家四个女孩儿算起,全不如宝丫头。"(第三十五回)

"若闻知,两参商",薛宝钗腹有良谋。王夫人同薛姨妈是亲姐妹关系,薛宝钗称她姨娘。薛宝钗解决金钏之死善后工作。一个盛夏的午后,王夫人正在凉榻上睡午觉。贾宝玉估计母亲进入梦乡,主动与金钏搭讪。可王夫人没有睡着,仅在闭目养神。王夫人亲耳听到金钏说出许多情话,把贾宝玉弄得神魂颠倒。王夫人据此判定,金钏不是好女孩,马上翻身起床,朝她脸上猛打几巴掌,大骂一顿,并作出辞退处理。金钏苦苦哀求未果,还是被母亲领回家中。她觉得颜面扫地,投井而亡。金钏虽是一个仆人,但毕竟是桩人命案。王夫人已是方寸大乱,不知如何是好。"姆婶事,决莫言,若闻知,两参商。"薛宝钗第一时间赶来安慰王夫人,把全部罪过归之于金钏不懂事,同时拿出用金钱摆平此事的方案。首先劝姨娘多拿些银两,"不过多赏她(他)几两银子发送她(他),也就尽主仆之情了。"其次采取一个非常大度的举措,拿几件自己未穿的新衣服给死者金钏,让她下葬时体面一些。王夫人全盘接受了薛宝钗方案,另请和尚为金钏超度亡灵。金钏的母亲看到金钏的后事办得风风光光,又收到了不少钱财,还亲自向王夫人磕头谢恩。自从摆平此事,王夫人对这位姨侄女更加刮目相看。"一时宝钗取了衣服回来,只见宝玉在王夫人旁边坐着垂泪。王夫人正才说他,因宝钗来了,却掩了口不说了。宝钗见此光景,察言观色,早知觉了八分,于是将衣服交割明白。王夫人将他母亲叫来拿了去……却说王夫人唤他母亲上来,拿几件簪环当面赏与,又吩咐请几众僧人念经超度。他母亲磕头谢了出去。"(第三十二回、三十三回)

"应他急,感我情",薛宝钗乐善好施。薛宝钗心地善良,每逢别人遇到这样或那样的困难,总能及时伸出援助之手,帮助他们渡过难关。另外,她做好事不张扬。

薛宝钗急送贾宝玉药品。贾宝玉无意间卷入王府间的政治斗争,调戏金钏又闹出人命案。其父贾政是怒不可遏,决定对他动用严厉家法,直把他打得皮开肉绽。薛宝钗闻听心急如焚,急忙找出祖传医治棒伤的丸药,即刻送到贾宝玉床前,并向袭人详解使用方法。薛宝钗看到贾宝玉伤势严重,情急之下说出自己心痛等话,自觉甚为不妥,于是羞红脸,低下头,摆弄裙带。贾宝玉听到了蜜糖般话语,心头感到无比温暖,将疼痛忘得一干二净。"(宝钗)向袭人说道:'晚上把这药用酒研开,替他敷上,把那淤血的热毒散开,可以就好了。'说毕,递与袭人,又问道:'这会子可好些?'宝玉一面道谢说:'好了。'又让坐。宝钗见他睁开眼说话,不象(像)先时,心中也宽慰了好些,便点头叹道:'早听人一句话,也不至今日。别说老太太、太太心疼,就是我们看着,心里也疼。'刚说了半句又忙咽住,自悔说的话急了,不觉的就红了脸,低下头来。宝玉听得这话如此亲切稠密,大有深意,忽见他又咽住不往下说,红了脸,低下头只管弄衣带,那一种娇羞怯怯,非可形容得出者,不觉心中大畅,将疼痛早丢在九霄云外。"(第三十四回)

薛宝钗暗送林黛玉燕窝。林黛玉身体越来越虚弱,薛宝钗对她健康状况充满忧虑,送去家藏的上等燕窝及洋糖,给林黛玉滋补身子。为了不闹得满城风雨,薛宝钗选择一位年老的女仆,趁着黑夜,送去燕窝等营养品。"就有蘅芜苑的一个婆子,也打着伞提着灯,送了一大包上等燕窝来,还有一包子洁粉梅片雪花洋糖,说:'这比买的强,姑娘说了,姑娘先吃着,吃完了再送来。'"(第四十五回)

薛宝钗资助史湘云螃蟹宴。史湘云一时冲动,提出要"设东拟题"。既要开社,就得做东。薛宝钗知道她在家中作不得主,手头上也拿不出这笔钱。为了帮史湘云兑现诺言,薛宝钗亲自张罗,备足螃蟹和酒水等,成功举办一场螃蟹宴。"……我和我哥哥说,要他几篓极肥极大的螃蟹来,再从铺子里取上几坛好酒来,再备四五桌果碟,岂不省事,又大家热闹了。"(第三十七回)

薛宝钗赎回邢岫烟冬衣。邢岫烟是邢夫人的侄女,家境贫寒,随父母一起投奔邢夫人。邢岫烟端雅稳重,薛姨妈等人都很疼爱她。薛姨妈欲娶邢岫烟为媳,但考虑到薛蟠行止浮奢,生怕她受到糟蹋,遂临时改为薛蝌说媒。邢岫烟认为薛蝌为人可靠,与自己般配,同意了这门亲事。邢岫烟月薪仅二两银子,按月上交一两给父母,自己可支配剩下一两,缺钱是常态。可邢岫烟个性倔强,不愿开口向别人借钱。正值隆冬时节,邢岫烟急需用钱,在迫不得已的情况下,拿出御寒棉衣,典当几吊钱。那家当铺的经营主就是薛家。薛宝钗得知邢岫烟当掉冬衣,生怕她冻坏身体,赎回衣服,等待夜幕降临,神不知鬼不觉地把衣服送给她。宝钗对邢岫烟说:"我到潇湘馆去。你且回去把那当票叫丫头送来,我那里悄悄的取出来,晚上再悄悄的送给你去,早晚好穿,不然风扇了事大。但不知当在那里了?"(第五十七回)

"学针线,莫懒身",薛宝钗精通女红。女红,又称女事,旧指针线、纺织、刺绣、缝纫等等,这类工作大都是妇女所做。女红是封建时代女子不可不熟练的手头活儿,大户人家的千金小姐往往从娃娃抓起。"只留心针黹家计等事",薛宝钗自幼勤学苦练,基本功扎实,女红技艺精湛。薛宝钗心甘情愿承接制鞋任务。袭人正为贾宝玉赶制一双鞋,突然感到身体不支,需要停顿几日。为了不延误制鞋工期,袭人想请史湘云帮忙。薛宝钗告诉袭人,史湘云近日家务事繁杂,她已经累得精疲力竭,指望她是很不现实的。于是,薛宝钗主动承担这项急迫任务。"袭人笑道:'那里哄的信他,他才是认得出来呢。说不得我只好慢慢的累去罢了。'宝钗笑道:'你不必忙,我替你作些如何?'袭人笑道:'当真的这样,就是我的福

了。晚上我亲自送过来。'"（第三十二回）

薛宝钗情不自禁干起刺绣活。吃过午饭，薛宝钗没回房休息，向怡红院方向走去，欲与贾宝玉谈谈心，以解午倦。中午是一天之中气温最高的时分，薛宝钗走进怡红院，看见两只仙鹤卧在院外的芭蕉树下一动不动，房内的丫头们横三竖四躺在一起，贾宝玉酣然入睡，袭人忙着为贾宝玉刺绣。那幅刺绣图案真是美不胜收，白绫红里上面扎鸳鸯戏莲的花样，红莲绿叶，五色鸳鸯。不一会儿，袭人有事外出，心灵手巧的薛宝钗坐到袭人的位置，不由自主地干起针线活，亮出精湛的手艺。这一幕，恰巧被刚走到窗前的林黛玉和史湘云看得真真切切。"宝钗只顾看着活计，便不留心，一蹲身，刚刚的也坐在袭人方才坐的所在，因又见那活计实在可爱，不由的拿起针来，替他代刺。不想林黛玉因遇见史湘云约他来与袭人道喜，二人来至院中，见静悄悄的，湘云便转身先到厢房里去找袭人。林黛玉却来至窗外，隔着纱窗往里一看，只见宝玉穿着银红纱衫子，随便睡着在床上，宝钗坐在身旁做针线，旁边放着蝇帚子，林黛玉见了这个景儿，连忙把身子一藏，手握着嘴不敢笑出来，招手儿叫湘云。"（第三十六回）

"冲撞我，只在心"，薛宝钗宽宏大量。"男为天，女为地"，这是封建社会的主要特征之一。女人作为弱势群体，始终处于从属地位。如果被男人误解，分得清对方的善恶就行了，没有必要出言不逊，更不能怀恨在心。薛宝钗满足贾宝玉的过分要求。荣国府收到元春赐礼，虽然人人有份，但标准却分出三六九等。贾宝玉和薛宝钗礼物相等，林黛玉和迎春三姐妹礼物相等，其他人员收到的礼物也不尽相等。令人意想不到的是，只有薛宝钗多得一个红麝串。贾宝玉为此大惑不解。至于元春为什么多赐一个红麝串，薛宝钗是心知肚明的。没过几日，贾宝玉遇见薛宝钗，当面向她提出索看红麝串的请求。红麝串佩戴在薛宝钗圆润的臂膀上，须解开衣服才能取下来。对于一个少女而言，这是件很尴尬的事情。贾宝玉所提要求确实太过分，薛宝钗还是顺从了。薛宝钗生得珠圆玉润，好不容易才把珠子从臂膀上褪下来,贾宝玉终于如愿以偿。当他看见薛宝钗白玉般的臂膀时,竟动了摸一摸的歪心思。薛宝钗看的真真切切,顿时羞的满脸通红。正当薛宝钗把珠子抛给贾宝玉的时候,不巧又被林黛玉撞见了。"(宝钗)所以总远着宝玉。昨儿见元春所赐的东西,独他与宝玉一样,心里越发没意思起来。幸亏宝玉被一个林黛玉缠绵住了,心心念念只记挂着林黛玉,并不理论这事。此刻忽见宝玉笑问道:'宝姐姐,我瞧瞧你的红麝串子?'可巧宝钗左腕上笼着一串,见宝玉问他,少不得褪了下来。宝钗生的肌肤丰泽,容易褪不下来。宝玉在旁看着雪白一段酥臂,不觉动了羡慕之心,暗暗想道:'这个膀子要长在林妹妹身上,或者还得摸一摸,偏生长在他身上。'"(第二十八回)

薛宝钗谅解贾宝玉唐突的讲话。薛宝钗是典型的传统女性,一向以温柔娴淑的姿态出现于公众面前。贾宝玉荒唐地把薛宝钗比作杨贵妃,让她难堪无比。杨贵妃在史上是个有争议的人物,因生前大搞裙带关系,杨家数人加官晋爵,享受荣华富贵。特别是其兄杨国忠为官期间的一系列行径,"安史之乱"爆发的原因之一大唐盛世从此一去不复返了。贾宝玉没有经过慎重思考,当着众人的面,尤其是贾母也在现场的情况下,竟然把薛宝钗比作杨贵妃。薛宝钗一听柳眉倒竖,罕见地使用严厉的语言。贾宝玉见到薛宝钗怒气冲冲,自知理亏,无言以对。薛宝钗却有包容之心,得饶人处且饶人,没有再纠缠这件事。"(宝玉)又道:'姐姐怎么不看戏去?'宝钗道:'我怕热,看了两出,热的很。要走,客又不散。我少不得推身上不好,就来了。'宝玉听说,自己由不得脸上没意思,只得又搭讪笑道:'怪不得他们拿姐姐比杨妃,原来也体丰怯热。'宝钗听说,不由的大怒,待要怎样,又不好怎样。回思了一回,脸红起来,便冷笑了两声,说道:'我倒像杨妃,只是没一个好哥哥好兄弟可以作得杨国忠的!'"(第三十回)

"外有言,莫内传",薛宝钗息事宁人。有些家长里短,是搬弄是非的根源;有些芝麻大的小事,一经传言就被无限夸大;有些道听途说的假消息,经过传播让人真假难分。祸从口出,许许多多家庭矛盾以及人与人之间失和都是由口舌之争所引起的,酿成家破人亡的惨案屡有发生。荣国府和宁国府人事关系复杂,各种矛盾交错在一起。"是非朝朝有,不听自然无",薛宝钗不传播不良言论,远离是非旋涡。正因此,薛宝钗巧妙化解一起尴尬。这天原是"未时交芒种节",园中的姑娘们倾巢而出,纵情玩耍,唯独不见林黛玉的身影。薛宝钗朝潇湘馆方向走去,猛然看见贾宝玉进入潇湘馆。她心想,此时若进潇湘馆,一会引起林黛玉猜疑,二会给贾宝玉带来诸多不便。经过激烈的思想斗争,她决定原路折返。就在返回途中,薛宝钗看见一双翩翩起舞的玉色蝴蝶,煞是好看,心头涌起扑蝶的冲动。她小心翼翼地扑赶蝴蝶,一直追到滴翠亭下。亭子窗户关的严严实实,她忽听见小红和坠儿正在议论"手帕"之类极隐秘的事情。薛宝钗听后惊骇万分,立刻想到小红是位刁钻古怪的丫头,又想到逼急会造反的古训。为了打消她俩的疑虑,薛宝钗急中生智,故意提高嗓门喊林黛玉的名字,并说你就藏在这儿等语。如此这般处理,一则表示自己找林黛玉来到这儿,二则表示自己没有听见你俩的谈话内容。后来的事实表明,薛宝钗本着大事化小及小事化了的原则,做到守口如瓶。大家也就相安无事。"犹未想完,只听'咯吱'一声,宝钗便故意放重了脚步,笑着叫道:'颦儿,我看你往那里藏!'一面说,一面故意往前赶。那亭内的红玉坠儿刚一推窗,只听宝钗如此说着往前赶,两个人都唬怔了。宝钗反向他二人笑道:'你们把林姑娘藏在那里了?'坠儿道:'何曾见林姑娘了。'宝钗道:'我才在河那边看着林姑娘在这里蹲着弄水儿的。我要悄悄的唬他一跳,还没有走到跟前,他倒看见我了,朝东一绕就不见了。别是藏在这里头了。'一面说,一面故意进去寻了一寻,抽身就走,口内说道:'一定是又钻在山子洞里去了。遇见蛇,咬一口也罢了。'一面说一面走,心中又好笑:这件事算遮过去了……"(第二十七回)

"宜以之,为法则",薛宝钗尊从礼法。"三从四德"是中国古代用于约束女人的行为准则和行为规范。《女儿经》则是"三从四德"具体化和明细化,有很强的可操作性。薛宝钗自小被灌输封建思想,"三从四德"的意识根深蒂固。"当做曲儿要记熟,句句还要懂的清",薛宝钗以《女儿经》作为座右铭,把"三从四德"牢记于心。薛宝钗常年佩戴癞头和尚赠送的金璎珞。金璎珞,即金项圈,薛宝钗的金项圈刻有"不离不弃,芳龄永继"八字。"不离不弃,芳龄永继"是永不分离、永不抛弃的意思,宣扬"从一而终"和"一女不嫁二夫"等封建思想。所谓的"从",不是表面上的随从,而是心悦诚服的接受。丈夫若先己而逝,妻子应该为丈夫终生守寡;若死去的丈夫留下子女,必须将子女扶养长大成人,以后还得听从儿子的安排。故此知之,薛宝钗佩戴金项圈起到了警钟长鸣的作用。"宝玉看了,也念了两遍,又念自己两遍,因笑道:'姐姐这八个字到(倒)真与我的是一对。'莺儿笑道:'是个癞头和尚送的,他说必须凿在金器上。'"(第八回)

薛宝钗长期服用"冷香丸"。据薛宝钗本人介绍,"冷香丸"专治"热毒"。薛宝钗自小患一种奇怪的病,据称是从娘胎里带来的热毒,发病时出现喘嗽等症状。有位高僧给薛宝钗开出"海上仙方儿"的处方,配制而成的药取名"冷香丸"。冷香丸的制作过程特别讲究,"要春天开的白牡丹花蕊十二两,夏天开的白荷花蕊十二两,秋天开的白芙蓉花蕊十二两,冬天开的白梅花花蕊十二两,于次年春分这日晒干,和在药末子一处,一齐研好。"薛宝钗服用此药十分见效,"若发了病时,拿出来吃一丸,用黄柏十二分煎汤送下"。(第七回)"冷香丸"到底为何物呢? 笔者推测:一年四季更替,气候有明显变化,极易引起女孩子生理和心理反应。薛宝钗一旦出现焦躁不安的情绪,服用"冷香丸"之类药物,就能起到稳定情绪的功效。还有一个重要原因,古时候,女孩子十二三岁就到了谈婚论嫁的年龄。此时的薛宝钗年方十五岁,尚待字闺中,解决婚嫁问题已是迫在眉睫。哪个少女不怀春？正值青春期的薛宝钗当然也不例外,出现正常人的生理和心理反应属于正常现象。随着年龄增长,这种生理和心理反应会越来越明显,服用"冷香丸"就显得更有必要。薛宝钗之所以长期保持"稳重和平"的良好心态,既是《女儿经》等封建礼法约束的结果,也有"冷香丸"的药效起到了一定的抑制作用。

## 薛宝钗有出类拔萃之才

薛宝钗自幼学文识字。由于天资聪颖,她不仅学识丰富,而且做到杂学旁收。薛宝钗在文学、历史、戏曲、医学以及佛学经典等方面均有涉猎,其见解精辟独到,令贾府上下刮目相看。

薛宝钗文学功底深厚,诗词方面的造诣尤为突出,不仅会吟诗作赋,还能随意道出《唐诗品汇总序》中的"杜工部之沉郁,韦苏州之淡雅,温八叉之绮靡"。贾宝玉甘拜薛宝钗为师。元春晋封贤德妃,准备元宵节省亲。元春衣锦还乡,宁荣两府用最隆重的礼仪迎接她回家,贾宝玉等人纷纷赋诗"颂圣"。薛宝钗赋"凝晖钟瑞",不经意流露出皇权崇拜,尤其那句"睿藻仙才盈彩笔,自惭何敢再为辞",其奉承迎合自不待言。贾宝玉奉元春之命,以"怡红院"为题赋诗,其中有句"绿玉春犹倦"。元春先前把"红香绿玉"改为"怡红快绿",薛宝钗已窥测出她不喜用"绿玉"之类词语,小声地告诉贾宝玉,贵人不喜用"玉"字,建议用"绿蜡"替代"绿玉",并告知"绿蜡"出自唐代著名诗人钱珝的"冷独无烟绿蜡干"。贾宝玉幡然醒悟,赞她无书不知,笑说今后不该叫姐姐,应该叫一字之师了。"宝玉听了,不觉洞开心臆,笑道:'该死,该死! 现成眼前之物,偏到想不起来了,真可谓'一字师'了。从此后我只叫师父,不叫你姐姐了。"(第十八回)

薛宝钗作"螃蟹诗"讽刺时事。大观园成立海棠诗社,大家有了吟诗取乐的固定场所。秋气送爽,丹桂飘香,众人齐聚诗社。席间,时令美食螃蟹端上桌,众人享受美酒美味,诗兴大发,以菊花为题赋诗。品诗正酣,又端上数只热气腾腾的螃蟹。贾宝玉提议以螃蟹为题赋诗。贾宝玉、林黛玉和薛宝钗各作了一首螃蟹咏。薛宝钗所作的咏蟹诗独树一帜,用辛辣语言讽刺那些附炎趋势的贪官污吏之流,赢得众人一致好评。薛宝钗用七律作诗一首:"桂霭桐阴坐举觞,长安涎口盼重阳。眼前道路无经纬,皮里春秋空黑黄!酒未涤腥还用菊,性防积冷定须姜。于今落釜成何益?月浦空余禾黍香。""众人看毕,都说这是食螃蟹绝唱,这些小题目,原要寓大意才算是大才,只是讽刺世人太毒了些。"(第三十八回)

薛宝钗用"柳絮咏"言志。众人改海棠诗社为桃花诗社,共推林黛玉为社主。暮春之际,史湘云是百般无聊,看见漫天飞舞的柳絮,偶成一小令。她的柳絮词激发大家吟诗作赋兴趣。由诗社发起填词,要求每人各拈一小调,限时做好。贾宝玉没有原创作品,却兴致勃勃续完探春词的后半阕。薛宝钗觉得他们写的"过于丧败",便一改词风。薛宝钗所填的词果然与众不同,展现了开朗乐观的一面,在场的人无不拍案叫绝。薛宝钗用《临江仙》填词:白玉堂前春解舞,东风卷得均匀。蜂围蝶阵乱纷纷。几曾随逝水,岂必委芳尘! 万缕千丝终不改,任他随聚随分。韶华休笑本无根。好风凭借力,送我上青云!"众人拍案叫绝,都说:'果然翻得好气力,自然是这首为尊,缠绵悲戚,让潇湘妃子。情致妩媚,却是枕霞;小薛与蕉客今日落第,要受罚的。"(第七十回)

薛宝钗对绘画方面也颇有了解。惜春在四姐妹当中年纪最小,可她的画技却是首屈一指。为报活命之恩,刘姥姥亲自挑选许多新鲜蔬菜瓜果,领着孙子板儿,第二次迈进荣国府。此行完全出乎刘姥姥意料之外,老太君贾母与她聊得极其投缘,受到高规格接待,既享美食,又参与行乐。令刘姥姥终生难忘的是,特别有幸游览"天上人间诸景备"的大观园。她被眼前仙境般的美景深深吸引住了，希望有人以此为背景作幅画。贾母获悉刘姥姥有此想法，拉着贾惜春的手对她说："我这小孙女就会画。"并当面交待惜春，要把众人全部画入画中，作品将赠予刘姥姥。贾母既开金口，惜春就把此事当成正事要事，特向诗社请假半年，开始专心致志作画。绘制大观园全景是有一定要求的，不仅要画整个园子，还要画上众多人物，像连环画一般才行，惜春根本无法独自完成这项艰巨性任务。幸好薛宝钗精通画画，自觉自愿当她的指导老师，且做到了诲人不倦。她向惜春讲授画国画的要领和方法，艺术家在创作前心中必须先有丘壑，然后对素材进行适当的剪裁和处理，最后才能达到真实再现生活的目的。她又向惜春口授绘画所需材料，所列画具、颜料以及其他器具达四十四样之多，清单上的品目和数量是清清楚楚，既有"蟹爪""须眉"等专业性画具，又有碗碟、风炉、砂锅等一般性画具。当薛宝钗说到生姜和酱也是绘画的必备材料时，还引来林黛玉冷嘲热讽，说她要炒颜料当菜。薛宝钗一口气能列出如此之多的绘画材料，完全具备职业画师的素养。"宝钗道：'我有一句公道话，你们听听。藕丫头虽会画，不过是几笔写意。如今画这园子，非离了肚里头有几幅丘壑的才能成画。这园子却是像画儿一般，山石树木，楼阁房屋，远近疏密，也不多，也不少，恰恰是这样。你就(只)照样儿往纸上一画，是必不能讨好的。这要看纸的地步远近，该多该少，分主分宾，该添的要添，该减的要减，该藏的要藏，该露的要露。这一起了稿子，再端详斟酌，方成一幅图样。第二件，这些楼台房舍，是必要用界划的。一点不留神，栏杆也歪了，柱子也塌了，门窗也倒竖过来，阶矶也离了缝，甚至于桌子挤到墙里去，花盆放在帘子上来，岂不倒成了一张笑'话'(儿)了。'"（第四十二回）

薛宝钗对医学药理知之甚笃，经验丰富，言之成理。薛宝钗推断出林黛玉所服药名。林黛玉体弱多病，自小服用人参养荣丸。林黛玉初进荣国府，贾母听闻如此，便吩咐府上配药时添加一副，服药难题轻而易举得到解决。林黛玉先是长期服用王太医配制的药,后改服鲍太医配制的药,可两种药的效果并不明显。贾母让林黛玉依旧服用王太医的药。王夫人建议林黛玉再换一种丸药,却记不清药名,误说"金刚"之类。薛宝钗根据王夫人的误说之词,并结合贾宝玉所言药理,推断该药名当是"天王补心丹"。薛宝钗答对药丸的名称,王夫人点头称是。"王夫人道:'都不是。我只记得有个'金刚'两个字的。'宝玉拍(扎)手笑道:'从来没听见有个什么'金刚丸'!若有了'金刚丸',自然有'菩萨散'了!'说的满屋里人都笑了。宝钗抿嘴笑道:'想是天王补心丹。'王夫人笑道:'是这个名儿。如今我也糊涂了。'"(第二十八回)

薛宝钗医好贾宝玉的棒伤。贾宝玉无意间卷入两个王府政治斗争,又因为调情金钏闹出人命案。贾政火冒三丈,对一再犯错的贾宝玉动用严厉的家法。在贾母直接干预下,贾政才停止用刑。贾宝玉却被打的皮开肉绽,伤势十分严重。薛宝钗闻讯寝食不安,取出祖传医治棒伤的丸药,火速送到贾宝玉床前。贾宝玉躺在床上,臀上作痛如针挑刀挖一般,"嗳哟"之声连连。薛宝钗心痛不已,当面向袭人传授用药方法。袭人遵嘱用药,初见疗效,贾宝玉的棒伤渐渐痊愈了。"袭人道:'宝姑娘送去的药,我给二爷敷上了,比先好些了。先疼的躺不稳,这会子都睡沉了,可见好些了。'"(第三十四回)

薛宝钗向林黛玉诚荐食疗法。每到春分和秋分过后,林黛玉结核病必定复发,连太医等顶级医生都是束手无策。林黛玉对治好自己的病已经不抱任何希望。林黛玉的病情牵动着薛宝钗的心。她认真查看医生所开的药方,发现症结所在。原来,林黛玉的病因是"气血两亏",常服药里含有人参肉桂成分。这两味药的药性太热,不适合治疗结核病。薛宝钗主张代之以每天早上一两燕窝粥,所需燕窝由自己奉送。林黛玉听后大为感动,马上转变了以往对薛宝钗的态度,打开心扉,向她倾诉肺腑之言。"宝钗道:'昨儿我看你那药方上,人参肉桂觉得太多了。虽说益气补神,也不宜太热。依我说,先以平肝健胃为要,肝火一平,不能克土,胃气无病,饮食就可以养人了。每日早起拿上等燕窝一两,冰糖五钱,用银铫子熬出粥来,若吃惯了,比药还强,最是滋阴补气的。'(第四十五回)

宁国府和荣国府都是诗礼簪缨之族,家庭成员不仅物质生活富裕,精神文化生活也是丰富多彩。两府相继组建剧团,逢年过节或遇到喜庆的日子都会举办文艺演出。薛宝钗是个戏剧通,熟读《西厢》《琵琶》"元人百种"等剧本。不仅如此,她对戏剧有卓越的鉴赏力,从热闹的"俗戏"中能听出富有哲理的曲文。薛宝钗生日快到了,贾母破例从自己的积蓄中拨银二十两,交与王熙凤筹办酒宴和戏曲演出。正月二十一日是薛宝钗的生日,大家吃过早饭,陪同贾母来到戏园。只要剧情越热闹,贾母就越喜欢看,对于这一点,薛宝钗早已了然于胸。贾母坚持要让小寿星优先点戏。虽然这场戏是贾母特意为自己安排的,但薛宝钗的最终目的还是以贾母开心为要。于是,薛宝钗选择《西游记》作为开场戏。这出戏热闹异常,甚合贾母心意。"(吃了饭)点戏时,贾母一定先叫宝钗点,宝钗推让一遍,无法,只得点了一出《西游记》。贾母自是欢喜。"(第二十二回)接下来,王熙凤、林黛玉、贾宝玉等人轮流点戏。此时,菜肴全部端上桌,贾母再次指派薛宝钗点戏,她所点的曲目是《鲁智深醉闹五台山》。鲁智深是《水浒传》中的大英雄,在打死镇关西后,逃到五台山出家,有次喝的酩酊大醉,大闹寺院,随后被住持驱逐。该戏排场和辞藻俱佳,薛宝钗又为讨好贾母所点,明眼人一眼就能看出来。可热闹剧情根本不符合贾宝玉的要求。元春省亲刚结束,贾宝玉受邀到宁国府看戏。因为《孙行者大闹天宫》《姜子牙斩将封神》等剧情均属热闹戏文,贾宝玉呆了片刻,就溜之大吉了,这让宁国府主人贾珍十分尴尬。"宝玉见繁华热闹到如此不堪的田地,只略坐了一坐,便走开各处闲耍。"(第十九回)薛宝钗挑选《鲁智深醉闹五台山》,其用意当然未逃过贾宝玉的双眼。贾宝玉虽不情愿,但也无可奈何,只是淡淡地对薛宝钗说,贾母既在现场,点这种类型的戏也是无可厚非的。薛宝钗这才意识到，贾宝玉没看过《鲁智深醉闹五台山》，既然不了解剧情，又怎么会领悟内中戏理？于是，她借机向贾宝玉作详细讲解，显露出扎实的学问功底。贾宝玉听后茅塞顿开，大加赞赏。"宝钗道：'你白听了这几年的戏那里知道这出戏的好处，排场又好，辞藻更妙。'……宝钗便念道：'漫揾英雄泪，相离处士家。谢慈悲剃度在莲台下，没缘法，转眼分离乍。赤条条来去无牵挂，哪里逃烟蓑雨笠卷单行？一任俺芒鞋破钵随缘化。'宝玉听了，喜的拍膝画圈，称赞不绝，又赞宝钗无书不知。"（第二十二回）

薛氏兄妹与杨氏兄妹。杨国忠是史上臭名昭著的政治人物之一。他早年染上嗜酒赌博等恶习，众亲友全都以鄙视眼光相待。他三十岁时从军，在西川参加屯田工作，因表现突出被授新都县尉。之后，他依附蜀地豪强鲜于仲通，任扶风县尉。不久，族妹杨玉环受到唐玄宗专宠，杨国忠飞黄腾达的时机悄然而至。他历任金吾兵曹参军、监察御史、度支员外郎兼侍御史、太府卿。李林甫去世后，他又担任检校右相兼管文部，册封卫国公，身兼四十余职。可他能力平平，器量狭小，德才与相位不匹配，两次派兵攻打南诏，损兵折将。尤其与安禄山之间互相倾轧，水火不容，导致"安史之乱"爆发，大唐自此一蹶不振。史书上对杨氏兄妹评价大都是负面的，甚至有学者将杨贵妃放在红颜祸水之列。薛宝钗体态丰满，肌肤白皙，外表酷似唐代绝色美人杨玉环。曹雪芹也有意把薛宝钗的容貌和体态与杨玉环相提并论。一是作者将薛宝钗喻为"艳冠群芳"的牡丹花。多位诗人将杨贵妃与牡丹花浑然一体，诗仙李白就留下了"春风拂槛露华浓""一枝红艳露凝香"等脍炙人口的诗句。二是作者直截了当把薛宝钗写作杨妃。第二十七回目就是"滴翠亭杨妃戏彩蝶　埋香冢飞燕泣残红"。贾宝玉的不当言论引得薛宝钗大为光火。贾宝玉同林黛玉又在闹情绪，贾母时刻放心不下。王熙凤善解人意，把贾宝玉和林黛玉拉到贾母住处。贾母看到两人已经冰释前嫌，心里格外高兴。贾宝玉发现薛宝钗也在场,告诉她自己有病在身,不能到现场为薛蟠庆生,并问她为何不跟众人一道去看戏。薛宝钗回应怕热,他不慎泄露"他们拿姐姐当杨妃"的秘密。薛宝钗是封建礼教的卫道士,贾宝玉竟当众拿自己同杨贵妃相比,第一反应是自己的人品被他亵渎了。另外,亲哥薛蟠也没像杨国忠那样祸国殃民,又何必要扯上哥哥。薛宝钗对杨氏兄妹的品行更是一本全知,当听到贾宝玉妄言妄语时,怒火中烧,当即予以反击。"宝玉听了,自己由不得脸上没意思。只得又搭讪笑道:'怪不得他们拿姐姐比杨妃,原来也体丰怯热。'宝钗听说,不由的大怒,待要怎样,又不好怎样。脸红起来,便冷笑两声,说道:'我倒像杨妃,只没有个好哥哥好兄弟可以作得杨国忠的!'"(第三十回)

薛宝钗通佛学。宝钗通佛学得从六祖的故事讲起。南北朝时期,佛教禅宗传到第五祖弘忍大师。当时,弘忍大师正在湖北黄梅开坛讲学,弟子多达五百人。众弟子中的翘楚者当数神秀。弘忍大师年事渐高,物色继承者已成当务之急。他想出一个计策,让弟子做一首偈子(有禅意的诗),谁做得好就将衣钵传给谁。神秀觊觎方丈宝座已久,担心出于继承衣钵的目的写了偈子,有违佛家无为而作的意境。于是,他趁着夜色,悄悄在院墙上写下一偈:身是菩提树,心为明镜台。时时勤拂拭,勿使惹尘埃。该偈的主要意思是,要时时刻刻去照顾自己的心灵和心境,只有通过不断修行才能抗拒外来的各种诱惑和邪魔。神秀过分强调修行的作用,则与禅宗大乘教派的顿悟不相吻合。次日清晨,众人围观该偈子,均猜中乃为神秀所写,称赞声不绝于耳。弘忍大师未对该偈发表意见,因为他觉得神秀未达到顿悟境界。这事像风一样传到了火头僧惠能(又作慧能)的耳里。惠能没读过书,是个目不识丁的和尚。惠能来到神秀所作的偈子前,即兴作一偈子,并央请别人写在神秀所作的偈子旁:菩提本无树,明镜亦非台,本来无一物,何处惹尘埃?该偈的主要意思是,世间万物无不是一个空字,人心若空,为何惧怕外来的诱惑;任何事情能做到从心而过,又怎会留下一丝一毫的痕迹呢？这是禅宗的最高境界，领略到这层境界的人，就是开悟了。弘忍大师看到惠能所作的偈子，马上派人把他叫到跟前，当众予以严厉批评：你写了什么乱七八糟，纯属一派胡言，立即擦掉偈子，另在惠能的头上敲打三下。惠能心领神会，于三更时分赶到弘忍大师的禅房。弘忍亲授《金刚经》教义，秘传衣钵给他。为防神秀伤害惠能，弘忍大师让他立即远走高飞。惠能连夜向南方逃去，终于躲过神秀手下人的追杀。隐居十余年，惠能继承东山法门，在莆田少林寺创立禅宗的南宗，世称"禅宗六祖"。后人将惠能与孔子、老子并称"东方三圣"。薛宝钗对参禅悟道颇有心得。在薛宝钗的生日宴上，史湘云说一戏子像林妹妹。为不惹林黛玉生气，贾宝玉及时向史湘云递眼色。谁知湘云不领情，抱怨宝玉看不起自己。林黛玉也不领情，认为宝玉不了解自己。贾宝玉见状痛楚万分，时刻为姐妹们的和睦着想，却弄出吃力不讨好的结果。于是，他提笔写下一偈子：你证我证，心证意证。是无有证，斯可云证。无可云证，是立足境。贾宝玉已萌生远离尘世的想法，该放手时就放手，过好自己，不会再理世事了。林黛玉察觉贾宝玉心灰意冷，会同薛宝钗和史湘云一起前去劝导他。林黛玉先是笑问：宝玉，我问你，至贵者"宝"，至坚者"玉"，尔有何"贵"，尔有何"坚"？贾宝玉听到林黛玉如此发问，又见她添加"无立足境，是方干净"两句偈语，渐有所悟，便知自己过于矫情了。冰雪聪明的薛宝钗听见林黛玉问话以及所添加的两句偈语，接着向他讲述六祖故事，开导他不要胡思乱想。薛宝钗娓娓而谈，滔滔不绝。贾宝玉本有慧根，听了薛宝钗的一席话，顿有醍醐灌顶的感觉，四人和好如初了。"宝钗道：'实在这方悟彻。当日南宗六祖惠能，初寻师至韶州，闻五祖弘忍在黄梅，他便充役火头僧。五祖欲求法嗣，令徒弟诸僧各出一偈。上座神秀说道：'身是菩提树，心如明镜台，时时勤拂拭，莫使有尘埃。'彼时惠能在厨房碓米，听了这偈，说道：'美则美矣，了则未了。'因自念一偈曰：'菩提本非树，明镜亦非台，本来无一物，何处惹尘埃？'五祖

便将衣钵传他。今儿这偈语,亦同此意了。只是方才这句机锋,尚未完全了结,这便丢开手不成?'"(第二十二回)

薛宝钗在其父撒手人寰后,便主动放弃学业,将主要精力放在料理家务、为母亲分忧上。如此一来,她不仅提高了管家能力,还练就了理财本领。论及理财之道,薛宝钗能顺手拈来《朱子文集大全类编》之语,甚至连已佚失的"登利禄之场,处运筹之界者"等句也能倒背如流,特别是她用儒家学说指导贾探春经济改革取得实效。荣国府人多事杂,王夫人主管大局,具体事业执行者是王熙凤。王熙凤是一位十足的工作狂,素有"凤辣子"之称,长期充当王夫人左膀右臂。她有着惊人的管理组织能力和治家手段,做事干练,还喜欢揽事,全权管理荣国府,曾经协管宁国府。王熙凤因小产暂时告别管理岗位,王夫人根据实际工作需要,安排李纨、贾探春与薛宝钗组成"三驾马车",临时管理荣国府日常工作。李纨年纪轻轻遭受丧夫之痛,她的心早如同"槁木死灰一般",什么事都不愿意参与。这样,实际工作落到了贾探春与薛宝钗两人的肩上。荣国府曾经大肆操办元妃省亲,所造成的巨额亏空未得到皇家弥补,导致债台高筑,府上的日常开支只得依靠典当物品来维持。"才自精明志自高",贾探春是一位有文化有才干有理想的女性,希望通过自己的努力改变荣国府入不敷出的现状。一旦权在手,便把令来行。她力行改革,采取若干举措:一是开源。探春按照"承包制"方式,把大观园分包给园中的老妈妈们。消费性大观园短期内被改成生产性种植园,为捉襟见肘的贾府经济找到了一个新的增长点。二是节流。探春当即停发贾宝玉、贾环、贾兰以上学为名义,实际上作为袭人、赵姨娘、李纨等人零花的月钱。探春又下令停发大观园内脂粉买办费用。虽然每人每月节省的数目不大,但是累计数还是可观的。三是按制度办事。舅舅赵国基逝世,探春没有顾及死者与自己的关系以及母亲赵姨娘的哭闹,公事公办,按规定付出二十两礼钱。仅此一项,为府上节省二十两银子。作为客人的薛宝钗没有袖手旁观,积极为贾探春改革建言献策,把决定权交给探春,自己只做一名军师。"登利禄之场,处运筹之界;穷尧舜之辞,背孔孟之道。"贾探春对自己的改革方案相当自负,整个方案设计都是以利为中心,薛宝钗尖锐地提出批评:"你才办了两天的(时)事,就利欲熏心。"同时指出:"若不拿学问提着,便都流入世俗去了。"在贾探春看来,既然改革的目的是利字当头,那么打出"背孔孟之道"的旗号就是顺理成章。然而,薛宝钗用孔子的"义利观"提醒探春,不能单纯追求商业利益,防止改革滑向物欲横流的邪路。贾探春听后如梦初醒,"点头称赞"。贾探春在选择承包人时也征求了薛宝钗的意见,薛宝钗提出"小惠全大体"方案。"小惠全大体"的实质就是雨露均沾,让承包者分出部分利润给那些没有承包到的人以安其心。贾探春采纳这一主张,兼顾大多数人的利益,充分调动了各方面的积极性。那些值夜班的人也享受到改革红利,非常感念薛宝钗的恩惠,不再吃夜酒赌博,安安心心做好本职工作。"得人心者得天下",薛宝钗的高超管理技巧博得贾府上上下下的称赞,正如李纨所说:"使之以权,动之以利,再无不尽职的了。"有了薛宝钗的新设计,贾探春的改革获得了巨大的成功。"家人都欢声鼎沸说:'姑娘说的很是,从此姑娘奶奶只管放心,姑娘奶奶这样疼顾我们,我们真要不体上情,天地也不容了。'"(第五十六回)

薛宝钗与贾宝玉的金玉良缘。贾宝玉有块通灵宝玉,薛宝钗有个金锁,"都道是金玉良缘",每人都知道他俩的结合是前世注定好姻缘。金玉良缘纯属玄学观点。玄学是一种关于远离"事物"与"事务"的形式来讨论事务存在根据的本体论形而上学的问题。薛宝钗通晓金玉配对的玄机。薛宝钗偶染微恙,安心在梨香院内静养。贾母是个老戏迷,尤喜剧情热闹的戏曲。宁国府排演好几出戏,王熙凤鼓动贾母去看戏,恰巧宁国府女主人尤氏也向贾母发来了正式邀请。演出当天,贾宝玉等人陪同贾母一道前往观看。午餐前,贾宝玉和王夫人护送贾母回府午休,王熙凤等人则继续留下来欣赏节目。贾宝玉忽然想起病中的薛宝钗,决定趁此机会前去探视。他带着几位嬷嬷和丫鬟，马不停蹄地赶到表姐薛宝钗的住处。此行促成了"金锁"和"宝玉"首会。两人寒暄之际，薛宝钗看见贾宝玉脖子上挂着那块神奇的通灵宝玉，向他提出赏鉴宝玉的请求。贾宝玉爽快应允，快如闪电般把玉递到她的手中。薛宝钗来回颠倒着把玉看了一遍，又特意翻过来正面细看，将词一连念了两遍："莫失莫忘，仙寿恒昌。"这句念词恰巧被贴心仆人莺儿听见了。莺儿虽然没有文化，但听得出通灵宝玉上的字和主子项圈上的字是一对儿，毫不迟疑向贾宝玉泄露天大秘密，薛宝钗的项圈上也有字。贾宝玉听了，感到讶异之极，向她提出索看"金锁"的请求。薛宝钗见无法推辞，只好费力取出"金锁"，送与他鉴赏。贾宝玉看见金锁一面镌刻着"不离不弃"四字，另一面镌刻着"芳龄永继"四字，朗读了两遍，又把自己玉上的词朗读两遍，笑称两者确是一对儿。贾宝玉和莺儿均看出两者是一对儿，难道博才多学的薛宝钗还看不出来这一点吗？薛宝钗既然一看明了，为何要把两句词念出声来？一遍不够，还非得要念上两遍呢？笔者认为，这是主子和仆人之间成功进行了一场双簧表演。薛宝钗念出声的目的，乃是有意念给莺儿听的。一经薛宝钗提醒，莺儿方才恍然大悟，赶紧接过话茬，这才斗胆公开主子的私密事。随后，薛宝钗"责备"莺儿未上茶，意味着莺儿的任务已经圆满完成。莺儿所言果然诱发贾宝玉极大好奇心，"金锁"光明正大地推荐给了贾宝玉。"宝玉看了(她的)，也念了两遍，又念自己的两遍，因笑问：'姐姐这八个字到(倒)真与我的是一对。'"(第八回)

　　贾宝玉抵触金玉配让薛宝钗极为震惊。一个烈日炎炎的午后，薛宝钗特地前往绛芸轩。贾宝玉有午睡的习惯已进入梦乡，袭人正忙着刺绣。薛宝钗拿起扇子为熟睡的贾宝玉驱赶蚊虫。这时候，袭人有事外出，薛宝钗立刻坐到刺绣的位置上，接着干起刺绣活。林黛玉和史湘云刚巧路过绛芸轩，撞见了这罕见的一幕。她俩见薛宝钗干得正欢，未进去打扰。正当薛宝钗聚精会神地刺绣的时候，忽听到睡梦中的贾宝玉骂声连天。所说的梦话内容着实让薛宝钗大为震惊,贾宝玉是念念不忘木石姻缘,对金玉姻缘却有强烈的抵触情绪。"这里宝钗刚做了两三个花瓣,忽见宝玉在梦里喊骂说:'和尚道士的话如何信得!什么金玉姻缘,我偏说是木石姻缘!'薛宝钗听了这话,不觉怔了。"(第三十六回)

"都道是金玉良姻,俺只念木石前盟。空对着,山中高士晶莹雪。"没有受到丝毫污染的白雪方能称之为"晶莹雪"。广大读者都心如明镜,"晶莹雪"是曹雪芹用来喻指薛宝钗高大上的人品。薛宝钗不仅是《女儿经》的坚定执行者,还是一位才高八斗的女杰。她的所作所为无不令人肃然起敬。可有些研究者竟然将薛宝钗看作沽名钓誉的国贼禄鬼和八面玲珑的势利小人,更有甚者把她当成"女曹操"式的奸雄人物。这种既脱离文本,又违背曹雪芹原创精神的奇谈怪论,着实令人士感到义愤填膺。

# 曹雪芹亲历抄家事件

"普天之下，莫非王土，率土之滨，莫非王臣"，封建社会显著的特质之一就是皇权至上。无论何人、无论何家，如果遭到当朝皇帝抄没家产的处罚，就是一场万劫不复的灾难。少年时期曹雪芹曾亲身经历残酷无比的抄家事件，切肤之痛是没齿难忘。故而《红楼梦》着墨抄家的文字颇多，如泣如诉，这是曹雪芹借机隐存了一段不堪回首的抄家往事。

## 江南甄家惨遭抄家处罚

抄家是古代常见的一种刑罚，又是一项毁灭性的处罚。江南甄家不幸遭到皇帝抄家重创。抄家后，繁华的甄氏家族顷刻间烟消云散，一切财产收归朝廷掌控，家族成员生活在水深火热之中。

贾探春分析甄氏家族被查抄的主要原因。甄氏家族内部矛盾尖锐，成员之间不团结、不信任，爆发抄检内斗。可眼下，大观园内也开始实施严厉的内部抄检，贾探春不仅产生强烈抵触情绪，还预感后果非常严重。她不无忧虑地向王熙凤挑明自己的态度，这是走甄氏家族败亡的老路，贾氏家族衰败已为期不远了："我的东西倒许你们搜阅，要想搜我的丫头，这却不能。我原比众人歹毒，凡丫头所有的东西我都知道，都在我这里间收着,一针一线他们也没的收藏,要搜所以只来搜我。你们不依,只管去回太太,只说我违背了太太,该怎么处治,我去自领。你们别忙,自然连你们抄的日子有呢!你们今日早起不曾议论甄家,自己家里好好的抄家,果然今日真抄了!咱们也渐渐的来了。可知这样大族人家,若从外头杀来,一时是杀不死的,这是古人曾说的'百足之虫,死而不僵',必须先从家里自杀自灭起来,才能一败涂地!'说着,不觉流下泪来。"(第七十四回)

贾珍"枕边风"泄露甄氏家族被查抄的官方消息。尤氏是宁国府掌门人贾珍的续弦。贾珍从朝廷官报中掌握了甄家被抄没家私的案情。回到家中,他同夫人尤氏谈起这件事。第二天,尤氏又将这一信息告诉身边的几位老嬷嬷,"昨日听见你爷说,看邸报甄家犯了罪,现今抄没家私,调取进京治罪。怎么又有人来?"(第七十五回)

贾母也获得甄氏家族被查抄的确切消息。尤氏离开李纨家,立即赶往贾母住所。刚进门,她看到王夫人正向贾母汇报甄家被查抄的情况。贾母听后显得极不耐烦,劝王夫人不要管别人家的事情,当务之急是筹办中秋节活动。"尤氏等遂辞了李纨,往贾母这边来。贾母歪在榻上,王夫人说甄家因何获罪,如今抄没了家产,回京治罪等语。贾母听了正不自在,恰好见他姊妹来了,因问:'从那里来的?可知凤姐妯娌两个的病今日怎样?'尤氏等忙回道:'今日都好些。'贾母点头叹道:'咱们别管人家的事,且商量咱们八月十五日赏月是正经。'"(第七十五回)

抄家后的甄氏家族成员真是可怜兮兮。抄家附带一些极刑,一个人犯大逆不道的罪,或是类似的重罪,大都被判决抄家,当事人须流放边塞,整个家族都会受到连带。抄家不仅限于家庭财产,还牵及家庭成员,就连买来的丫鬟也要跟着遭殃。旧时女人是一个弱势群体,特别是遭抄家女人的结局更是惨不忍睹,要么为奴,要么为娼,过着非人的生活。因此,从抄家女人的面部表情能够看得出其惨状。甄氏家族被抄家后,有几位女人急匆匆来到荣国府,她们个个心事重重,慌里慌张,面如土色,与死人没有区别。老嬷嬷对尤氏说："正是呢。才来了几个女人，气色不成气色，慌慌张张的，想必有什么瞒人的事情（也是有的）。"（第七十五回）

## 荣国府贾家亦未逃脱抄家的厄运

　　荣国府内部查抄也是刀刀见骨。荣国府内部人事关系极其复杂，接连发生了多起弊案。服侍贾宝玉的小丫鬟坠儿偷平儿的手镯；贾惜春房中的丫头入画与外人偷情；内鬼偷窃王夫人使用的胭脂等。为争夺家政执掌权和宗族继承权，荣国府内明争暗斗，展开了一场场殊死搏斗。一是赵姨娘不择手段为贾环争取家族继承权。她买通马道婆，暗施魔法，险些令贾宝玉等人丧生。二是长房邢夫人也参与权力角逐。荣国府长房和二房之间的矛盾向来很深，邢夫人是长子贾赫的夫人，王夫人是次子贾政的夫人，可王夫人稳居荣国府正房"荣禧堂"，居然在荣国府里当家理政。对于这一切，邢夫人敢怒不敢言。当大观园发生绣春囊事件时，邢夫人趁机反扑，先打发人把封存的绣春囊送给王夫人，再派陪房王善保家的打探处置方法，无非让有权有势的王夫人出洋相。该案的起因是，贾母房内有个小丫头，人称"傻大姐"，她在园内捡到一个绣春囊。绣春囊之类淫具堂而皇之出现在大观园，说明府内管理出现严重的疏漏。这一切，王夫人当然是难辞其咎的。为堵住邢夫人等众人的嘴，王夫人兴师动众，实施抄检大观园。抄检大观园的导火索看似是傻大姐捡到那只绣春囊，实际上是两位女主人彼此互不信任，关系已经恶化到了水火不相容的地步。此次内部查抄的结果是两败俱伤，王夫人弄得颜面扫地，邢夫人也是搬起石头砸了自己的脚。"咱们倒是一家子亲骨肉呢，一个个不像乌眼鸡，恨不得你吃了我，我吃了你。"（第七十五回）探春目睹内部查抄行动真刀真枪，翻箱倒柜，亲情观念全抛到了九霄云外，令她痛心疾首。问题远没有这么简单,贾氏家族在重蹈覆辙,内部矛盾不可调和,为日后抄没荣国府埋下了一颗定时炸弹,诚如探春所言:"可知这样大族人家,若从外头杀来,一时是杀不死的,这是古人曾说的'百足之虫,死而不僵',必须先从家里自杀自来起来,才能一败涂地!"

荣国府被皇帝抄家有迹可循。《红楼梦》前八十回未见查抄荣国府的文字,程高续书也无荣国府"抄没"案卷。假若荣国府被皇帝下旨查抄,那场景绝对暴力。皇帝享有一言九鼎的绝对权力,一旦下达抄家命令,执行者无不竭尽所能,务求抄检一干二净,其中不乏使用严刑逼供等手段。被执行者面对凶神恶煞的官差,只有任人宰割的份,毫无还手之力,真是苦不堪言。江南甄家被查抄已成为公开的事实,那么荣国府贾家有没有被皇帝下旨查抄呢?这是一个待解之谜,又是一个必解之谜。荣国府被抄家是探秘"真事隐"的重要一环,它关系到作者所采用素材来自哪一家的大问题。换言之,就是被还原后的"真正之家"必然遭此劫难。因此,全力查找荣国府被查抄的线索显得尤为急迫。从哪里入手方能奏效呢?要么从脂批中找,要么从畸批中找。笔者经过认真搜检,终于从畸笏叟批语中发现"抄没"两字。"抄没"即查抄没收。可见,畸笏叟已将荣国府被抄家的案情记录在案。"抄没"虽仅两字,却是一条铁证,荣国府被抄家的真相随即浮出水面。庚辰本第二十七回留存一条价值连城的眉批:"此系未见'抄没''狱神庙'诸事,故有是批。丁亥夏。畸笏。"

## 江南甄家和荣国府贾家影射江宁织造府曹家

自《红楼梦》问世以来,曹雪芹所描写的江南甄家和荣国府贾家是不是现实生活中的江宁织造府曹家?红学界展开了旷日持久的争论,谁也说服不了谁,且越来越激烈。从目前情况来看,已经无人能从外围取得令人信服的证据，只能回归文本进行"追踪摄迹"。令笔者感到既惊又喜的是，《红楼梦》保存着一份完整的江宁织造府"影像"资料。曹雪芹在第五回提到了"水中月"和"镜中花"，而产生上述两种现象必须有前提条件：一是天上悬挂一轮月亮，水中才会产生月影；二是镜外摆放真花，镜中才会出现花影。运用"推理法"所显现江南甄家和荣国府贾家确系曹家，人们既能看到真月和真花，还能寻到月影和花影。

　　"甄"谐音"真"，"江南甄家"，即位于江南地区的某个真正之家。第一处在第十六回："还有如今现在江南的甄家，嗳哟哟，好势派！独他家接驾四次，若不是我们亲眼所见，告诉谁谁也不相信。"与此相对应的史实是，康熙共有六次南巡，其中四次驻跸江宁织造府，均由曹雪芹祖父曹寅接驾。第二处在第七十五回："甄家犯了罪，现今抄没家私，调取进京治罪。"历史上的真相是，雍正六年（1728），江南总督范时绎查抄曹家家产，并以"骚扰驿站"等罪名逮捕江宁织造曹頫，将他立即押解京城。那位锒铛入槛的曹頫正是曹雪芹的叔叔。上述两项重大历史事件已被官方记录在案。常言道：孤证不立。再从文本里搜集一条江南甄家从事织造的证据至为关键。奇迹发生在第五十六回，曹雪芹间接出示一份江南甄家就是"江南的织造府"的证明材料。江南甄家赠送荣国府大批礼物，这些礼物全是皇家使用的织物，故而证明江南甄家就是"江南的织造府"。"林之孝的老婆说：'江南甄府里家眷昨日到京，今日进宫朝贺。此刻先遣人来送礼请安。'说着，便将礼单送上去，探春接了看道：'上用的妆缎蟒缎十二匹，上用杂色缎十二匹，上用各色纱十二匹，上用宫绸十二匹，官用各色缎纱绸绫二十四匹。'"江南甄家送的礼全部是"上用""官用"的绸缎纱，"上"即皇上，"上用"当然是皇上用。由此判定，江南甄家必是江南地区某个织造府。当时江南地区有杭州、苏州和江宁三处织造府，江南甄家是不是江宁织造府还须打个问号。

　　若将"四次接驾""调京治罪"同"江南的织造府"三条特定信息紧紧

联系在一起,组成强大的证据链,锁定目标无疑就是江宁织造府曹家。江南甄家的问题彻底解决了,荣国府贾家的职业也是皇家织造府吗?

答案又是十分肯定和明确的。曹雪芹非常巧妙地进行了最必要和最充分的暗示。其一,贾宝玉计划建造制衣厂是一条证据。第二十六回,贾宝玉制定的长远发展战略竟与做衣服有关。"……昨儿宝玉还说,明儿怎么样收拾房子,怎么样做衣裳,倒象(倒像)有几百年的熬头(熬煎)。"其二,刘姥姥在荣国府亲眼见到天下一绝"软烟罗"又是一条重要证据。在第四十回,刘姥姥二进大观园时有幸鉴赏府上库存的"软烟罗"等织品,贾母向刘姥姥一再声称此物远胜"如今的上用内造"。"上用内造",即皇上用内务府造。"上用内造"足以证明荣国府就是皇家织造府。其三,晴雯带病补好"雀金裘"更是不可或缺的一条铁证。自隋唐起,雀金裘就是贵族的专利品。第五十一回,雨雪天气,贾宝玉须外行。贾母特地取出一件来自俄罗斯的雀金裘给他御寒,可贾宝玉不慎将它烧了一个洞。贾母若发现雀金裘破损,心里定然不愉快。当务之急,唯有在天明前将其修复如初。重病在床的晴雯看在眼里,主动请战。她从荣国府里找出"金线"和"金刀"等器材器具,按程序操作,加班加点,终于在天明前大功告成。荣国府为何保存"金线"专用材料?又为何保存"金刀"等专用工具?府内一个小小的仆人为何比那些"织补匠、能干的裁缝"厉害得多,不仅能识得"雀金裘",还驾轻就熟完成艰巨性修补任务?以上事例充分证明,荣国府必定是皇家织造府,文本中已明确荣国府坐落南京。

云开雾散见光明,史上符合上述特征的家庭独一无二,除曹雪芹一家外别无他家,又与江南甄家完全重合。故而得之,《红楼梦》主要素材确实来自曹家。据史料记载:曹家先后有三代四人在江宁织造府担任一把手职务近六十年。由此可以得出一个结论,曹雪芹是利用《红楼梦》叙述家事。

# 查抄曹家的史实文献

为接待康熙数次南巡，曹寅举全家之力大操大办，且动用国库巨额资金。由于欠朝廷银子过多，从曹寅起至曹頫止，曹家几代人无力偿清。康熙生前袒护曹家，亏空一事有惊无险，一直未受到追责。继任的雍正着手大刀阔斧整顿吏治，曹家因亏空被列为整治重点对象。雍正虽曾作出宽限三年偿债期限，曹頫心有余而力不足，根本拿不出这笔钱。由于曹頫一再延误，引起龙颜震怒，皇帝当即下达一道查抄曹家的圣旨。曹家遭到严厉的抄家处罚，曹氏家族瞬间崩溃。

雍正指定江南总督范时绎负责执行查抄曹家。"江宁织造曹頫，行为不端，织造款项亏空甚多。朕屡次施恩宽限，令其赔补。伊倘感激朕成全之恩，理应尽心效力，然伊不但不感恩图报，反而将家中财物暗移他处，企图隐蔽，有违朕恩，甚属可恶！著行文江南总督范时绎，将曹頫家中财物，固封看守，并将重要家人，立即严拿；家人之财产，亦著固封看守，俟新任织造官员隋赫德到彼之后办理。伊闻知织造官员易人时，说不定要暗派家人到江南送信，转移财产。倘有差遣之人到彼处，著范时绎严拿，审问该人前去的缘故，不得怠忽！"查抄曹家行动雷厉风行。雍正六年（1728）正月，范时绎执行雍正命令，马上对曹頫家产实施查封，曹頫本人遭到逮捕法办。二月初二，隋赫德走马上任，立即着手清点和接收。三月初二，隋赫德如实向雍正帝奏报查抄的具体情况："查其房屋并家人住房十三处，共计四百八十三间；地八处，共十九顷零六十七亩；家人大小男女，共一百四十口；余则桌椅、床几、旧衣零星等件及当票百余张外，并无别项，与总督所查册内仿佛。又家人供出外有欠曹（頫）银，连本利共计三万二千余两……查织造衙门钱粮，除在机缎纱外，尚空亏雍正五年上用、官用缎纱并户部缎匹及制帛浩敕料工等项银三万一千余两。奴才核算其外人所欠曹（頫）之项,尽足抵补其亏空……"雍正七年(1729)七月二十九日,《刑部移会》据实记载查抄曹家情况,根据雍正的旨意,刑部将曹頫在京城家产人口以及江宁家产人口全部赏给隋赫德。"查曹頫因骚扰驿站获罪,现今枷号。曹頫之京城家产人口及江宁家产人口,俱奉旨赏给隋赫德。"

雍正接到抄家报告后大失所望。他从严治吏,以铁腕著称,连查办皇亲国戚案件也是从不心慈手软。雍正在位期间,被查抄官员不计其数,从而获得一顶"抄家皇帝"的桂冠。雍正亲自指挥查抄曹家行动,却未搜到预期的赃款赃物。这也是曹頫得以保留一条性命的最主要原因。当这位"抄家皇帝"见到少得可怜的财产清单时,怎么也不敢相信自己的眼睛,竟而产生了同情曹頫之意。从《永宪论续编》一书中可查证这一历史真相。《永宪论续编》是清代萧奭所著,从康熙六十一年(1722)起至雍正六年(1728)止,萧奭较完整记录七年间所发生的重大历史事件。著者虽有官方立场,但以同时代人记载同时代的事,基本上做到公正客观。《永宪论续编》清晰记录不可思议的一幕:当雍正接到查抄曹家的报告时,他的面部表情是"恻然"。恻然的解释是哀怜貌、悲伤貌。"封其家资,止银数两,钱数千,质票值千金而已。上闻之恻然……"

雍正下达抄家命令,导致曹氏家族一败涂地,曹雪芹的人生命运自此发生了逆转。因为曹雪芹亲身经历抄家事件,其悲其惨刻骨铭心,所以描写此情节做到入木三分。曹雪芹运用打埋伏战术将整个抄家事件隐藏在文本中,说明"故将真事隐去"并不是虚妄之说,从而更加证实《红楼梦》是部"真事隐"著作。诸如此类的事例文本中不胜枚举,后人既不能埋怨曹雪芹没有明示,也不要怀疑曹雪芹有所忽略,只不过是我们在阅读过程中未做到用心理会罢了。

# 曹府有王妃

贾母和王夫人因事外出,贾宝玉的生日庆典仍旧照办不误。以袭人为首的一帮丫头觉得此次生日庆典的热闹程度较之往年逊色不少,于是自觉自愿掏腰包购买果品和酒水,为主子重办一场别开生面的生日晚宴。她们精心准备,济济一堂,举杯庆祝。为增添喜庆气氛,贾宝玉敲定用占花名游戏助兴,同时把林黛玉、薛宝钗和贾探春等"名角"请进怡红院。在游戏过程中,薛宝钗和贾探春等八人先后中彩,尤其是贾探春的王妃话题引起大伙儿热烈讨论,将整个晚宴的气氛推向了最高潮。经笔者探究,喧闹异常的生日宴背后暗藏一大秘密,即曹雪芹特地用此伏下自家有位王妃的史实。

## 一支杏花签引起"王妃"热议

"王妃"话题出现于第六十三回,该回目是"寿怡红群芳开夜宴  死金丹独艳理亲丧"。这一部分主要讲了老太妃逝世的消息传到荣国府,贾母和王夫人前往皇宫吊唁。值此期间,恰逢贾宝玉生日,生日庆典不可避免受到一定程度的影响。大伙儿见贾母和王夫人皆未回家,壮起胆子,为贾宝玉筹办一场生日晚宴。她们自愿凑份子钱,预备四十份果子和一坛绍兴酒,再配些菜肴,只待夜幕降临,在怡红院内开怀畅饮。她们分别是:袭人、晴雯、麝月、秋纹、芳官、碧痕、小燕和四儿。袭人、晴雯、麝月、秋纹各出五钱银子,芳官、碧痕、小燕和四儿各出三钱银子,筹款总额共计三两二钱银子。中午过后,她们早早关上门,分头做准备。暮色渐深,怡红院内灯火通明。八位丫头,加上宝玉这个寿星,九人已全部聚齐。园内的查岗人员刚离去,酒水和菜肴迅捷端上桌。贾宝玉带头卸去正装,芳官等人纷纷效仿。每人依次喝杯酒,可现场气氛一点都不活跃。采用什么方式助兴呢?宝玉提出玩占花名的游戏,这是一种参与的人越多越有趣的项目。小燕提出一个建议:"依我说,咱们竟悄悄的把宝姑娘林姑娘请了来顽一回子,到二更天再睡不迟。"贾宝玉认为这个主意甚好,立即下达命令,大家分头去行动。薛宝钗、史湘云、林黛玉、贾探春、李纨、薛宝琴、香菱等人陆续来到怡红院,阵容一下子扩大许多。游戏正式开始,薛宝钗抽出首支签,签上画着一朵牡丹,花语是"艳冠群芳",上面还刻着七个小字:"任是无情也动人"。该诗句出自唐代罗隐的《牡丹花》。贾探春抽出第二支签,签上画着一朵杏花,花语是"瑶池仙品",上面还刻着七个小字:"日边红杏倚云栽。"该诗句出自唐代高蟾的《下第后上永崇高侍郎》。尤其是贾探春签注上标明"必得贵婿",众人一见喜出望外,引起了"王妃"热议。"薛宝钗又掷了一个十六点,数到探春,探春笑道:'我还不知得个什么呢。'伸手擎了一根出来,自己一瞧,便掷在地下,红了脸,笑道:'这东西不好,不该行这令。这原是外头男人们行的令,许多混话在上头。'众人不解,袭人等忙拾了起来,众人看上面是一枝杏花,那红字写着"瑶池仙品"四字,诗云:日边红杏倚云栽。注云:'得此签者,必得贵婿,大家恭贺一杯,共同饮一杯。'众人笑道:'我说是什么呢。这签原是闺阁中取戏的,除了这两三根有这话的,并无杂话,这有何妨。我们家已有了个王妃,难道你也是王妃不成。大喜,大喜。'"(第六十三回)

## 贾元春和贾探春均与"王妃"身份不符

"我们家已有了个王妃,难道你也是王妃不成。"这段文字明确无误释放出一条重要信息,荣国府曾经有人被册封为王妃。笔者根据原著研判,该王妃既不是贾元春,也不是贾探春。贾元春是贵妃,而非"王妃"。皇妃和王妃有本质区别,皇妃指皇帝的嫔妃,王妃指王子或王爷的妃子。贾元春早年入宫,从女史做起,熬了数载,终于获封"贤德妃",她自此出人头地,光耀门楣。

从曹雪芹所提供的数条信息来看,贾元春不是王妃,而是一位贵妃。冷子兴与贾雨村作过一次长谈,谈话内容涉及贾元春的身份问题。"政老爹的长女,名元春,现因贤孝才德,选入宫作女史去了。"(第二回)贾元春被册封贤德妃。贾政在家中过生日,太监夏守忠突然前来传旨,宣他立刻进宫。贾母感到惶恐不安。稍后,赖大向贾母报喜,贾元春被皇帝册封贤德妃,贾母等人听到好消息,全都笑逐颜开。"赖大禀道:'小的们只在临敬门外伺候,里头的信息一概不能得知。后来还是夏太监出来道喜,说咱们家大小姐晋封为凤藻宫尚书,加封贤德妃。后来老爷出来亦如此吩咐小的。如今老爷又往东宫去了,速请老太太领着太太们去谢恩。'"(第十六回)

由太上皇和皇太后提议,经皇帝批准,元春准备元宵节省亲。贾政接到这则通知,举全家之力,建成豪华气派的大观园和行宫。贾政的幕僚认为,贾元春既是贵妃,享受超高标准接待就不存在逾制问题。"众人都道:'要如此方是。虽然贵妃崇节尚俭,天性恶繁悦朴,然今日之尊,礼仪如此,不为过也。'"(第十七回)正月十五晚上,贾元春在众人簇拥下回到家中,既欣赏到"天上人间诸景备"的大观园,又见到至亲至爱的家人。

元春正与亲爱的弟弟贾宝玉倾诉亲情,尤氏和王熙凤请她游乐。"尤氏、凤姐等上来启道:'筵宴齐备,请贵妃游幸。'"(第十八回)

贾元春传来旨意,为祈福禳灾,荣国府和宁国府须在初一至初三到清虚观做一场法事。端午节前,贾元春已将所需费用寄往家中,袭人向贾宝玉汇报了此事。"昨儿贵妃打发夏太监出来,送了一百二十两银子,叫在清虚观初一到初三打三天平安醮,唱戏献供,叫珍大爷领着众位爷们跪香拜佛呢。还有端午儿的节礼也赏了。"(二十八回)

贾元春懂得人情世故,除安排清虚观做法事外,另给相关人员送来端午节礼物。袭人又向贾宝玉作了专题汇报,并命令丫头将"娘娘"所赐的礼物全部拿来,让贾宝玉过目。"说着命小丫头子来,将昨日娘娘所赐之物取了出来,只见上等宫扇两柄,红麝香珠二串,凤尾罗二端,芙蓉簟一领。宝玉见了,喜不自胜。"(二十八回)

探春尚待字闺中,故探春绝非是"王妃"。贾探春其人,《红楼梦》中主要人物,贾政与妾赵姨娘所生,贾宝玉的同父异母妹妹,位于金陵十二正钗之列。贾探春在府内被人称为"三姑娘",是贾母一手拉扯大的,并受到了良好教育。林黛玉一进贾府,她搬进王夫人住处。元春省亲后,她又迁入大观园。贾探春精明能干,决断能力强,人送绰号"玫瑰花",连王夫人和王熙凤也让她三分。王善保老婆抄检大观园,不知轻重,被她狠扇一记耳光;她又是一位才女,工诗善书,趣味高雅,重建海棠诗社功不可没;她还是一位当家理财的能手,奉命取代王熙凤理家。主政期间,她大刀阔斧实行改革,展现了雄才伟略。

那位王妃根本不是贾探春。贾探春抽中杏花签,该签出现"必得贵婿"的明确标注,说明她所抽中的是支上上签。因为贾探春人生最好结局莫过于"跃龙门",所以人们特别期盼她将来能成为一位身份显赫的王妃。可前八十回文本未见贾探春许配人家的文字,更没有发现她与某王子存在婚约的只言片语。"我们家已有了个王妃,难道你也是王妃不成。"可想而知,到了群芳开夜宴的时候,大伙儿所言及的那位王妃绝不可能是贾探春。

## 王妃信息是"真事隐"的重要组成部分

《红楼梦》是部"真事隐去"的著作,曹雪芹在其间隐存许多的真人真事。无风不起浪,从占花名的内容来看,它同判词和曲子的功能有异曲同工之妙,都是用来暗示当事人的命运。占花名游戏透露荣国府已有一位王妃的信息,这又是一件重要的"真事隐"。

## 中签者的命运与占花名游戏存在一定关联性

占花名游戏需用多支花名签子。大户人家的花名签多用象牙制成。签上画着一种花,有评价这种花的花语,有吟咏这种花的古诗句。这些花名、花语和诗句象征得签者的特点,或隐示其结局。该游戏的玩法为参与者先将花名签子放进竹雕的签筒中,用力摇晃使之错乱,再用骰子掷点定人,被选中者从竹简里抽出一枝签。根据该签上的提示决定如何饮酒取乐,然后再议一议被选中者的命运。

薛宝钗抽出首签,签上画着牡丹,花语是"艳冠群芳",唐代诗句是"任是无情也动人"。"艳冠群芳",喻示薛宝钗容貌之美压倒大观园里群芳。"任是无情也动人",表示她即便在静默时,亦能散发出特别动人的魅力。薛宝钗外貌酷似唐代绝色美女杨玉环,其美貌曾经点燃少男贾宝玉的爱情火苗。端午节前,贾元春多赐薛宝钗一件红麝串,贾宝玉百思不得其解,薛宝钗则是心知肚明。薛宝钗收到了红麝串,把它佩戴于臂膀上。贾宝玉遇见薛宝钗，执意索看红麝串，薛宝钗没有拒绝，费力褪下红麝串。贾宝玉瞥见她雪白的臂膀，竟动了摸一摸歪心思。当薛宝钗掣出牡丹签时，贾宝玉又被迷住了心窍。他拿着签，若有所思，颠来倒去念着"任是无情也动人"。游戏继续进行，薛宝钗掷点，贾探春中占花名。

贾探春所占花名为杏花，花语是"瑶池仙品"，那句唐诗是"日边红杏倚云栽"。"日边红杏倚云栽"出自唐代高蟾诗作《下第后上永崇高侍郎》，作者表达科举中第的迫切希望。唐代科举尤重进士，新进士待遇极优，每年曲江会，观者如云，极为荣耀。"日边"象征着得第者春风得意、前程似锦，"一登龙门则身价十倍"。"倚云栽"象征日后有人凭此恃，承受恩宠。旧时女孩子婚姻由父母作主，"嫁鸡随鸡，嫁狗随狗"，不管丈夫如何，都需随从一辈子。希望嫁个好人家，是所有女孩子梦寐以求的理想。若能成为一位王妃，那就是前世修来的福分。贾探春抽中"必得贵婿"的上好签，红杏指贾探春，红杏倚云指探春将有凌云之势，嫁得贵婿，享不尽荣华富贵。贾宝玉等人见贾探春运势如虹，期盼她有朝一日能成为王妃，为荣国府添光加彩，于是纷纷向她道喜。

## 贾探春专属判词和专属曲子或暗示其人生结局

贾探春的专属判词是："才自精明志自高，生于末世运偏消。清明涕送江边望，千里东风一梦遥。"专属曲名《分骨肉》："一帆风雨路三千，把骨肉家园，齐来抛闪。恐哭损残年。告爹娘，休把儿悬念。自古穷通皆有定，离合岂无缘？从今分两地，各自保平安。奴去也，莫牵连。""千里东风一梦遥"和"一帆风雨路三千"，曹雪芹预先设定贾探春日后将会远离亲人。"削肩细腰，长挑身材，鸭蛋脸面，俊眼修眉，顾盼神飞，文采精华，观之忘俗。"贾探春不仅天生丽质，而且才干出众，凭此两大优势，将来嫁入王府是完全有可能的。根据判词和曲子推断,贾探春的王妃之路存在两种可能性,一是贾探春同王昭君及文成公主一样,嫁到番邦外族,成为一位王妃。二是贾探春嫁给当朝王族,成为一位王妃,或许是夫唱妇随的缘故,远离家乡达千里之遥!

## 曹氏家族史上确有一位王妃

《红楼梦》主要素材出自曹家,笔者所揭示的真人真事也都指向曹家。曹雪芹挑出王妃话题,则是重提家有王妃的事实。曹氏家族史上能否查到王妃其人呢?清史档案以及名人文章均有这方面记载,曹雪芹的大姑妈曹佳氏嫁给平郡王爱新觉罗·纳尔苏,是一位名副其实的王妃。福金,曹寅长女,曹雪芹的大姑妈,于康熙四十五年(1706)嫁于镶红旗平郡王爱新觉罗·纳尔苏。这门亲事是由康熙亲自指婚的,福金婚后被赐满姓曹佳氏。爱新觉罗·纳尔苏,又称爱新觉罗·讷尔素,清太祖爱新觉罗·努尔哈赤的七世孙,生于康熙二十九年(1690),其父是爱新觉罗·纳尔福亲王。

曹佳氏家庭地位很高。爱新觉罗·纳尔苏共育有七子,曹佳氏一人就给他生了四个儿子。曹佳氏所生的四子分别是:第一子多罗平敏郡王爱新觉罗·福彭,生于康熙四十七年(1708)六月二十六日;第二子固山贝子品级爱新觉罗·福秀,生于康熙四十九年(1710)闰七月二十六日;第三子三等侍卫奉国将军爱新觉罗·福靖,生于康熙五十四年(1715)九月二十日;第四子爱新觉罗·福端,生于康熙五十六年(1717)七月十五日。

爱新觉罗·纳尔苏于雍正元年(1723)获罪。雍正五年(1727)十二月,雍正帝下旨查抄曹家,因此当时的爱新觉罗·纳尔苏对曹家起不到太大的保护作用。

关于曹佳氏王妃的证明材料,有曹寅奏折言明其女王妃身份。曹寅是曹雪芹祖父,他的第一任妻子是顾氏,江南大户之女。顾氏病逝后,由康熙指婚,迎娶李煦的堂妹李氏为继室。康熙四十五年(1706)十二月初五,孙氏刚去世不久,曹寅不能亲自护送女儿出嫁,特用奏折形式向康熙说明原因:

> 康熙四十五年十二月初五日
>
> 江宁织造、通政使司通政使臣曹寅谨奏:恭请圣安。
>
> 前月二十六日,王子已经迎娶福金过门。上赖皇恩,诸事平顺,并无缺误。随于本日重蒙赐宴,九族普沾,臣寅身荷天麻,感沦心髓,报称无地,恩维倘恍,不知所以。
>
> 伏念皇上为天下苍生,当此严寒,远巡边塞,臣不能追随扈跸,仰奉清尘,泥首瞻云,实深惭汗。臣谨设香案九叩,遵旨于明日初六起程赴扬办事。
>
> 所有王子礼数隆重,庭闱恭和之事,理应奏闻,伏乞睿鉴。
>
> 朱批:知道了。

《爱新觉罗宗谱》载明曹佳氏的王妃身份。中华书局出版《关于江宁织造曹家档案史料》一书附录《有关讷尔苏的世系及其生平简历的史料》载:

> 清廷《列祖子孙》直格档玉牒备查
>
> 第二本载:"讷尔苏……嫡福晋曹佳氏,通政使曹寅之女。"
>
> 第三本载:"福彭……嫡福晋曹佳氏、通政使曹寅之女所出。"
>
> 第三本载:"福秀……嫡福晋曹佳氏、通政使曹寅之女所出。"

第三本载："福靖……嫡福晋曹佳氏、通政使曹寅之女所出。"

第三本载："福端……嫡福晋曹佳氏、通政使曹寅之女所出。"

允禄奏折也可证实曹寅之女的王妃身份。雍正五年（1732）十二月，江宁织造曹頫在任上"犯了事"，其位由绥（隋）赫德接任。雍正十一年（1733）十月，绥（隋）赫德巴结老平郡王讷尔素（苏）案发，雍正帝下旨交由庄亲王允禄负责审理此案。雍正十一年十月初七日，庄亲王允禄向雍正皇帝汇报案情："据绥赫德供称：'今年二三月间……沈姓人带了老平郡王的小儿子，到奴才家来，说要书架、宝月瓶……我想，小阿哥是原任织造曹寅的女儿所生之子……'因其不吐实情，随传唤原平郡王讷尔素第六子福静讯问……"

萧奭文章也记载曹寅之女的王妃身份。曹寅的两位女儿都是王妃，一是长女于康熙四十五年（1706）嫁平郡王纳尔素为妃；二是次女于康熙四十八年（1709）嫁某蒙古王子为妃。萧奭在《永宪录续编》中记录曹家产生两位王妃。曹寅长女于康熙四十五年嫁平郡王纳尔素为妃有稽可查，但次女嫁某蒙古王子为妃已无资料可考。《永宪录续编》如是记述："頫之祖□□与伯寅相继为织造，将四十年。寅，字子清，号荔轩，奉天旗人；有诗才，颇擅风雅；母为圣祖保母，二女皆为王妃。及卒，子颙嗣其职；颙又卒，令頫补其缺，以养两世孀妇；因亏空罢任，封其家资，止银数两，钱数千，质票值千金而已，上闻之恻然！"

攀龙附凤的心态人皆有之，封建社会尤甚，无论哪家女儿被幸运册封为王妃，那家人都会欣喜若狂。曹雪芹的大姑妈曹佳氏被册封为平郡王纳尔苏王妃，对曹家而言，就是堂堂正正的皇亲国戚了。曹雪芹在著作中巧妙地隐存了王妃事实。作者家族史上竟有一位王妃，再次用铁一般事实证明"真事隐"和"假语存"并非空洞无物。只要研究者采取顺藤摸瓜的方法，就能够探出红楼深处若干个"真人真事"。沿此方向前行，笔者预见到"红学"研究的光明前景,作者完整家世曝光之日,就是"红学"相关问题的纷争终结之时。

第二编　版本研究与作者研究

# 对《凡例》一文分段、断句、补缺及校正

书籍正文前说明全书内容和体例的文字称凡例。《胡适藏乾隆甲戌脂砚斋重评石头记》之书中有《凡例》，其它版本均无。《胡适藏乾隆甲戌脂砚斋重评石头记》，简称甲戌本。甲戌本《凡例》影响到后期所有版本，它已成研究《红楼梦》的重要依据之一。但甲戌本属古抄本，现代人阅读、理解和鉴赏《凡例》极其不便。根据《凡例》所属文体、所写内容以及所表达的中心思想，笔者对《凡例》一文进行分段、断句、补缺以及校正，以飨读者。

## 凡例

《红楼梦》旨义：是书题名极 多 ，题 曰《 红 楼 梦》，是总其全部之名也。又曰《风月宝鉴》，是戒妄动风月之情；又曰《石头记》，是自譬石头所记之事也。此三名，皆书中曾已点睛［睛］矣。如宝玉作梦，ヒ［梦］中有曲，名曰《红楼梦十二支》，此则《红楼梦》之点睛［睛］；又如贾瑞病，跛道人持一镜来，上面即錾"风月宝鉴"四字，此则《风月宝鉴》之点睛［睛］；又如道人亲眼见石上大书一篇故事，则系石头所记之往来，此则《石头记》之点睛［睛］处。然此书又名曰《金陵十二钗》，审其名，则必系

金陵十二女子也。然通部细搜检去,上中下女子岂止十二人哉！若云其中自有十二个,则又未尝指明白系某某,极[及]至《红楼梦》一回中,亦曾翻出金陵十二钗之簿籍,又有十二支曲可考。

书中凡写"长安",在文人笔墨之间,则从古之称。凡愚夫妇、儿女子家常口角,则曰"中京",是不欲着迹于方向也。盖天子之邦,亦当以中为尊,特避其东南西北四字样也。

此书只是着意于闺中,故叙闺中之事切,略涉于外事者则简,不得谓其不均也。

此书不敢干涉朝廷。凡有不得不用朝政者,只略用一笔带出,盖实不敢以写儿女之笔墨唐突朝廷之上也,又不得谓其不备。

此书开卷第一回也,作者自云:因曾历过一番梦幻之后,故将真事隐去,而撰此《石头记》一书也,故曰"甄士隐梦幻识通灵"。但书中所记何事,又因何而撰是书哉？自云:今风尘碌ヒ[碌],一事无成,忽念及当日所有之女子,一一细推了去,觉其行止见识皆出于我之上,何堂ヒ[堂]之须眉,诚不若彼一干裙钗！实愧则有余,悔则无益之大无可奈何之日也。当此时,则自欲将已往所赖——上赖天恩,下承祖德,锦衣纨绔之时,饫甘餍美之日,背父母教育之恩,负师兄规训之德,以致今日一事无成、半生潦倒之罪,编述一记,以告普天下人。虽我之罪固不能免,然闺阁中本自历历有人,万不可因我不肖,则一并使其泯灭也。虽今日之茅椽蓬牖、瓦灶绳床,其风晨月夕、阶柳庭花,亦未有伤于我之襟怀笔墨者,何为不用假语村言敷演出一段故事来,以悦人之耳目哉？故曰"(贾)(雨)(村)风尘怀闺秀",乃是第一回题纲正义也。

开卷即云"风尘怀闺秀",则知作者本意,原为记述当日闺友闺情,并非怨世骂时之书矣。虽一时有涉于世态,然亦不得不叙者,但非其本旨耳,阅者切记之！

诗曰:

　　浮生着甚苦奔忙,盛席华筵终散场。

　　悲喜千般同幻渺,古今一梦尽荒唐。

　　谩言红袖啼痕重,更有情痴抱恨长。

　　字字看来皆是血,十年辛苦不寻常。

注:

□内的字系笔者补缺。

[ ]内的字系笔者校正。

○原字书写有误,直接用正确字替换。

( )内的字系笔者增补。

# 《红楼梦》(《石头记》)各抄本简介

　　《红楼梦》(《石头记》)古抄本于 20 世纪初被陆续发现,已逾十余种。可是各版本回数不等,内容也有较大出入。笔者现简要介绍有价值的几个古抄本,对有些真假难辨的本子暂不予置评。

　　一、甲戌本,即《胡适藏乾隆甲戌脂砚斋重评石头记》一书的简称。因为书中有"至脂砚斋甲戌抄阅再评仍用《石头记》"一段文字,故被称作"甲戌本"。这里的甲戌年,即乾隆十九年(1754)。该版本是一个残本,只存第一至第八回、第十三回至第十六回、第二十五回至第二十八回,共计十六回。即使存十六回,但还有书页残缺和文字残缺现象。甲戌本为清同治年间大兴人刘铨福所藏,书内有刘铨福题的跋。1927 年,胡适从上海友人手中购得该本。胡适于 1962 年去世,该本寄藏于美国康乃尔大学图书馆,现被上海博物馆购藏。甲戌本是最早的一个古本,也是最接近曹雪芹原稿的一个版本。甲戌本特别珍贵之处有二,一是独有二百余字的《凡例》;二是脂批中唯存曹雪芹卒年的确切时间。

　　二、己卯本,即《乾隆己卯四阅评本脂砚斋重评石头记》一书的简称。乙卯本是因为有"乙卯冬月定本"而得名。这里的乙卯年,即乾隆二十四年(1759)。己卯本又称脂怡本,己卯本正文避国讳"玄"和"禛",避两代怡亲王胤祥和弘晓的名讳"祥"和"晓",据此判定,己卯本为清代怡亲王弘晓府中的原钞本。乙卯本现存完整四十一回:一至二十回,三十一至四十回,五十六至五十八回,六十一至七十回(缺六十四、六十七回);另存五十五回后半回和五十九回前半回。清末进士、大藏书家董康约于20世纪20年代购得己卯本,后来辗转落入江苏武进人陶洙的手中。己卯本是过录得最早的一个本子,也是接近原稿面貌的一个本子,其残缺部分的情形,可从庚辰本得到认识。己卯本还有陶洙修改痕迹,现藏于国家图书馆。

三、庚辰本,即《乾隆庚辰四阅评本脂砚斋重评石头记》一书的简称。庚辰本共八册,目录页标明"脂砚斋凡四阅评过",第五至八册封面书名下注云"庚辰秋月定本",故此得名。这里的庚辰年,即乾隆二十五年(1760)。庚辰本至七十八回止,中间缺第六十四回和六十七回。庚辰本与其他版本相比是最完整的,虽然存在着少量的残缺,但基本上保存了原稿的面貌,未经后人修饰增补。其回目、正文和批语也保留作者与批者许多痕迹,是保存曹雪芹原文和脂砚斋批语最多的一个版本,特别是脂批就逾两千条。该本最早出自一个旗人家中,现藏于北京大学图书馆。

四、蒙府本,即《蒙古王府本石头记》一书的简称。因其为清蒙古王府旧抄本,故称作"蒙府本"。内中有"柒爷王爷"字样,又称"王府本""脂蒙本"。蒙府本原为八十回,存七十三回,后人据程甲本抄配第五十七至六十二回、第六十七回以及后四十回,成为百二十回。蒙府本卷首的程伟元序、书口的"石头记"字样也是后人所补。后四十回与前八十回字体有异,字迹多达十种以上,系多人合力抄成。该本前八十回大体同戚本,版式比较相近,或为同源之本。蒙府本共计批语七百一十四条。双行夹批和回前回后批大多同戚本,有多出之,无署名。内有六百二十三条侧批为此本独有。因第四十一回回前诗署名"立松轩",故疑为其所加。蒙府本的文字特点与己卯本、庚辰本颇有相似之处,但又有相异之处,此乃后人改动所致。这些改动,大都改糟了。蒙府本中的脂砚斋批语不仅被人做了整理,还夹入一些后人的批语。蒙府本于20世纪60年代初在北京琉璃厂中国书店被发现，由北京图书馆重金购藏，1987年书目文献出版社按原规格影印出版。

五、戚序本，即《戚廖生序本石头记》一书的简称。包含戚沪本、有正大字本、有正小字本、戚宁本。戚序本留存八十回，是乾隆年间德清戚廖生收藏并作序，因此得名戚序本。该本抄写工整，是脂批本系统中面貌最为精良的流传本。由于抄录中存在很多错别字，说明抄录者的文字功底较弱。戚序本是最早付印的八十回脂批本，使接近曹雪芹原貌的脂批手抄本首次呈现在世人面前，打破了此前百二十回程高本垄断的局面，这一点具有非同寻常的意义。戚序本曾传言毁于1921年一场火灾，1975年上海古籍书店整理旧仓库时重新被发现，现藏于上海图书馆。

六、甲辰本，即《梦觉主人乾隆甲辰序本红楼梦》的简称。甲辰本于1953年在山西赵城发现，被称为"脂晋本"，因书前有梦觉主人写于"甲辰岁菊月中浣"的序言，又被称作"梦觉本""梦序本"。学界通常把它称作"甲辰本"。这里的甲辰年，即乾隆四十九年（1784）。该本题名《红楼梦》，这在迄今发现的十余种脂本中尚属首次。《凡例》提到了小说的四个书名，《红楼梦》就是其中之一，说明曹雪芹在创作过程中曾用《红楼梦》作为书名。清宗室富察明义有《题红楼梦》诗二十首，其诗序曰："曹子雪芹出所撰《红楼梦》一部，备记风月繁华之盛……惜其书未传，世鲜知者，余见其钞本焉"。故证明义所阅读的无疑就是题为《红楼梦》的小说稿本。批书者脂砚斋自甲戌本始把书名改为《石头记》，此后到曹雪芹逝世的十余年间，小说的题名一直使用《脂砚斋重评石头记》。数年后，《红楼梦》的书名渐渐流行，形成了两书名混用的格局，如郑藏本，回次前是《石头记》，而书口却写作《红楼梦》。到了甲辰本，《红楼梦》作为题名，终于完全取代《石头记》的地位。甲辰本现存中国国家图书馆，中州古籍出版社于2007年用四色仿真影印出版，作者署名曹雪芹。

七、舒序本，即《舒元炜乾隆己酉序本石头记》一书的简称。舒序本又称"己酉本""脂舒本"。这里的己酉年,即乾隆五十四年(1789)。原本八十回,存一至四十回。次本是乾隆原抄本,白文本,无批语。舒序本原为吴晓铃收藏,现藏于首都图书馆。此本原抄八十回,今止存第一至第四十回,是为残本。封面"红楼梦"三字,次舒元炜序,舒元炳题《沁园春》词一首,末署"澹游偶题"。第十五回末"下回分解"之后,另页抄有"但不知宝玉在馒头庵与秦钟那目晚间算何账,叫某好不明白也。然亦难免风月行藏,大关风化矣。可笑之至!"一段文字,或为抄者批语。第四十回末又有相同于第十五回末另页批注"万事情长,有限光阴。吾不乐其山水哉! 偶笔。"正文每面八行,行二十四字,字迹尚算工整,点改较少。第十七回、十八回已经分开,第十七回回目是"大观园试才题对额,荣国府奉旨赐归宁";第十八回回目是"隔珠帘父女勉忠勤,搦湘管姊弟裁题咏"。

八、郑藏本,即《郑振铎藏本石头记》一书的简称。郑藏本又称"脂郑本",原为郑振铎收藏而得名。郑振铎是中国现代人文学史专家,曾任中华人民共和国文化部副部长,1958年率领中国文化代表团出国访问时因飞机失事而不幸遇难,享年60岁。郑振铎生前爱藏书,从旧书店里找到两回古本《石头记》。郑藏本只残存第二十三与二十四两回,计三十一页,装订为一册。每半叶八行,行二十四字。版框高二十一点四厘米,宽十二点七厘米。郑藏本没有批语,正文属于脂本系统。虽然只有两回,但研究价值颇高,与俄藏本关系密切。人名有特异处,如贾芸写作贾义、秋纹写作秋雯等。两回的结尾均与各本异,二十三回末自"只听墙内"至"细嚼'如花美眷似水流年'八个字的滋味"二百余字脱去,与回目失去关合。二十四回末无小红家世情况介绍一段,梦见贾芸描写也大为简略。郑藏本现藏于中国国家图书馆。

九、梦稿本,即《乾隆抄本百廿回红楼梦稿》一书的简称。该书原由晚清时期收藏家杨继振收藏。1959年被发现,并由中国社会科学院文学研究所从一古旧书店购入和珍藏。1963年中华书局上海编辑所首次影印出版此书,定名为《乾隆抄本百廿回红楼梦稿》。2010 年 1 月,人民文学出版社重新出版该书,杜春耕先生作序。梦稿本是红楼梦各种抄本中唯一带有后四十回文本内容的早期抄本,对研究《红楼梦》成书过程及后四十回文本来源有着非常重要的考证价值,受到红学家重视。该本与《红楼梦》其他几种早期抄本均有交集,且与程甲本、程乙本《红楼梦》有着错综复杂的关系。

十、俄藏本,即《圣彼得堡俄罗斯科学院东方古籍文献研究所藏石头记》一书的简称。圣彼得堡俄罗斯科学院东方古籍文献研究所的前身系苏联列宁格勒亚洲图书馆,列宁格勒亚洲图书馆馆藏的《石头记》被称作"列藏本",今图书馆已更名,故此书改称"俄藏本"。俄藏本存七十八回(一至八十回,缺第五、六回)。内有三百多条批语,但一百一十多条眉批、八十三条侧批与其他版本完全不同,或为后人所加。俄藏本是道光十二年(1832)由随沙俄宗教使团来华的一传教士获得,该传教士回国后,将这个本子交给了沙俄外交部亚洲图书馆收藏。直到 1964 年,中国红学界才得知有这个本子存世,后派员鉴定、影印。俄藏本现藏于俄罗斯圣彼得堡东方研究所。俄藏本特别珍贵之处是完整保存了第六十四回和第六十七回,使庚辰本依此得以补全。

十一、卞藏本,即《卞藏脂本红楼梦》一书的简称。2006 年 6 月,深圳收藏家卞亦文在上海敬华拍卖公司购得一部仅存前十回及五十八个回目的《红楼梦》旧抄本,被称为"卞藏本"。卞藏本是残存脂批本,也是一个最新手抄本,存前十回,另存第三十三至八十回目。个别回目与诸抄本不同,某些正文字句也有异文。2006 年 6 月 14 日,北京图书馆出版社将卞藏本影印出版。2007 年 6 月 16 日,红学专家、版本专家和古籍鉴定专家对卞藏本原件进行了鉴定和研讨,争论极为激烈。卞藏本的真伪愈加扑朔迷离,有待进一步研究。

十二、靖藏本,即《靖应鹍藏本石头记》一书的简称。靖藏本因清代扬州人氏靖应鹍所藏而得名,又称"脂靖本"或"靖本"。毛国瑶于1959年在南京发现这个版本。该抄本原有八十回,存十九册,分十厚册装订,缺失第二十八回和第二十九回、第三十回尾部残失三页,实存七十七回有余,竹纸抄写,蓝纸封面,钤有"拙生藏书"和"明远堂"篆文图章。1964年尚在,后下落不明,现在只有一些钢笔抄件。靖藏本保存了很多其他版本所没有的朱墨批,有的脂批相当有价值,如"前批"知者寥寥",不数年芹溪、脂砚、杏斋诸子皆相继别去,今丁亥夏只剩朽物一枚,宁不痛杀!""他日瓜州(洲)渡口,各示劝惩。红颜固不得不屈从于枯骨"等,为研究红学提供了全新的线索,只可惜已经迷失,不足为凭。

# 《红楼梦》(《石头记》) 各版本间存异的回目

　　《红楼梦》(《石头记》) 现存两大体系,一类是以脂批本为底本的体系,另一类是以程高本为底本的体系。脂批本间的回数不等,均止于八十回,且部分回目存在较大差异的现象。以程高本为底本的回数均为百二十回,回目之间的差异则是微乎其微。针对《红楼梦》(《石头记》) 不同版本之间回目存在差异现象,笔者将其一一列举,略加甄别,并举荐出一个契合故事情节的回目。

第三回

| | | |
|---|---|---|
| 梦稿本 | 贾雨村寅缘复旧职 | 林黛玉抛父进京都 |
| 甲戌本 | 金陵城起复贾雨村 | 荣国府收养林黛玉 |
| 己卯本 | 贾雨村夤缘复旧职 | 林代玉抛父进京都 |
| 庚辰本 | 贾雨村夤缘复旧职 | 林代玉抛父进都京(目录页) |
| | 贾雨村夤缘复旧职 | 林黛玉抛父进京都(正文页) |
| 卞藏本 | 托内弟如海酬训教 | 接外孙贾母怜孤女 |
| 戚序本 | 托内兄如海酬训教 | 接外甥贾母惜孤女(目录页) |
| | 托内兄如海酬训教 | 接外孙贾母惜孤女(正文页) |
| 蒙府本 | 托内兄如海酬训教 | 接外甥贾母惜孤女 |
| 俄藏本 | 托内兄如海酬训教 | 接外孙贾母惜孤女 |

舒序本　　　托内兄如海酬闺师　　　接外孙贾母怜孤女

甲辰本　　　托内兄如海酬训教　　　接外孙贾母惜孤女

程甲本　　　托内兄如海荐西宾　　　接外孙贾母惜孤女

程乙本　　　托内兄如海酬训教　　　接外孙贾母惜孤女

荐甲戌本：金陵城起复贾雨村　　　荣国府收养林黛玉


第五回

梦稿本　　　游幻境指迷十二钗　　　饮仙醪曲演红楼梦

甲戌本　　　开生面梦演红楼梦　　　立新场情传幻境情

己卯本　　　游幻境指迷十二钗　　　饮仙醪曲演红楼梦

庚辰本　　　游幻境指迷十二钗　　　饮仙醪曲演红楼梦

卞藏本　　　灵石迷性难解天机　　　警幻多情秘垂淫训

戚序本　　　灵石迷性难解仙机　　　警幻多情秘垂淫训

蒙府本　　　灵石迷性难解仙机　　　警幻多情秘垂淫训

舒序本　　　灵石迷性难解仙机　　　警幻多情秘垂淫训

甲辰本　　　贾宝玉神游太虚境　　　警幻仙曲演红楼梦

程甲本　　　贾宝玉神游太虚境　　　警幻仙曲演红楼梦

程乙本　　　贾宝玉神游太虚境　　　警幻仙曲演红楼梦

荐甲戌本：开生面梦演红楼梦　　　立新场情传幻境情


第七回

梦稿本　　　（仅回目名缺）

甲戌本　　　送宫花周瑞叹英莲　　　谈肄业秦钟结宝玉

己卯本　　　送宫花贾琏戏熙凤　　　宴宁府宝玉会秦钟

庚辰本　　　送宫花贾琏戏熙凤　　　宴宁府宝玉会秦钟

卞藏本　　　尤氏女独请王熙凤　　　贾宝玉初会秦鲸卿

戚序本　　尤氏女独请王熙凤　　贾宝玉初会秦鲸卿

蒙府本　　尤氏女独请王熙凤　　贾宝玉初会　　　（脱三字）

俄藏本　　尤氏女独请王熙凤　　贾宝玉初会秦鲸卿

舒序本　　送宫花周瑞叹英莲　　谈肄业秦钟结宝玉

甲辰本　　送宫花贾琏戏熙凤　　宁国府宝玉会秦钟

程甲本　　送宫花贾琏戏熙凤　　宁国府宝玉会秦钟

程乙本　　送宫花贾琏戏熙凤　　宴宁府宝玉会秦钟

荐庚辰本：送宫花贾琏戏熙凤　　宴宁府宝玉会秦钟


第八回

梦稿本　　比通灵金莺微露意　　探宝钗黛玉半含酸

甲戌本　　薛宝钗小恙梨香院　　贾宝玉大醉绛芸轩

己卯本　　比通灵金莺微露意　　探宝钗黛玉半含酸

庚辰本　　比通灵金莺微露意　　探宝钗黛玉半含酸

卞藏本　　文拦酒兴奶母讨厌　　女掷茶盅公子生嗔（"文""女"

　　　　　系后来添加，原回目名可能为"拦酒兴奶母讨厌

　　　　　掷茶盅公子生嗔"）

戚序本　　拦酒兴李奶母讨厌　　掷茶杯贾公子生嗔

蒙府本　　拦酒兴李奶母讨厌　　掷茶杯贾公子生　　（脱一字）

俄藏本　　薛宝钗小恙梨香院　　贾宝玉逞醉绛云轩

舒序本　　薛宝钗小恙梨花院　　贾宝玉大醉绛云轩（目录页）

　　　　　薛宝钗小恙梨香院　　贾宝玉逞醉绛云轩（正文页）

甲辰本　　贾宝玉奇缘识金锁　　薛宝钗巧合认通灵

程甲本　　贾宝玉奇缘识金锁　　薛宝钗巧合认通灵

程乙本　　贾宝玉奇缘识金锁　　薛宝钗巧合认通灵

荐甲戌本：薛宝钗小恙梨香院　　贾宝玉大醉绛芸轩

第九回

梦稿本　　恋风流情友入家塾　　起嫌疑顽童闹学堂

己卯本　　恋风流情友入家塾　　起嫌疑顽童闹学堂

庚辰本　　恋风流情友入家塾　　起嫌疑顽童闹学堂

卞藏本　　恋风流情友入家塾　　起嫌疑顽童闹学堂

戚序本　　恋风流情友入家塾　　起嫌疑顽童闹学堂

蒙府本　　恋风流情友入家塾　　起嫌疑顽童闹学堂

俄藏本　　恋风流情友入家塾　　起嫌疑顽童闹学堂

舒序本　　恋风流情友入学堂　　起嫌疑顽童闹家塾

甲辰本　　训劣子李贵承申饬　　嗔顽童茗烟闹书房

程甲本　　训劣子李贵承申饬　　嗔顽童茗烟闹书房

程乙本　　训劣子李贵承申饬　　嗔顽童茗烟闹书房

荐庚辰本：恋风流情友入家塾　　起嫌疑顽童闹学堂


第十四回

梦稿本　　林如海捐馆扬州城　　贾宝玉路谒北静王

甲戌本　　林如海捐馆扬州城　　贾宝玉路谒北静王

己卯本　　林儒海捐馆扬州城　　贾宝玉路谒北静王

庚辰本　　林儒海捐馆扬州城　　贾宝玉路谒北静王

戚序本　　林如海捐馆扬州城　　贾宝玉路谒北静王

蒙府本　　林儒海捐馆扬州城　　贾宝玉路谒北静王

俄藏本　　林如海捐馆扬州城　　贾宝玉路谒北静王

舒序本　　林如海捐馆扬州府　　贾宝玉路谒北静王(目录页)

　　　　　林如海捐馆扬州城　　贾宝玉路谒北静王(正文页)

甲辰本　　林如海捐馆扬州城　　贾宝玉路谒北静王

程甲本　　　林如海捐馆扬州城　　贾宝玉路谒北静王

程乙本　　　林如海灵返苏州郡　　贾宝玉路谒北静王

荐甲戌本：林如海捐馆扬州城　　贾宝玉路谒北静王


第十五回

梦稿本　　　王熙凤弄权铁槛寺　　秦鲸卿得趣馒头庵(目录页)

王凤姐弄权铁槛寺　　秦鲸卿得趣馒头庵("铁"后删

"寺"旁加"槛")(正文页)

甲戌本　　　王熙凤弄权铁槛寺　　秦鲸卿得趣馒头庵

己卯本　　　王凤姐弄权铁槛寺　　秦鲸卿得趣馒头庵

庚辰本　　　王凤姐弄权铁槛寺　　秦鲸卿得趣馒头庵

戚序本　　　王熙凤弄权铁槛寺　　秦鲸卿得趣馒头庵(目录页)

王凤姐弄权铁槛寺　　秦鲸卿得趣馒头庵(正文页)

蒙府本　　　王凤姐弄权铁槛寺　　秦鲸卿得趣馒头庵

俄藏本　　　王凤姐弄权铁槛寺　　秦鲸卿得趣馒头庵

舒序本　　　王熙凤弄权铁槛寺　　秦鲸卿得趣馒头庵(目录页)

王凤姐弄权铁槛寺　　秦鲸卿得趣馒头庵(正文页)

甲辰本　　　王熙凤弄权铁槛寺　　秦鲸卿得趣馒头庵

程甲本　　　王熙凤弄权铁槛寺　　秦鲸卿得趣馒头庵(目录页)

王凤姐弄权铁寺镜　　秦鲸卿得趣馒头庵(正文页)

程乙本　　　王凤姐弄权铁槛寺　　秦鲸卿得趣馒头庵

荐甲戌本：王熙凤弄权铁槛寺　　秦鲸卿得趣馒头庵


第十七回

梦稿本　　　会芳园试才题对额　　贾宝玉机敏动诸宾

己卯本　　　大观园试才题对额　　荣国府归省庆元宵

| | | |
|---|---|---|
| 庚辰本 | 大观园试才题对额 | 荣国府归省庆元宵 |
| 戚序本 | 大观园试才题对额 | 怡红院迷路探曲折 ( 目录页 ) |
| | 大观园试才题对额 | 怡红院迷路探深幽 ( 正文页 ) |
| 蒙府本 | 大观园试才题对额 | 怡红院迷路探曲折 |
| 俄藏本 | 大观园试才题对额 | 荣国府归省庆元宵 |
| 舒序本 | 大观园试才题对额 | 荣国府奉旨赐归宁 |
| 甲辰本 | 大观园试才题对额 | 荣国府归省庆元宵 |
| 程甲本 | 大观园试才题对额 | 荣国府归省庆元宵 |
| 程乙本 | 大观园试才题对额 | 荣国府归省庆元宵 |
| 荐庚辰本: | 大观园试才题对额 | 荣国府归省庆元宵 |

第十八回

| | | |
|---|---|---|
| 梦稿本 | 林黛玉误剪香囊袋 | 贾元春归省庆元宵 |
| 己卯本 | 未从上回中分出 | |
| 庚辰本 | 未从上回中分出 | |
| 戚序本 | 庆元宵贾元春归省 | 助情人林黛玉传诗 |
| 蒙府本 | 庆元宵贾元春归省 | 助情人林黛玉传诗 |
| 俄藏本 | 已分回,无回目名 | |
| 舒序本 | 隔珠帘父女勉忠勤 | 搦湘管姊弟裁题咏 |
| 甲辰本 | 皇恩重元妃省父母 | 天伦乐宝玉呈才藻 |
| 程甲本 | 皇恩重元妃省父母 | 天伦乐宝玉呈才藻 |
| 程乙本 | 皇恩重元妃省父母 | 天伦乐宝玉呈才藻 |
| 荐梦稿本: | 林黛玉误剪香囊袋 | 贾元春归省庆元宵 |

第二十四回

| | | |
|---|---|---|
| 梦稿本 | 醉金刚轻财尚义侠 | 痴女儿遗帕染相思 ( 正文页 ) |

　　　　　　　　　醉金刚轻财尚义侠　　痴女儿遗帕惹相思(目录页)

庚辰本　　　醉金刚轻财尚义侠　　痴女儿遗帕惹相思

戚序本　　　醉金刚轻财尚义侠　　痴女儿遗帕惹相思

蒙府本　　　醉金刚轻财尚义侠　　痴女儿遗帕惹相思

俄藏本　　　醉金刚轻财尚义侠　　痴女儿遗帕染相思

舒序本　　　醉金刚轻财尚义侠　　痴儿女遗帕惹相思(目录页)

　　　　　　　醉金刚轻财尚仗义　　痴女儿遗帕染相思(正文页)

郑藏本　　　醉金刚轻财尚义侠　　痴女儿遗帕惹相思

甲辰本　　　醉金刚轻财尚义侠　　痴女儿遗帕惹想思

程甲本　　　醉金刚轻财尚义侠　　痴女儿遗帕惹相思

程乙本　　　醉金刚轻财尚义侠　　痴女儿遗帕惹相思

荐庚辰本：醉金刚轻财尚义侠　　痴女儿遗帕惹相思


第二十五回

梦稿本　　　魇魔法叔嫂逢五鬼　　通灵玉姐弟遇双仙

甲戌本　　　魇魔法叔嫂逢五鬼　　通灵玉蒙敝遇双真

庚辰本　　　魇魔法姊弟逢五鬼　　红楼梦通灵遇双真

戚序本　　　魇魔法姊弟逢五鬼　　红楼梦通灵遇双真

蒙府本　　　魇魔法姊弟逢五鬼　　通灵玉蒙敝遇双真

俄藏本　　　魇魔法叔嫂逢五鬼　　通灵玉蒙敝遇双仙

舒序本　　　魇魔法叔嫂(左"女"右"更")逢五鬼　通灵玉蒙蔽
　　　　　　　遇双仙(目录页)

　　　　　　　魇魔法叔嫂逢五鬼　　通灵玉蒙蔽遇双仙(正文页)

甲辰本　　　魇魔法叔嫂逢五鬼　　红楼梦通灵遇双真

程甲本　　　魇魔法叔嫂逢五鬼　　通灵玉蒙蔽遇双真

程乙本　　　魇魔法叔嫂逢五鬼　　通灵玉蒙蔽遇双仙("仙"或为

“真”)

荐甲戌本：魇魔法叔嫂逢五鬼　通灵玉蒙蔽遇双真


第二十九回

梦稿本　　　享福人福深还祷福　多情女情重愈钟情（正文页此
　　　　　　回目“多”覆盖“痴”，即原抄为“痴”）

庚辰本　　　享福人福深还祷福　斟情女情重愈斟情

戚序本　　　享福人福深还祷福　痴情女情重愈斟情

蒙府本　　　享福人福深还祷福　痴情女情重愈斟情

俄藏本　　　享福人福深还祷福　痴情女情重愈斟情

舒序本　　　享福人福深还祷福　痴情女情重愈斟情（目录页）

　　　　　　享福人福深还祷福　多情女情重愈斟情（正文页）

甲辰本　　　享福人福深还祷福　惜情女情重愈斟情

程甲本　　　享福人福深还祷福　多情女情重愈斟情

程乙本　　　享福人福深还祷福　多情女情重愈斟情

荐戚序本：享福人福深还祷福　痴情女情重愈斟情


第三十回

梦稿本　　　宝钗借扇机带双敲　春龄划蔷痴及局外（目录页）

　　　　　　宝钗借扇机带双敲　椿灵划蔷痴及局外（删去“讽
　　　　　　宝玉借扇生风　逐金训因丹受气”）（正文页）

庚辰本　　　宝钗借扇机带双敲　椿灵划蔷痴及局外

戚序本　　　宝钗借扇机带双敲　龄官划蔷痴及局外

蒙府本　　　宝钗借扇机带双敲　龄官划蔷痴及局外

俄藏本　　　宝钗借扇机带双敲　椿灵划蔷痴及局外

舒序本　　　宝钗借扇机带双敲　椿灵划蔷痴及局外

| 甲辰本 | 宝钗借扇机带双敲 | 椿灵划蔷痴及局外 |
| 程甲本 | 宝钗借扇机带双敲 | 椿龄画蔷痴及局外 |
| 程乙本 | 宝钗借扇机带双敲 | 椿龄划蔷痴及局外(？画) |
| 荐戚序本：宝钗借扇机带双敲 | | 龄官划蔷痴及局外 |

第三十一回

| 梦稿本 | 撕扇子公子追欢笑 | 拾麒麟侍儿论阴阳 |
| 己卯本 | 撕扇子作千金一笑 | 因麒麟伏白首双星 |
| 庚辰本 | 撕扇子作千金一笑 | 因麒麟伏白首双星 |
| 戚序本 | 撕扇子作千金一笑 | 因麒麟伏白首双星 |
| 蒙府本 | 撕扇子作千金一笑 | 因麒麟伏白首双星 |
| 俄藏本 | 撕扇子作千金一笑 | 因麒麟伏白首双星 |
| 舒序本 | 撕扇子作千金一笑 | 因麒麟伏白头双星 |
| 甲辰本 | 撕扇子作千金一笑 | 因麒麟伏白首双星 |
| 程甲本 | 撕扇子作千金一笑 | 因麒麟伏白首双星 |
| 程乙本 | 撕扇子作千金一笑 | 因麒麟伏白首双星 |
| 荐庚辰本：撕扇子作千金一笑 | | 因麒麟伏白首双星 |

第三十六回

| 梦稿本 | 绣鸳鸯警梦绛芸轩 | 识分定情悟梨香园(目录页) |
| | 绣鸳鸯警梦绛芸轩 | 识分定情悟梨香院("悟梨香院""识分定情"用交换符标注,即原抄为"悟梨香院识分定情")(正文页) |
| 己卯本 | 绣鸳鸯梦兆绛芸轩 | 识分定情语梨花院 |
| 庚辰本 | 绣鸳鸯梦兆绛芸轩 | 识分定情语梨花院 |
| 卞藏本 | 绣鸳鸯梦兆绛芸轩 | 识分定情悟梨香院 |

戚序本　　　绣鸳鸯梦兆绛芸轩　　识分定情悟梨香院

蒙府本　　　绣鸳鸯梦兆绛芸轩　　识分定情悟梨香院

俄藏本　　　绣鸳鸯梦兆绛云轩　　识分定情悟梨香院(删"花"旁
　　　　　　　　　　　　　　　　　加"香",即原抄为"识分定情悟梨花院")

舒序本　　　绣鸳鸯梦兆绛云轩　　识定分情悟梨香院

甲辰本　　　绣鸳鸯梦兆绛云轩　　识分定情悟梨香院

程甲本　　　绣鸳鸯梦兆绛云轩　　识分定情悟梨香院

程乙本　　　绣鸳鸯梦兆绛云轩　　识分定情悟梨香院

荐庚辰本：绣鸳鸯梦兆绛芸轩　　识分定情语梨花院


第三十九回

梦稿本　　　村老妪说谈承色笑　　痴情子实意觅踪迹(目录页)
　　　　　　　村老妪慌谈承色笑　　痴情子实意觅踪迹(正文页)

己卯本　　　村嫽嫽是信口开河　　情哥哥偏寻根究底

庚辰本　　　村姥姥是信口开合　　情哥哥偏寻根究底(删"河"旁
　　　　　　　　　　　　　　　　　加"合",即原抄为"村姥姥是信口开河")

卞藏本　　　村老妪荒谈承色笑　　痴情子实意觅踪迹

戚序本　　　村老妪是信口开河　　痴情子偏寻根究底

蒙府本　　　村老妪是信口开河　　痴情子偏寻根究底

俄藏本　　　村姥姥是信口开河　　情哥哥偏寻根究底

舒序本　　　村嫽嫽是信口开河　　情哥哥偏寻根问底

甲辰本　　　村姥姥是信口开河　　情哥哥偏寻根问底

程甲本　　　村老老是信口开河　　情哥哥偏寻根究底

程乙本　　　村老老是信口开河　　情哥哥偏寻根究底

荐庚辰本：村姥姥是信口开合　　情哥哥偏寻根究底

第四十一回

| | | |
|---|---|---|
| 梦稿本 | 贾宝玉品茶栊翠庵 | 刘老老醉卧怡红院(杨继振补) |
| 庚辰本 | 栊翠庵茶品梅花雪 | 怡红院劫遇母蝗虫 |
| 卞藏本 | 贾宝玉品茶拢翠庵 | 刘姥姥卧醉怡红院 |
| 戚序本 | 贾宝玉品茶栊翠庵 | 刘老妪醉卧怡红院 |
| 蒙府本 | 贾宝玉品茶栊翠庵 | 刘老妪醉卧怡红院 |
| 俄藏本 | 拢翠庵茶品梅花雪 | 怡红院劫遇母蝗虫 |
| 甲辰本 | 贾宝玉品茶栊翠庵 | 刘姥姥醉卧怡红院 |
| 程甲本 | 贾宝玉品茶栊翠庵 | 刘老老醉卧怡红院 |
| 程乙本 | 贾宝玉品茶栊翠庵 | 刘老老醉卧怡红院 |
| 荐戚序本: | 贾宝玉品茶栊翠庵 | 刘老妪醉卧怡红院 |

第四十二回

| | | |
|---|---|---|
| 梦稿本 | 蘅芜君兰言解疑语 | 潇湘子雅谑补余香(目录页) |
| | 蘅芜君兰言解疑癖补)(正文页) | 潇湘子雅谑补余香(杨继振 |
| 庚辰本 | 蘅芜君兰言解疑癖 | 潇湘子雅谑补余香 |
| 卞藏本 | 蘅芜君兰言解疑语 | 潇湘子雅谑补余音 |
| 戚序本 | 蘅芜君兰言解疑语 | 潇湘子雅谑补余香 |
| 蒙府本 | 蘅芜君兰言解疑语 | 潇湘子雅谑补余语 |
| 俄藏本 | 蘅芜君兰言解疑癖 | 潇湘子雅谑补余香 |
| 甲辰本 | 蘅芜君兰言解疑癖 | 潇湘子雅谑补余音 |
| 程甲本 | 蘅芜君兰言解疑癖 | 潇湘子雅谑补余音 |
| 程乙本 | 蘅芜君兰言解疑癖 | 潇湘子雅谑补余香 |
| 荐庚辰本: | 蘅芜君兰言解疑癖 | 潇湘子雅谑补余香 |

第四十九回

梦稿本　琉璃世界白雪红梅　脂粉香娃割腥啖膻（杨继振补）

庚辰本　琉璃世界白雪红梅　脂粉香娃割腥啖膻

卞藏本　白雪红梅园林佳景　割腥啖胆闺阁野趣

戚序本　白雪红梅园林集景　割腥啖膻闺阁野趣（目录页）

　　　　白雪红梅园林佳景　割腥啖膻闺阁野趣（正文页）

蒙府本　白雪红梅园林集景　割腥啖膻闺阁野趣

俄藏本　琉璃世界白雪红梅　脂粉香娃割腥啖膻

甲辰本　瑠璃世界白雪红梅　脂粉香娃割腥啖膻

程甲本　琉璃世界白雪红梅　脂粉香娃割腥啖膻

程乙本　琉璃世界白雪红梅　脂粉香娃割腥啖膻

荐庚辰本：琉璃世界白雪红梅　脂粉香娃割腥啖膻


第五十七回

梦稿本　慧紫鹃情辞试莽玉　慈姨妈爱语慰痴颦（正文页删"宝"左加"莽"，删"母"左加"妈"，即原抄为"慧紫鹃情辞试宝玉　慈姨母爱语慰痴颦"）

己卯本　慧紫鹃情辞试忙玉　慈姨妈爱语慰痴颦

庚辰本　慧紫鹃情辞试忙玉　慈姨妈爱语慰痴颦

卞藏本　慧紫鹃情辞试宝玉　慈姨母爱语慰痴颦

戚序本　慧紫鹃情词试宝玉　慈姨母爱语慰痴颦

蒙府本　慧紫鹃情词试莽玉　慈姨母爱语慰痴颦

俄藏本　慧紫鹃情辞试宝玉　薛姨妈爱语慰痴颦

甲辰本　慧紫鹃情辞试莽玉　慈姨妈爱语慰痴颦

| | | |
|---|---|---|
| 程甲本 | 慧紫鹃情辞试莽玉 | 慈姨妈爱语慰痴颦 |
| 程乙本 | 慧紫鹃情辞试莽玉 | 慈姨妈爱语慰痴颦 |
| 荐庚辰本: | 慧紫鹃情辞试忙玉 | 慈姨妈爱语慰痴颦 |

## 第六十二回

| | | |
|---|---|---|
| 梦稿本 | 憨湘云醉眠芍药裀 | 呆香菱情解柘榴裙 |
| 己卯本 | 憨湘云醉眠芍药裀 | 呆香菱情解石榴裙(目录页) |
| | 憨湘云醉眠芍药裀 | 呆香菱情解柘榴裙(正文页) |
| 庚辰本 | 憨湘云醉眠芍药裀 | 呆香菱情解柘榴裙(目录页) |
| | 憨湘云醉眠芍药裀 | 呆香菱情解柘榴裙(正文页) |
| 卞藏本 | 憨湘云醉眠芍药茵 | 呆香菱情解柘榴裙 |
| 戚序本 | 憨湘云醉眠芍药裀 | 呆香菱情解石榴裙 |
| 蒙府本 | 憨湘云醉眠芍药裀 | 呆香菱情解柘榴裙 |
| 俄藏本 | 憨湘云醉眠芍药裀 | 呆香菱情解石榴裙(原抄为 |
| | "呆香菱情解柘榴裙") | |
| 甲辰本 | 憨湘云醉眠芍药裀 | 呆香菱情解石榴裙 |
| 程甲本 | 憨湘云醉眠芍药裀 | 呆香菱情解石榴裙 |
| 程乙本 | 憨湘云醉眠芍药裀 | 呆香菱情解石榴裙 |
| 荐庚辰本: | 憨湘云醉眠芍药裀 | 呆香菱情解柘榴裙 |

## 第六十五回

| | | |
|---|---|---|
| 梦稿本 | 贾二舍偷娶尤二姐 | 尤三姐思嫁柳二郎(正文页前 |
| | 一"尤"为旁加) | |
| 己卯本 | 贾二舍偷娶尤二姨 | 尤三姐思嫁柳二郎 |
| 庚辰本 | 贾二舍偷娶尤二姨 | 尤三姐思嫁柳二郎 |
| 卞藏本 | 贾二舍偷娶尤二姨 | 尤三姐思嫁柳二郎 |

戚序本　　　膏粱子惧内偷娶妾　　　淫奔女改行自择夫

蒙府本　　　膏粱子惧内偷娶妾　　　淫奔女改行自择夫

俄藏本　　　贾二舍偷娶尤二姨　　　尤三姐思嫁柳三郎

甲辰本　　　贾二舍偷娶尤二姨　　　尤三姐思嫁柳二郎

程甲本　　　贾二舍偷娶尤二姨　　　尤三姐思嫁柳二郎

程乙本　　　贾二舍偷娶尤二姨　　　尤三姐思嫁柳二郎

荐蒙府本：膏粱子惧内偷娶妾　　　淫奔女改行自择夫


第六十七回

梦稿本　　　见土仪颦卿思故里　　　闻秘事凤姐讯家童

己卯本　　　见土仪颦卿思故里　　　闻秘事凤姐讯家童(目录页
　　　　　　无、正文页有回目名,字体不同)

庚辰本　　　见土仪颦卿思故里　　　闻秘事凤姐讯家童(红格子
　　　　　　纸补抄)

卞藏本　　　馈土物颦卿念故里　　　讯家童凤姐蓄阴谋

戚序本　　　馈土物颦卿思故里　　　讯家童凤姐蓄阴谋

蒙府本　　　见土仪颦卿思故里　　　闻秘事凤姐讯家童

俄藏本　　　馈土物颦卿念故里　　　讯家童凤姐蓄阴谋

甲辰本　　　馈土物颦卿念故里　　　讯家童凤姐蓄阴谋

程甲本　　　见土仪颦卿思故里　　　闻秘事凤姐讯家童

程乙本　　　见土仪颦卿思故里　　　闻秘事凤姐讯家童

荐俄藏本：馈土物颦卿念故里　　　讯家童凤姐蓄阴谋


第七十四回

梦稿本　　　惑奸谗抄检大观园　　　矢孤介杜绝宁国府(目录页)
　　　　　　惑奸谗抄拣大观园　　　矢孤介杜绝宁国府("惑"有涂

改，疑似"感"）（正文页）

| 庚辰本 | 惑奸谗抄检大观园　矢孤介杜绝宁国府（"惑"右边多一撇） |
| 卞藏本 | 惑奸谗抄拣大观园　矢孤介杜绝宁国府 |
| 戚序本 | 惑奸谗抄拣大观园　矢孤介杜绝宁国府 |
| 蒙府本 | 惑奸谗抄拣大观园　矢孤介杜绝宁国府（目录页） |
| | 惑奸谗抄拣大观园　矢孤介杜绝宁国府（正文页原抄。"拣"旁加"检"，"矢孤介"旁加"避嫌隙"，配抄为"惑奸谗抄检大观园避嫌隙杜绝宁国府"） |
| 俄藏本 | 惑奸谗抄拣大观园　矢孤介杜绝宁国府 |
| 甲辰本 | 惑奸谗抄检大观园　矢孤人杜绝宁国府 |
| 程甲本 | 惑奸谗抄检大观园　矢孤介杜绝宁国府 |
| 程乙本 | 惑奸谗抄检大观园　避嫌隙杜绝宁国府 |
| 荐庚辰本： | 惑奸谗抄拣大观园　矢孤介杜绝宁国府 |

第七十五回

| 梦稿本 | 开夜宴异兆发悲音　赏中秋新词得佳谶 |
| 庚辰本 | 开夜宴异兆发悲音　赏中秋新词得佳谶 |
| 卞藏本 | 开夜宴异兆发悲音　赏中秋新词得佳谶 |
| 戚序本 | 开夜宴异兆发悲音　赏中秋新词得佳谶 |
| 蒙府本 | 开夜宴异兆发悲音　赏中秋新词得佳谶 |
| 俄藏本 | 开夜宴异事发悲音　赏中秋新词得佳兆（原抄为"开夜宴异兆发悲音　赏中秋新词得佳谶"） |
| 甲辰本 | 开夜晏异兆发悲音　赏中秋新词得佳谶 |
| 程甲本 | 开夜晏异兆发悲音　赏中秋新词得佳谶 |
| 程乙本 | 开夜晏异兆发悲音　赏中秋新词得佳谶 |

荐庚辰本：开夜宴异兆发悲音　赏中秋新词得佳谶

第七十六回

梦稿本　　凸碧堂品笛感凄情　凹晶馆联诗悲寂寞

庚辰本　　凸碧堂品笛感凄情　凹晶馆联诗悲寂莫

卞藏本　　凸碧堂品笛感凄凉　凹晶馆联诗悲寂寞

戚序本　　凸碧堂品笛感凄清　凹晶馆联诗悲寂寞

蒙府本　　凸碧堂品笛感凄情　凹晶馆联诗悲寂寞(目录页)

　　　　　凸碧堂品萧感凄清　凹晶馆联诗悲寂寞(正文页。
　　　　　"萧"为旁加，"清"为涂改。原抄为"凸碧堂品笛感
　　　　　凄情　凹晶馆联诗悲寂寞")

俄藏本　　凸碧堂品笛感凄凉　凹晶馆联诗悲寂寞(系最后改
　　　　　定，原抄为"凸碧堂品笛感悽情"，初改为"凸碧堂品
　　　　　笛感凄清")

甲辰本　　凸碧堂品笛感悽情　凹晶馆联诗悲寂寞

程甲本　　凸碧堂品笛感凄清　凹晶馆联诗悲寂寞

程乙本　　凸碧堂品笛感凄清　凹晶馆联诗悲寂寞

荐庚辰本：凸碧堂品笛感凄情　凹晶馆联诗悲寂莫


第七十九回

梦稿本　　薛文起悔娶河东吼　贾迎春误嫁中山狼(正文页删
　　　　　"龙"右加"起"，删"狮"右加"吼"，即原抄为"薛文
　　　　　龙悔娶河东狮　贾迎春误嫁中山狼")

庚辰本　　薛文龙悔娶河东狮　贾迎春误嫁中山狼

卞藏本　　薛文龙悔娶河东狮　贾迎春误嫁中山狼

戚序本　　薛文龙悔娶河东狮　贾迎春误嫁中山狼

蒙府本　　薛文龙悔娶河东狮　　贾迎春误嫁中山狼（目录页）

　　　　　　薛父龙悔娶河东狮　　贾迎春误嫁中山狼（正文页）

俄藏本　　薛文龙悔娶河东狮　　贾迎春误嫁中山狼

甲辰本　　薛文龙悔娶河东吼　　贾迎春误嫁中山狼

程甲本　　薛文龙悔娶河东吼　　贾迎春误嫁中山狼

程乙本　　薛文起悔娶河东吼　　贾迎春误嫁中山狼

荐庚辰本：薛文龙悔娶河东狮　　贾迎春误嫁中山狼


第八十回

梦稿本　　美香菱屈受贪夫棒　　王道士胡诌妒妇方（正文页

　　　　　左边书："懦迎春肠回九曲　娇香菱病入膏肓"）

庚辰本　　已分回，缺回目名

卞藏本　　懦迎春肠回九曲　　娇香菱病入膏肓

戚序本　　懦弱迎春肠回九曲　　娇怯香菱病入膏肓

蒙府本　　懦弱迎春肠回九曲　　姣怯香菱病入膏肓

俄藏本　　未从上回中分出

甲辰本　　美香菱屈受贪夫棒　　丑道士胡诌妒妇方

程甲本　　美香菱屈受贪夫棒　　王道士胡诌妒妇方

程乙本　　美香菱屈受贪夫棒　　王道士胡诌妒妇方

荐蒙府本：懦弱迎春肠回九曲　　姣怯香菱病入膏肓

# 程伟元和高鹗竟是御用枪手

曹雪芹在《红楼梦》第一回就为整部作品奠定基调，不但说明其书记录了一个不知发生于何年何月、何时何地的神奇故事，还直接讲明该部著作已然完成。可曹雪芹著前八十回、程伟元和高鹗续后四十回却成了当下人的公知，"红楼未完"也成为无数红迷心中难以抚平的一大憾事。曹雪芹十年心血之作为什么会被改面致残呢？经笔者深入探究，其幕后黑手竟是大清国乾隆帝，程伟元和高鹗仅仅只是充当御用枪手。

## 曹雪芹理应著成《红楼梦》

曹雪芹托言此书是从一块石头上抄录而来的，故又名"石头记"，书稿曾用《情僧录》《风月宝鉴》《金陵十二钗》等名。他又道："披阅十载，增删五次。"足见其用心之专。一经分析，《红楼梦》一书必定完结于曹雪芹之手。另外，批书者脂砚斋和畸笏叟在其批语中透露原稿中一些故事情节不幸迷失，续书者程伟元在序言中明言原稿应是一百二十回。否则，一部烂尾作品能引起社会轰动显然不切实际。这些证据足以证明，《红楼梦》应有个完整版。

## 一、作者曹雪芹在悼红轩著书十年

曹雪芹在第一回中明确交代创作《红楼梦》耗用时间达十年之久。悼红轩是曹雪芹的书斋名。在长达十年时间里，他在书斋中专心致志创作和批阅稿件，增删五次，纂成目录，分出章回，样书终于新鲜出炉。创作十年之久，他难道在这么长的时间里没有写完全书？增删五次之多，他又怎么会反反复复删改一部未完工的作品？故知，《红楼梦》没有不成篇之理，认定它是烂尾作品有违常识。曹雪芹在第一回中白纸黑字地写道："空空道人听如此说，思忖半晌，将《石头记》再检阅一遍，因见上面虽有些指奸责佞贬恶诛邪之语，亦非伤时骂世之旨。……从头至尾抄录回来，问世传奇。从此，空空道人因空见色，由色生情，传情入色，自色悟空，遂易名为情僧，改《石头记》为《情僧录》。东鲁孔梅溪则题曰《风月宝鉴》。后因曹雪芹于悼红轩中披阅十载，增删五次，纂成目录，分出章回，则题曰《金陵十二钗》。"

曹雪芹在《凡例》一文中也明确交代《红楼梦》耗用了十年时间。凡例名曰"旨义"，即作书的本旨。《红楼梦》凡例独见于甲戌本，其他版本均无。之后的版本，均将此凡例第五条汇入了正文之中。甲戌本凡例用一首七言律诗结尾，曹雪芹在其间大吐苦水，表白十年创作的艰辛历程。"浮生着甚苦奔忙，盛席华筵终散场。悲喜千般同幻渺，古今一梦尽荒唐。谩言红袖啼痕重，更有情痴抱恨长。字字看来皆是血，十年辛苦不寻常。"

## 二、批书者脂砚斋看过原八十回后内容

脂砚斋在批语中明言《红楼梦》八十回后若干故事佚失了。脂砚斋是《红楼梦》最权威的评批者，其批语符合原著精神。脂砚斋在《红楼梦》多个抄本中留下三千余条批语，被红学界称之为"脂评"或"脂批"。这些

批语对研究文本内容、创作过程以及曹雪芹家庭背景等情况有着极重要的参考价值。经笔者考据，她是曹雪芹生母。脂砚斋在其批语中间接或直接点到八十回后应有的多个故事情节，并且一一明列，说明她不仅通读全书，而且印象很深刻。

脂砚斋暗示八十回后应有如下的故事情节：贾雨村在贾政帮助下东山再起，此次到南京任职，他想轰轰烈烈地干一番事业。刚上任，他接手一件人命案。原来，薛蟠同冯渊为争抢一个女子，薛蟠的手下打死了冯渊。贾雨村起初想秉公执法，但被一门子（小沙弥）制止。书中这个小沙弥刚出场的时候，脂砚斋曾批云："门子伏线千里"，程高本在八十回后并没有体现这一点。脂砚斋明确交待八十回后应出现一个完整回目，该回目名"薛宝钗借词含讽谏　王熙凤知命强英雄"，可该章回好似在人间突然蒸发了，无人知其下落。该条脂批出现在第二十一回："按此回之文固妙，然未见后三十回犹不见此之妙。此回'娇嗔箴宝玉''软语救贾琏'，后文'薛宝钗借词含讽谏，王熙凤知命强英雄'。今只从二婢说起，后则直指其主。然今日之袭人、之宝玉，亦他日之袭人、他日之宝玉也。今日之平儿、之贾琏，亦他日之平儿、他日之贾琏也。何今日之玉犹可箴，他日之玉已不可箴耶？今日之琏犹可救，他日之琏已不能救耶？箴与谏无异也，而袭人安在哉？宁不悲乎！救与强无别也，甚矣！但此日阿凤英气何如是也，他日之身微运蹇，亦何如是也？人世之变迁，倏忽如此！"

另外，脂砚斋在批语中透露，一些亲友为先睹为快，争相借阅，结果使"卫若兰射圃""花袭人有始有终""悬崖撒手"等五六稿在借阅过程中被弄丢了。第二十回庚辰眉批云："茜雪至'狱神庙'方呈正文。袭人正文标目曰'花袭人有始有终'，余只见有一次誊清时，与'狱神庙慰宝玉'等五六稿，被借阅者迷失，叹叹！"第二十五回庚辰眉批云："叹不能见宝玉'悬崖撒手'文字为恨。"第二十六回庚辰眉批云："'狱神庙'回有红玉、茜雪一大回文字，惜迷失无稿，叹叹。"第二十七回庚辰眉批云："此系未见'抄没''狱神庙'诸事,故有是批。"从上述批语进行综合分析,曹雪芹所著《红楼梦》在八十回后还有着丰富的内容。

### 三、批书者畸笏叟也看过《红楼梦》原八十回后情节

畸笏叟也对《红楼梦》做过全面性评批工作。他是一位重量级评批者,其知名度仅次于脂砚斋。畸笏叟批语时常一语中的,对后世影响非常大。畸笏叟何以做到知根知底以及批点到位呢?经考证,他是曹雪芹叔父、曹家末代江宁织造曹頫。畸笏叟在批语中透露后八十回若干真故事,这些故事情节在续书中未曾出现,从而证实《红楼梦》原有个完整版。

一是畸笏叟明确交待茜雪在八十回后的担当和作为。薛宝钗待选"征采才能"的日子已临近,薛姨妈陪护女儿来到京城,并顺道看望妹妹王夫人。应贾政相邀,薛姨妈一家人暂时入住荣国府梨香院。有天,薛宝钗身体不适,贾宝玉和林黛玉一前一后去探视。吃饭时,贾宝玉想喝点酒,他的奶妈李嬷嬷上前拦阻,这让他心中十分不快。吃过饭,贾宝玉趔趔趄趄回到绛芸轩,听说李嬷嬷把他留给晴雯的豆腐皮包子给拿走了;接着,丫头茜雪捧上茶,他喝了半碗,忽然想起早上有碗枫露茶,命茜雪快取来,茜雪只好如实回答,那碗茶已被李奶奶喝光。李嬷嬷接二连三地做出格的事,贾宝玉顿时火冒三丈,顺手将茶杯摔在地上,茶水泼了茜雪一裙子。即便这样,贾宝玉仍不解气,他冲着茜雪发火,扬言要撵走李嬷嬷。令人疑惑的是,贾宝玉嚷着要撵的李嬷嬷没有被撵走,丫鬟茜雪却在前八十回神隐了。这个人到底去了哪儿?畸笏叟知道茜雪去向,她不仅在八十回后出现了好几次,还很抢眼。《红楼梦》第二十回,李嬷嬷又在绛芸轩大吵大闹,林黛玉和薛宝钗赶忙劝阻,她便没完没了向她俩诉说满肚子委屈。原文是:"将当日吃茶,茜雪出去,与昨日酥酪等事,唠唠叨叨说个不清。"畸笏叟在庚辰本中批到:"茜雪至狱神庙方呈正文,袭人正文标曰:花袭人有始有终。余只见一次誊清时与狱神庙慰宝玉等五六稿被借

阅者迷失。叹叹,丁亥夏,畸笏叟。"

二是畸笏叟透露茜雪和红玉在八十回后共同出场的情节。第二十六回是"蘅芜院设言传蜜意",在这一回里,红玉和佳蕙进行过一次长谈,两位仆人预感荣国府风雨欲来,对各自的前途都感到很迷茫。"红玉道:'也不犯着气他们。俗语说的千里搭长棚——没个不散的筵席,谁混一辈子呢?不过三年五载,各人干各人的去了,谁还认得谁呢?'这两句话不觉打动了佳蕙,由不得眼睛红了,又不好意思好端端的哭,只得勉强笑道:'你这话说的却是。昨儿宝二爷还说,明儿怎么样收拾房子,怎么样做衣裳,倒象有几百年的熬煎。'"畸笏叟对这段文字写出一条批语,痛惜之后"迷失大回文字",其中就有狱神庙、茜雪和红玉等故事情节。畸笏叟所作批语:"'狱神庙'回有茜雪、红玉一大回文字,惜迷失无稿。叹叹!丁亥夏,畸笏叟。"

三是畸笏叟纠正脂砚斋对红玉的错误认识。《红楼梦》第二十七回,红玉对贾芸心怀私情,巴不得马上去侍候王熙凤。脂砚斋误把红玉看作"奸邪婢",将她跟偷玉的良儿和偷虾须镯的坠儿相提并论。脂砚斋在庚辰本作出一条眉批:"奸邪婢岂是怡红应答者,故即逐之!前良儿、后篆(坠)儿,便是却(确)证,作者又不得可也。己卯冬夜。"畸笏叟却不同意脂砚斋的看法,他在"丁亥夏"署名作批道:脂砚斋这样看待红玉,是因为尚未读到八十回后贾府"抄没"以及红玉"狱神庙慰宝玉"等章的缘故,等阅读该处文字以后,她就不会把红玉骂作"奸邪婢"。于是,畸笏叟在庚辰本作出一条眉批,指出脂砚斋那条批语的谬误:"此系未见'抄没'、'狱神庙'诸事,故有是批。丁亥夏,畸笏。"

## 四、续书者程伟元指证《红楼梦》全本是百二十回

程伟元在序言中亲自交待《红楼梦》有一百二十回。程伟元见过《红楼梦》一百二十回的回目。他认为,既然存在一百二十回的回目,那就有

全部文稿。因此,程伟元下定决心,处处留心,广泛搜集,争取合璧。通过数年努力,他从藏书家手中弄到一些,又从旧纸堆里弄到一些,收集到二十余卷。在一个偶然的机会里,他发现一货郎担上又有十余卷,毫不犹豫花大价钱把它全买下了。这时候,程伟元邀请好友高鹗一道,开始对《红楼梦》进行辑佚、续作。程伟元在一百二十回本《红楼梦序》中写道:"是书既有一百二十回之目,岂无全璧? 爰为竭力搜罗,自藏书家甚至故纸堆中无不留心。数年以来,仅和二十余卷。一日偶于鼓担上得十余卷,遂重价购之。……同友人(指高鹗)细加厘剔,截长补短,抄成全部。"

## 曹雪芹著书的前前后后

曹雪芹生于 1715 年 6 月 2 日(康熙五十四年五月初一日),卒于1763 年 2 月 12 日(乾隆二十七年十二月二十九日),名霑,字梦阮,号雪芹,又号芹溪、芹圃。曹雪芹乃是康熙帝宠臣、江宁织造曹寅之孙,曹颙之子,出生于江宁织造府(今南京),出身清代内务府正白旗包衣世家。著有《红楼梦》。

### 一、曹氏家族高光时刻

曹雪芹曾祖父曹玺是康熙宠臣。曹玺是曹家的关键性人物,忠实勤奋,颇得康熙宠信,曾获赐蟒袍、授一品尚书衔、御书"敬慎"匾额。康熙二十三年(1684)初,由于"积劳成疾",曹玺病逝于江宁织造府任上。同年十一月,康熙第一次南巡至江宁,亲自到织造署慰问曹玺的家属,特派内大臣祭奠曹玺。"是年冬。天子东巡,抵江宁,特遣致祭。"

曹雪芹的曾祖母孙氏做过幼时康熙的保姆,整个曹氏家族都引以为傲。亲政后的康熙对曹家另眼相看,数人被加官晋爵,委以重任。曹家曾现"当年笏满床"的奇观,与孙氏同康熙存在特殊情感是密不可分的。

　　曹雪芹祖父曹寅是康熙的亲臣。曹寅生于顺治十五年(1658),卒于康熙五十一年(1712),终年五十四岁。曹寅十六岁时担任康熙御前侍卫。康熙二十九年(1690),他任苏州织造,三年后移任江宁织造。曹寅数次担任钦差大臣有案可稽,一份史料是康熙四十二年(1703)的奏折,时任江宁织造的曹寅奉旨与苏州织造李煦轮管两淮盐务。康熙四十三年(1704)七月,曹寅巡视盐鹾。同年十月,曹寅就任两淮巡盐御史。另一份史料是康熙四十七年(1708)三月廿六日的奏折,曹寅向康熙呈上《奏报扬州知府到任日期折》。曹寅一生中两任织造,四视淮盐,任内连续承办康熙南巡接驾等要事,所受到的信任超出任何地方督抚。

　　曹雪芹的大姑母曹佳氏是王妃。曹佳氏,即福金,曹寅的长女,于康熙四十五年(1706)嫁于镶红旗平郡王爱新觉罗·纳尔苏,成了清朝"铁帽子王"之一平郡王府的正妃。这门亲事是由康熙亲自指婚的,福金婚后被赐满姓曹佳氏。爱新觉罗·纳尔苏,又称爱新觉罗·讷尔素,清太祖爱新觉罗·努尔哈赤的七世孙,生于康熙二十九年(1690),其父是爱新觉罗·纳尔福亲王。

　　曹雪芹父亲曹颙继任江宁织造。康熙四十八年(1709),曹颙十九岁。同年二月初八,曹颙奉父命送姐姐福金入京大婚,后居京习学,候补京缺。曹寅奏曰:"臣有一子,今年即令上京当差,送女同往,则臣男女之事毕矣。"康熙五十年(1711),曹颙二十一岁,由内务府总管赫奕引见,未被录用,继续留在北京。康熙五十一年(1712)初,曹颙随父曹寅一道南返。同年七月,曹寅在扬州病逝,康熙帝当即决定由其子曹颙继任江宁织造。从曹颙于康熙五十一年八月二十九日向康熙呈送的奏折内容来看,曹颙已走马上任。张云台在《闻曹荔轩银台得孙却寄兼送入都》诗文中提供曹颙卒年的大致时间,"时颙在京任职,此子在康熙五十四年(1715)之前即殇,学名不知。康熙五十一年曹寅死,康熙令曹寅独子曹颙继任江宁织造。"

曹雪芹叔父曹頫继任江宁织造。曹頫,字昂友,号竹居,曹寅之弟曹宣第四子,卒年不详。康熙五十四年(1715)初,曹頫的堂兄曹颙在江宁织造任上猝死。至此,曹寅这一支无男儿可接任这一重要职位。"著内务府总管去问李煦,务必在曹荃诸子中,找到能奉养曹颙之母如同生母之人才好",为了保全曹家在江南的家产,也为了曹寅遗孀有人照顾,清内务府遵照康熙皇帝旨意,将曹寅的四侄曹頫立为曹寅遗孀李氏的嗣子。康熙五十四年三月六日,曹頫正式继任江宁织造。曹頫之所以年少做高官,是因为康熙与曹寅之间存有深厚感情。这一点曹頫有自知之明。总的来说,康熙对这位晚辈是关爱有加的,除工作上经常下"指导棋"外,还赐予他直接汇报的权力。康熙五十四年(1715)三月七日,曹頫用奏折形式首次向康熙汇报工作情况及一些重要家事,用词极为谦卑。其奏折内容:"窃念奴才包衣下贱,黄口无知,伏蒙万岁天高地厚洪恩,特命奴才承袭父兄职衔,管理江宁织造……"

这期间,曹家三代四人在江宁织造任职时间达五十八年之久,声望响彻整个南京城。

二、曹寅五次接待南巡的康熙

在全国政局趋于稳定情况下,为了缓和满汉两大民族间的矛盾,康熙先后六次到南方巡视,即"六次南巡"的由来。康熙六次南巡的时间如下:

第一次南巡是康熙二十三年,即1684年11月05日—1685年01月03日,共60天。

第二次南巡是康熙二十八年,即1689年01月28日—04月07日,共70天。

第三次南巡是康熙三十八年,即1699年03月04日—06月14日,共

102 天。

第四次南巡是康熙四十二年因皇子抱病,中途回京。中断的行程于次年完成。

第五次南巡是康熙四十四年,即 1705 年 03 月 03 日—06 月 19 日,共108 天。

第六次南巡是康熙四十六年,即 1707 年 02 月 24 日—06 月 21 日,共117 天。

康熙一生之中"六次南巡",曹寅负责接驾五次,其中四次在江宁织造府,一次在扬州。现存的历史档案资料显示,康熙四次是以江宁织造府作为行宫的,另一次则以扬州作为行宫。

康熙第一次南巡到曹家。康熙二十三年(1684),康熙初次南巡启銮……南巡至江宁,谒明孝陵。未说明是否驻跸曹府。

康熙第二次南巡到曹家。康熙二十八年(1689),康熙第二次南巡,临阅河工……至南京谒明孝陵。未说明是否驻跸曹府。

康熙第三次南巡到曹家。康熙三十八年(1699),发布南巡诏旨:一切供给,由京备办,勿扰民间。第三次南巡启銮……车驾驻江宁,阅兵。说明驻跸曹府。

康熙第四次南巡未到曹家。康熙四十一年(1702),第四次南巡,行至德州,皇太子病,中途回銮。

康熙第五次南巡到扬州,由曹寅接驾。康熙四十四年(1705),康熙第五次南巡阅河据《圣祖五幸江南恭录》记载,康熙起銮乘舆进扬州城。乡绅生监耆老迎接,进献鲜果不等。皇上大喜,(问)甚么人,回奏是耆老。上着内监收行,至高桥,老人恭进万民宴,泊舟。总漕桑(格)奏请圣驾往砲长河(今瘦西湖)看灯船,俱同往平山堂各处游玩。……皇上过钞关门上船开行,抵三汊(汊)河宝塔湾,泊船,众盐商预备御花园行宫。盐院曹(寅)奏请圣驾起銮,同皇太子、十三阿哥、宫眷驻跸,演戏摆宴。……晚戌时,行宫宝塔湾上灯如龙,五色彩子铺陈古董诗画,无计其数,月夜如昼。

皇上自扬州行宫上船,回銮。行至宝应五里庵驻跸。皇上因江苏织造预备行宫,勤劳诚敬,江南织造府曹(寅),加授通政使司,苏州织造府李(煦),加授光禄寺卿。

康熙第六次南巡到曹家。康熙四十六年(1707),正月,康熙帝第六次南巡。正月二十二日离京。……二十七日至扬州府,折西达江宁谒明孝陵。未说明是否驻跸曹府。

### 三、雍正下旨查抄曹家

曹寅五次接驾,所用银两像"淌海水"一样,为此亏欠大笔国库银两。这些银子明明花在康熙身上,却不能由国库或者内务府承担,全落在曹寅一人身上。如此操作亏欠,虽保全了大清皇帝的"圣德",却把曹家几代人压得喘不过气。

曹寅死后留下巨债。曹寅在扬州夜以继日承办《佩文韵府》的雕印工作,突然一病不起,于康熙五十一年七月二十三日辰时(1712年8月24日)撒手人寰。临终前,曹寅面对"无赀可赔,无产可变"的残酷现实,在绝望之中离开了人世。苏州织造、曹寅大舅子李煦将这一情况如实向康熙作了汇报:"江宁织造臣曹寅与臣煦俱蒙万岁特旨,十年轮视淮鹾。天恩高厚,亘古所无,臣等虽肝脑涂地,不能报答分毫。乃天心之仁爱有加,而臣子之福分浅薄。曹寅七月初一日感受风寒,辗转成疟,竟成不起之症,于七月二十三日辰时身故。当其伏枕哀鸣,惟以遽辞圣世,不克仰报天恩为恨。又向臣言江宁织造衙门历年亏欠钱粮九万馀两,又两淮商欠钱粮,去年奉旨官商分认,曹寅亦应完二十三万两零,而无赀可赔,无产可变,身虽死而目未瞑。此皆曹寅临终之言……"

曹颙继续偿还旧欠。康熙五十二年十一月十三日,曹颙在奏折中向康熙帝反映了这一情况："……窃奴才父寅去年身故，荷蒙万岁天高地厚洪恩，怜念奴才母子孤寡无倚，钱粮亏欠未完，特命李煦代任两淮盐差一年，将所得余银为奴才清完所欠钱粮。皇仁浩荡，亘古未有。令李煦代任盐差已满，计所得余银共五十八万六千两零，所有织造各项钱粮及代商完欠，李煦与奴才眼同俱已解补清完，共五十四万九千六百馀两。谨将完过数目，恭呈御览。尚馀银三万六千馀两，奴才谨收贮……"

曹頫被逼写下"还债保证书"。雍正对曹頫"差钱"很恼火，逼迫他限期还款，并责令他写下一份保证书。雍正二年正月初七日，曹頫在《江宁织造曹頫奏谢准允将织造补库分三年带完折》中作出还款计划："……窃奴才前以织造补库一事，具文咨部，求分三年带完。今接部文，知已题请，伏蒙万岁浩荡洪恩，准允依议。钦遵到案。窃念奴才自负重罪，碎首无辞，今蒙天恩如此保全，实出望外。奴才实系再生之人，惟有感泣待罪，只知清补钱粮为重，其馀家口妻孥，虽至饥寒迫切，奴才一切置之度外，在所不顾。凡有可以省得一分，即补一分亏欠，务期于三年之内，清补全完，以无负万岁开恩矜全之至意。"

雍正决意对曹家下重手。曹頫手头无钱，兑现不了还款承诺。雍正认为，曹頫是故意拖欠不还的，他罗列了数条冠冕堂皇的查封理由，把责任全部归咎于曹頫本人，并以迅雷不及掩人耳目之势下达抄家命令，指定时任江南总督范时绎负总责。"江宁织造曹頫，行为不端，织造款项亏空甚多。朕屡次施恩宽限，令其赔补。伊倘感激朕成全之意，理应尽心效力，然伊不但不感恩图报，反而将家中财物暗移他处，企图隐蔽，有违朕意，甚属可恶！著行文江南总督范时绎将曹頫家中财物，固封看守，并将主要家人，立即严拿，家人之财产，亦著固封看守，俟新任织造官员隋赫德到彼之后办理。伊闻知织造官员易人时，说不定要暗派家人到江南送信，转移家财。倘有差遣之人到彼处，著范时绎严拿，审问该人前去的缘故，不得怠忽！钦此。"

## 四、曹雪芹创作《红楼梦》

雍正以追缴国库亏空为理由,对曹家实施"抄没家俬"打击,并将曹雪芹叔父、江宁织造曹頫逮捕入京,枷号示众。事已至此,曹家世代为大清王朝舍生忘死所建立的功劳全部付之东流。

曹家经此重创,家道败落,曹雪芹人生轨迹也发生了逆转,好似从天堂忽地掉进人间地狱。"普天之下,莫非王土。率土之滨,莫非王臣",曹雪芹面对家门蒙受千古奇冤,哪里有一丝一毫公开抗争的余力。落难之中曹雪芹拿起纸和笔,排除一切干扰,在悼红轩里奋笔疾书,用了十年时间,终于著成"字字看来皆是血"及"一把辛酸泪"的《红楼梦》。某网站如是介绍《红楼梦》:中国古代四大名著之首,章回体长篇小说,原名《脂砚斋重评石头记》,又名《情僧录》《风月宝鉴》《金陵十二钗》《还泪记》《金玉缘》等,梦觉主人序本正式题为《红楼梦》。本书前八十回由曹雪芹所著,后四十回由程伟元、高鹗续写。《红楼梦》是一部具有高度思想性和艺术性的伟大作品,作为一部成书于清朝中期的文学作品,该书系统总结中国封建社会的文化和制度,对封建社会的各个方面进行深刻的批判,并且提出了朦胧的带有初步民主主义性质的理想和主张。这些理想和主张正是当时正在滋长的资本主义经济萌芽因素的曲折反映。

笔者对《红楼梦》也加以浅显的表述:曹雪芹潜心创作《红楼梦》,采用"真事隐"和"假语存"两种独特的写作手法,以大量"淫邀艳约"的言情吸人眼球,再辅用若干个神话故事作遮掩,隐藏着曹家由痴忠而遗恨的那段惨痛历史。不仅如此,其间还保存许多鞭挞雍正皇帝的隐晦性文字。大量事实表明,《红楼梦》不是曹雪芹"自传说",而是一部曹雪芹的"家史说"。正因《红楼梦》存在"真事隐"和"假语存",才使这部章回小说更具传奇色彩。

# 《红楼梦》是部存在"碍语"的著作

曹雪芹所著《红楼梦》，若不深究，看似写的是贾宝玉与他那些姐姐妹妹的情爱纠葛。可曹雪芹在创作时为何竟到了血泪盈襟的境地呢？著书立说对于每个人而言，无疑是件高大上的事情，理应开开心心才对呀！可曹雪芹一反常态，边写边哭，一把鼻涕一把泪，甚至是"谩言红袖啼痕重"。原来，《红楼梦》中既隐藏作者血泪家史，还流露出对当权者为政不仁的斥责，只不过全部采用"真事隐"写作手法罢了。

曹雪芹为何采用"真事隐"写作手法呢？这是因为，曹雪芹生活在乾隆年间，此时文字狱规模达到登峰造极的地步这期间发生多起大案，被凌迟处死、满门抄斩者不计其数。在这样的文化恐怖气氛下，曹雪芹岂敢大鸣大放？如果不直抒胸臆，该书就被写成粉饰太平的情爱小说，那他是心不甘情不愿的。如果秉笔直书，触碰文禁，该书就要遭当局查禁，不仅牵连曹氏族人和众亲友，甚至发生灭门之灾，那他又于心不忍呢。为了这部书的生死存亡，为了族人和亲友的安全，曹雪芹竭其所能使用隐晦性文字，数易其稿，直到他生命的最后一刻仍在修改之中。

《红楼梦》存在"碍语"是不争的事实。所谓"碍语"，就是涉及政治方面的言论，即在当时不能绝对明说出来的言语。讲通俗一点，就是当今的政治敏感词。《红楼梦》之所以不被那个时代所容纳，因为书中存在大量敏感词和敏感句子。不仅限于此，曹雪芹数次爆"小娼妇"之类粗口，简直不堪入耳。有的还隐隐约约骂到王爷身上，甚至连皇帝也遭到谩骂。"姓金的，你是什么东西"；"竟应在本朝"的恒王是"好武兼好色"之徒；圣上赠予北静王一串念珠，北静王转赠给贾宝玉，贾宝玉又将它送到林黛玉手上。林黛玉毫不领情，当即把它扔到地上，当众骂道："什么臭男人拿过的,我不要它";用"万几"两字牵出一位重量级人物,而他却是不圣不仁之人,"那朝廷是受命于天,他不圣不仁,那天地断不把这万几重任与他了"。此等政治敏感词实乃不胜枚举。

## 一、《红楼梦》特别受上流社会人士欢迎

"好事者每传抄一部,置庙市中,昂其值得数十金,可谓不胫而走者矣。""可谓不胫而走者矣",《红楼梦》在当时社会上受欢迎程度可见一斑。"昂其值得数十金",《红楼梦》如此昂贵价格,平民百姓哪能承受得起。因此,其消费群体很可能仅限于王公贵族。

地方官僚但凡查办"敏感书籍"不力者,乾隆帝是绝不心慈手软,无数官员为此掉脑袋。各级官员对"敏感书籍"做到严加防范,正所谓"有杀错无放过"。《红楼梦》也被认定为"诲淫诲盗"之类作品,同其他诸多的稗官野史小说一样,被地方官员下令禁止流传,违者重罪。对于《红楼梦》禁令,在平民百姓那儿有奇效,可王公贵族根本不吃这一套,越禁传播得越快。

大清王朝是八旗子弟的王朝,是爱新觉罗氏的天下。地方官员的禁令根本管不到那些喜欢《红楼梦》的王公贵族。曹雪芹生前,《红楼梦》已经辗转传播于和他交好的一些友人手中,如英亲王阿济格的后裔、闲散宗室敦诚、敦敏等。不仅如此,怡亲王弘晓、慎郡王允禧、礼亲王永恩和嵩山兄弟等也是该书的忠实读者。

弘晓是怡亲王允祥之子,允祥生前极受雍正倚重。弘晓世袭罔替的"铁帽子王",也是乾隆朝地位最显赫的近支亲王,他在王府内专门组织人手,坚持传抄《红楼梦》前八十回,长达二十七年之久,于乾隆二十四年(1759)定本,世称"己卯本",即现藏于国家图书馆珍贵文物——《乾隆己卯四阅评本脂砚斋重评石头记》。

乾隆信重的宠臣和珅,也是一位《红楼梦》痴迷者。据传,当他读到

此书抄本后,爱不释手,惊为天人,便找来程伟元商议,收集八十回后残稿,由高鹗主笔,加以整理、补充、改编,续成百二十回版本的《红楼梦》。

在宗室成员中,永忠算得上《红楼梦》粉丝。他不仅喜爱《红楼梦》,还留下题咏。永忠全名爱新觉罗·永忠(1735—1793),字良辅,号渠仙,又署臒仙、栟榈道人、延芬居士,恂勤郡王允䄉之孙,多罗恭勤贝勒爱新觉罗·弘明之子,袭封辅国将军。永忠的文才在清宗室成员中属于佼佼者,能诗、工书、善画,著有《延芬室集》传世。永忠的祖父为康熙第十四子允䄉。允䄉在同皇四弟胤禛争大位中败北,遭到雍正软禁,直到乾隆继位后才得到释放,并复封恂郡王。经过那场你死我活的政治斗争,允䄉已是心灰意冷,不再过问政治,晚年皈依佛道。永忠的父亲弘明于雍正十三年(1735)封为贝勒,因受父亲参与政治斗争连累,终身没得到一实职,于乾隆三十二年(1767)卒。弘明深受祖父和父亲的影响,对政治失去兴趣,独衷于佛道。弘明给每个儿子各一套棕衣、帽、拂,劝诫他们远避官场,安身立命是本。永忠体会到父意,遂自号“栟榈道人”。虽后来受职,封授“辅国将军”,但入世消极,情近佛道,留意诗、书、画,并俱有名气。永忠与《红楼梦》极其有缘,但与曹雪芹并不相识。相传乾隆三十三年(1768),永忠去敦诚叔叔家中,偶然看见《红楼梦》,一经翻阅,爱不释手,大有相见恨晚之感慨,此时曹雪芹已离开人世五年多。永忠从书中仿佛看到自己家族的兴衰过程,从贾宝玉的身上似乎看到了自己的影子,于是满怀悲愤写下《因墨香得观〈红楼梦〉小说,吊雪芹三绝句》。其中第一首绝句成为《红楼梦》之定评:“传神文笔足千秋,不是情人不泪流。可恨同时不相识,几回掩卷哭曹侯!”

## 二、清宗室有人发觉书中的“碍语”

曹雪芹把那些不能明说的话,采用隐喻方式表达。这些政治敏感词尽管被巧妙隐藏起来,但只能瞒得了一时,瞒不了一世。“外行看热闹,内行看门道",清宗室有人发现了书中碍语,弘旿就是其中之一。

弘旿全名爱新觉罗·弘旿(1743—1811),清朝宗室成员、画家。字卓亭,号恕斋,一号醉迂,别号瑶华道人,又号一如居士。他是康熙的孙子,爱新觉罗·胤秘第二子,封固山贝子,两次缘事革退,复赏封奉恩将军。能诗,工书、画,以三绝称。弘旿工画,师董邦达,自署瑶华道人,名与紫琼道人胤禧并。论者称其"山水得董、黄之妙谛。"永珠既夺爵,以弘旿孙绵勋袭贝子。子孙递降,以镇国公世袭。弘旿与《红楼梦》神交已久。基于自己的特殊身份,他对《红楼梦》是敬而远之。平时只愿一闻,却不敢细看这部书,因为担心书中那些犯忌讳的内容。弘旿在手批中一语道破《红楼梦》存在"碍语"。《红楼梦》中所写的宫廷贵族内部的残酷斗争,既然引起永忠的强烈震撼,也当然能引起弘旿强烈震撼。他对永忠的诗作了批语,高度评价永忠的诗写得"极妙"。可见,弘旿对《红楼梦》不只是一知半解,其认识有一定的高度。弘旿在永忠所作《因墨香得观〈红楼梦〉小说,吊雪芹三绝句》的诗中批道:"此三章诗极妙。第《红楼梦》非传世小说,闻之久矣,而终不欲一见,恐其中有碍语也。"

## 三、《红楼梦》"碍语"瞒不过乾隆

在《红楼梦》前八十回中,荣国府自从"省亲"之后,已经开始走下坡路出现大量的政治敏感词。而在八十回后,书中势必写到王朝高层政治斗争,写到如何殃及池鱼,这些都是犯忌的文字。荣国府被抄家后,众多女子走上"千红一哭,万艳同悲"的不归路,曹雪芹所用文字与前八十回相比,必定是有过之而无不及,其"碍语"使用频率也绝对高过之前。这些"碍语"既能被弘旿等人发现,当然也逃不过乾隆的眼睛。

清高宗爱新觉罗·弘历(1711年9月25日—1799年2月7日),清朝第六位皇帝,定都北京之后的第四位皇帝。年号"乾隆",寓意"天道昌隆"。

乾隆文学天赋极高，作画、音乐、诗词等方面均有涉猎，且达到一定水准。他尤喜吟诗作赋，据统计，一生作诗三万三千九百余首，平均每天一首。

乾隆时期，清定都北京已近百年，王公贵族开始养尊处优，逐渐放松武备，不学无术者居多。他们大都过着醉生梦死的生活，竟然糊里糊涂地传抄传阅《红楼梦》。对于这一切，文学素养极高的乾隆岂能一无所知？据资料记载，乾隆本人读过《红楼梦》，并有新发现新见解。与臣子谈起这件事，他便顾左右而言他，把所叙对象指向明珠一家。笔者推测，乾隆虽对"碍语"极为不悦，但没有采取焚书坑儒式的极端手段，而是马上物色捉刀人，删改重点情节，不可能让《红楼梦》以原貌形式流传于世。

永璇是乾隆的八皇子，封仪亲王。因他年少无知，不守礼法，令乾隆大伤脑筋。有次，乾隆发现永璇偷看"淫词小说"《石头记》，十分震怒。他是如何得到这本"邪书"的，乾隆决定彻查此事。这个消息立刻传到了两江总督府，总督尹继善被吓得魂不附体。原来，两江总督尹继善要招收一幕僚，就想到了曹寅的孙子曹雪芹，于是托人代为转达他的邀请。乾隆二十四年（1759）秋，时三十来岁的曹雪芹应两江总督之邀，从北京来到江宁两江总督府履职。永璇是尹继善的女婿，尹继善在第一时间得到了消息。他立即采取补救措施，一方面下达封口令，一方面令曹雪芹马上离开江宁两江总督府。曹雪芹见南京不可久留，匆匆返京。

弘旿等人能看出书中存在"碍语"，以乾隆高智商也必然能看出其"碍语"。否则，他凭什么判定永璇所读《石头记》属于淫词小说。《能静居笔记》中记述了乾隆的读后感。《能静居笔记》，亦称《能静居士日记》，又名《赵惠甫日记》《赵知州日记》，清赵烈文撰，共五十四卷。赵氏《能静居笔记》中记载：和珅把《红楼梦》进呈给乾隆，果然得到了认可，并御口钦定此书是写清朝著名词人纳兰容若（权臣明珠之子）之家事，从此解除了地方官僚之前的禁令，更以皇家武英殿修书处活字版之法，刊行于世，风靡天下。"谒宋于庭丈翔凤于荭溪精舍,于翁言:'曹雪芹《红楼梦》,高庙末年,和珅以呈上,然不知所措。高庙阅而然之,曰:此盖为明珠家作也。后遂以此书为清代传禁红楼梦。'"高庙指高宗乾隆,明珠是康熙朝的重臣。

## 御用枪手:程伟元和高鹗

程伟元,字小泉,江苏苏州人,约生于乾隆十年(1745),卒于嘉庆二十三年(1818)前后,曾做过盛京将军晋昌的幕僚,佐理奏牍。高鹗(1758年—约1815年),字云士,号秋甫,别号兰墅、行一、红楼外史,辽宁铁岭人。

程伟元和高鹗所续的《红楼梦》,共一百二十回,世称"程高本"。程高本是在脂批本基础上整理、续写完成的。脂批本系统包括甲戌本、己卯本、庚辰本等古抄本。

程高续写的证据之一为《船山诗草》中的内容。《船山诗草》是高鹗的同年进士张船山所著,内有一首诗名《赠高兰墅(鹗)同年》,其诗题下有"注"。"注"的全文是:传奇《红楼梦》八十回以后俱兰墅所补。

胡适也认为高鹗是《红楼梦》的续写者。但是程高本结局以及人物命运并非按照之前诗词所预言的走向续写,还删改前八十回的原文。曹雪芹在前八十回中极力描述贾家的繁荣,是为了衬托结局的大悲剧,然而程高本出现"兰桂齐芳""贾府中兴""宝玉中举"等故事情节,这是程伟元和高鹗刻意在后四十回中营造了大团圆的结局,但这种结局显然违背了曹雪芹初衷。程高本竟动前八十回的部分文字,这些修改是很致命的。一是修改主要涉及孔子和儒家思想等敏感的文字,尊孔崇孔意味特浓,符合康乾时期儒家治国思想。二是修改主要涉及贾宝玉等核心人物的言论,有意模糊书中存在的大量"真事隐"。程高本对贾宝玉文字改动特别大。在脂批本中,贾宝玉是全书第一主角,他的思想是不融于时代的,程高本对他的文字进行了改动,可谓是进行了一次灵魂大改造,破坏了全书的思想本质。鉴于此,俞平伯先生提出了"高鹗篡改伪造说"。

从程伟元和高鹗对脂批本等重点文字修改情况来看,他俩主动积极地修改脂批本,"篡改和歪曲曹雪芹本意论"是成立的。另外,程伟元和高鹗先后步入政坛以及《红楼梦》由"宫廷印制",从很大程度上可以证明程高本是政治产物。他俩受到乾隆皇帝指使,充当了捉刀代笔人。至此,两人的御用枪手身份暴露无遗。

## 一、程伟元和高鹗先后步入政坛暴露御用枪手身份

程伟元和高鹗整理续写《红楼梦》的时间大致是 1791—1792 年。"至其原文,未敢臆改,俟再得善本,更为厘定。且不欲尽掩其本来面目也"。程伟元和高鹗讲得很明白,在续书过程中,虽然有掩但不欲全掩;续书成,"是书刷印"。众所周知,程伟元和高鹗整理完成《红楼梦》,于1791 年推出了《红楼梦》第一个版本,史称"程甲本"。次年,程伟元和高鹗又对程甲本进行了若干改动,重新推出了《红楼梦》的第二个版本,史称"程乙本"。清代印制像《红楼梦》这样百万字的长篇小说谈何容易,不仅工程巨大,而且耗费巨大。完成如此浩繁的工程,仅凭程伟元和高鹗两人之力无异于天方夜谭,况且是每年一部。由此,我们可以合理推断:程伟元和高鹗只是负责人,其后必然组建一个强大的团队。

另外,如此要书,如果没有最高当局首肯或批准,长几个脑袋胆敢印刷官方多次予以禁毁"淫书"?令人感到十分震惊的是,程伟元和高鹗在完成整理、续书后,先后进入政界,其御用枪手的身份暴露于光天化日之下。

## 二、"宫廷印制"坐实程伟元和高鹗的御用枪手身份

经过程伟元和高鹗加工过的程甲本和程乙本,就是通行本,因为程伟元和高鹗合作的这个版本被大量印刷,所以流传最广。"是书刷印,原为同好传玩起见,后因坊间再四乞兑,爰公议定值,以备工料之费,非谓奇货可居也。壬子花朝后一日,小泉、兰墅又识"。当时曹雪芹已离开人世三十年,一百二十回程高本《红楼梦》印刷流传,才被世人接受。为什么程高本《红楼梦》得以风靡天下,地方官僚又解除了之前的禁令?很大程度上是因为该书在皇家武英殿修书处用活字版之法印刷。

据《大辞典》载:"武英殿,'清'宫殿名,在'北平'旧'紫禁城'内,'太和殿'西。与殿东的'文华殿'相对称。殿东西向,前后有二重,皆珍藏书版。'乾隆'时校刻十三经、二十二史于此,称'武英殿'本,简称'殿本'"。有关资料还载明乾隆三十八年(1773),清政府曾经用枣木刻成二十五万多个大小活字,先后印成《武英殿聚珍版丛书》一百三十八种,计二千三百多卷。这是我国历史上规模最大的一次用木活字印书。

《红楼梦》印刷地就在武英殿。1985 年,苏联汉学家李福清和孟列夫共同撰写的论文在我国发表,披露了极为重要的文献:程甲本 120 回首次刊行于 1791 年。三年后,即 1794 年,俄国来华的第 10 次教团团长卡缅斯基是位高明的汉学家,他对《石头记》(《红楼梦》)十分关注,收购过不下十部抄本和刊本。圣彼得堡大学东方系图书馆收藏的一部程甲本上有卡氏记载:'道德批判小说,宫廷印刷馆出版。'卡氏所说的宫廷印刷馆就是当时宫内的武英殿修书处,为了刊印《四库全书》而建置的木活字皇家印刷所。"

周汝昌先生论证《红楼梦》印制经过乾隆皇帝批准。周汝昌发现清道光年间俄国汉学家在他所购的程高本上题明:"宫廷印刷"提出了程高本是"脂意"与皇家"旨意"交织的产物。《石头记》脂批里多次提到"百

回大文仅此一见",明确指出《红楼梦》是百回大文。脂砚斋在作批时就面对了《红楼梦》八十回后被粉碎的命运。他认为高鹗作序,公然宣称《红楼梦》是名公钜卿所赏,其所指就是由大学士(宰相)和珅出谋划策,纠集了程、高等人实行炮制假全本的不可告人的诡计。宋翔凤所述的掌故,分明就是此事无疑了。周贻白在《中国戏剧史》中就引录了地方大吏查办之后的复奏档案,可资参考。此1791年首刊的《红楼梦》假全本骗局本是宫廷版,乾隆批准的。

### 三、程伟元和高鹗整理、续写的后四十回严重背离作者的初衷

荣国府继续享受"皇恩浩荡"。脂批本对圣上是假称颂、真讽喻。根据脂批本伏线,荣国府抄家的元凶是"圣上"。而续书中对圣上却变成了真称颂、不讽喻,连篇累牍地"称功颂德",如"皇恩浩荡""圣恩隆重""皇上最是圣明仁德""主上的恩典真是比天还高",并把荣国府的复兴全归功于那位仁慈的"圣上"!在高鹗主笔的后四十回里,贾珍、贾赦等人是恶贯满盈、坏事干绝,贾府才被抄家,理应罪有应得。在大厦将倾的危险时刻,"纯仁慈厚"的圣上终于走向台前。这位圣上表面上十分严厉,实际上是仁慈宽厚之极。只见圣上"哼"一声,就把贾政给吓得半死。但他给元妃以"隆重"的"圣眷",为贾府创造了"家道复兴"的一切条件。圣上还把四大家族乃至甄应嘉、周总制等人调回身边。"功名无间及子孙",为了兑现诺言,圣上让他们统统享受到"沐皇恩""延世泽"。正是"皇恩浩荡"的原因,贾政得以官复原职,荣国府再度位居贵族之列。

荣国府竟现"兰桂齐芳"。根据脂批本伏线,荣国府结局乃是一败涂地,"落了片白茫茫大地真干净"。而续书中荣国府的结局其实不算坏,既有贾宝玉和贾兰叔侄双双中举,还有之后的"兰桂齐芳"。元春省亲是前八十回一桩"非常喜事",贾宝玉和薛宝钗最终圆房则是后四十回另一桩"非常喜事"。林黛玉去世后,贾宝玉陷入无限痛苦之中。贾宝玉日思

夜想林黛玉,却没有一次梦到她。一天夜间,贾宝玉内心煎熬难受,到外间睡觉。心中暗思,离宝钗远一点,或许能与林黛玉梦中幽会。一天之后,还没能梦到林黛玉。他仍然不死心,继续睡在外间,非要等她入梦来。此时的贾宝玉忽然想起晴雯,看着新来的丫头柳五儿如同晴雯再生,竟然调戏起柳五儿,又是拉手,又是说悄悄话的,直到宝钗咳嗽了一声,两人才心虚地撂开手。柳五儿原是有贼心的,但碍于宝钗的威严,未敢轻举妄动。宝玉已经冷淡宝钗许久,心中顿生愧疚感,又加上柳五儿这件事,主动同宝钗圆了房。正是这次圆房,宝钗暗结珠胎。第一百十九回是"中乡魁宝玉却尘缘 沐皇恩贾家延世泽",书中又提到宝玉和贾兰同时参加乡试,宝玉中举第七名,贾兰中举第一百三十名。至此,贾宝玉从叛逆者转变为妥协者,娶妻生子,金榜题名,在完成一切俗世历程后,这才走出家门,潜心修行去了。贾宝玉在出考场后突然失踪,薛宝钗和王夫人是悲痛欲绝。根据续书伏线,薛宝钗诞下一个小生命,名贾桂,就是"兰桂齐芳"之桂。虽然贾宝玉出家为僧,荣国府仍有贾兰和贾桂在朝为官。这样,荣国府是后继有人,稳如泰山。

更改整个故事的悲剧基调。根据脂批本伏线,荣国府卷入皇权斗争,悲剧是全方位的。而续书中仅仅是贾宝玉和林黛玉爱情故事的悲剧。脂批本中贾宝玉出家的主要原因是:失败的爱情、不美满的婚姻、金陵十二钗的悲剧、家族的衰亡、皇朝的腐朽,在"于国于家无望"的情况下,他选择逃避现实。归根结底,是严酷的现实与惨痛的实践,迫使他"悬崖撒手"。到了续书,荣国府情况发生了反转:皇恩浩荡,家道中兴,多人中举,好事连连,贾政带领全家人忙不迭的谢主隆恩。林黛玉撒手人寰,造成贾宝玉唯独对婚姻现状的不满。他之所以选择出家,是因为对老庄、佛释、儒教渐有所悟的结果。

### 四、程伟元和高鹗染指前八十回文字均成著作的致命伤

程伟元和高鹗重点修改脂批本中关键人物言行以及儒家思想的论述

部分,严重扭曲关键人物性格,强化儒家思想治国理念,政治意图十分明显。

1. 改动石头和神瑛侍者的部分文字

在脂批本第一回里石头被神仙点化成为通灵玉,神瑛侍者因"凡心偶炽"要下凡,绛珠仙草紧接着下凡,绛珠仙草下凡的目的是报恩,三者各有各的宿命,清晰分明。在程高本第一回里:石头到处游玩,被警幻仙子留下作了神瑛侍者,绛珠仙草想报恩,癞头和尚将石头(通灵玉)带来。另外,程高本又把警幻仙子的问话删掉,变成了绛珠仙草自言自语。那么到底是绛珠仙草要下凡还是石头要下凡? 石头是神瑛侍者,通灵玉又是石头,这成了一段糊涂文字。

"只因西方灵河岸上三生石畔,有绛珠草一株,时有赤瑕宫神瑛侍者,日以甘露灌溉,这绛珠草便得久延岁月。后来既受天地精华,复得雨露滋养,遂得脱却草胎木质,得换人形,仅修成个女体,终日游于离恨天外,饥则食密青果为膳,渴则饮灌愁海水为汤。只因尚未酬报灌溉之德,故其五衷便郁结着一段缠绵不尽之意。恰近日神瑛侍者凡心偶炽,乘此昌明太平朝世,意欲下凡造历幻缘,已在警幻仙子案前挂了号。警幻亦曾问及,灌溉之情未偿,趁此倒可了结的。那绛珠仙子道:'他是甘露之惠,我并无此水可还。他既下世为人,我也去下世为人,但把我一生所有的眼泪还他,也偿还得过他了。'因此一事,就勾出多少风流冤家来,陪他们去了结此案。"(脂批本)

"只因西方灵河岸上三生石畔,有绛珠草一株,那时,这个石头因娲皇未用,却也落得逍遥自在,各处去游玩。一日,来到警幻仙子处,那仙子知他有些来历,因留他在赤霞宫居住,就名他为赤霞宫神瑛侍者。他却常在灵河岸上行走,看见这株仙草可爱,遂日以甘露灌溉,这绛珠草始得久延岁月。后来既受天地精华,复得露滋养,遂脱了草木之胎,得换人形,仅仅修成女体,终日游于离恨天外,饥餐秘情果,渴饮灌愁水。只因尚未酬报灌溉之德,故甚至五内郁结着一段缠绵不尽之意,常说:'自己受了他雨露之惠,我并无此水可还。他若下世为人,我也同去走一遭,但把我一生所有的眼泪还他,也还得过了。'因此一事,就勾出多少风流冤家都要下凡,造历幻缘,那绛珠仙草也在其中。今日这石复还原处,你我何不将他仍带到警幻仙子案前,给他挂了号,同这些情鬼下凡,一了此案。"(程高本)

2. 改动薛宝钗的部分文字

描写薛宝钗的重要句子被改动。在第八回里,程高本将"藏愚"改为"装愚",一字之差,谬以千里。"藏愚守拙"是个褒义词,形容薛宝钗品格高尚,处事低调,不漏锋芒,难得糊涂;而"装愚"则有伪装、虚伪之嫌疑。如此一改,薛宝钗其人品就有了虚伪性。

"罕言寡语,人谓藏愚;安分随时,自云守拙。"(脂批本)

"罕言寡语,人谓装愚;安分随时,自云守拙。"(程高本)

李纨所说的话被移到薛宝钗头上。在第二十五回里,王熙凤同林黛玉开玩笑,吃了我们家的茶就该给我们家做媳妇。这时,李纨接过话茬,也说了一句话。所有脂批本一律写明这段话是李纨说的,程高本却改成了薛宝钗说了这段话。这么一改,刻画出薛宝钗阴险的一面。

"李宫裁笑向宝钗道:'真真我们二婶子的诙谐是好的。'"(脂批本)

"宝钗笑道:'我们二嫂子的诙谐是好的。'"(程高本)

薛宝钗所制灯谜诗被移到林黛玉头上。在第二十二回里,贾政猜灯谜,脂批本明确更香谜是薛宝钗所作,程高本改为林黛玉所做,并给薛宝钗安排了一个粗俗浅薄的灯谜。在这次活动中,林黛玉自始至终是无精打采、懒与人言,又怎么可能会做灯谜诗呢?程高本如此修改,严重损害薛宝钗的人物形象。

"暂记宝钗制谜云:朝罢谁携两袖烟,琴边衾里总无缘。晓筹不用鸡人报,五夜无烦侍女添。焦首朝朝还暮暮,煎心日日复年年。光阴荏苒须

当惜,风雨阴晴任变迁。"(脂批本)

"贾政再往下看,是黛玉的,道:朝罢谁携两袖烟,琴边衾里总无缘。晓筹不用鸡人报,五夜无烦侍女添。焦首朝朝还暮暮,煎心日日复年年。光阴荏苒须当惜,风雨阴晴任变迁。"(程高本)

薛宝钗怜惜尤二姐的文字被抹去。在第六十九回里,尤二姐被王熙凤骗入大观园,脂批本中写明众姐妹对待尤二姐的心态,李纨、迎春、惜春等老实人看不到问题的严重性,薛宝钗和林黛玉等明白人则为尤二姐捏了一把汗。程高本中则抹去薛宝钗等善良人的担心,破坏了作者对薛宝钗人物形象的细节塑造。

"园中姊妹如李纨、迎春、惜春等人,皆为凤姐是好意,然宝、黛一干人暗为二姐担心。虽都不便多事,惟见二姐可怜,常来了,倒还都悯恤他。"(脂批本)

"园中姊妹一干人,暗为二姐耽心,虽都不敢多言,却也可怜。"(程高本)

### 3.改动贾宝玉的部分文字

贾宝玉的女儿论被篡改。在第二回里,贾宝玉说女儿两个字比阿弥陀佛和元始天尊还要尊荣,这句话实是贾宝玉对纯洁女子的赞美。程高本将它换成了"瑞兽珍禽、奇花异草",把女子同动植物相比较,改变了贾宝玉反叛精神,破坏全书的思想本质。

"又常对跟他的小厮们说:'这女儿两个字,极尊贵,极清净的,比那阿弥陀佛,元始天尊的这两个宝号还更尊荣无对的呢!'"(脂批本)

"又常对着跟他的小厮们说:'这女儿两个字,极尊贵、极清净的,比那瑞兽珍禽、奇花异草更觉希罕尊贵呢!'"(程高本)

贾宝玉心目中的孔子被改成"圣人"。在第二十回里,贾环走到薛宝钗住处,同薛宝钗的丫头莺儿赌钱,输钱后耍赖。贾宝玉刚好路过这里,薛宝钗担心贾环挨骂,连忙替他解围。此处有段贾宝玉心理活动的文字描写。脂批本中是"孔子"两字；到了程高本，孔子被改成"圣人"，地位较脂批本得到提高。

"他便料定原来天生人为万物之灵，凡山川日月之精秀，只钟于女儿，须眉男子不过是些渣滓浊沫而已。因有这个呆念在心，把一切男子都看成混沌浊物，可有可无。只是父亲叔伯兄弟中，因孔子是亘古第一人说下的，不可忤慢，只得要听他这句话。所以，弟兄之间不过尽其大概的情理就罢了，并不想自己是丈夫，须要为子弟之表率。"（脂批本）

"他便料定天地灵淑之气，只钟于女子，男儿们不过是些渣滓浊沫而已。因此把一切男子都看成浊物，可有可无。只是父亲伯叔兄弟之伦，因是圣人遗训，不敢违忤，只得听他几句。所以，弟兄之间，不过尽其大概的情理就罢了，并不想自己是男子，须要为子弟之表率。"（程高本）

贾宝玉关于"焚书"谈话被全删。在脂批本第三十六回里，贾宝玉说"焚书"，更是逆天的"恶行"，程高本索性直接删去这一句。

"因此祸延古人，除四书外，竟将别的书焚了。"（脂批本）

删此段。（程高本）

贾宝玉涉及孔子言论被抹去。脂批本第五十八回里，贾宝玉针对小戏子烧纸，发表了一大段言论，因为涉及孔子，甚为碍眼，程高本将其删去了。

"宝玉道：'以后断不可烧纸钱。这纸钱原是后人异端，不是孔子的遗训。以后逢时按节，只备一个炉，到日随便焚香，一心诚虔，就可感格了。愚人原不知，无论神佛死人，必要分出等例，各式各例的。殊不知只一诚心二字为主。即值仓皇流离之日，虽连香亦无，随便有土有草，只以洁净，便可为祭，不独死者享祭，便是神鬼也来享的。你瞧瞧我那案上，只设一炉，不论日期，时常焚香。他们皆不知原故，我心里却各有所因。随便有清茶便供一钟茶，有新水就供一盏水，或有鲜花，或有鲜果，甚至荤羹腥菜，只要心诚意洁，便是佛也都可来享，所以说，只在敬不在虚名。以后

快命他不可再烧纸。'"(脂批本)

"宝玉听了这呆话，独合了他的呆性，不觉又喜又悲，又称奇道绝。拉着芳官嘱咐道："既如此说，我有一句话嘱咐你，须得你告诉他，以后断不可烧纸，逢时按节，只备一炉香，一心虔诚，就能感应了。我那案上也只设着一个炉，我有心事，不论日期，时常焚香；随便新水新茶，就供一盏；或有鲜花鲜果，甚至荤腥素菜都可。只在敬心，不在虚名。以后快命他不可再烧纸！"(程高本)

贾宝玉父子关系趋缓的文字被全部删去。在脂批本第七十八回里，贾政白发已染上额头，爱子之情逾加炽烈，不再以追求功名相逼迫。一次，贾政同幕僚讲完姽婳将军的故事，要求贾宝玉、贾环、贾兰三人各作一首诗。此时，贾政对贾宝玉的态度发生了根本性的改变，不再以读书为由喝骂他。程高本在续书一开始就有贾政让贾宝玉去上学读书的桥段，如果这段还保留着，那就自相矛盾了。从程高本所续内容来看，贾宝玉对功名利禄是极其向往的，在贾宝玉看来，一个读书人怎能不去博取功名呢？所以程高本将此段全部删去，一字不留，这让贾政和贾宝玉关系始终是水火不相容。

"说话间，贾环叔侄亦到。贾政命他们看了题目。他两个虽能诗，较腹中之虚实虽也去宝玉不远，但第一件他两个终是别路，若论举业一道，似高过宝玉，若论杂学，则远不能及；第二件他二人才思滞钝，不及宝玉空灵娟逸，每作诗亦如八股之法，未免拘板庸涩。那宝玉虽不算是个读书人，然亏他天性聪敏，且素喜好些杂书，他自为古人中也有杜撰的，也有误失之处，拘较不得许多；若只管怕前怕后起来，纵堆砌成一篇，也觉得甚无趣味。因心里怀着这个念头，每见一题，不拘难易，他便毫无费力之处，就如世上的流嘴滑舌之人，无风作有，信着伶口俐舌，长篇大论，胡扳乱扯，敷演出一篇话来。虽无稽考，却都说得四座春风。虽有正言厉语之人，亦不得压倒这一种风流去。近日贾政年迈，名利大灰，然起初天性也是个诗酒放诞之人，因在子侄辈中，少不得规以正路。近见宝玉虽不读书，竟颇能解此，细评起来，也还不算十分玷辱了祖宗。就思及祖宗们，各各亦皆如此，虽有深精举业的，也不曾发迹过一个，看来此亦贾门之数。况母亲溺爱，遂也不强以举业逼他了。所以近日是这等待他。又要环兰二人举业之余(馀)，怎得亦同宝玉纔(才)好，所以每欲作诗，必将三人一齐唤来对作。"（脂批本）

删此段。（程高本）

贾宝玉赋《芙蓉女儿诔》时的心理描写文字被删除。在脂批本第七十八回里，贾宝玉作《芙蓉女儿诔》之前有一大段心理描写，在程高本基本上被删除。"奈今人全惑于功名二字，尚古之风一洗皆尽，恐不合时宜，于功名有碍之故"这句话是极其蔑视功名利禄的，与当时的时代要求根本不合拍。

"想毕，便欲行礼。忽又止住道：'虽如此，亦不可太草率，也须得衣冠整齐，奠仪周备，方为诚敬。'想了一想，'如今若学那世俗之奠礼，断然不可；竟也还别开生面，另立排场，风流奇异，于世无涉，方不负我二人之为人。况且古人有云：潢污行潦，苹蘩蕴藻之贱，可以羞王公，荐鬼神。原不在物之贵贱，全在心之诚敬而已。此其一也。二则诔文挽词也须另出己见，自放手眼，亦不可蹈袭前人的套头，填写几字搪塞耳目之文，亦必须洒泪泣血，一字一咽，一句一啼，宁使文不足悲有余，万不可尚文藻而反失悲戚。况且古人多有微词，非自我今作俑也。奈今人全惑于功名二字，尚古之风一洗皆尽，恐不合时宜，于功名有碍之故。我又不希罕那功名，不为世人观阅称赞，何必不远师楚人之《大言》《招魂》《离骚》《九辩》《枯树》《问难》《秋水》《大人先生传》等法，或杂参单句，或偶成短联，或用实典，或设譬寓，随意所之，信笔而去，喜则以文为戏，悲则以言志痛，辞达意尽为止，何必若世俗之拘拘于方寸之间哉。'宝玉本是个不读书之人，再心中有了这篇歪意，怎得有好诗文作出来。他自己却任意纂着，并不为人

知慕,所以大肆妄诞,竟杜撰成一篇长文,用晴雯素日所喜之冰鲛縠一幅楷字写成,名曰《芙蓉女儿诔》,前序后歌。"（脂批本）

"想毕,便欲行礼。忽又止道:'虽如此,亦不可太草率了。须得衣冠整齐,奠仪周备,方为诚敬。'想了一想:'古人云,'潢污行潦,荇藻蘋之贱,可以羞王公,荐鬼神',原不在物之贵贱,全在心之诚敬而已。然非自作一篇诔文,这一段凄惨酸楚,竟无处可以发泄了。'因用晴雯素日所喜之冰鲛縠一幅,楷字写成,名曰《芙蓉女儿诔》,前序后歌。"（程高本）

4. 改动尤三姐的部分文字

尤三姐的小脚文字被删去。在第六十五回里,程高本删去尤三姐与贾珍父子聚麀的描述,塑造了一个风尘烈女的印象。这个改动严重削弱了尤三姐的人物复杂性。由于尤三姐的小脚文字被删去,尤三姐也就被人误为大脚。

"这尤三姐松松挽着头发,大红袄子半掩半开,露着葱绿抹胸,一痕雪脯。底下绿裤红鞋,一对金莲或敲或并,没半刻斯文。两个坠子却似打秋千一般,灯光之下,越显得柳眉笼翠雾,檀口点丹砂。本是一双秋水眼,再吃了酒,又添了饧涩淫浪,不独将他二姊压倒,据贾珍评去,所见过的上下贵贱若干女子,皆未有如此绰约风流者。二人已酥麻如醉,不禁去招他一招,他那淫态风情,反将二人禁住。那尤三姐放出手眼来略试一试,他兄弟两个全然无一点别识别见,连口中一句响亮话都没了,不过是酒色二字而已。自己高谈阔论,任意挥霍散落一阵,拿他兄弟二人嘲笑取乐,竟真是他嫖了男人,并非男人淫了他。一时他的酒足兴尽,也不容他兄弟多坐,撵了出去,自己关门睡去了。"（脂批本）

"这尤三姐索性卸了装饰,脱了大衣服,松松的挽个簪儿。身上只穿着大红袄儿,半掩半开,故意露出葱绿抹胸的一痕雪脯。底下绿裤红鞋,鲜艳夺目,忽起忽坐,忽喜忽嗔,没半刻斯文。两个坠子就和打秋千一般,灯光之下,越显得柳眉笼翠,檀口含丹。本是一双秋水眼,再吃了几杯酒,越发横波入鬓,转盼流光。真把那贾琏二人弄得欲近不敢,欲远不舍,迷离恍惚,落魄垂涎。再加方才一席话,直将二人禁住,兄弟两个竟全然无一点儿能为,别说调情斗口,竟连一句响亮话都没了。尤三姐自己高谈阔论,任意挥霍,村俗流言,撒落一阵,由着性儿,拿他兄弟二人嘲笑取乐。"
(程高本)

## 程高本当属狗尾续貂

程伟元和高鹗整理、续写《红楼梦》的时间大约从 1791 年始,至 1792 年底结束。他俩整理、续写名动京师的《红楼梦》,那可不是一件轻松的事情:首先要整理零乱的书稿,其次要揣摩曹雪芹的创作意图,熟悉曹雪芹的语言习惯、艺术构思、创作手法等。在短短的两年时间里,程伟元和高鹗要整理、续成占全书三分之一的后四十回,况且还须删改脂批本部分文字,其难度不亚于原创。即便程伟元和高鹗才高八斗,由于时间紧任务重,仓促合作出版一百二十回本的《红楼梦》,其文学水平要达到曹雪芹高度是绝对不现实的。程高本除少数几个人的命运符合曹雪芹的原意外,大部分人的命运以及整本书的写作思路几乎扭曲了,跟曹雪芹原作一比只能是狗尾续貂。程高本之所以成为狗尾续貂,是因为二人与曹雪芹的心性差异。曹雪芹出生于豪门,最后蒙冤被抄家,经历如此大的变故,在创作红楼梦时,能将自己的心境融入其中。而程伟元和高鹗没有这般人生经历,只是按照小说的整理、续写去做,还会受到政治因素影响,造成狗尾续貂的结果并不使人感到意外。此外,续书存在以下几处硬伤。

### 一、其文笔高低立判

曹雪芹对于文字的驾驭能力不是程伟元和高鹗可以相比的。前八十回可称得上是字字珠玑、行文流畅、一气呵成,故事发展也是顺顺当当的,其情节如同作者讲故事一样娓娓道来。曹雪芹注重细节描写,比如服饰、用具以至住处等,各式各样都符合各自的人物。书中塑造了千样人物,语言也是千人千语,单看几行字就能猜出谁同谁在说话,每个人物都那么鲜活。

相较之下程伟元和高鹗的续书则显得语言比较生硬,缺乏美感和吸引力,读起来简直索然寡味。高鹗的古文功底是挺好的,也喜爱《红楼梦》,否则他不会称自己是"红楼外史"。但他和程伟元合作,既要整理、续写又要方便出版,刻意模仿曹雪芹语言风格客观存在。假若他用自己的语调来写,就不会如此糟糕。读过《红楼梦》的人都知道,曹雪芹文字风格很能打动人,也很优雅,但高鹗不具备这种特性,因为他很多事情没经历过,所以描述很苍白。一个人模仿另一个人写作风格,比原来的更好当然是不可能的。

## 二、其诗词枯燥乏味

《红楼梦》中的诗词曲赋在书中占有重要位置,曹雪芹的诗词自成一格,信手拈来。换言之,他能写多种风格的诗词,可根据每个人的性格特点、心理特征,诗体运用自如。《葬花吟》是偏古体的、《芙蓉女儿诔》是偏骈文的,对于这些诗体的选择,曹雪芹已达到娴熟水平。另外,曹雪芹妙笔所到之处,不管是以谁的口气做诗,无不惟妙惟肖,在"蒋玉菡情赠茜香罗"一节里,几个出身经历和性格迥异的人坐在一块喝酒唱曲,或贾宝玉的《红豆曲》,或锦香院云儿的艳曲,或薛大呆子的《哼哼韵》,无不让读者的心境瞬间愉悦,从刚开始的莞尔一笑再到捧腹大笑。在林黛玉教香菱学诗一节里,在短短的篇幅之中,虽只用了三首诗,却形象的表现出做诗之人所经历的三种境界,又能使人受益匪浅。俗语的引用也是恰到好处,"食量大似牛,吃个老母猪",这句俗语用到刘姥姥身上,农村老妇人俏皮形象跃然纸上。

程伟元和高鄂在续书中的诗作少且水平低。后四十回里诗词数量明显没有前八十回多,少得可怜不说,其水平实在不敢恭维。这些诗词读起来就像打油诗一样,功力弱,没有直击人心的力量。"亭亭玉树临风立,冉冉香莲带露开",贾宝玉吟此诗句来形容林黛玉,这是贾宝玉在看林妹妹吗?倒像是薛大呆子之流猎艳者,临阵磨枪,附庸风雅,写歪诗来博林黛玉的好感,实是恶俗浮艳之极!更有甚者,续书中东拼西凑,用抄来的诗词滥竽充数,叹黛玉病中照镜、顾影自怜的诗:"瘦影正临春水照,卿须怜我我怜卿。"这是一字不漏的照抄才女冯小青的诗句。只能让人慨叹同样是写书之人,其才华怎么就差那么多呢!程伟元和高鹗也喜欢引用俗语,这里要用,那里也要用,好似茶肆里的评弹,读之索然无味。总之,程伟元和高鄂所作的诗词显得很粗鄙,文风很怪异,毫无美感可言。

### 三、其行文松散无章

曹雪芹的文字流畅至极,称其无一字赘述也不为过。写一朵花必有一朵花的作用,写一棵草就有一棵草的作用,那个人为什么回头笑了一下,为什么又出现一个镯子,等等,前后都有照应。就是说,脂批本中连取名、一句话、一句诗,全部都是有作用或是寓意的。人们经常用"伏脉千里"四字来形容曹雪芹的文笔。所谓"伏脉千里",就是比喻叙事好似一座座连绵不断山峰一样,人们可探测到它的起终点以及海拔高度,"草蛇灰线"亦是同理。"省亲"是咋回事?"元春省亲"是第十八回的重头戏,荣国府和宁国府实行总动员,出色完成这项光荣而艰巨的任务;至第五十三回时,曹雪芹对此作出明确回应,省亲已经引起荣国府严重的经济危机;再至第七十二回时,曹雪芹明确交待荣国府经济已到了彻底崩溃的边缘。看起来"省亲"是无关紧要的小事,最终使读者恍然大悟:原来曹雪芹特地用省亲伏南巡,等等。

程高本整体性把握很差,特别是续书部分行文松散,线索不流畅。原本紧凑的线索情节突然中断了,变成东拉西扯,从没有出现的人物突然间出现,又一下子消失了。有时候只是秉个话的人,程伟元和高鹗也要替他们取个名字;之前很重要的人物却完全不交代,或是只用一笔带过,所以看来看去就是不知所云,不知道到底想表达什么。程高本中通灵宝玉失落的一段文字与曹雪芹的开篇设置完全相悖。贾宝玉丢失通灵宝玉,过了一段时间,和尚给送来了,这是最大的失误。曹雪芹在开篇时设定,《红楼梦》是显现在石头上的一个故事,顽石被点化成通灵宝玉,戴在贾宝玉身上,由它把贾宝玉经历的、见到的、听到的事情一一记下。最后,通灵宝玉回到大荒山,复化为大顽石,将自己见到的、听到的事情,以文字方式显现在石头上。如果通灵宝玉被丢失,它就不了解贾府所发生的事情,等于说通灵宝玉有段空档期,那么显现在石头上文字记述就会不完整。不仅如此,"四美钓游鱼"描写叙述也无任何实质意义。这个故事情节是探春等人钓鱼,后来,贾宝玉往水面扔了块小石头。这些场景描写是闲笔,情节描写是闲笔,说明不了什么,对于故事的展开,也起不到任何作用。

## 四、其文字缺少灵性

《红楼梦》之所以随处可觅痛点和血泪点,很大程度上是因为少年时期的曹雪芹经历了"无端被诏出凡尘"的悲惨遭遇。受到朝廷打压,他觉得自己的人生就是一场悲剧,这种悲剧也是无法摆脱的。家道败落以后,他极可能形成悲天悯人的性格,同时把个人的全部情感融入著作之中,自己可怜,觉得身边的人个个可怜,自己孤独,倒觉得花草树木比人有感情。贾宝玉在前八十回里是个非常有灵性的人,喜欢读庄子的文章,懂得"与其相濡以沫不如相忘于江湖"的道理。他和燕子说话,同鱼儿聊天,懂得鱼儿的快乐,知道燕子的情思。林黛玉同贾宝玉是一路人,一只特别的鹦鹉，在林黛玉的庭院里待久了，也有了诗情画意，居然会背林黛玉的诗。

程高本里见不到贾宝玉和林黛玉灵性之处，他俩倒成了俗不可耐之人。程伟元和高鹗的人生中没有经历过大起大落，看事物不会通透，写的东西缺乏张力，对重点人物的性格把握不住。比如程高本中贾宝玉主动走上科举之路这一情节：在七十八回里，贾政思想观念已发生了转变，不再强求贾宝玉参加科举。到了续书部分，贾宝玉主动走进学堂，并同贾代儒大谈儒学，这明显不符合曹雪芹的前面设计。同时，程高本中林黛玉也变成一个世俗化女人。曹雪芹在设计林黛玉这个角色的时候，她是很超脱的，反对仕途社会，不支持贾宝玉参加科举，这才被贾宝玉视为知己："若她（林黛玉）也说过这些混账话，我早和她生分了。"早前，贾宝玉上学堂，林黛玉还讽刺挖苦说："好！这一去，可定是要蟾宫折桂去了。"（第九回）到了第八十二回，贾宝玉自觉自愿进学堂，林黛玉同他大谈八股文章，并积极地劝说："我们女孩儿家虽然不要这个，但小时跟着雨村先生念书，也曾看过。内中也有近情近理的，也有清微淡远的。那时候虽不大懂，也觉得好，不可一概抹倒。况且你要取功名，这个也清贵些。"

## 五、其结局不伦不类

程伟元和高鹗没有依据曹雪芹所埋伏的庞大线索，只是为了结局而结局。"兰桂齐芳""贾府中兴""宝玉中举"等故事情节的设计，乃是程伟元和高鹗有意为之，主要是出于政治目的考虑。程高本又对两个核心人物结局进行改头换面，其文字处理让人瞠目结舌。一是贾宝玉很遵从礼教。这个人物一出场就反对礼教，打心里眼里对礼数之类的东西嗤之以鼻。程伟元和高鹗却将其拨正，使贾宝玉的结局发展极不合情理——既然看破红尘，临走前，他还给贾政拜了一拜。二是极状林黛玉之死相。林黛玉是病死的还是溺死的，当然可以忽略不计较。但对林黛玉之死过度描写显得俗不可耐。在前八十回里，曹雪芹写过好几位重点人物死去，从秦可卿到尤二姐,从不进行正面描写,那是担心破坏人物的美感。秦可卿本是淫丧天香楼,原稿中有许多细节描写,前因后果都写的比较直白。为了不破坏秦可卿这一人物的美感,曹雪芹遵从脂砚斋指示,淫丧天香楼一节被删去若干文字,致使该回少了四五页。最直接的当数尤三姐,尤三姐得知柳湘莲悔婚,拔剑自刎,倒地而亡,曹雪芹则赋予其诗意,"揉碎桃花红满地,玉山倾倒再难扶"。而程高本描写林黛玉的死亡,与先前大不一样。续书把这一场景写的不忍卒读。林黛玉死前焚稿,大声叫道:"宝玉你好……"接着"那手却渐渐紧了,喘成一处,只是出气大,入气小,已经促疾的很了""已经凉了,连目光也都散了""便浑身冷汗,不作声了""只见黛玉两眼一翻"等。此段文字描写如此详尽,严重破坏林黛玉的仙风道骨,也改写了林黛玉下凡仅为"还泪报恩"的初心。

虽然程伟元和高鹗合作整理续写了《红楼梦》后四十回,但是《红楼梦》的艺术价值集中于曹雪芹定稿的前八十回,即使没有《红楼梦》后四十回,脂批本仍然不失维纳斯塑像的断臂之美。"皇恩浩荡""家道复兴"等故事情节纯属南辕北辙,但并不意味着程伟元和高鹗所续的《红楼梦》一无是处,"黛玉焚稿"等几个小情节的描写仍有可圈可点之处。但不管怎样,《石头记》原以手抄本的面目出现,仅在八旗贵族间小范围内流行,经过程伟元和高鹗的整理补全,《红楼梦》得以刻印刊行,成为大众读物。《红楼梦》在短短百余年时间里,后来居上,列于中国古典文学四大名著之首,程高二人亦做出不小贡献。

# 《红楼梦》著者之探索

　　《红楼梦》的著者,这位世界级文坛巨匠的基础信息,不可能在历史长河中消失的无影无踪。其实,关于《红楼梦》是谁,《红楼梦》著者本人、两位重量级评批者、两大续书者以及多位知名文人都提供了若干条重要线索,而这些线索无一例外地全涉及到著者之名及其家事。笔者将这些零零散散的信息整理归集,并经过认真辨析,《红楼梦》著者是谁的问题终于水落石出,他就是江宁织造曹寅之孙曹霑。

## 涉及著者信息源

### 一、原著保存"曹雪芹"之名

　　"曹雪芹"之名出现于原著。《红楼梦》第一回中闪现曹雪芹名字,这是最重要最直接的一条证据。据作者自己交待,对该部著作耗用时间长达十年之久,增删了五次,制成目录和章回,并拟定书名。笔者由此判定,这位增删者拥有《红楼梦》著作权,换言之,《红楼梦》著者就是曹雪芹。

　　"后因曹雪芹于悼红轩中披阅十载,增删五次,纂成目录,分出章回,则题《金陵十二钗》。"

## 二、《红楼梦》两位重量级评批者脂砚斋和畸笏叟均披露著者相关信息

### 1. 脂砚斋所披露的著者信息

脂砚斋在《红楼梦》多个抄本中留下三千余条批语,被红学界称之为"脂评"或"脂批"。脂砚斋批语对研究文本内容、创作过程以及曹雪芹家庭背景等情况有着极重要的参考价值。经笔者考证,脂砚斋是故事人物薛宝钗生活原型。非但如此,她还是作者曹雪芹的亲生母亲马氏呢!

脂砚斋在七条批语中称谓著者"芹""雪芹""芹溪"等,详列如下。

"雪芹"是著者的号。脂砚斋在甲戌本第一回眉批中对著者以"雪芹"相称:"雪芹旧有《风月宝鉴》之书,乃其弟棠村序也。今棠村已逝,余睹新怀旧,故仍因之。"

"雪芹"是著者的号。脂砚斋在甲戌本第一回眉批中对著者以"雪芹"相称:"若云雪芹披阅增删,然后开卷至此这一篇楔子又系谁撰?足见作者之笔狡猾之甚。后文如此者不少。这正是作者用画家烟云模糊处,观者万不可被作者瞒蔽了去,方是巨眼。"

"芹"是著者的号。脂砚斋在甲戌本第一回眉批中对著者共三次以"芹"相称:"能解者方有辛酸之泪,哭成此书。壬午除夕,书未成,芹为泪尽而逝。余常哭芹,泪亦待尽。每意觅青埂峰再问石兄,奈不遇癞头和尚何!怅怅!今而后惟愿造化主再出一芹一脂,是书何幸,余二人亦大快遂心于九泉矣。甲午八月泪笔。"

"雪芹"是著者的号。脂砚斋在甲戌本第二回双行夹批中对著者以"雪芹"相称:"只此一诗便妙极!此等才情,自是雪芹平生所长,余自谓评书非关评诗也。"

"芹溪"是著者的号。脂砚斋在甲戌本第十三回批语中对著者以"芹溪"相称:"'秦可卿淫丧天香楼。'作者用史笔也。老朽因有魂托凤姐贾

家后事二件,的是安富尊荣坐享人不能想得到处。其事虽未行,其言其意则令人悲切感服,姑赦之,因命芹溪删去。"

"芹溪"是著者的号。脂砚斋在靖藏本第二十二回批语中对著者以"芹溪"相称:"此回可卿梦阿凤,作者大有深意,惜已为末世,奈何奈何!贾珍虽奢淫,岂能逆父哉?特因敬老不管,然后恣意,足为世家之戒。'秦可卿淫丧天香楼',作者用史笔也。老朽因有魂托凤姐贾家后事二件,岂是安富尊荣坐享人能想得到者?其事虽未行,其言其意,令人悲切感服,姑赦之,因命芹溪删去'遗簪''更衣'诸文,是以此回只十页,删去天香楼一节,少去四五页也。"

"雪芹"是著者的号。脂砚斋在庚辰本第七十五回眉批中对著者以"雪芹"相称:"乾隆二十一年五月初七日对清。缺中秋诗俟雪芹。"

2. 畸笏叟所披露的著者信息

畸笏叟也是红学史一位重量级评批者,其知名度仅次于脂砚斋。畸笏叟批语时常一语中的,对后世研究者影响非常大。经笔者考证,畸笏叟是作者曹雪芹的叔叔、曹家末代江宁织造曹頫。

畸笏叟在两条批语中称谓著者"雪芹""芹溪",详列如下。

"芹溪"是著者的号。畸笏叟在靖藏本第二十二回批语中对著者以"芹溪"相称:"前批'知者寥寥',不数年芹溪、脂砚、杏斋诸子皆相继别去,今丁亥夏只剩朽物一枚,宁不痛杀!"

"芹"是著者的号。畸笏叟在庚辰本第二十二回批语中对著者以"芹溪"相称:"此回未成而芹逝矣,叹叹!丁亥夏。畸笏。"

### 三、《红楼梦》续书者程伟元和高鹗均提供著者相关信息

#### 1. 程伟元披露著者相关信息

程伟元,约生于乾隆十年至十二年(1745—1747)前后,卒于嘉庆二十三年(1818)前后,字小泉,江苏苏州人,出生封建士大夫家庭。据程伟

元自述,他于乾隆年间专门在京都搜罗《红楼梦》残稿遗篇。当搜集资料完毕后,他力邀友人高鹗共同承担"细加厘剔,截长补短,抄成全部"的工作。程伟元工诗善画,有遗画三件,有程甲本《红楼梦序》、程乙本与高鹗合撰的《引言》《〈且住堂诗稿〉跋》遗文三篇。

《红楼梦》著者是"曹公"。程伟元在其诗中确指著者姓曹:"泪尽曹公心未了,红楼风月梦残。靠谁妙手续弦弹?山高人仰止,媲美一何艰!最是殊功堪点赞,邀朋梳理长编。全书镌版广流传。石兄当笑慰,天下得奇观。"

"雪芹曹先生"是《红楼梦》增删者。程伟元在程甲本《红楼梦》序言中承认雪芹曹先生删改著作数次:"《红楼梦》小说本名《石头记》,作者相传不一,究未知出自何人,惟书内记雪芹曹先生删改数过。好事者每传抄一部,置庙市中,昂其值得数十金,可谓不胫而走者矣。然原目一百廿卷,今所传只八十卷,殊非全本。即间称有全部者,及检阅仍只八十卷,读者颇以为憾。不佞以是书既有百廿卷之目,岂无全璧?爰为竭力收罗,自藏书家甚至故纸堆中无不留心,数年以来,仅积有廿余卷。一日偶于鼓担上得十余卷,遂重价购之,欣然翻阅,见其前后起伏,尚属接笋,然漶漫殆不可收拾。乃同友人细加厘剔,截长补短,抄成全部,复为镌板,以公同好,《红楼梦》全书始至是告成矣。书成,因并志其缘起,以告海内君子。凡我同人,或亦先睹为快者欤?小泉程伟元识。"

2. 高鹗默认合作者程伟元所提供的著者信息

高鹗(约1738—约1815),字兰墅,别署红楼外史,汉军镶黄旗人。乾隆五十三年(1788),考中顺天(北京)乡试举人。乾隆六十年(1795)中三甲一名进士,曾官内阁中书、翰林院侍读。撰有《高兰墅集》《月小山房遗稿》。清张问陶《赠高兰墅鹗同年》诗注云:"传奇《红楼梦》八十回以后俱兰墅所补。"现流传于世的一百二十回文本,大多数读者认为后四十回系程伟元和高鹗共同所续。

高鹗在其序中详尽续书过程和细节。"予闻《红楼梦》脍炙人口者，几廿余年，然无全璧，无定本。向曾从友人借观，窃以染指尝鼎为憾。今年春，友人程子小泉过予，以其所购全书见示，且曰：'此仆数年铢积寸累之苦心，将付剞劂，公同好。子闲且惫矣，盍分任之?' 予以是书虽稗官野史之流，然尚不谬于名教，欣然拜诺，正以波斯奴见宝为幸，遂襄其役。工既竣，并识端末，以告阅者。时乾隆辛亥冬至后五日铁岭高鹗叙并书。"

高鹗在程乙本《红楼梦》引言中未对程伟元所提供的著者信息提出异议。

"是书前八十回，藏书家抄录传阅几三十年矣，今得后四十回合成完璧。缘友人借抄争睹者甚伙，抄录固难，刊板亦需时日，姑集活字刷印。因急欲公诸同好，故初印时不及细校，间有纰缪。今复聚集各原本详加校阅，改订无讹，惟识者谅之。

书中前八十回抄本，各家互异；今广集核勘，准情酌理，补遗订讹。其间或有增损数字处，意在便于披阅，非敢争胜前人也。

是书沿传既久，坊间绣本及诸家所藏秘稿，繁简歧出，前后错见。即如六十七回，此有彼无，题同文异，燕石莫辨。兹惟择其情理较协者，取为定本。

书中后四十回，系就历年所得，集腋成裘，更无他本可考。惟按其前后关照者，略为修辑，使其有应接而无矛盾。至其原文，未敢臆改，俟再得善本，更为厘定。且不欲尽掩其本来面目也。

是书词意新雅，久为名公钜卿赏鉴。但创始刷印，卷帙较多，工力浩繁，故未加评点。其中用笔吞吐虚实掩映之妙，识者当自得之。

向来奇书小说，题序署名，多出名家。是书开卷略志数语，非云弁首，实因残缺有年，一旦颠末毕具，大快人心，欣然题名，聊以记成书之幸。

是书刷印，原为同好传玩起见，后因坊间再四乞兑，爰公议定值，以备工料之费，非谓奇货可居也。壬子花朝后一日，小泉、兰墅又识。"

## 四、史上知名文人在著作中储存著者若干信息举隅

除批评者、续书者留下的相关信息外，从一些知名文人的著作中也可略窥得一些《红楼梦》著者的信息。

### 1. 敦敏记载著者的相关信息

敦敏（1729—?），姓爱新觉罗，字子明，努尔哈赤第十二子英亲王阿济格五世孙，理事官瑚玠长子，敦诚之兄。敦敏年少进右翼宗学读书；二十七岁时在宗学考试中列为优等；旋即协助父亲在山海关管理税务，后任锦州税务官；不久回京闲居；三十七岁时授右翼宗学副管；四十六岁时升总管；五十四岁时因病辞官；嘉庆初年去世，约七十岁。敦敏家族于乾隆朝恢复皇室宗籍，可敦敏等人仍未获重用。著有《懋斋诗钞》。

敦敏所作六首诗中出现"曹君""芹圃""霑""曹雪芹""雪芹"等字样。

### 题芹圃曹君（其一）

芹圃曹君（霑）别来已一载馀矣，偶过明君琳养石轩，隔院闻高谈声，疑是曹君；急就相访，惊喜意外！因呼酒话旧事，感成长句。

可知野鹤在鸡群，隔院惊呼意倍殷。

雅识我惭褚太傅，高谈君是孟参军。

秦淮旧梦人犹在，燕市悲歌酒易醺。

忽漫相逢频把袂，年来聚散感浮云。

### 题芹圃画石（其二）

傲骨如君世已奇，嶙峋更见此支离。

醉余奋扫如椽笔，写出胸中块垒时。

### 赠芹圃（其三）

碧水青山曲径遐，薜萝门巷足烟霞。

寻诗人去留僧舍,卖画钱来付酒家。

燕市哭歌悲遇合,秦淮风月忆繁华。

新仇旧恨知多少,一醉酕醄白眼斜。

### 访曹雪芹不值(其四)

野浦冻云深,柴扉晚烟薄。

山村不见人,夕阳寒欲落。

### 小诗代简寄曹雪芹(其五)

东风吹杏雨,又早落花辰。

好枉故人驾,来看小院春。

诗才忆曹植,酒盏愧陈遵。

上巳前三日,相劳醉碧茵。

### 河干集饮题壁兼吊雪芹(其六)

花明两岸柳霏微,到眼风光春欲归。

逝水不留诗客杳,登楼空忆酒徒非。

河干万木飘残雪,村落千家带远晖。

凭吊无端频怅望,寒林萧寺暮鸦飞。

2. 敦诚记载著者的相关信息

敦诚(1734—1791),姓爱新觉罗,字敬亭,号松堂,努尔哈赤第十二子阿济格之五世孙,敦敏之弟。敦诚五岁入家塾,十一岁进右翼宗学读书;二十二岁在宗学考试中列为优等,以宗人府笔帖式记名;二十四岁时受父命在喜峰口松亭关管理税务;二十六岁时随父返回北京闲居;三十三岁时补宗人府笔帖式,旋即授太庙献爵;四十岁时丁母忧。敦诚诗风平和,爽朗清冽,与曹雪芹友善,时有唱和。敦诚在宗室诗人中地位较高,著有《四松堂集》《鹪鹩庵笔麈》等。

敦诚所作六首诗中出现"曹雪芹""魏武之子孙""雪芹曾随其先祖寅

织造之任""芹圃""雪芹""曹子大笑称快哉""曹平生为诗大类如此"等字样。

### 寄怀曹雪芹霑(其一)

少陵昔赠曹将军,曾曰魏武之子孙。

君又无乃将军后,于今环堵蓬蒿屯。

扬州旧梦久已觉(雪芹曾随其先祖寅织造之任),且着临邛犊鼻裈。

爱君诗笔有奇气,直追昌谷破篱樊。

当时虎门数晨夕,西窗剪烛风雨昏。

接䍦倒着容君傲,高谈雄辩虱手扪。

感时思君不相见,蓟门落日松亭樽(时余在喜峰口)。

劝君莫弹食客铗,劝君莫扣富儿门。

残杯冷炙有德色,不如着书黄叶村。

### 赠曹芹圃雪芹(其二)

满径蓬蒿老不华,举家食粥酒常赊。

衡门僻巷愁今雨,废馆颓楼梦旧家。

司业青钱留客醉,步兵白眼向人斜。

阿谁买与猪肝食,日望西山餐暮霞。

### 佩刀质酒饮(其三)

秋晓遇雪芹于槐园,风雨淋涔,朝寒袭袂。时主人未出,雪芹酒渴如狂。余因解佩刀沽酒而饮之。雪芹欢甚,作长歌以谢余,余亦作此答之。

我闻贺鉴湖,不惜金龟掷酒垆。又闻阮遥集,直卸金貂作鲸吸。嗟余本非二子狂,腰间更无黄金珰。秋气酿寒风雨恶,满园榆柳飞苍黄。主人未出童子睡,斝干瓮涩何可当。相逢况是淳于辈,一石差可温枯肠。身外长物亦何有?鸾刀昨夜磨秋霜。且酤满眼作软饱,谁暇齐高分低昂。元忠两裤何妨质,孙济缊袍须先偿。我今此刀空作佩,岂是吕虔遗王祥。欲耕不能买犍犊,杀赋何能临边疆?未若一斗复一斗,令此肝肺生角芒!曹子大笑称快哉,击石作歌声琅琅。知君诗胆昔如铁,堪与刀颖交寒光。我有古剑尚在匣,一条秋水苍波凉。君才抑塞倘欲拔,不妨斫地歌王郎。

### 挽曹雪芹(甲申)(其四)

四十年华付杳冥,哀旌一片阿谁铭?

孤儿渺漠魂应逐(前数月,伊子殇,因感伤成疾),新妇飘零目岂瞑?

牛鬼遗文悲李贺,鹿车荷锸葬刘伶。

故人惟有青山泪,絮酒生刍上旧坰。

### 挽曹雪芹(其五)

四十萧然太瘦生,晓风昨日拂铭旌。

肠回故垄孤儿泣(前数月,伊子殇,因感伤成疾),泪迸荒天寡妇声。

牛鬼遗文悲李贺,鹿车荷锸葬刘伶。

故人欲有生刍吊,何处招魂赋楚蘅?

开箧犹存冰雪文,故交零落散如云。

三年下第曾怜我,一病无医竟负君。

邺下才人应有恨,山阳残笛不堪闻。

他时瘦马西州路,宿草寒烟对落曛。

《四松堂集·鹪鹩庵笔麈》:

余昔为白香山《琵琶行》传奇一折,诸君题跋,不下几十家。曹雪芹诗末云:"白傅诗灵应喜甚,定教蛮素鬼排场。"亦新奇可诵。曹平生为诗大类如此,竟坎坷以终。余挽诗有"牛鬼遗文悲李贺,鹿车荷锸葬刘伶"之句,亦驴鸣吊之意也。


3. 张宜泉记载著者的相关信息

张宜泉,生卒年不详,为汉军旗人。疑为北京通县张家湾人。著有《春柳堂诗稿》,最早为光绪年间刊本,由其嫡孙张介卿付梓。张宜泉家世尚待考定。张宜泉一生坎坷，十三岁丧父，写有"缅想孤儿日，悲含舞勺时"之句，后又丧母。张宜泉长兄比他大十五岁，为兄嫂不容，写有"嫂兄悌弃弟""亡家剩一身""纵饮原多故，拈毫只苦吟"等句。从《春柳堂诗稿》中看，张宜泉曾落第，后以授馆课童谋生。生有一子二女（其诗集未按年编排，在《哭子女并丧》之后出现《喜生子》诗，据前诗题，似后又生子），从"因出痘，仅存一焉"的诗文中可探知，他的三子女中有两人患病去世了，仅有一人健在，其心境凄惨是可想而知的。

张宜泉所作四首诗中出现"曹芹溪""曹雪芹""姓曹名沾字梦阮""芹溪居士"等字样。

### 怀曹芹溪（其一）

似历三秋阔，同君一别时。

怀人空有梦，见面尚无期。

扫径张筵久，封书畀雁迟。

何当常聚会，促膝话新诗。

### 和曹雪芹西郊信步憩废寺原韵（其二）

君诗曾未等闲吟，破刹今游寄兴深。

碑暗定知含雨色，墙颓可见补云阴。

蝉鸣荒径遥相唤，蛩唱空厨近自寻。

寂寞西郊人到罕，有谁拽杖过烟林。

### 题芹溪居士（其三）

芹溪居士，姓曹名霑字梦阮，号芹溪居士，其人工诗善画。

爱将笔墨逞风流，庐结西郊别样幽。

门外山川供绘画，堂前花鸟入吟讴。

羹调未羡青莲宠，苑召难忘立本羞。

借问古来谁得似，野心应被白云留。

### 伤芹溪居士(其四)

其人素性放达,好饮,又善诗画,年未五旬而卒。

谢草池边晓露香,怀人不见泪成行。

北风图冷魂难返,白雪歌残梦正长。

琴裹坏囊声漠漠,剑横破匣影铓铓。

多情再问藏修地,翠叠青山晚照凉。

#### 4.明义记载著者的相关信息

明义,姓富察,字我斋,约生于乾隆五年(1740),卒年不详,满洲镶黄旗人,都统傅清的儿子,明仁的弟弟。明义终生在乾隆朝做上驷院的侍卫,给皇帝管马执鞭,级别相当于道台类四品官。明义继承母舅永珊"邻善园"房产,改名环溪别墅(今北京西郊动物园,旧称三贝子花园)。著有《绿烟琐窗集》。

明义所作两首诗中出现"曹子雪芹""盖其先人为江宁织府""大观园""怡红院""潇湘别院""《红楼梦》""随园故址""金姻与玉缘"等字样。

### 题红楼梦(其一)

曹子雪芹出所撰《红楼梦》一部,备记风月繁华之盛,盖其先人为江宁织府。其所谓大观园者即今随园故址。惜其书未传,世鲜知者,余见其钞本焉。

佳园结构类天成,快绿怡红别样名。

长槛曲栏随处有,春风秋月总关情。

怡红院里斗娇娥,娣娣姨姨笑语和。

天气不寒还不暖,瞳昽日影入帘多。

潇湘别院晚沉沉,闻道多情复病心。

悄向花荫寻侍女，问他曾否泪沾襟。

追随小蝶过墙来，忽见丛花无数开。

尽力一头还两把，扇纨遗却在苍苔。

侍儿枉自费疑猜，泪未全收笑又开。

三尺玉罗为手帕，无端掷去复抛来。

晚归薄醉帽颜欹，错认猧儿唤玉狸。

忽向内房闻语笑，强来灯下一回嬉。

红楼春梦好模糊，不记金钗正幅图。

往事风流真一瞬，题诗赢得静工夫。

帘栊悄悄控金钩，不识多人何处游。

留得小红独坐在，笑教开镜与梳头。

红罗绣缬束纤腰，一夜春眠魂梦娇。

晓起自惊还自笑，被他偷换绿云绡。

入户愁惊座上人，悄来阶下慢逡巡。

分明窗纸两珰影，笑语纷絮听不真。

可奈金残玉正愁，泪痕无尽笑何由。

忽然妙想传奇语，博得多情一转眸。

小叶荷羹玉手将，诒他无味要他尝。

碗边误落唇红印，便觉新添异样香。

拔取金钗当酒筹，大家今夜极绸缪。

醉倚公子怀中睡，明日相看笑不休。

病容愈觉胜桃花，午汗潮回热转加。

犹恐意中人看出，慰言今日较差些。

威仪棣棣若山河，还把风流夺绮罗。

不似小家拘束态，笑时偏少默时多。

生小金闺性自娇，可堪磨折几多宵。

芙蓉吹断秋风恨，新诔空成何处招？

锦衣公子茁兰芽，红粉佳人未破瓜。

少小不妨同室榻，梦魂多个帐儿纱。

伤心一首葬花词，似谶成真自不知。

安得返魂香一缕，起卿沉疴续红丝。

莫问金姻与玉缘，聚如春梦散如烟。

石归山下无灵气，纵使能言亦枉然。

馔玉炊金未几春，王孙瘦损骨嶙峋。

青娥红粉归何处？惭愧当年石季伦。

### 和随园自寿诗韵十首（其二）

随园旧址即红楼，粉腻脂香梦未休。

定有禽鱼知主客，岂无花木记春秋。

西园雅集传名士，南国新词咏莫愁。

艳煞秦淮三月水，几时衫履得陪游。

### 5. 永忠记载著者的相关信息

永忠（1735—1793），姓爱新觉罗，字良辅（良甫），又字敬轩，号蘧仙，又号栟榈道人、如幻居士，康熙帝第十四子允禵之爱孙，封辅国将军，曾任宗学总管。其祖父允禵在夺嫡之争中败北，开始皈依佛学和道学，这对永忠的人生产生了极大影响。永忠也渐渐对皇权产生离心情绪，以诗、酒、书、画以及禅道为主要生涯，从而艺术上达到较高水准，著有《延芬室集》，其中《因墨香得观〈红楼梦〉小说，吊雪芹三绝句》作于乾隆三十三年（1768）。

永忠所作诗中出现"《红楼梦》""雪芹""姓曹""蠢蠢宝玉"等字样。

### 因墨香得观红楼梦小说吊雪芹三绝句(姓曹)

传神文笔足千秋,不是情人不泪流。

可恨同时不相识,几回掩卷哭曹侯。

颦颦宝玉两情痴,儿女闺房笑语私。

三寸柔毫能写尽,欲呼才鬼一中之。

都来眼底复心头,辛苦才人用意搜。

混沌一时七窍凿,争教天不赋穷愁。


6.袁枚记载著者的相关信息

袁枚(1716—1798),钱塘(浙江杭州)人,字子才,号简斋,晚年自称随园老人,清代著名诗文家、诗论家、散文家、美食家。乾隆四年(1739),进士出身,授翰林院庶士。乾隆七年(1742),外调江苏,先后于溧水、江宁、江浦、沭阳共任县令七年,为政颇有声望。乾隆十四年(1749),袁枚辞官隐居南京小仓山随园。著作有《小仓山房文集》《随园诗话》等。

袁枚文中有"曹练(楝)亭为江宁织造""其子雪芹撰《红楼梦》"等重要内容。"康熙间,曹练(楝)亭为江宁织造……其子雪芹撰《红楼梦》一部,备记风月繁华之盛。明我斋读而羡之。当时红楼中有某校书尤艳。我斋题云:'病容憔悴胜桃花,午汗潮回热转加。犹恐意中人看出,强言今日较差些。''威仪棣棣若山河,应把风流夺绮罗。不似小家拘束态,笑时偏少默时多。'"

袁枚文中有"雪芹者,曹练(楝)亭织造之嗣君也""雪芹公子"等重要内容。"丁未八月,余答客之便,见秦淮壁上题云:'一溪烟水露华凝,别院笙歌转玉绳。为待夜凉新月上,曲栏深处撒银灯。''飞盏香含豆蔻梢,冰桃雪藕绿荷包。榜人能唱湘江浪,画桨临风当板桥。''早潮退后晚潮催,潮去潮来几日回。潮去不能将妾去,潮来可肯送郎来?'三首深得竹枝风趣。尾属'翠云道人'。访之,乃织造成公之子啸厓所作,名延福。

有才如此,可与雪芹公子前后辉映。雪芹者,曹练(楝)亭织造之嗣君也,相隔已百年矣。"

7.周春记载著者的相关信息

周春(1729—1815),浙江海宁人,官员,文人。官方记载周春生平:"周春,字芚兮,海宁人。乾隆十九年进士,选岑溪令,父忧去。民怀其泽,合前令山阳刘信嘉、金坛于烜共祀之,曰岑溪三贤祠。重宴鹿鸣,加六品衔。卒,年八十七。撰述甚多,而西夏书为最著。"著有《阅红楼梦随笔》。

周春文中有"《石头记》""《红楼梦》""即曹雪芹之父楝亭也"等重要内容。

周春在《阅红楼梦随笔》中记载:"乾隆庚戌秋,杨畹耕语余云:'雁隅以重价购抄本两部:一为《石头记》,八十回;一为《红楼梦》,一百廿回,微有异同。爱不释手,监临省试,必携带入闱,闽中传为佳话。'时始闻《红楼梦》之名,而未得见也。壬子冬,知吴门坊间已开雕矣。兹苕估以新刻本来,方阅其全。相传此书为纳兰太傅而作。余细观之,乃知非纳兰太傅,而序金陵张侯家事也。忆少时见爵帙便览,江宁有一等侯张谦,上元县人。癸亥、甲子间,余读书家塾,听父老谈张侯事,虽不能尽记,略约与此书相符,然犹不敢臆断。再证以《曝书亭集》《池北偶谈》《江南通志》《随园诗话》《张侯行述》诸书,遂决其无疑义矣。案靖逆襄壮侯勇长子恪定侯云翼,幼子宁国府知府云翰,此宁国、荣国之名所由起也。襄壮祖籍辽左,父通,流寓汉中之洋县,既贵,迁于长安,恪定开阃云间,复移家金陵,遂占籍焉。其曰代善者,即恪定之子宗仁也,由孝廉官中翰,袭侯十年,结客好施,废家资百万而卒。其曰史太君者,即仁宗妻高氏也,建昌太守琦女,能诗,有《红雪轩集》,宗仁在时,预埋三十万于后园,交其子谦,方得袭爵。其曰林如海者,即曹雪芹之父楝亭也,楝亭名寅,字子清,号荔轩,满洲人,官江宁织造,四任巡盐,曹则何以庾词曰林?盖曹本作(两个

'东'下面一个'曰'），与林并为双木。作者于张字曰挂弓，显而易见；于林字曰双木，隐而难知也。嗟乎！贾假甄真，镜花水月，本不必求其人以实之，但此书以双玉为关键，若不溯二姓之源流，又焉知作者之命意乎？故特详书之，庶使将来阅《红楼梦》者有所考信云。甲寅中元日黍谷居士记。

贾雨村者，张鸣钧也，浙江乌程人，康熙乙未甲科，官至顺天府尹而罢。首回明云雨村湖州人，且鸣钧先曾褫职，亦复正合。此书以雨村开场，后来又被包勇痛骂，乃《红楼梦》中最着眼之人，当附记之。十月既望又书。"

8.裕瑞记载著者的相关信息

裕瑞(1771—1838)，姓爱新觉罗，是一位多才多艺的文学家，又是反映辽东生活民情的著名诗人。裕瑞系豫亲王多铎后裔，其父修龄曾为和硕豫亲王，其兄弟有三人曾为和硕豫亲王，受到嘉庆帝重用，担任许多重要官职。裕瑞三次缘事获咎被皇帝发遣盛京，降级至革去四品顶戴、七品笔帖式，嘉庆十九年四月又缘事遭到永远圈禁。著有《枣窗闲笔》。

裕瑞文中有"曹雪芹""雪芹改《风月宝鉴》""伟元""雪芹二字，想系其字与号耳""曹姓""大观园""脂研（砚）斋""其先人曾为江宁织造""《红楼梦》"等重要内容。"《红楼梦》一书，曹雪芹虽有志于作百二十回，书未告成即逝矣。诸家所藏抄八十回书及八十回书后之目录，率大同小异者，盖因雪芹改《风月宝鉴》数次，始成此书，抄家各于其所改前后第几次者，分得不同，故今所藏诸稿本未能划一耳。此书由来非世间完物也，而伟元臆见，谓世间必当有全本者在，无处不留心搜求，遂有闻故生心思谋利者，伪续四十回，同原八十回抄成一部，用以贻人。伟元遂获赝鼎于鼓担，竟是百二十回全装者，不能鉴别燕石之假，谬称连城之珍，高鹗又从而刻之，致令《红楼梦》如《庄子》内外篇，真伪永难辨矣。不然即是明明伪续本，程高汇而刻之，作序声明原委，故捏造以欺人者。斯二端无处可考,但细审后四十回,断非与前一色笔墨者,其为补者无疑。作《后红楼梦》者遂出……多杀风景之处,故知雪芹万不出此下下也。"

"闻旧有《风月宝鉴》一书,又名《石头记》,不知人之笔。曹雪芹得之,以是书所传述者,与其家之事迹略同,因借题发挥,将此部删改至五次,愈出愈奇,乃以近时之人情谚语,夹写而润色之,借以抒其寄托。曾见抄本,卷额本本有其叔脂研斋之批语,引其当年事甚确,易其名曰《红楼梦》。此书自抄本起至刻续成部,前后三十余年,恒纸贵京都,雅俗共赏,遂浸淫增为诸续部六种,及传奇、盲词等等杂作,莫不依傍此书创始之善也。……'雪芹'二字,想系其字与号耳,其名不得知。曹姓,汉军人,亦不知其隶何旗。闻前辈姻戚有与之交好者。其人身胖头广而色黑,善谈吐,风雅游戏,触境生春。闻其奇谈娓娓然,令人终日不倦,是以其书绝妙尽致。闻袁简斋家随园,前属隋家者,隋家前即曹家故址也,约在康熙年间。书中所称大观园,盖假托此园耳。其先人曾为江宁织造,颇裕,又与平郡王府姻戚往来。书中所托诸邸甚多,皆不可考,因以备知府第旧时规矩。其书中所假托诸人,皆隐寓其家某某,凡性情遭际,一一默写之,唯非真姓名耳。闻其所谓宝玉者,尚系指其叔辈某人,非自己写照也。所谓元迎探惜者,隐寓原应叹息四字,皆诸姑辈也。……又闻其尝作戏语云:'若有人欲快睹我书,不难,惟日以南酒烧鸭享我,我即为之作书'云。"

### 9. 西清记载著者的相关信息

西清,生卒年不详,字研斋,姓西林觉罗,满洲镶蓝旗人。其曾祖父鄂尔泰为雍正帝所倚重,官至云贵总督、大学士,乾隆初曾为辅政大臣。至西清时,家道已经中落。嘉庆十一年(1806),西清赴黑龙江为吏与教书,曾任过银库主事与司榷等低级官职。西清博学多识,在黑龙江五年期间,曾根据将军府中的图籍资料及调查研究所得,著有《黑龙江外纪》《桦叶述闻》。

西清文中有"《红楼梦》""曹雪芹""而雪芹何许人""雪芹名沾""其

曾祖寅""宗室懋斋(敦敏)敬亭与雪芹善"等重要内容。"《红楼梦》始出，家置一编，皆曰此曹雪芹书，而雪芹何许人，不尽知也。雪芹名霑，汉军也。其曾祖寅，字子清，号楝亭，康熙间名士，官累通政，为织造时，雪芹随任，故繁华声色，阅历者深。然竟坎坷半生以死。宗室懋斋(敦敏)、敬亭与雪芹善。懋斋诗：'燕市哭歌悲遇合，秦淮风月忆繁华'，敬亭诗：'劝君莫弹食客铗，劝君莫扣富儿门，残杯冷炙有德色，不如著书黄叶村'，两诗画出雪芹矣。"

10.汪堃记载著者的相关信息

汪堃(1809年1月23日—?)，字应潮，号安斋，娶妻程氏。汪堃早年为苏州府附生；道光二十一年(1841)辛丑龙启瑞榜进士，翰林院庶吉士，改吏部主事；咸丰二年(1852)担任四川永宁府道员；咸丰五年(1855)被革职，贬南溪县；咸丰七年(1857)任顺宁知府同知。当地发生叛乱，汪堃等败逃，其妻妾仰药殉难。地方官员皆误以其阵亡，朝廷下令为其建祠祭祀。咸丰十年(1860)英法联军入侵，汪堃避祸于光福山。著有《寄蜗残赘》。

汪堃文中有"《红楼梦》""出于汉军曹雪芹之手""红学""后四十回乃刊刻时好事者补续"等重要内容。"《红楼梦》一书，始于乾隆间，后遂遍传海内，几于家置一编。……相传其书出于汉军曹雪芹之手。嘉庆年间，逆犯曹纶，即其孙也。灭族之祸，实基于此。"

"曹雪芹所撰《红楼梦》一书，风行久矣，士大夫有习之者，称为'红学'。而嘉、道两朝，则以讲求经学为风尚。朱子美尝讪笑之，谓其《红楼梦》一书，所载皆纳兰太傅明珠家之琐事。妙玉，姜宸英也。宝钗，为某太史。太史尝遣其妻侍太傅，冬日，辄取朝珠置胸际，恐冰项也。或谓《红楼梦》为全书标目，寄托遥深。容若词云：'此夜红楼，天上人间一样愁。'贾探春为高士奇，与妙玉之为宸英，同一命义。容若，名成德，后改性德，太傅子也。

或曰:是书所指皆雍乾以前事。宁国、荣国者即赫赫有名之六王、七王第也,二王于开国有大功,赐第宏敞,本相联属。金陵十二钗悉二王南下用兵时所得吴越佳丽,列之宠姬者也。作是书者乃江南一士人,为二王上宾,才气纵横,不可一世。二王倚之如左右手,时出其爱姬,使执经问难,从学文字。以才投才,如磁引石,久之遂不能自持也。事机不密,终为二王侦悉,遂斥士子,不予深究。士子落拓京师,穷无聊赖,乃成是书以志感,京师后城之西北有大观园旧址,树石池水尤隐约可辨也。

或曰:是书实国初文人抱民族之痛,无可发泄,遂以极哀艳极繁华之笔为之,欲导满人奢侈而复其国祚者。其说诚非无稽。

或曰:《红楼梦》可谓之政治小说,于其叙元妃归省也,则曰'当初既把我送到那不得见人的去处',于其叙元妃之疾也,则曰'反不如寻常贫贱人家,娘儿兄妹们常在一块儿',绝不及皇家一语,而隐然有一专制君主之威在其言外,使人读之而自喻,此其关系于政治上者也。

京师有陈某者,设书肆于琉璃厂。光绪庚子,避难他徙,比归,则家产荡然,懊丧欲死。一日,访友于乡,友言:'乱离之中,不知何人遗书籍两箱于吾室,君固业此,趣视之,或可货耳。'陈检视其书,乃精楷钞本《红楼梦》全部,每页十三行,三十字,钞之者各注姓名于中缝,则陆润庠等数十人也,乃知为禁中物。急携之归,而不敢示人。阅半载,由同业某介绍,售于某国公使馆秘书某,陈遂获巨资,不复忧衣食矣。其书每页之上,均有细字朱批,知出于孝钦后之手,盖孝钦最喜阅《红楼梦》也。

曹雪芹所撰《红楼梦》一书,风行久矣,士大夫有习之者,称为'红学'。而嘉、道两朝,则以讲求经学为风尚。朱子美尝讪笑之,谓其穿凿附会,曲学阿世也。独嗜说部书,曾寓目者,语之曰:'君何不治经?'朱曰:'予亦攻经学,第与世人所治之几九百种,尤熟精《红楼梦》,与朋辈闲话,辄及之。一日,有友过访经不同耳。'友大诧,朱曰:'予之经学,所少于人者,一画三曲也。'友瞠目。朱曰:'红学耳。'盖经字少    ,即为红也。

朱名昌鼎,华亭人。"

11. 陈其元记载著者的相关信息

陈其元(1812—1882),字子庄,晚年自号庸闲,出生于浙江海宁一个鼎族之家。先任直隶州知州,后发往江苏补用,受江苏巡抚丁日昌的青睐,先后代理南汇、青浦、上海几个大县的县令。六十二岁辞官,侨居武林。归来后泉石优游,娱情翰墨,遂成《庸闲斋笔记》,先得八卷,后补写四卷,共十二卷,计十四万余言。

陈其元文中有"《红楼梦》""此书乃康熙年间江宁织造曹练亭之子雪芹所撰"等重要内容。"淫书以《红楼梦》为最,盖描摩痴男女情性,其字面绝不露一淫字,令人目想神游,而意为之移。所谓'大盗不操干矛'也。丰润丁雨生中丞巡抚江苏时,严行禁止,而卒不能绝,则以文人学士多好之之故。余弱冠时,读书杭州,闻有某贾人女明艳,工诗,以酷嗜《红楼梦》致成瘵疾。当绵缀时,父母以是书贻祸,取投之火,女在床乃大哭曰:'奈何烧杀我宝玉!'遂死。杭州人传以为笑。此书乃康熙年间江宁织造曹练亭之子雪芹所撰。练亭在官有贤声,与江宁知府陈鹏年素不相得,及陈被陷,乃密疏荐之,人尤以为贤。至嘉庆年间,其曾孙曹勋以贫故入林清天理教。林为逆,勋被诛,覆其宗。世以为撰是书之果报焉。"

12. 梁恭辰记载著者的相关信息

梁恭辰(1814—?),福建长乐人,清朝文学家,楹联学家,著名文人梁章钜的第三子,曾任温州知府等官。梁恭辰综览群书,熟于掌故,著有《劝戒四录》《池上草堂笔记》《北东堂笔录》等笔记体小说,和《楹联四话》《巧对续录》等书,编入其父所著的《楹联丛话全编》。

梁恭辰文中有"《红楼梦》""甄(真)宝玉贾(假)宝玉""曹雪芹实有其人"等重要内容。"《红楼梦》一书,诲淫之甚者也。乾隆五十年以后,其书始出,相传为演说故相明珠家事。以宝玉隐明珠之名,以甄(真)宝玉贾(假)宝玉乱其绪,以开卷之秦氏为入情之始,以卷终之小青为点睛之笔。摹写柔情,婉娈万状,启人淫窦,导人邪机。自是而有《续红楼梦》《后红楼梦》《红楼后梦》《红楼重梦》《红楼复梦》《红楼再梦》《红楼幻梦》《红楼圆梦》诸刻,曼衍支离,不可究诘。评者尚嫌其手笔远逊原书,而不知原书实为厉阶,诸刻特衍,诲淫之谬种,其弊一也。满洲玉研农先生(麟),家大人座主也,尝语家大人曰:'《红楼梦》一书,我满洲无识者流每以为奇宝,往往向人夸耀,以为助我铺张,甚至串成戏出,演作弹词,观者为之感叹欷嘘,声泪俱下。谓此曾经我所在场目击者,其实毫无影响,聊以自欺欺人。不值我在旁齿冷也。其稍有识者,无不以此书为诬蔑我满人,可耻可恨。若果尤而效之,岂但《书》所云骄奢淫佚将由恶终者哉?我做安徽学政时,曾经出示严禁,而力量不能及远,徒唤奈何。有一庠士颇擅才笔,私撰《红楼梦节要》一书,已付书坊剞劂,经我访出,曾褫其衿,焚其板,一时观听颇为肃然。惜他处无有仿而行之者。'那绎堂先生亦极言:'《红楼梦》一书为邪说诐行之尤,无非糟蹋旗人,实堪痛恨。我拟奏请通行禁绝,又恐立言不能得体,是以隐忍未行。'则与我有同心矣。此书全部中无一人是真的,惟属笔之曹雪芹实有其人,然以老贡生槁死下,徒抱伯道之嗟。身后萧条,更无人稍为矜恤。则未必非编造淫书之牖显报矣。"

### 13. 逍遥子记载著者的相关信息

逍遥子,生卒年不详。根据其著作《后红楼梦》刊本出现于乾嘉年间,笔者推测他生活年代在清中期。著有《后红楼梦》。

逍遥子文中有"曹雪芹""《红楼梦》""同人相传雪芹尚有《后红楼梦》三十卷""自铁岭高君梓成""洵为雪芹惬意笔也"等重要内容。"曹雪芹《红楼梦》一书,久已脍炙人口,每购抄本一部,须数十金。自铁岭高君梓成,一时风行,几于家置一集。同人相传雪芹尚有《后红楼梦》三十卷,遍访未能得,艺林深惜之。项白云外史、散花居士竟访得原稿,并无缺残。余亟为借读。读竟,不胜惊喜。尤喜全书皆归美君亲,存心忠孝,而讽劝规警之处亦多；即诙嘲跌宕，亦雅令而有隽致。杜陵云：'庾信文章老更成'，又云：'晚节渐于诗律细'，玩此细筋入骨，精意添毫，洵为雪芹惬意笔也。爰以重价得之，与同人鸠工梓行，以公同好。譬如断碑得原碑，缺谱得全谱，凡临池按拍家，共此赏心耳。逍遥子漫题。"

### 14. 吴云记载著者的相关信息

吴云，生卒年不详，字玉松，吴县人，官御史。根据其著作《红楼梦传奇》刊本出现于嘉庆二十四年（1819），笔者推测他生活年代在乾嘉时期。著有《红楼梦传奇》。

吴云文中有"《红楼梦》""已而高兰墅偕陈某足成之""本事出曹使君家"等重要内容。"《红楼梦》一书，稗史之妖也，不知其所自起，当《四库全书》告成时，稍稍流布；率皆抄写，无完帙。已而高兰墅偕陈某足成之，间多点窜原文，不免续貂之诮。本事出曹使君家，大抵主于言情，颦卿为主脑，余皆枝叶耳。"

### 15. 陈镛记载著者的相关信息

陈镛，生卒年不详。根据其著作《樗散轩丛谈》刊本出现于嘉庆九年，笔者推测他生活年代在清中后期。著有《樗散轩丛谈》。

陈镛文中有"《红楼梦》""《红楼梦》一百二十回，原书仅止八十回，余所目击""后四十回乃刊刻时好事者补续"等重要内容。"《红楼梦》实才子书也，初不知作者谁何，或言是康熙间京师某府西宾常州某孝廉手笔，巨家兼有之，然皆抄录，无刊本，曩时见者绝少。乾隆五十四年春，苏大司寇家因是书被鼠伤，付琉璃厂书坊抽换装订，坊中人藉以抄出，刊版刷印渔利，今天下俱知有《红楼梦》矣。《红楼梦》一百二十回，原书仅止八十回，余所目击。后四十回乃刊刻时好事者补续，远逊本来，一无足观。近闻更有《续红楼梦》，虽未寓目，亦想当然矣。"

### 16. 毛庆臻记载著者的相关信息

毛庆臻，生卒年不详。根据其著作《一亭考古杂记》出现于光绪十七年(1891),笔者推测他生活年代在清晚期。著有《一亭考古杂记》。

毛庆臻文中有"《红楼梦》""作俑者曹雪芹,汉军举人也""每传地狱治雪芹甚苦""乃汉军雪芹家也"等重要内容。"乾隆八旬盛典后,京板《红楼梦》流衍江浙,每部数十金;至翻印日多,低者不及二两。其书较《金瓶梅》愈奇愈热,巧于不露,士夫爱玩鼓掌,传入闺阁毫无避忌。作俑者曹雪芹,汉军举人也。由是《后梦》《续梦》《复梦》《翻梦》,新书迭出,诗牌酒令,斗胜一时。然入阴界者,每传地狱治雪芹甚苦,人亦不恤,盖其诱坏身心性命者,业力甚大,与佛经之升天堂,正作反对。嘉庆癸酉,以林清逆案,牵都司曹某,凌迟覆族,乃汉军雪芹家也。余始惊其叛逆隐情,乃天报以阴律耳!伤风教者,罪安逃哉!然若狂者,今亦少衰矣。更得潘顺之、补之昆仲,汪杏春、岭梅叔侄等损赀收毁,请示永禁,功德不小。然散播何能止息,莫若聚此淫书,移送海外,以答其鸦烟流毒之意,庶合古人屏诸远方,似亦阴符长策也。"

17. 胡适记载著者的相关信息

胡适(1891年12月17日—1962年2月24日),汉族,安徽绩溪上庄村人。著名学者、诗人、历史家、文学家、哲学家。因提倡文学革命而成为新文化运动的领袖之一。原名嗣穈,学名洪骍,字希疆,后改名胡适,字适之,笔名天风、藏晖等。著有《胡适文存》《胡适论学近著》《胡适学术文集》《胡适自传》《红楼梦考证》等。另外,胡适被红学界公推为新红学的开山鼻祖。

胡适文中有"《红楼梦》的著者是曹雪芹""曹雪芹是汉军正白旗人,曹寅的孙子,曹頫的儿子"等重要内容。"一、《红楼梦》的著者是曹雪芹。二、曹雪芹是汉军正白旗人,曹寅的孙子,曹頫的儿子,生于极富贵之家,身经极繁华绮丽的生活,又带有文学与美术的遗传与环境;他会作诗,也能画,与一班八旗名士往来。但他的生活非常贫苦,他因为不得志,故流为一种纵酒放浪的生活。三、曹寅死于康熙五十一年。曹雪芹大概即生于此时,或稍后。四、曹家极盛时,曾办过四次以上的接驾的阔差;但后来家渐衰败;大概因亏空得罪被抄没。五、《红楼梦》一书是曹雪芹破产倾家之后,在贫困之中作的。作书的年代大概当乾隆初年到乾隆三十年左右,书未完而曹雪芹死了。六、《红楼梦》是一部隐去真事的自叙;里面的真假两宝玉,即是曹雪芹自己的化身;真假两府即是当日曹家的影子。"

18. 周汝昌记载著者的相关信息

周汝昌(1918年4月14日—2012年5月31日),汉族,生于天津。字禹言、号敏庵,后改字玉言,别署解味道人,曾用笔名念述、苍禹、雪羲、顾研、玉工、石武、玉青、师言、茶客等。周汝昌是中国红学家、古典文学研究家、诗人、书法家,也是继胡适先生之后新中国红学研究集大成者,被誉为当代"红学泰斗"。其红学代表作《红楼梦新证》是红学史上一部具有开创和划时代意义的重要著作,奠定了现当代红学研究的坚实基础。另在诗词、书法等领域所下工夫甚深,贡献突出,曾编订撰写了多部专著。

周汝昌文中有"雪芹姓曹氏,名霑,字芹圃,号雪芹、芹溪居士"等重要内容。"雪芹姓曹氏,名霑,字芹圃,号雪芹、芹溪居士,又号梦阮。贡生。乾隆间明义《绿烟琐窗集·题红楼梦》绝句题下有小序,云:'曹子雪芹,出所撰《红楼梦》一部,备记风月繁华之盛。'是为足以确定《红楼梦》作者为曹雪芹的最早记载。敦敏《懋斋诗钞》一诗题开头云'芹圃曹君',下面侧注一个'霑'字;敦诚《四松堂集》卷上第三叶一诗题云'寄怀曹雪芹',下面也侧注一个'霑'字。因此二条重要记载,得知曹雪芹、曹芹圃、曹霑三者乃一人。又如《四松堂集》卷上第十五叶一诗题云'赠曹芹圃',下面注云:'即雪芹。'故芹圃,即雪芹,名霑,都无可疑。胡适的《考证》说'这诗使我们知道曹雪芹又号芹圃'又如《八旗艺文编目》说:'曹霑:字雪芹,又字芹圃。'这是把'雪芹'当作表字,而以'芹圃'为号,或又字。我以为'圃'字是过去取字时最常用的字眼,'芹圃'实当为正字。友朋诗句酬赠用'雪芹'时多,而兼有字、号的人自称也是多爱用号。这也可证没无闻的"芹圃"才是正字。"

## 二、辨析著者相关信息

《红楼梦》是部"故将真事隐去"的著作,曹雪芹将该书的"立意本旨"以及家世尽隐其间,包括荣国府直通曹家、贾宝玉原型是曹颙、曹雪芹名霑等重大事项。笔者以原著和脂砚斋批语为依据,经过数十年深入探究,著成《探秘红楼梦》。笔者推证:曹雪芹姓曹名霑,系康熙皇帝宠臣、江宁织造曹寅之孙,曹颙之子。曹雪芹生于康熙五十四年五月初一(1715年6月2日),卒于乾隆二十七年十二月二十九日(1763年2月12日)。以此为基础,笔者对作者、评批者、续书者以及知名学者所提供的曹雪芹基本信息逐条爬梳勘正,去伪存真,以正视听,生成《红楼梦》著者信息辨析简表及其著者简介。

曹雪芹提供了"增删者曹雪芹"等有价值信息。在"真事隐"的大背景下,曹雪芹匠心独运在原著中嵌入著者的名号,为后人核实著者真实身份指明方向。

脂砚斋提供了"芹""雪芹""芹溪"等有价值信息。脂砚斋与曹雪芹存在母子关系,其身份很特殊,所透露著者的"芹""雪芹""芹溪"等号,真实可靠性高,可作为有力证据。

畸笏叟提供了"雪芹""芹溪"等有价值信息。畸笏叟与曹雪芹存在叔侄关系,其身份也很特殊,所透露著者的"雪芹""芹溪"等号,真实可靠性高,也可作为有力证据。

程伟元提供了"曹公""红楼风月梦残""石兄""雪芹曹先生"等有价值信息。程伟元是《红楼梦》整理、续书主要召集人,也是参与者。续书动议最早,收集资料最全,出版发行最先。之后续书者虽然不乏其人,但就其影响力而言,尚无人可与程伟元比肩。因此,程伟元透露出著者是曹公信息能起到一语定乾坤的作用,"雪芹曹先生",也成了著者姓曹的铁证之一。

高鹗提供了《红楼梦》、"友人小泉过予"等有价值信息。高鹗是程伟元的合作者，与程伟元一道完成了续书任务。正因为如此，才有一百二十回程高续书流传于世。高鹗在序言和引言中均未对程伟元的曹公著书等说法提出反对意见，等于支持和赞同程伟元的提法。

敦敏提供了"曹君""芹圃""霑""曹雪芹""雪芹"等有价值信息。敦敏和曹雪芹生活在同时代，两人有交往史，且很友善。敦敏提供了十分完整的著者信息，"曹君""曹雪芹"存著者姓氏，"霑"是著者的名，"芹圃""雪芹"则是著者的号。

敦诚提供了"曹雪芹""魏武之子孙""雪芹曾随其先祖寅织造之任""芹圃""雪芹""曹子大笑称快哉""曹平生为诗大类如此"等有价值信息。敦诚提供的著者信息也很完整，曹寅任江宁织造是有史可查的。敦诚又称曹雪芹乃是"魏武之子孙"，魏武帝指曹操，籍贯亳州，东汉名臣。其子曹丕篡汉建魏后，追封曹操为魏武帝。在"曹雪芹""魏武之子孙""雪芹曾随其先祖寅织造之任""芹圃""雪芹""曹子大笑称快哉""曹平生为诗大类如此"等信息中，敦诚已经出具大量证据，即《红楼梦》作者是曹姓之人，用过"芹圃""雪芹"等号。可敦诚所作"雪芹曾随其先祖寅织造之任"的标注有误，因为曹寅于1712年逝世，曹雪芹出生于1715年，故曹雪芹不可能随曹寅到访织造府。

张宜泉提供了"曹芹溪""曹雪芹""姓曹名霑字梦阮""芹溪居士"等有价值信息。张宜泉的信息很确定，著者就是曹霑，"姓曹名霑字梦阮"更是一条不可多得的信息，首度透露出著者另一个号叫"梦阮"。

明义提供了"曹子雪芹""盖其先人为江宁织府""大观园""怡红院""潇湘别院""《红楼梦》""随园故址""金姻与玉缘"等有价值信息。在"曹子雪芹"和"盖其先人为江宁织府"两条信息中，明义已经锁定，著者必是曹寅后人；"大观园""怡红院""潇湘别院""《红楼梦》""金姻与玉缘"等信息,再现了《红楼梦》故事中情节和场景;"大观园""随园故址"等信息具有考据性质,点到原型的出处。

永忠提供了《红楼梦》、"雪芹""姓曹""颦颦宝玉"等有价值信息。颦颦和宝玉是故事中两位重要人物,宝玉即贾宝玉,颦颦是林黛玉进荣国府时贾宝玉强行为她起的名。永忠毫不隐瞒道出实情,《红楼梦》著者"姓曹",彻底排除了曹雪芹不是曹氏后人的可能性。

袁枚提供了"曹练(楝)亭为江宁织造""其子雪芹撰《红楼梦》""雪芹者,曹练(楝)亭织造之嗣君也""文(大)观园者""随园""雪芹公子"等有价值信息。嗣君亦称别人的儿子,曹练(楝)亭是曹寅的号。在"曹练(楝)亭为江宁织造""其子雪芹撰《红楼梦》""雪芹者,曹练(楝)亭织造之嗣君也"三条信息中,袁枚一再坚持自己观点,《红楼梦》是曹雪芹所著,并明确交待雪芹公子是曹练(楝)亭之后。另经袁枚指证,大观园原型是随园。袁枚是随园的主人,号称随园居士,由产权所有者亲自指证其原型,完全可以作为过硬的考据依据。可袁枚所提供"其子雪芹""嗣君"等信息有误,"雪芹公子"虽是曹练(楝)亭之后,但不是曹寅之子。

周春提供了"《石头记》""《红楼梦》""即曹雪芹之父楝亭也"等有价值信息。楝亭是曹寅的号。周春指出,《石头记》和《红楼梦》是同一本书,取了两个书名,并坚持该书是曹寅之后曹雪芹所著的观点。可周春所提供"即曹雪芹之父楝亭也"的信息有误,曹雪芹是曹寅之孙,并非之子。

裕瑞提供了"曹雪芹""雪芹改《风月宝鉴》""伟元""雪芹二字,想系其字与号耳""曹姓""大观园""脂研(砚)斋""其先人曾为江宁织造"等有价值信息。在"曹雪芹""曹姓""其先人曾为江宁织造"三条信息中,裕瑞已经证实,《红楼梦》著者必系曹氏后人,因为史上符合曹姓之人和曾为江宁织造两条件者仅有三人,即曹寅、曹颙和曹頫。裕瑞还透露以下信息,雪芹两字有可能是著者的字与号,《红楼梦》是在《风月宝鉴》基础上修改而成的,伟元是续书者。《红楼梦》有位评批者,名字叫脂研

(砚)斋,裕瑞是发现这一秘密第一人。

西清提供了"《红楼梦》""曹雪芹""而雪芹何许人""雪芹名霑""其曾祖寅"等有价值信息。"《红楼梦》"指书名,"其曾祖寅"指曹寅,"曹雪芹"和"雪芹名霑"指曹霑,这三条信息形成一个超强的证据链。西清证据充分,《红楼梦》著者就是曹霑。可西清所提供"其曾祖寅"的信息有误,曹寅其实是曹雪芹祖父,并非曾祖父。

汪堃提供了"《红楼梦》""出于汉军曹雪芹之手""红学""后四十回乃刊刻时好事者补续"等有价值信息。"出于汉军曹雪芹之手",该条信息与曹雪芹家世相吻合,从而确定《红楼梦》出自曹雪芹之手。

陈其元提供了"《红楼梦》""此书乃康熙年间江宁织造曹练亭之子雪芹所撰"等有价值信息。练(楝)亭是曹寅的号,曾任江宁织造,康熙皇帝的宠臣。"曹练亭之子雪芹",该雪芹固然姓曹。从中可以看出,陈其元坚持曹雪芹著《红楼梦》的观点。可陈其元所提供"此书乃康熙年间江宁织造曹练亭之子雪芹所撰"的信息有误,曹雪芹其实是曹寅之孙,并非其子。

梁恭辰提供了"《红楼梦》""甄(真)宝玉贾(假)宝玉""曹雪芹实有其人"等有价值信息。甄宝玉和贾宝玉是故事中两个人物,贾宝玉自始至终站在前台,甄宝玉则一直处于隐身状态。梁恭辰确信,曹雪芹确有其人并著成《红楼梦》。

逍遥子在文中提到了"曹雪芹""《红楼梦》""同人相传雪芹尚有《后红楼梦》三十卷""自铁岭高君梓成""洵为雪芹惬意笔也"等有价值信息。逍遥子认为,《红楼梦》著者是曹雪芹,曹雪芹对著作比较满意。他还听说,《后红楼梦》尚存三十卷草稿,该书由高鹗续成。

吴云提供了"《红楼梦》""已而高兰墅偕陈某足成之""本事出曹使君家"等有价值信息。吴云认定,《红楼梦》"本事"曹家,高鹗邀请一位姓陈的先生合作,共同完成《红楼梦》续写任务。

陈镛提供了"《红楼梦》""《红楼梦》一百二十回,原书仅止八十回,余所目击""后四十回乃刊刻时好事者补续"等有价值信息。陈镛指出,《红楼梦》有一百二十回,原书仅有八十回,后四十回经过他人补续。他同时声称,曾亲眼见过前八十回文本。

毛庆臻提供了"《红楼梦》""作俑者曹雪芹,汉军举人也""每传地狱治雪芹甚苦""乃汉军雪芹家也"等有价值信息。在"《红楼梦》""作俑者曹雪芹,汉军举人也""乃汉军雪芹家也"等信息中,毛庆臻将《红楼梦》与著者家世紧密联系在一起,《红楼梦》系曹雪芹所著。可毛庆臻所提供"作俑者曹雪芹,汉军举人也"的信息有误,经查无出处。曹雪芹在年少时,经历抄家事件,已经丧失科举资格。另外,"每传地狱治雪芹甚苦",乃是宣传封建迷信,属于糟粕之类。

胡适提供了"《红楼梦》的著者是曹雪芹""曹雪芹是汉军正白旗人,曹寅的孙子,曹𬤇的儿子"等有价值信息。胡适认定,《红楼梦》著者是曹氏,正白旗人,即曹寅后人曹雪芹。可胡适所提供著者是"曹𬤇的儿子"的信息有误,该信息带有臆断成分,胡适既未通过《红楼梦》文本解读,也未在《红楼梦考证》一书中展开论证。曹雪芹其实是曹颙的儿子,非曹𬤇的儿子。

周汝昌提供了"雪芹姓曹氏,名霑,字芹圃,号雪芹、芹溪居士,又号梦阮。贡生"等有价值信息。周汝昌提供的信息较全面,认定《红楼梦》著者就是曹霑。可周汝昌所提供"贡生"的信息有误,曹雪芹的"贡生"身份查无出处,或许受"作俑者曹雪芹,汉军举人也"等资讯误导所致。

制作曹雪芹基本信息辨析简表:

**《红楼梦》著者信息辨析简表**

| 序号 | 提供信息者 | 身份 | 信息来源 | 著者有关信息 | 勘误 | 备注 |
|---|---|---|---|---|---|---|
| 1 | 曹雪芹 | 作者 | 《石头记》《红楼梦》 | 增删者曹雪芹 | | 实是作者 |

| 序号 | 提供信息者 | 身份 | 信息来源 | 著者有关信息 | 勘误 | 备注 |
|------|-----------|------|---------|------------|------|------|
| 2 | 脂砚斋 | 评批者 | 脂砚斋批语 | 芹、雪芹、芹溪 | | 抄本 |
| 3 | 畸笏叟 | 评批者 | 畸笏叟批语 | 雪芹、芹溪 | | 抄本 |
| 4 | 程伟元 | 续书者、官员 | 《红楼梦》 | 曹公、雪芹曹先生 | | |
| 5 | 高鹗 | 续书者、官员 | 《红楼梦》 | 《红楼梦》 | | |
| 6 | 敦敏 | 宗室成员、官员、诗人 | 《懋斋诗钞》 | 曹君、芹圃、霑、曹雪芹、雪芹 | | |
| 7 | 敦诚 | 宗室成员、官员、诗人 | 《四松堂集》《鹪鹩庵杂塵》 | 魏武之子孙、随其先祖寅织造之任、芹圃、曹子 | 未随寅赴织造、寅死时芹未出生 | |
| 8 | 张宜泉 | 教师、诗人 | 《春柳堂诗稿》 | 曹芹溪、曹雪芹、姓曹名霑字梦阮、芹溪居士 | | |
| 9 | 明义 | 贵族之后、官员、诗人 | 《绿烟琐窗集》《和随园自寿诗韵十首》 | 曹子雪芹、盖其先人为江宁织府、《红楼梦》 | | |
| 10 | 永忠 | 宗室成员、官员、诗人 | 《延芬室集》 | 《红楼梦》、雪芹、姓曹 | | |
| 11 | 袁枚 | 官员、文学家 | 《随园诗话》 | 其子雪芹撰《红楼梦》、雪芹者,曹练(楝)亭织造之嗣君也 | 非寅子 | |

第二编　版本研究与作者研究

| 序号 | 提供信息者 | 身份 | 信息来源 | 著者有关信息 | 勘误 | 备注 |
|---|---|---|---|---|---|---|
| 12 | 周春 | 官员、学者 | 《阅红楼梦随笔》 | 《石头记》《红楼梦》、即曹雪芹之父棟亭也 | 非寅子 | 周春其名入《清史稿》 |
| 13 | 裕瑞 | 宗室成员、官员、作家 | 《枣窗闲笔》 | 曹雪芹、雪芹二字,想系其字与号耳、曹姓、其先人曾为江宁织造 | | |
| 14 | 西清 | 贵族之后、官员、作家 | 《桦叶述闻》 | 《红楼梦》、曹雪芹、雪芹名霑、其曾祖寅 | 寅非其曾祖 | |
| 15 | 汪堃 | 官员、作家 | 《寄蜗残赘》 | 《红楼梦》、出于汉军曹雪芹之手 | | |
| 16 | 陈其元 | 官员、作家 | 《庸闲斋笔记》 | 《红楼梦》、此书乃康熙年间江宁织造曹练亭之子雪芹所撰 | 非寅子 | |
| 17 | 梁恭辰 | 文学家 | 《北东堂笔录》 | 《红楼梦》、曹雪芹实有其人 | | |
| 18 | 逍遥子 | 作家 | 《后红楼梦》 | 曹雪芹、《红楼梦》、洵为雪芹惬意笔也 | | 用名应是别名 |
| 19 | 吴云 | 官员、作家 | 《红楼梦传奇》 | 《红楼梦》、本事出曹使君家 | | |

| 序号 | 提供信息者 | 身份 | 信息来源 | 著者有关信息 | 勘误 | 备注 |
|------|-----------|------|----------|-------------|------|------|
| 20 | 陈镛 | 作家 | 樗散轩丛谈 | 《红楼梦》《红楼梦》一百二十回,原书仅止八十回,余所目击 | | |
| 21 | 毛庆臻 | 作家 | 一亭考古杂记 | 《红楼梦》、作俑者曹雪芹,汉军举人也、乃汉军雪芹家也 | 芹未曾中举 | |
| 22 | 胡适 | 新红学创立者 | 红楼梦考证 | 《红楼梦》的著者是曹雪芹、曹寅的孙子、曹頫的儿子 | 非頫子 | |
| 23 | 周汝昌 | 红学家 | 红楼梦新证 | 雪芹姓曹氏,名沾,字芹圃,号雪芹、芹溪居士,又号梦阮、贡生 | 非贡生 | |

在上述人员提供大量著者信息的基础上,运用逻辑学归纳推理方法,再结合笔者红学研究成果,生成一个全新的曹雪芹生平简介:曹雪芹生于1715年6月2日(康熙五十四年五月初一日),卒于1763年2月12日(乾隆二十七年十二月二十九日),名沾,字梦阮,号雪芹,又号芹溪、芹圃。曹雪芹系康熙皇帝宠臣、江宁织造曹寅之孙,曹頫之子,曹頫之侄,祖籍安徽亳州,出生于江宁织造府(今南京),出身清代内务府正白旗包衣世家。著有《红楼梦》。

笔者所列举的提供曹雪芹基本信息者,既有作者本人,又有评批者,既有皇亲国戚,又有达贵官人。可以肯定的是,这些人身份的共同标签是:均为响当当的文化人均有著作流传于世。脂砚斋等人所提供的信息是有价值的,可信度也是十分高的,可在曹寅与曹雪芹辈分问题上仍然存在很大分歧,之所以出现寅子之类讹传,是因为脂砚斋和畸笏叟在其批语中不便过于言明以及敦敏等人对曹雪芹信息未尽然掌握所致。但大量证据足能证明,曹雪芹定然是曹寅之后曹霑。至此,那些无任何史料支撑的曹雪芹是"洪升""冒襄""顾景星"等人别名的不经之谈可以休矣!

第三编 交流材料和演讲稿

# 首届京津冀红学高端论坛交流材料

## ——十首"怀古诗"尘封着绝世机密

《红楼梦》故事发展过半程时,新人薛宝琴骤然登场,恰似半路杀出的程咬金一般快速将林黛玉和薛宝钗两大女主角统统拉下马来。薛宝琴这一"不速之客"引人注目,第五十一回又出现她的十首怀古诗,数目之多在著作中绝无仅有,不禁让人愕然。

无论是抄本还是续书,从第四十九回起至第五十三回止均处于关键部位。利用五回篇幅,重点描写新面孔薛宝琴,同时强势推出她的十首"怀古诗",曹雪芹意欲何为?自《红楼梦》问世以来,无数探秘者前赴后继,勇于探索,尤对十首诗隐秘之事苦心孤诣,孜孜以求。有人认为暗隐物品,有人认为暗隐人名,更有部分学者认为,十首"怀古诗"是无关紧要的,只不过是曹雪芹故意玩弄文字游戏而已。截至目前,十首"怀古诗"如同一份试卷,考生们所给出的答案却是五花八门。可以断言,十首"怀古诗"已经成为《红楼梦》谜中之谜。

笔者长期研究曹雪芹创作技巧和诗歌寓意,认真查阅康熙时期和雍正时期的历史资料以及曹家资料,发现十首诗怀古是假,暗隐俗物更是假,完整保存一份曹雪芹档案资料题。下文,笔者分三大部分对薛宝琴及其十首怀古诗进行详细解读,作为这次京津冀红学高端论坛的交流材料。

## 第一部分：神秘人物薛宝琴

薛宝琴首次现身大观园，曹雪芹就将她比作白雪中一束红梅。试想一下：漫天大雪纷纷扬扬，忽有一枝红梅映入眼帘，这是何等亮丽呵！"无意苦争春，一任群芳妒""梅雪争春未肯降"等咏梅诗句早已脍炙人口，历史上文人名士也大都以梅花品格自许。作者在这里以梅比宝琴，可见宝琴的不寻常。

薛宝琴是薛宝钗的堂妹。因为薛宝钗长期客居荣国府，薛宝琴才以"走亲戚"身份来到大观园。可她毫不怯场，踊跃参加大观园举办的系列活动。谈笑之间，薛宝琴颠覆林黛玉和薛宝钗两位女主角形象，趁机跃居"女一号"宝座——

美丽超过钗黛。薛宝钗和林黛玉是大观园里公认的青春靓女，可她俩的美貌远不及薛宝琴。薛宝钗有丰腴之美："生得肌骨莹润，举止娴雅，唇不点而红，眉不画而黛，脸若银盆，眼如水杏""肌骨莹润，举止娴雅""品格端方，容貌丰美"；林黛玉则具有"绝世风姿"。薛宝琴又美到了何种程度呢？她进入大观园好似鹤立鸡群，所有的人都被她的美貌征服了。晴雯和探春等人一睹芳容后奔走相告，连贾宝玉也惊艳其美："……更奇在你们成日家只说宝姐姐是绝色的人物，你们如今瞧瞧他这妹子，更有大嫂嫂这两个妹子，我竟形容不出了。老天，老天，你有多少精华灵秀，生出这些人上之人来！可知我井底之蛙，成日家自说现在的这几个人是有一无二的，谁知不必远寻，就是本地风光，一个赛似一个，如今我又长了一层学问了。除了这几个，难道还有几个不成？"

待遇超过钗黛。贾母是一位德高望重的长者，贾宝玉等小字辈唯其马首是瞻。贾母对初来乍到的薛宝琴第一印象极佳，除亲自安排她与自已住一起外,特赠予一顶珍藏多年金翠辉煌的斗篷。林黛玉是贾母的亲外孙女,又比薛宝琴来荣国府早得多,却未享受此等待遇。贾母还出人意料将薛宝琴看作孙媳妇的最佳人选,及至薛姨妈公开她已是名花有主,贾母才死了这条心。另在贾母的提议下,王夫人不得不将薛宝琴认作干女儿。

才学超过钗黛。薛宝钗和林黛玉均属于才华横溢的大家闺秀,尤其在诗词方面有极高造诣。元春省亲时,薛宝钗和林黛玉所作的诗词技压群芳,贾宝玉佩服得五体投地,甚至将她俩视作一字师。自从来了薛宝琴,薛宝钗和林黛玉忽如诗盲一般,在数次联诗和赛诗中甘拜下风。而此时的薛宝琴才如泉涌,佳句迭出,"吟鞭指灞桥""闲庭曲槛无余雪,流水空山有落霞"等诗句大气磅礴,赢得满堂彩。"众人看了,都笑称赞了一番,又指末一首说更好。""末一首",曹雪芹确指就是薛宝琴所作的那首诗。

不仅限于此,薛宝琴还有一些不寻常之处。比如她同孤芳自赏的林黛玉关系处得十分融洽:"一时林黛玉又赶着宝琴叫妹妹,并不提名道姓,真是亲姊妹一般。"

连第五十二回出现唯一的"真真国女儿"诗,曹雪芹也交由薛宝琴朗诵。令人跌破眼镜的事情发生在第五十三回,见证宁国府祭祀宗祠的人,不是极为理想的人选林黛玉和薛宝钗,而是初来乍到的薛宝琴,让林黛玉和薛宝钗等正钗情何以堪。

薛宝琴为推十首怀古诗几近于"霸凌"。当第五十回接近尾声时,贾宝玉、薛宝钗和林黛玉三人先后吟咏自制的灯谜诗,探春正欲交流自己的诗作,就被刚赶到现场的薛宝琴当即叫停。薛宝琴未留给别人任何商量余地,迅即将自制的十首怀古诗公之于众。

## 第二部分：十首怀古诗的特点及其解读

第五十一回的十首怀古诗,曹雪芹均冠名薛宝琴。必须指出的是,《红楼梦》前八十回中的诗词全出自曹雪芹之手,佳篇也好、劣诗也罢,全是曹雪芹根据故事里人物和情节所量身定制。因有曹雪芹特别垂青,薛宝琴才有了展示十首怀古诗的机会。十首怀古诗一经亮出,马上吸引了读者和研究者的目光。

### 一、十首怀古诗一字排开

#### 赤壁怀古(其一)

赤壁沉埋水不流,徒留名姓载空舟。

喧阗一炬悲风冷,无数英魂在内游。

#### 交趾怀古(其二)

铜铸金镛振纪纲,声传海外播戎羌。

马援自是功劳大,铁笛无烦说子房。

#### 钟山怀古(其三)

名利何曾伴汝身,无端被诏出凡尘。

牵连大抵难休绝,莫怨他人嘲笑频。

#### 淮阴怀古(其四)

壮士须防恶犬欺,三齐位定盖棺时。

寄言世俗休轻鄙,一饭之恩死也知。

#### 广陵怀古(其五)

蝉噪鸦栖转眼过,隋堤风景近如何?

只缘占得风流号,惹出纷纷口舌多。

## 桃叶渡怀古（其六）

衰草闲花映浅池，桃枝桃叶总分离。

六朝梁栋多如许，小照空悬壁上题。

## 青冢怀古（其七）

黑水茫茫咽不流，冰弦拨尽曲中愁。

汉家制度诚堪叹，樗栎应惭万古羞。

## 马嵬怀古（其八）

寂寞脂痕渍汗光，温柔一旦付东洋。

只因遗得风流迹，此日衣衾尚有香。

## 蒲东寺怀古（其九）

小红骨贱最身轻，私掖偷携强撮成。

虽被夫人时吊起，已经勾引彼同行。

## 梅花观怀古（其十）

不在梅边在柳边，个中谁拾画婵娟？

团圆莫忆春香到，一别西风又一年。

## 二、十首怀古诗有以下显著特点

曹雪芹之所以强推十首怀古诗，是有其良苦用心。若只放一至两首，读者兴许会一扫而过，难以起到吸睛效果。以排山倒海之势一次性推出了十首，怀古诗独占鳌头，从而奠定怀古诗与众不同的独特地位。十首"怀古诗"有以下几个方面显著特点：

数量之最。一人在一回之中一次性写下十首诗，这在《红楼梦》中尚属首次，薛宝琴创下一项新纪录。

一律采用七绝体裁。十首怀古诗全部采用七绝，累计仅有四十句。不似《姽婳词》等长诗，每首均超出四十句。

充满着神秘气氛。因为十首怀古诗是继春灯谜之后出现的，所以它本身就是一个谜。不仅如此,曹雪芹还施放许多烟幕弹,使十首怀古诗云遮雾罩:"却怀往事""又暗隐俗物十件""内隐十物"等语。薛宝钗的神评更加令人捉摸不透:"前八首都是史鉴上有据的,后二首却无考。"

未按朝代顺序排列。十首"怀古诗"没有按照事件或故事发生的时间顺序排列,显得杂乱无章。第一首诗故事发生时间在东汉后期(三国);第二首诗故事发生时间在东汉前期;第三首诗故事发生时间在清(笔者推定);第四首诗故事发生时间在西汉;第五首诗故事发生时间在隋代;第六首诗故事发生时间在东晋或东吴或南朝;第七首诗故事发生时间在西汉;第八首诗故事发生时间在唐代;第九首诗故事发生时间在元代;第十首诗故事发生时间在明代。

文风朴实无华。十首诗仅出现"橹"等极个别生僻字,读起来朗朗上口,几近于白话文,诗的表义人人能略知一二。

题材涉及重大历史事件。如赤壁之战、马援南征、韩信平齐、大运河开凿、六朝旧事、昭君出塞、马嵬被缢等。

诗词基调反差甚大。前八首诗与后两首诗基调可谓泾渭分明,前八首以悲怆、愤懑、凄凉、怨恨为主基调,如"悲风冷""牵连""盖棺""咽不流""曲中愁"等。后两首诗则以明快、欢乐、喜悦、希望为主基调,如"撮成""同行""团圆""一别西风又一年"等词语,促使人们憧憬美好的未来。

## 三、浅析十首"怀古诗"

### 赤壁怀古(其一)

赤壁沉埋水不流,徒留名姓载空舟。

喧阗一炬悲风冷,无数英魂在内游。

赤壁,位于湖北省南部,著名的"赤壁之战"发生地。建安十三年(208),曹操在基本上平定北方后,为了完成统一大业,挥师南下。当曹操大军抵达赤壁时,遭到孙刘联军的顽强抵抗。东吴大都督周瑜在三江口火烧曹营,曹操大败后退回北方。"赤壁之战"是以少胜多的经典战例。此役之后,曹操再也无力南征,奠定三国鼎立的局面。

这首诗的大意:参加赤壁之战的双方投入大量兵力,战争场面十分惨烈,刀枪剑戟和尸体沉入江中,连滚滚的长江水也为之堵塞。当胜利方打扫战场时,早已见不到曹军一兵一卒,遗弃的战船虽是破败不堪,但印有字号的旗帜仍在桅杆上迎风飘扬。"火攻之计"真够歹毒,火借风势,风助火威,许多战士被烧得哭爹喊娘,惨叫声不绝于耳。此战使无数的英雄豪杰命丧黄泉,成了孤魂野鬼。

## 交趾怀古(其二)

铜铸金镛振纪纲,声传海外播戎羌。

马援自是功劳大,铁笛无烦说子房。

交趾,古代地名,今越南一部分。东汉建武十八年(42),伏波将军马援率兵镇压交趾郡人民起义,取得了平叛胜利。班师回朝前,马援在当地立下两根铜柱,柱上刻有平叛经过的记述文字,用来震慑边远地区的人民群众。

这首诗的大意:(马援)在铜铸上镌刻宣扬王法和整顿王纪的文字,警告边远地区的人民不得再次造反,否则,王师一到,无坚不摧。马援是一位能征惯战的常胜将军,不顾自己年老体迈,为国出征,最后病死在征战途中。如果每位将军都能发扬马革裹尸的精神,刘邦军队在楚汉相争中就没有必要接受张良的计谋,用铁笛演奏出"四面楚歌",瓦解项羽部队的战斗意志,才取得了那场战争的胜利。

## 钟山怀古(其三)

名利何曾伴汝身,无端被诏出凡尘。

牵连大抵难休绝,莫怨他人嘲笑频。

钟山,今南京市东北的紫金山,常被用来代指南京。

这首诗的大意:你从未享受功名利禄,却被皇帝平白无故下令迁出平时居住的地方。自今往后,无休无止的政治迫害大概是无法摆脱的,即使遭受别人许许多多的冷嘲热讽,(你)也不要心生怨恨。

### 淮阴怀古(其四)

壮士须防恶犬欺,三齐位定盖棺时。

寄言世俗休轻鄙,一饭之恩死也知。

韩信,江苏省淮阴人(今江苏省淮安市),西汉开国名将,汉初三杰之一。韩信屡建战功,曾被封为齐王和楚王,后贬为淮阴侯。西汉十年(197),他被吕后杀害。

这首诗的大意:韩信出生于淮阴县,年轻时只是一介平民,当地有个屠户像疯狗一样,逼迫他受到"胯下之辱"。从军后,韩信崭露头角,刘邦筑坛拜将,他被推举当上大将军,取得了平定三齐等重大战役胜利。因战功卓著,韩信被封为齐王,这是韩信人生中最辉煌的时刻,同时预示着他将大祸临头。韩信为汉王朝建立不朽功勋,却遭到灭门惨案。韩信虽然没有得到善终,可人们千万不要瞧不起他,"一饭千金,不忘漂母"等故事广为流传,说明他是一位知恩图报的人。

### 广陵怀古(其五)

蝉噪鸦栖转眼过,隋堤风景近如何?

只缘占得风流号,惹出纷纷口舌多。

广陵,古城扬州的旧名。"隋堤"指大运河两岸的圩堤。隋大业元年(605),隋炀帝杨广下达开凿古运河的命令,动用数十万民工,用五年多时间,完成古运河的拓宽浚深工程。从此以后,船舶可从扬州直达杭州。开凿大运河的功过是非一直存在很大争议,唐代著名诗人皮日休则给予较公正的评价:"尽道隋亡为此河,至今千里赖通波。若无水殿龙舟事,共禹论功不较多。"

这首诗的大意:大运河两旁树木繁荫,蝉和乌鸦的鸣叫声此起彼伏。

当年，隋炀帝杨广率领船队浩浩荡荡向扬州进发，老百姓扶老携幼、争先恐后，站在大运河两岸边，希望一睹隋炀帝的风采，那是多么热闹的场景！时过境迁，大运河的河水依旧日夜流淌，可隋炀帝时代的风光早已一去不复返。隋炀帝下令开凿大运河，仅为满足自己风流快活的私欲，所以他的做法长期受到许多人严厉指责。

## 桃叶渡怀古（其六）

衰草闲花映浅池，桃枝桃叶总分离。

六朝梁栋多如许，小照空悬壁上题。

桃叶渡，在今南京市境内，淮河与清溪合流处。南京曾称金陵、石头城等名，东吴、东晋、南朝（宋齐梁陈）等王朝建都于此，史称六朝古都，又是明初都城。

这首诗的大意：深秋季节的金陵，衰败的枯草遍地可见，浅浅的池塘水面上倒映着些许野花的影子，桃树枝上已是光秃秃的，见不到一片桃叶。面对如此萧条景象，不禁使人浮想联翩。金陵曾作为六朝古都，每逢盛世之际，一批批帝王将相和文人墨客纷纷驻足墙壁前，意气风发，挥洒豪情，留下了大量的书画作品。现如今，人们借助一钩残月，尚能从破烂不堪墙壁上寻得见当年题词画像的模糊痕迹。

## 青冢怀古（其七）

黑水茫茫咽不流，冰弦拨尽曲中愁。

汉家制度诚堪叹，樗栎应惭万古羞。

王昭君，历史上"四大美女"之一，青冢是王昭君的墓园，在今内蒙古自治区呼和浩特市的南面。

这首诗的大意：王昭君安葬在黑河岸边，塞外的冬天格外寒冷，黑河的河面结上一层厚厚的冰。河水不流淌，人们觉得这好似因同情王昭君悲惨遭遇而断流的；一阵阵寒风呼呼吹来，人们听觉似王昭君出塞时怀抱琵琶所弹奏的凄凉曲调。汉朝的和亲政策令人扼腕长叹，特别是汉元帝在执政期间没有强国强军的远大抱负,仅靠选送绝色美女与少数民族的头目和亲,来换取边境的短暂安宁。这类皇帝如樗树和栎树一样不成材,着实让子孙后代为他们感到万分羞愧。

### 马嵬怀古(其八)

寂寞脂痕渍汗光,温柔一旦付东洋。

只因遗得风流迹,此日衣衾尚有香。

马嵬驿,今陕西省兴平市境内。唐天宝十五年(756),安禄山叛军势如破竹,大举进攻唐都长安。唐玄宗李隆基贪生怕死,带领杨玉环等人仓皇向四川方向逃跑。当行至马嵬驿时,唐军突然发动"马嵬兵变",唐玄宗被迫下令处死杨玉环。

这首诗的大意:杨玉环闻知唐玄宗亲自下达处死自己的命令,泪水和汗水止不住流淌,精心化妆的面庞被彻底弄坏了。杨玉环怎么也不敢相信,唐玄宗"永世做夫妻"的山盟海誓犹在耳边回想,可为了保住皇位,他就绝情绝义抛弃自己,曾经看似牢不可破的感情顷刻间荡然无存。杨玉环是位绝世的风流人物,因为她生前使用大量优质香囊制成的化妆品,所以她的遗物至今仍然散发着浓浓的香气。

### 蒲东寺怀古(其九)

小红骨贱最身轻,私掖偷携强撮成。

虽被夫人时吊起,已经勾引彼同行。

蒲东寺,元代王实甫的《西厢记》中出现的佛寺。

这首诗的大意:小红是地位最卑微的婢女,因意外发现张生和崔莺莺互生情愫,于是隐瞒老夫人,暗中为他们牵线搭桥。小红虽然受到太多太多的委屈,甚至遭到老夫人审问和拷打,但在小红等人坚持和努力下,张生和崔莺莺这对有情人最终结成眷属。

### 梅花观怀古(其十)

不在梅边在柳边,个中谁拾画婵娟?

团圆莫忆春香到,一别西风又一年。

梅花观,明代汤显祖的《牡丹亭》中出现的道观名。

这首诗的大意:(杜丽娘)没有依傍在一位姓梅的人身边,最终依傍在柳梦梅的身边,不知道是谁最先拾到那幅美女画像?当他俩团聚的时候,不要总想着春香是否已经来到了面前,一旦刺骨的寒风拂面而来,一年即将成为过去,春天的脚步已开始临近。

## 四、深度解读十首怀古诗

曹雪芹在乾隆时期潜心创作《红楼梦》,此时的清王朝正在全国范围内大兴"文字狱",其残酷性史无前例。为防当局政治追杀,曹雪芹在创作中迫不得已采用了"真事隐"和"假语存"的写作方法。所谓"真事隐"和"假语存",即在文本中隐真示假或以假言真。说直白一点,就是作者巧妙地把若干真人真事隐藏起来,没有使之公开化。鉴于此,"一镜两面"的技法是最为行之有效的方法。《风月宝鉴》则是一个典型事例,其正反两面所显示出的效果图截然相反,正面是风姿绰约的王熙凤形象,反面则是一具令人毛骨悚然的骷髅。

"透过现象看本质。"检试怀古诗后发现,曹雪芹将"一镜两面"技法提升到了炉火纯青的程度。怀古诗表面看似平淡无奇,人人可晓其大意,但它的反面隐存着高深莫测和从不轻易示人的秘密。十首怀古诗既然包含历史事件和真实故事,那必须从漫长的历史长河里寻找蛛丝马迹,尤其不可忽略康熙王朝后期发生了一场惊心动魄的皇储之争。在那场你死我活的皇权之争中,雍正皇帝在最后关头蹊跷胜出,曹家随后成为那场政治斗争的牺牲品。根据这一重大历史线索顺藤摸瓜,寻根究底,十首怀古诗的神秘面纱最终被慢慢揭开了——

第一首《赤壁怀古》,表面上讲述赤壁之战的惨烈,实际上隐藏着一个"曹"姓,即曹雪芹用来暗示自己父亲姓"曹"。"徒留名姓载空舟",

"姓"是这首诗的关键字。《赤壁怀古》取材于三国故事。东汉建安年间，当时风云人物有曹操、孙权、刘备、周瑜、诸葛亮等。曹操是著名的政治家、军事家、文学家，曾经以汉朝大将军和丞相的名义征讨四方割据政权，为统一中原做出重大贡献。何以见得该诗中隐藏一个"曹"字呢？从"徒留名姓载空舟"诗句中能找出答案。建安十三年（208 年），赤壁之战爆发，一方是曹操军队，另一方是孙刘联军。由于周瑜成功实施火攻战略，曹军伤亡惨重，丢盔弃甲，以失败而告终。孙刘联军人员及时清理战场，已经见不到曹方一兵一卒，大批战船受损严重，但空船的桅杆上印有曹家字号的旗帜仍在迎风飘扬。

清宗室后人、文化名人敦诚知晓曹雪芹是曹操后代的底细，他于乾隆二十二年（1757）秋天曾写过一首诗，该诗名为《寄怀曹雪芹霑》，其中有"少陵昔赠曹将军，曾曰魏武之子孙"的诗句。由此看来，《赤壁怀古》稳居十首怀古诗之首绝对不是偶然巧合。

第二首《交趾怀古》，表面上歌颂马援的赫赫战功，实际上明示着一个"马"姓，即曹雪芹用来暗示自己母亲姓"马"。这不是根据民间的传说，也不是妄加猜测，《红楼梦》四大家族之一的"薛"家，一经还原就是现实生活中的"马"家，这里不再赘述。"马援自是功劳大"，"马"字是这首诗的关键字，实际上明列一个"马"姓。《交趾怀古》取材于东汉伏波将军马援的故事。马援是东汉开国功臣之一，因功累官伏波将军，封新息侯。

曹家有位姓"马"的重要人物，可不是空穴来风。曹雪芹叔父曹頫曾在一份奏折中提及到一位"嫂马氏"，这位"嫂马氏"，根据曹雪芹在《红楼梦》所描述的人物辈分关系，笔者推定此人就是曹雪芹的亲生母亲。康熙五十四年（1715）三月初七日，上任不久的曹頫首次向康熙呈上一道奏折，该奏折名《江宁织造曹頫代母陈情折》。他在奏折中不仅汇报正常工作，还反映兄嫂马氏有娠等家事："奴才之嫂马氏，因现怀妊孕已及七月，恐长途劳顿，未得北上奔丧，将来倘幸而生男，则奴才之兄嗣有在矣。"奏折中所提"奴才之嫂马氏",确系曹颙之妻。曹雪芹如何突出母亲高贵的姓氏呢？马援无疑是最佳人选。马援戎马一生,老当益壮,先后平定陇西和交趾等地的叛乱,最后病死疆场。"马革裹尸"一词还成为中华民族战斗精神的代名词,受到国人千古传颂。有鉴于此,《交趾怀古》被列十首怀古诗第二位也是曹雪芹精心策划的结果。

第三首《钟山怀古》,表面上借用钟山之名,实际上锁定"南京"方位,即曹雪芹用来倾诉自己"南直召祸"后的悲惨命运。"南直召祸"四字出自脂砚斋批语。"南直"即南京,明太祖朱元璋建都南京,之后的明成祖朱棣迁都北京,自此南京有南直之称。"钟山怀古"诗确定南京方位。钟山位于南京东北郊,史上常用钟山代指南京,江宁织造府的治所恰巧就在南京。脂砚斋用"南直召祸"隐述曹家被抄事件。"无端被诏出凡尘","诏"是这首诗的关键字。"诏",指帝王所发的文书命令。经深入探究,《钟山怀古》一诗中至少隐藏四个方面的重要信息,一是此人曾经居住南京(钟山);二是此人一生与"名利"毫不相干;三是此人受到了皇帝"无端"处罚;四是此人终身受到政治"牵连"等。由此传递出的四大信息,通过仔仔细细比对,历史上仅有曹雪芹一人与之完全吻合,余者根本没有这些特殊经历,或经历没有如此完整。由此可见,《钟山怀古》是曹雪芹专门为自己量体裁衣所作的一首诗,从中流露出鸣冤叫屈的悲愤情绪。雍正平白无故地抄家,不仅使曹家受到重创,也改写了曹雪芹的人生。自此以后,曹雪芹一生与名利沾不上边,还时时受到政治株连,尝尽人世间的辛酸苦辣,同时为"无材可与补苍天"感到非常遗憾。

事实证明,雍正于雍正五年十二月罗列三宗罪,对曹家实施查抄行动,确属"无端"行为：

一是"与奸党勾结"的罪名不靠谱。康熙每次南巡都是浩浩荡荡,同随行皇亲国戚等人一起入住曹家。曹家与一些王子既有人情交往,也有经济上往来。可坐上龙椅的雍正始终怀疑曹家参与了康熙末年皇子间争夺储位的斗争。于是,他开始秋后算账,先期对曹頫的态度十分恶劣,总是横挑鼻子竖挑眼,最后将他押解北京,并命令他扛着"枷锁"在内务府门前示众,时间长达一年多之久。曹頫案件经过长期审讯,查无实据,最后去其枷号,不了了之。雍正十三年九月初三,甫即位的乾隆下旨为前员外郎曹頫平反昭雪。

二是"因亏空罢免案"的罪名不成立。曹寅由于操办数次接驾,导致债台高筑。康熙也是心知肚明的,"曹寅、李煦用银之处甚多,朕知其中情由"。曹寅面对遗留下三十二万两银子亏空的糊涂账,惶惶不可终日,生怕连累子孙后代,曾用奏折向康熙反映过这一情况。曹寅过早的离世,与经济压力巨大有一定的关系。可雍正上台后,翻脸无情,将老皇帝作的孽,让奴才承担,经常拿亏空问题说事,并列作曹頫一大罪状。乾隆元年(1736),乾隆下旨核销那笔"呆账"。

三是"骚扰驿站"的罪名站不住脚。曹家有数人主政江宁织造,经常往来紫禁城,专题向皇帝汇报江南吏治民情等情况。与此同时,曹家还同一些驿站保持密切联系。有次,曹頫亲自押送织品进京,有一笔四百四十三两二钱银子的账款未及时结清。雍正皇帝小题大做,除责令曹頫还钱外,并以"骚扰驿站"重罪论处!

曹家遭到抄家,全家人被扣押起来。雍正六年(1728)的秋天,曹雪芹随同祖母等人告别金陵(南京),悄悄地从水西门外秦淮河边上船驶往北京。因为曹家被判有罪,亲朋故旧不敢去送行,曾经巴结的人更不会去送行,所以离别场面十分凄凉,"豪华虽足羡,离别却难堪。博得虚名在,谁能识苦甘",此情此景正是脂砚斋和曹雪芹当时真实心情的写照。

第四首《淮阴怀古》,表面上赞扬韩信知恩图报,实际上谴责刘邦忘恩负义和屠杀功臣。韩信是中国历史上伟大的军事家、战略家、战术家和军事理论家。"背水一战""暗渡陈仓""十面埋伏"等经典战例无不闪耀着智慧的光芒,史称"功高无二,略不世出"。如果没有韩信卓越的军事才能,刘邦就不可能取得楚汉战争的决定性胜利,那他坐上龙椅宝座的可能性则会大大下降。可刘邦当上皇帝后,怀疑猜忌,实行"鸟尽弓藏,兔死狗烹"之策,残忍地杀害韩信,并株连其三族。当血染长安时,时人感到无比痛惜,发出"千金一饭,不忘漂母。解衣推食,宁负汉皇"的感叹。

第五首《广陵怀古》,表面上批评隋炀帝游山玩水等风流韵事,实际上揭露隋炀帝弑君篡位和暴政苛政。隋炀帝即杨广,是隋文帝杨坚的次子,字英,初封晋王,有大将之才,率兵消灭陈朝。杨广在历史上的最大污点就是弑君篡位。仁寿四年(604),杨坚病居仁寿宫。为了保住太子之位,杨广委派张衡入宫侍疾,趁机杀死父皇,"血溅屏风,冤痛之声传于外"。同年七月,35岁的杨广登上皇位,随后杀害废太子杨勇。另外,杨广穷兵黩武,多次发动对高丽(朝鲜)战争,加重人民负担,使农业生产遭到严重破坏,他成为中国历史上著名的暴君之一。

第六首《桃叶渡怀古》,表面上叙述六朝旧事已成过眼烟云,实际上感叹六朝短命的最主要原因就是宗室内争和相互残杀。南京西北濒临长江,东有"龙盘"紫金山,西有"虎踞"清凉台,北有玄武湖,南有雨花台,山水环抱,地形极为险要。蜀汉丞相诸葛亮称赞南京是"金陵是钟山龙盘、石头虎踞,真乃帝王之宅";唐代大诗人李白称赞金陵"地拥金陵势,城回江水流"。如此形胜之地所建立的王朝,全部属于短命王朝。东吴59年,东晋104年,南朝时宋60年、齐24年、梁56年、陈33年,平均只有56年。"六朝旧事随流水",这些王朝兴衰成败有其规律性和共同点,开国时有一番英武气象,到了中后期,皇室内部不择手段争名夺利,造成政治上混乱,上演出许多惨无人道的王室悲剧。东吴的孙皓"滥用酷刑,凶狠顽固。恣行暴虐,虐待百姓,穷凶极恶"(陈寿)。南朝刘宋的宋文帝被太子刘劭所杀,王子之间相互残杀,经常出现灭门惨案。齐朝后期,齐明帝萧鸾当上皇帝,总结了一条永绝后患的"经验",就是将齐高宗和齐武帝的子孙斩尽杀绝。这些毫无人性的事例,李白和王安石等著名诗人在诗词中均有所反映。那些皇亲国戚们在权利的诱惑下,亲情比纸还薄,后人无不对那段历史感到无比寒心。

第七首《青冢怀古》,表面上哀叹王昭君远嫁漠北之后客死他乡,实际上痛批汉元帝昏庸无能。王昭君作为一名绝色的汉家女子,竟被朝廷当作礼物一样送给匈奴呼韩邪单于。出塞途中,她怀抱琵琶弹奏许多曲子,表达对远离家乡和亲人的哀怨之情,送行的人听后全都潸然泪下。为何派她去和亲呢?有史料记载:王昭君正直倔强,没有向画工毛延寿行贿,才使她的真实美貌未被皇帝发现。当送行王昭君时,汉元帝忽见王昭君具有绝色风姿,心中恋恋不舍,可为时已晚了。假若汉元帝是一位雄才大略的君主,假若毛延寿不索贿受贿,绝代佳人王昭君怎会嫁到偏荒之地,又怎会凄惨的了此一生呢?

第八首《马嵬怀古》,表面上怜惜杨玉环魂断马嵬驿,实际上痛骂唐玄宗李隆基薄情寡义和荒淫误国。唐玄宗在武惠妃死后,一直郁郁寡欢。三年后,唐玄宗迷恋杨玉环的绝色美貌。因为色欲熏心的缘故,唐玄宗不择手段,竟然把儿媳妇占为己有。两人婚后还算是志趣相投,杨玉环善歌舞,通音律,唐玄宗时常兴致勃勃地为她伴奏。天宝十年(751)七夕之夜,两人在月下并肩而立,发誓世世代代永做夫妻,说完相拥大哭一场。由于唐玄宗荒淫误国,最终导致"安史之乱"爆发。在一起逃难的路上,唐玄宗贪恋皇位,违背从前的誓言,下达了那道薄情寡恩的命令,使一代绝色美女在马嵬驿香消玉殒。

第九首《蒲东寺怀古》,表面上描写机智灵活的小红可爱形象,实际上赞美王实甫的《西厢记》成功展现人间爱情这一美好主题。王实甫是元代著名杂剧作家,《西厢记》是他的代表作,此剧刚上演,受到无数青年男女的喜爱。"愿天下有情人都成眷属"这一美好主题深入人心。小红在张生与崔莺莺之间充当传情员,在老夫人与崔莺莺之间充当调解员,形象十分活泼可爱。因有小红不顾个人安危,经过一波三折之后,才促成这段流传千古的美满姻缘。曹雪芹十分推崇王实甫的创作精神,无比喜爱《西厢记》。《红楼梦》有贾宝玉和林黛玉共读《西厢记》的场景,出现"花落水流江""小孩儿口没遮拦"等经典名句。

第十首《梅花观怀古》,表面上描写杜丽娘和柳梦梅生死不渝的爱情故事,实际上歌颂汤显祖不附权贵和执意笔耕的高贵品格。汤显祖因深恶官场黑暗,绝意仕途,于明万历二十六年(1598),弃官归乡。回到故乡后,他一门心思坚持戏剧创作,把作品的思想内容放在首位。《牡丹亭》是汤显祖最得意的作品,代表着当时最高的水平,几至家传户诵,史赞"为官不济,为文不朽"。日本学者青本正儿将他和莎士比亚并称为东西方交相辉映的两颗明星。《牡丹亭》的主人公为了追求个人幸福,发出了婚姻自主的呼声,杜丽娘已成为人们心目中青春与美艳的代名词。曹雪芹很喜爱《牡丹亭》,《红楼梦》出现大量的《牡丹亭》词曲,如《赏花时曲》等。另外,连形同槁木的李纨和端庄贤淑的薛宝钗等人也偷偷阅读《牡丹亭》。

# 第三部分:重见天日的绝世档案

基于前文所述,正确把握曹雪芹创作脉络,即为掌握"解码"秘诀,此时的"红楼"大门应声而启,其核心机密立刻呈现在世人面前。原来,十首怀古诗博大精深,由三大板块所组成,形成一个完整的体系。曹雪芹利用怀古诗记述自己的身世,表达自己的爱恨情仇,明确人生下一步努力方向。神秘人物薛宝琴又起到何种作用呢?她成功地充当曹雪芹叙述身世和抒愤言志代言人的角色。至此,尘封达数百年之久的怀古诗真相,终于大白于天下。

第一首至第三首诗作为第一大板块,曹雪芹利用此三首诗保存着一份个人档案。该档案资料涉及曹雪芹身世的部分最具有价值。曹雪芹是曹頫之子还是曹颙的遗腹子？这是红学界亟待破解的特大难题。"芹系谁子"被红学家刘梦溪判定为"三大死结"之一。现如今，随着研究的逐渐深入，红学界对《红楼梦》主旨分歧越来越大，争议程度日趋激烈，尤对曹雪芹姓甚名谁的争论进入白热化状态。至于《红楼梦》这部书，由于曹雪芹在时间上从未明确，造成时代背景严重模糊，才使每个人都产生很大想象空间。敦诚、敦敏兄弟俩和张宜泉等人是当时文学界大咖，除他们在有关诗句里证明曹雪芹创作《红楼梦》外，曹氏家谱上既查不到曹雪芹其人的生平记载，也查不到《红楼梦》是曹霑所著的直接证据。原著中仅有"后因曹雪芹于悼红轩中披阅十载"一小段文字记叙，如此一来，甚至让部分人产生曹雪芹是否姓曹的疑问。但从《红楼梦》故事内容以及脂砚斋和畸笏叟批语来看，人们感知《红楼梦》与曹家有联系，也感觉作者是曹家的某位后人。可他究竟是谁？他的"户口簿"放在哪儿？"户口簿"上父母一栏中是否有记录？目前，从外围查找这方面实证和实物已是毫无指望。然而在破译十首怀古诗时，笔者意外发现一本隐性"户口簿"。

第一首诗里隐存一个"曹"姓，代表着作者其父的姓氏。第二首诗里明示一个"马"姓，就是曹頫所提及的"嫂马氏"，代表着作者其母的姓氏。第三首诗保存作者在南京独特的个人经历。三大证据链环环相扣，既相互联系，又相互佐证，明眼人一看便知此人正是曹雪芹本人。此证据表明作者只能是曹家之雪芹，即曹霑是也。这份材料弥足珍贵，既有文物价值，还起到"书证"作用，如同曹雪芹在身份证明上签名盖章一样，具有法律效力。不仅限于此，前三首怀古诗成功破译具有划时代意义，彻底解决了《红楼梦》的著者问题。自《红楼梦》问世以来，其著作权归属问题长期悬而未决，有洪升说等。截至目前，好事者们所罗列的《红楼梦》作者已逾百人，大都是凭空猜测。令人感到困惑不解的是，他们彼此针锋相对，互不承认，全摆出一副不达目的决不罢休的阵势。真相不容歪曲，真理也只有一条。前三首怀古诗所揭示的内容给那些疯狂者们当头一棒。可以说，前三首怀古诗就是《红楼梦》作者说的"定海神针"。试问一下，纳兰性德和洪升等人能与"曹""马""钟山""名利何曾伴汝身""无端被诏出凡尘"等重要信息相匹配吗？当然是风马牛不相及的事。至此，"芹系谁子"的死结瞬息之间得以解开，阅读者和研究者才能够真正体会曹雪芹"满纸荒唐言，一把辛酸泪，都云作者痴，谁解其中味"的心路历程。怀古诗与曹雪芹身世的关系如图所示：

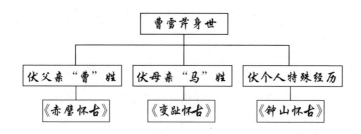

第四首至第八首诗作为第二大板块，曹雪芹利用此五首诗揭露雍正皇帝在执政期间的几大恶政。雪芹列举历史上几位皇帝最突出的污点，作为"模糊画像"的基本素材，勾勒出一位皇帝的清晰画像。汉高祖刘邦忘恩负义、屠杀功臣。隋炀帝杨广弑君篡位、暴政苛政。六个短命王朝宗室内斗、相互残杀。汉元帝刘奭昏庸无能、累及无辜。唐玄宗李隆基荒淫误国、薄情寡义。这些劣迹渐渐聚集到一点，立现某位清朝皇帝的画像。这位皇帝是谁呢？他就是下旨查抄曹家的雍正。雍正不仅杀死战功赫赫的四川总督、抚远大将军年羹尧更是存在弑父篡位或矫诏篡位的争议。至于雍正如何坐上龙椅，民间传闻一直沸沸扬扬，大多数人认为雍正继位不具有正统性。若按曹雪芹的说法，他同隋炀帝一样属于弑父篡位的帝王。雍正屠杀多位兄弟。除皇十三子允祥外，皇八子允禩、皇九子允禟等被迫害致死，皇十子允䄉和皇三子允祉等遭到终身囚禁。据当时朝鲜文献记载，雍正执政期间被杀的宗室成员及大臣百余人。雍正圈禁致死大臣隆科多，隆科多是康熙和雍正两朝交替之际的核心人物，也正是他力保雍正上位。雍正为什么将他长期关押,将一个活口变成一个死口,其中必有不可告人的隐情。雍正制造多起文字狱,杀害吕留良子孙并将其戮尸等。雍正平白无故查抄许多家庭,包括曹雪芹家在内,民间赠送雍正一顶"抄家皇帝"桂冠。

五首怀古诗选点、选材、选题、选史精准。曹雪芹巧妙利用"怀古诗",揭露雍正冷酷无情,批判他的倒行逆施,从历史的角度分析清王朝必将走向衰败甚至是短命王朝。历史的发展证明曹雪芹具有预见性。雍正执政以后,改变康熙政尚宽仁的政策,极力推行严猛和严厉的政策。《红楼梦》中已经出现自鸣钟、西药、玻璃、金西洋自行船模型等外国新产品,说明海外的高科技正在突飞猛进的发展。而此时的大清国统治者仍以世界中心自居,忽视科技进步,使中国未能跟上浩浩荡荡的世界发展潮流。怀古诗与雍正皇帝的关系如图所示:

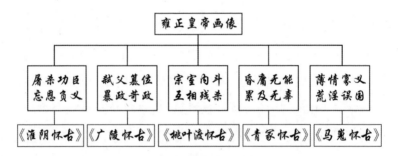

第九首至第十首诗作为第三大板块,曹雪芹利用此两首诗传达著书立说的远大目标:优秀文艺作品(戏曲)能使人高雅、富有气质,促使人民大众对明天美好生活的向往。

用现代语言可概括为"文学照亮人生"。《西厢记》和《牡丹亭》是两部非常成功的作品,不仅在当时产生巨大影响力,还在流传过程中历久弥新,每个时期读者和观众都能从中享受到无可比拟的愉悦。曹雪芹自经历抄家等重大打击后,对"学而优则仕"毫无兴趣。他对封建知识分子走仕宦道路不屑一顾,并讥刺他们是"沽名钓誉之徒""国贼禄鬼之流"。此等过激言论虽借贾宝玉之口,却表达了自己的心声。曹雪芹决心以王实甫和汤显祖为榜样,专心致志创作《红楼梦》,同时期望《红楼梦》能够像《西厢记》和《牡丹亭》等文学作品一样流芳百世。这种想法虽然很美好,可现实却是十分残酷的。曹雪芹移居北京西郊期间,因无固定收入来源,经济上十分拮据,已到了"满径蓬蒿""举家食粥"的地步。但他以矢志不渝的决心、坚忍不拔的毅力,在悼红轩耗用十年光阴,对文本进行五次较大幅度修改,成功地刻画出贾宝玉纯真、林黛玉凄美、薛宝钗端庄等鲜活形象。《红楼梦》一经问世,产生了"洛阳纸贵"轰动效应。

事实证明,曹雪芹实现了伟大的文学抱负。《红楼梦》内容丰富、艺术精湛、思想深刻,将我国古典小说创作推向最高峰,为中国人民和世界人民留下了宝贵的文化遗产和精神财富。如图所示:

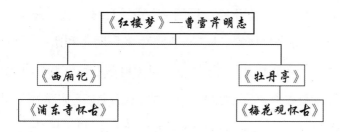

至此,人们方才恍然大悟,曹雪芹无限拔高薛宝琴并不是一时冲动之举,而是深谋远虑的大手笔。如果没有薛宝琴,就没有十首怀古诗,更没有千古一绝的存档。薛宝琴横空出世的总导演是曹雪芹,借她代述一段国难家仇,同时宣示自己的人生志向。当尘埃落定之后,薛宝琴再也没有越位"抢镜头",悄无声息地回归配角位置。从第五十四回起,活跃在大观园舞台上主要明星依旧是林黛玉和薛宝钗等人,"识宝钗小惠全大体""林黛玉重建桃花社"等情节异彩纷呈,继续着《红楼梦》的精彩。

# 首届西部《红楼梦》学术研讨会交流材料
## ——论荣国府通曹

从第二回"冷子兴演说荣国府"开始,荣国府人事自始至终占据着主导地位。因此,它必成原型考据的唯一源头。笔者沿着曹雪芹所指引的方向奋力前行,千方百计开启荣国府神秘之门,终于有了新发现:《红楼梦》主要素材全部来自曹家。原来,曹雪芹采用明示和暗示等写作方法,不遗余力地推介家庭档案。不仅如此,荣国府基本特征特具排他性,相关重要信息仅能覆盖曹家,余者则无法与之匹配或缺乏完整性。以下就作为首届西部《红楼梦》学术研讨会的交流材料。

## 确定荣国府坐落南京

曹雪芹诞生于江宁织造府,而江宁织造府就位于南京。曹雪芹在书中不仅明确荣国府位于南京,还暗示荣国府在该地有住宅房。

荣国府的府治在南京。"穷儒"贾雨村精通时尚之学,为了博取功名,他急不可耐地赴京赶考。当行至"葫芦庙"时,贾雨村发现所带盘缠告罄,不得不滞留于此。之后,贾雨村沦至卖字画度日的悲惨境地。当地有位响当当的"乡宦",他的名字叫甄士隐。"每日只以观花修竹,酌酒吟诗为乐",甄士隐兴趣点仅在于此,足见他是一位淡泊名利的高雅之士。中秋之夜,皓月当空,甄士隐邀请贾雨村共同举杯赏月。贾雨村忽然诗兴大发,吟咏抒怀。直到此时,甄士隐方获知他为路费而一筹莫展,于是慷慨解囊,无偿捐赠"五十两白银和两套冬衣",帮助他实现当官梦想。可是贾雨村在任上未做到克己奉公,相继发生了几起"贪酷之弊"。贾雨村的上司向皇帝告发他的贪腐行为,致使他惨遭开除公职的处理。贾雨村装作若无其事的样子,面部表情依旧是"喜笑自若"。他先妥善安置家眷,然后到各地游山玩水。不久,贾雨村来到名胜之地扬州。在扬州观光期间,贾雨村打听到巡盐御史林如海欲招收一名家庭教师,经熟人帮忙,被聘任为林黛玉老师。林黛玉旧病复发,贾雨村暂停授课。贾雨村闲得无聊,趁天气晴好,远赴郊外,欣赏田园风光。中午时分,他缓步走进一个小酒馆。世上就有这么巧的事,贾雨村同好友冷子兴在酒馆里不期而遇。老友久别重逢,开怀畅饮,谈古论今。当两人海阔天空时,冷子兴提到荣国府和宁国府位于"金陵"。金陵即南京,另有石头城、建业、建康、应天府(明朝称谓)、江宁府、天京等别称。《红楼梦》出现金陵和石头城两个地名,毫无疑问就是南京代名词。"雨村道:'去岁我到金陵地界,因欲游览六朝遗迹,那日进了石头城,从他老宅门前经过。街东是宁国府,街西是荣国府,二宅相连,竟将大半条街占了。大门前虽冷落无人,隔着围墙一望,里面厅殿楼阁,也还都峥嵘轩峻,就是后一带花园子里面树木山石,也还都有蓊蔚洇润之气,那里象个衰败之家?'"

　　贾家在南京市区另有住宅房。忠顺王府和荣国府素无往来,王府的长史官不请自到,贾政感到惶恐不安。原来,长史官专程来找贾宝玉,逼迫他交待棋官(蒋玉菡)的下落。起初贾宝玉矢口否认,可在"红汗巾子"的铁证面前低下了高贵的头颅,并无奈供出棋官藏身于"紫檀堡"的秘密。这是一起极其严重的政治事件,贾政被气得"目瞪口歪"。长史官离开荣国府,贾政仍然怒气未消。恰在此时,贾宝玉的同父异母弟弟贾环趁机落井下石,向父亲举报一起人命案:哥哥贾宝玉调情丫头金钏,金钏反遭王夫人打骂及辞退处理。她被娘家人接回之后,顿感颜面无光,投井自杀而亡。"养不教,父之过"。贾政听了火冒三丈,决定对贾宝玉动用严厉家法。家奴们怎敢对未来的主子下重手呢?他们全都采取敷衍了事的态度,将棍子高高举起,轻轻落下。贾政见手下人执法不力,亲自上阵,抢起大棍狠狠地打,差一点将娇生惯养的贾宝玉送上西天。此事惊动了老太君贾母,老人家颤颤巍巍赶到现场,眼见宝贝孙子被打得皮开肉绽,心如刀割一般。贾母完全失去理智,当场厉声呵斥贾政,同时扬言带贾宝玉回南京。贾政是远近闻名的大孝子,看到贾母大发雷霆,马上跪地求饶。实有必要对此段文字进行深度解析,贾母之所以提出搬出荣国府,是因为无法接受贾政暴打贾宝玉的事实。曹雪芹稍前已明确交代荣国府坐落南京,贾母现又提出"回南京",故可得之,贾家除府治外,在南京城区还有住宅房。"'你说教训儿子是光宗耀祖,当初你父亲怎么教训你来!'说着,不觉就滚下泪来。贾政又陪笑道:'母亲也不必伤感,皆是作儿的一时性起,从此以后再不打他了。'贾母便冷笑道:'你也不必和我使性子赌气的。你的儿子,我也不该管你打不打。我猜着你也厌烦我们娘儿们。不如我们赶早儿离了你,大家干净!'说着便令人去看轿马,'我和你太太宝玉立刻回南京去!'家下人只得干答应着。贾母又叫王夫人道:'你也不必哭了。如今宝玉年纪小,你疼他,他将来长大成人,为官作宰的,也未必想着你是他母亲了。你如今倒不要疼他,只怕将来还少生一口气呢。'贾政听说,忙叩头哭道:'母亲如此说,贾政无立足之地。'贾母冷笑道:'你分明使我无立足之地,你反说起你来!只是我们回去了,你心里干净,看有谁来许你打。'一面说,一面只令快打点行李车轿回去。贾政苦苦叩求认罪。"(第三十三回)

## 暗示荣国府是皇家织造府

在康熙和雍正两朝,曹家先后有三代四人主政江宁织造府,时间长达五十八年之久,他们分别是曹雪芹曾祖父曹玺、祖父曹寅、父亲曹頫、叔父曹頫。曹雪芹在文本中间接性提供若干条重要证据,隐现荣国府就是一座皇家织造府。

从小主人的择业方向来看,荣国府与"织造府"有联系。皇家织造府的主要职责是制作各项衣料及制帛诰敕彩缯之类,以供皇帝及宫廷祭祀颁赏之用。从织造府职能来看,这与普通裁缝"做衣裳"的基本任务是相一致的,两者只有高低优劣之分,而无本质上的差别。贾宝玉是贾政和王夫人所生的嫡次子,因为嫡长子贾珠病故,所以他成了荣国府第一顺位继承人。这位未来的掌门人对何种职业最感兴趣呢?书中暗表是"做衣裳"。经此一来,荣国府就与"织造府"存有千丝万缕的联系了。只要一提到贾宝玉,几乎所有人都会异口同声地回答,他是一位超级纨绔子弟,有三点与众不同,一是享受荣华富贵;二是混迹在美女圈内;三是不愿意做官。谁知以上仅是表面现象,只不过是曹雪芹的幻笔而已。贾宝玉不愿做官是人所皆知的,他公开讽刺"学而优则仕"者为"禄蠹"。贾宝玉有没有远大的人生志向呢?文本中有交待,他只对"做衣裳"感兴趣。贾宝玉亲手制定一套雄心勃勃的服装生产方案,可谓万年大计。红玉和佳蕙在第二十六回作过一次长谈,佳蕙在不经意间透露贾宝玉的长远发展战略就是"做衣裳"。"红玉道:'也不犯着气他们。俗语说的千里搭长棚——没个不散的筵席,谁混一辈子呢?不过三年五载,各人干各人的去了,谁还认得谁呢?'这两句话不觉打动了佳蕙,由不得眼睛红了,又不好意思好端端的哭,只得勉强笑道:'你这话说的却是。昨儿宝二爷还说,明儿怎么样收拾房子,怎么样做衣裳,倒像有几百年的熬煎。'"

从产品的上乘品质来看,荣国府必是织造府。曹雪芹利用特殊织品"软烟罗"释放出荣国府是织造府的重要讯息。刘姥姥是一位知恩图报的老太婆。为报答荣国府活命之恩,她亲自挑选新鲜的"枣子、野菜"等土特产,领着孙子板儿,再次迈进荣国府。刘姥姥做梦也未曾料到,自己竟与老太君贾母十分投缘,不仅受到了超高规格接待,最后还满载而归。刘姥姥此行最大收获是什么呢? 倒不是获得颇丰的意外之财,而是有幸欣赏荣国府库存织品"软烟罗"。"软烟罗"其质量如何? 贾母和王熙凤不厌其烦地向刘姥姥推介"软烟罗",此织品品种多,质量佳,连"上用内造"的织品都无法与之媲美。"上用内造",即皇上用,内务府造。按照贾母的说法,当今皇帝使用的贡品远不及"软烟罗",那"软烟罗"不就是天下第一的织品吗? 若此,曹雪芹则在贾母和王熙凤的系列谈话中隐藏着一条不可告人的秘密。在"普天之下,莫非王土"的封建社会里,历朝历代的统治阶级均作出明确规定,但凡世间所有的顶级物品必须进贡,呈献给至高无上的皇帝享用。否则,就会踩上"逾制"的红线。在封建社会里,"逾制"是一条令人提心吊胆的制度,无论是官员还是平民百姓,一旦被安上"逾制"罪名,要么引来牢狱之灾,要么招致杀身之祸。荣国府数代人沐浴皇恩,当家的贾政更是深明礼法,中规中矩,绝对不会做出私藏违禁物品等大逆不道的事情。刘姥姥亲眼见到荣国府库房里存有天下一绝的"软烟罗",推而得之,昔日的荣国府必定是皇家织造府。

第四十回原文如下:"凤姐儿忙道:'昨儿我开库房,看见大板箱里还有好些匹银红蝉翼纱,也有各样折枝花样的,也有流云万福花样的,也有百蝶穿花花样的,颜色又鲜,纱又轻软,我竟没见过这样的。拿了两匹出来,作两床绵纱被,想来一定是好的。'贾母听了笑道:'呸,人人都说你没有不经过不见过,连这个纱还不认得呢,明儿还说嘴。'薛姨妈等都笑说:'凭他怎么经过见过,如何敢比老太太呢。老太太何不教导了他,我们也听听。'凤姐儿也笑说:'好祖宗,教给我罢。'贾母笑向薛姨妈众人道:'那个纱,比你们的年纪还大呢。怪不得他认作蝉翼纱,原也有些象(像),不知道的,都认作蝉翼纱。正经名字叫作软烟罗。'凤姐儿道:'这个名儿也好听。只是我这么大了,纱罗也见过几百样,从没听见过这个名色。'贾母笑道:'你能够活了多大,见过几样没处放的东西,就说嘴来了。那个软烟罗只有四样颜色:一样雨过天晴,一样秋香色,一样松绿的,一样就是银红的。若是做了帐子,糊了窗屉,远远的看着,就似烟雾一样,所以叫作软烟罗,那银红的又叫作霞影纱。如今上用的府纱也没有这样软厚轻密的了。'薛姨妈笑道:'别说凤丫头没见,连我也没听见过。'凤姐儿一面说,早命人取了一匹来了。贾母说:'可不是这个!先时原不过是糊窗屉,后来我们拿这个作被作帐子,试试也竟好。明儿就找出几匹来,拿银红的替他糊窗子。'凤姐答应着。众人都看了,称赞不已。刘姥姥也觑着眼看个不了,念佛说道:'我们想他作衣裳也不能,拿着糊窗子,岂不可惜?'贾母道:'倒是做衣裳不好看。'凤姐忙把自己身上穿的一件大红绵纱袄子襟儿拉了出来,向贾母薛姨妈道:'看我的这袄儿。'贾母薛姨妈都说:'这也是上好的了,这是如今的上用内造的,竟比不上这个。'凤姐儿道:'这个薄片子,还说是上用内造呢,竟连官用的也比不上了。'贾母道:'再找一找,只怕还有青的。若有时都拿出来,送这刘亲家两匹,做一个帐子我挂,下剩的添上里子,做些夹背心子给丫头们穿,白收着霉坏了。'凤姐忙答应了,仍令人送去。"

从工艺的精深程度来看,荣国府绝对是皇家织造府。荣国府有人掌握"雀金裘"的核心技术更是一条铁证。晴雯卧病在床,多方医治未见好转,病情越来越严重。在病重期间,她不顾个人安危,加班加点,为贾宝玉成功修复"雀金裘",既展示了绝技,又体现了一个仆人对主子的绝对忠诚。"雀金裘"被一位仆人修复如初,看似平淡无奇曹雪芹实则隐藏荣国府是皇家织造府的惊天秘密。"雀金裘"为何物呢?自隋唐起,它一直是贵族的专利品,现有大量的资料可以作证。一有诗为证。唐代诗人王维写过一首诗,描写皇帝身着"雀金裘"接见外国使臣的场景:"绛帻鸡人报晓筹,尚衣方进翠云裘。九天阊阖开宫殿,万国衣冠拜冕旒。"二有出土的明代万历皇帝的龙袍为证。20世纪50年代,从明代万历皇帝的定陵中出土大量帝后服饰,其中就有件以孔雀羽为原料的龙袍,置于定陵万历皇帝陵内。三有现代馆藏的物品为证。今故宫博物院和北京艺术博物馆保存着清代生产的织有孔雀羽线的帝王服饰及衣料。

曹雪芹在第五十二回详细描写了修补雀金裘的全过程:进入雨雪季节,将迎来一场大雪。贾宝玉有事还要外出。临行前,贾母取出家中唯一一件"雀金裘",交到贾宝玉手上,让他做好御寒准备。据贾母介绍:"这是俄罗斯国拿孔雀毛拈的线织的。"贾宝玉披上雀金裘,特地来到王夫人房间。王夫人见了,当面叮嘱贾宝玉,雀金裘无比珍贵,务必要小心,绝不能有丝毫损坏。夜幕刚刚降临,贾宝玉急匆匆赶回家中,为雀金裘有个烧眼而焦急不安。明天府上有场重要活动,贾宝玉必须参加。根据贾母和王夫人早前安排,贾宝玉仍要穿上雀金裘。此时的贾宝玉心若洞火,假若贾母察觉雀金裘被损坏,老人家就会不开心。为避免不愉快的事情发生,当务之急是在天明前将其修复。麝月是贾宝玉的丫头,不仅美丽可人,脑子还特别好使。她马上向贾宝玉献计献策:许多精明能干的裁缝师傅聚集在街上,这些人修补雀金裘应该手到擒来。只要师傅们按时完成任务,大家今夜方能高枕无忧。贾宝玉认为此办法可行,当即找来一位老嬷嬷,交待了这项秘密任务。老嬷嬷领命,不敢耽误分秒,拿着雀金裘,向街上走去。过了很长一段时间,老嬷嬷返回府内,一五一十向贾宝玉汇报情况,"能干的织补匠人"确实比比皆是,可他们对雀金裘全都一问三不知。既然无人识得"雀金裘",修补之事也就无从谈起了。在场的人听了,个个呆如木鸡。时间在一分一秒的流逝,贾宝玉急得好似热锅上的蚂蚁一样团团转。情势十分紧迫,卧床不起的晴雯看在眼里急在心上,完全将个人生死置之度外,主动请缨。在别无选择的情况下,贾宝玉非常勉强地同意晴雯的请求,让她带病上火线。晴雯艰难翻身,下了床,拖着沉重病躯,从府内找到"金刀"工具,取出"孔雀金线"等材料,再按照"界线之法",一丝不苟的精准操作。"自鸣钟敲四下时",她终于完成这项十分紧迫而艰巨的任务。为补好雀金裘,晴雯已经累得"力尽神危",幸得太医抢救及时才保全性命。曹雪芹用了大篇幅文字,极状"雀金裘"的奇特以及修补的艰难,从工具到工艺,也都特具专业性和特殊性。尤其是"界线之法",不仅是修补"雀金裘"的核心技术,而且是一项濒于失传的技艺,整个荣国府只有晴雯一人掌握其操作要领。读至此,人们不禁要发问:"雀金裘"如此神秘之物,连南京城里那么多能工巧匠见所未见闻所未闻,荣国府里一个仆人为何能识得?为何从荣国府里找到"金刀"等专用工具?荣国府里又为何保存"孔雀金线"等特殊材料?"界线之法"更是深不可测,晴雯为何能驾轻就熟?一切尽在不言中,曹雪芹侧重描写修补雀金裘这个特例,无非是想告诉世人,曾经的荣国府绝对是皇家织造府。

第五十二回原文如下:"晴雯方才又闪了风,着了气,反觉更不好了,翻腾至掌灯,刚安静了些。只见宝玉回来,进门就嗐声跺脚。麝月忙问原故,宝玉道:'今儿老太太喜喜欢欢的给了这个褂子,谁知不防后襟子上烧了一块,幸而天晚了,老太太、太太都不理论。'一面说,一面脱下来。麝月瞧时,果见有指顶大的烧眼,说:'这必定是手炉里的火迸上了。这不值什么,赶着叫人悄悄的拿出去,叫个能干织补匠人织上就是了。'说着便用包袱包了,交与一个妈妈送出去。说:'赶天亮就有才好。千万别给老太太、太太知道。'婆子去了半日,仍旧拿回来,说:'不但能干织补匠人,就连裁缝绣匠并作女工的问了,都不认得这是什么,都不敢揽。'麝月道:'这怎么样呢!明儿不穿也罢了。'宝玉道:'明儿是正日子,老太太、太太说了,还叫穿这个去呢。偏头一日烧了,岂不扫兴。'晴雯听了半日,忍不住翻身说道:'拿来我瞧瞧罢。没个福气穿就罢了。这会子又着急.'宝玉笑道:'这话倒说的是.'说着,便递与晴雯,又移过灯来,细看了一会。晴雯道:'这是孔雀金线织的,如今咱们也拿孔雀金线就象界线似的界密了,只怕还可混得过去.'麝月笑道:'孔雀线现成的,但这里除了你,还有谁会界线?'晴雯道:'说不得,我挣命罢了.'宝玉忙道:'这如何使得!才好了些,如何做得活.'晴雯道:'不用你蝎蝎螫螫的,我自知道.'一面说,一面坐起来,挽了一挽头发,披了衣裳,只觉头重身轻,满眼金星乱迸,实实撑不住。若不做,又怕宝玉着急,少不得恨命咬牙捱着。便命麝月只帮着拈线。晴雯先拿了一根比一比,笑道:'这虽不很象,若补上,也不很显.'宝玉道:'这就很好,那里又找哦啰嘶国的裁缝去.'晴雯先将里子拆开,用茶杯口大的一个竹弓钉牢在背面,再将破口四边用金刀刮的散松松的,然后用针纫了两条,分出经纬,亦如界线之法,先界出地子后,依本衣之纹来回织补。补两针,又看看,织补两针,又端详端详。无奈头晕眼黑,气喘神虚,补不上三五针,伏在枕上歇一会。宝玉在旁,一时又问:'吃些滚水不吃?'一时又命:'歇一歇.'一时又拿一件灰鼠斗篷替他披在背上,一时又命拿个拐枕与他靠着。急的晴雯央道:'小祖宗!你只管睡罢。再熬上半夜,明儿把眼睛抠搂了,怎么处!'宝玉见他着急,只得胡乱睡下,仍睡不着。一时只听自鸣钟已敲了四下,刚刚补完;又用小牙刷慢慢的剔出绒毛来。麝月道:'这就很好,若不留心,再看不出的.'宝玉忙要了瞧瞧,说道:'真真一样了.'晴雯已嗽了几阵,好容易补完了,说了一声:'补虽补了,到底不象,我也再不能了!'嗳哟了一声,便身不由主倒下。"

## 道明荣国府与皇帝的特殊关系

皇帝是封建社会最高统治者,手握"君要臣死臣得死"的绝对权力。

皇帝另被臣民奉为真龙天子,世人能与皇帝攀上关系者毕竟是凤毛麟角。由"何幸邀恩宠,宫车过往频"可窥见当朝皇帝成了荣国府的座上宾。荣国府不仅获得一块由皇帝题写的金匾,还在姑苏和扬州一带隆重接待过远道而来的皇帝。曹雪芹着力描写荣国府与皇帝之间非同一般的关系,为还原荣国府建立了一个永固的探测点。

"荣禧堂"影射"萱瑞堂"。荣国府中堂悬挂着一块由皇帝题写的"荣禧堂"金匾,这是林黛玉首次进入荣国府时亲眼所见的。第三回称:"黛玉便知这方是正经正内室,一条大甬路,直接出大门的。进入堂屋中,抬头迎面先看见一个赤金九龙青地大匾,匾上写着斗大的三个大字,是'荣禧堂',后有一行小字'某年月日,书赐荣国公贾源',又有'万几宸翰之宝'"。这枚"万几宸翰之宝"的印章至尊至贵,"宸翰"的本意指皇帝墨宝,"荣禧堂"出自一位皇帝手笔已是毫无悬念。不仅如此,第七十六回文字补述至为关键,曹雪芹对"色健茂金萱"的诗句进行了全面释意,并特地贴上曹家标签,"金萱"为了"颂圣",非杜撰的"即景之实事"。另外,只有文本中的金匾和现实中的金匾均出自皇帝手笔,才能起到一锤定音的作用。否则,一块金匾由皇帝题写,另一块金匾由皇帝之外的人题写,两者就不能相提并论。

贾府接待皇帝一事暗合曹寅接待康熙的史实。贾府曾在姑苏和扬州一带接待过一位皇帝,《红楼梦》中虽仅出现一次,那绝对是一段极其敏感的政治性文字,这与"借省亲事写南巡"的涉政脂批是遥相呼应的。第十六回:"赵嬷嬷道:'嗳哟哟,那可是千载希逢的!那时候我才记事儿,咱们贾府正在姑苏扬州一带监造海舫,修理海塘,只预备接驾一次,把银子都花的像淌海水似的!说起来……'"《红楼梦》是部"真事隐去"的著作,贾家在姑苏和扬州等地接待太祖皇帝的记述文字十分及时、十分必要,不可被忽略,更不可被回避。每个家庭情况确实存在千差万别,但在有没有接待皇帝的原则性问题上是无丝毫造假余地的。由此可见,接待皇帝事实既是研究《红楼梦》的一大关键点,又是曹雪芹为还原"真正之家"划定的一条红线。书中所提姑苏和扬州就是现如今的苏州和扬州,两地均处于都城北京的东南方。皇帝从都城北京出发,到姑苏和扬州等地视察工作,即谓南巡。姑苏即苏州,古称吴,简称苏,又称姑苏、平江等,位于长江以南;扬州有"淮左名都,竹西佳处"之称,同样是座历史悠久的名城。古老的大运河将两座城市紧密联系在一起。还有必要阐明另一重大疑点,书中所提的太祖皇帝就是经曹雪芹幻化的康熙,既有"荣禧堂"影射"萱瑞堂"的推证,又有记录在案的南巡史料作为辅证。曹雪芹曾公开发表声明,《红楼梦》系"真传",但一律采用"真事隐"和"假语存"两种基本写作方法。众所周知,《红楼梦》除隐藏曹家兴衰史外,还隐存诸多政治方面的"碍语",曹雪芹无一例外地均采取隐真示假方法进行冷处理。鉴于此,曹雪芹该如何交代来到姑苏和扬州之地的那位皇帝呢?从小说创作角度来说,曹雪芹可以任意虚构一个名字;从"真事隐"角度来说,曹雪芹绝不能指名道姓那位皇帝就是康熙。曹雪芹采取模糊方式处理,则为自己留有较大的回旋余地,诚如他在《凡例》中所言:"则又未尝指明白系某某"。事实证明,那位皇帝被曹雪芹幻化为太祖皇帝是明智之举,既亮明该政治人物的身份,又没有授人以柄,才使《红楼梦》通过了史上最严格的"政审"。

贾家在姑苏和扬州一带接待皇帝一事,完全契合曹雪芹祖父曹寅在扬州等地接待康熙的史实。换言之,曹雪芹在著作中再现其先辈在扬州接驾的一幕。令笔者感到瞠目结舌的是,曹雪芹只差一点就捅破了那层薄薄的窗户纸,两者不仅属于同类事件,而且发生在同一地点。曹家当真在上述地区接待过一位皇帝吗?答案又是肯定的和明确的。经核实,曹雪芹祖父曹寅在扬州接待过康熙。康熙四十四年(1705)三月十一日,第五次南巡的康熙一行到达扬州站,曹寅接驾,整个接驾过程井然有序。据《圣祖五幸江南全录》记载,康熙第五次南巡盛况空前,阵容庞大,史上极为罕见。该档案同时载明,康熙在扬州期间的接待工作由曹寅负总责,曹寅圆满完成接驾大典,受到了康熙加官晋爵的特别嘉奖。康熙在扬州等地日程安排表以及路线图,详见《圣祖五幸江南全录》:

> 十二日,皇上起銮乘舆进扬州城。乡绅生监耆老迎接,进献鲜果不等。皇上大喜,(问)甚么人,回奏是耆老。上着内监收行,至高桥,老人恭进万民宴,泊舟。总漕桑(格)奏请圣驾往砲长河(今瘦西湖)看灯船,俱同往平山堂各处游玩。……皇上过钞关门上船开行,抵三汊(汊)河宝塔湾,泊船,众盐商预备御花园行宫。盐院曹(寅)奏请圣驾起銮,同皇太子、十三阿哥、宫眷驻跸,演戏摆宴。……晚戌时,行宫宝塔湾上灯如龙,五色彩子铺陈古董诗画,无计其数,月夜如昼。
>
> 十三日,皇上行宫写字,观看御笔亲题。"朕每至南方,览景物雅趣,山川秀丽者,靡不赏玩移时也……"至茱萸湾之行宫,乃系盐商百姓感恩之至诚而建起,虽不干地方官吏,但工价不下数千。
>
> ……
>
> 初七日,皇上自扬州行宫上船,回銮。行至宝应五里庵驻跸。皇上因江苏织造预备行宫,勤劳诚敬,江南织造府曹(寅),加授通政使司,苏州织造府李(煦),加授光禄寺卿。

## 结语

《红楼梦》中"假语存"绝不等于乱弹琴。家庭档案是每个家庭所发生重大事项的历史记录,记录人必须真实记述。如果当事人胡编乱造,不仅经不起检验,也起不到家庭档案原始记录的价值及参考作用。目前,从《红楼梦》文本中探明南京方位、织造府职业、与皇帝特殊关系等价值连城的信息,偌大的荣国府已是一览无余。再回到漫长的中国历史长河里搜索,与荣国府基本特征完全重合的家庭独一无二,非曹家莫属。"一时之争在于气,千古之争在于理"。现在回思,揭去荣国府神秘的面纱,从正道进入《红楼梦》神奇世界,这是件何等重要的事情!

# 安徽、江苏新时代实践活动讲演稿
## ——《红楼梦》与新时代中国梦

党的十八大以来，以习近平总书记为核心的党中央高瞻远瞩，适时制定重振中华传统文化的新战略。《红楼梦》位列四大名著之首，又是我国最具文学成就的古典小说，理所当然成为新时代推广和普及的重点。习总书记对《红楼梦》很感兴趣，有其独到见解。这次举办的安徽、江苏新时代实践活动讲演，就谈谈这个话题。

## 习近平总书记与《红楼梦》结缘既久且深

2021年12月14日，习总书记在中国文联十一大、中国作协十大开幕式上发表重要讲话，强调文艺工作重要性，"文艺事业是党和人民的重要事业，文艺战线是党和人民的重要战线"。尤为难得的是，习总书记对《红楼梦》情有独钟，为这部名著的宣传和普及作了大量卓有成效的工作。

一谈到《红楼梦》，大家就会自然而然想到87版电视连续剧《红楼梦》。正由于这部鸿篇巨制的开机拍摄，习近平与《红楼梦》结下了不解之缘。1983年，中央电视台筹划将古典小说《红楼梦》搬上银屏，初步选定在河北省正定县搭设"荣国府",将其作为临时外景拍摄基地。时任正定县委书记的习近平获悉这则消息,既喜又忧。高兴的是,剧组选择正定搭建"荣国府",这是向全国乃至全世界宣传和推介正定县的绝好时机;忧虑的是,此次所搭建的仅是一个临时拍摄基地,待至《红楼梦》拍摄完结,意味着该基地行将报废。习近平以战略家眼光谋划此事,若能将"荣国府"建成永久性建筑,随着《红楼梦》在全国各大频道滚动播放,正定旅游业必将遇上千载难逢的发展良机。因此,他提议将"荣国府"建成一个永久性建筑。说起来容易,做起来却难。建造永久性"荣国府"的预算高达 300 余万元,这对正定县来说,无异于是天文数字。面对巨额投资,有几位县领导产生畏难情绪,认为上马这个项目存在一定的风险,唯恐得不偿失。习近平当机立断,一方面派人赴京洽谈项目,另一方面千方百计筹措资金。咬定青山不放松,办法总比困难多。经过习近平多渠道筹集,终于圆满解决资金大难题。1984 年,"荣国府"建设开工。经过一年零八个月的努力,"耗资 350 多万元、总建筑面积达 37000 平方米的'荣国府'景区顺利竣工。"1987 年,由王扶林导演、欧阳奋强和陈晓旭领衔主演的电视连续剧《红楼梦》在央视黄金时段播放。该剧一经播出,好评如潮。随着《红楼梦》热播,正定县旅游业发展进入快车道。"那时,中央电视台每天播放的电视剧,就是我们最好的广告。买了门票排队等待参观的人群,把门口检票的木桌子都挤坏了。"时人用"天天游人满、日日进斗金"来形容"荣国府"的旅游盛况,当年的旅游收入近 2000 万元,创造了一年内收回成本的奇迹。2019 年 10 月 14 日,中国红学会张庆善会长、孙伟科副会长、赵建忠副会长等红学界领导云集"荣国府",举办"伟大的曹雪芹 不朽的《红楼梦》"大型宣传活动,再次掀起《红楼梦》热潮。

习总书记对《红楼梦》的海外传播非常重视,他在参观里昂中法大学旧址时,会见了旅法华人翻译家、法文版《红楼梦》翻译者李治华。习总书记询问他的身体和生活状况,赞扬他的治学精神,指出《红楼梦》是部人物庞杂、结构浩繁的写实小说，把它准确贴切地翻译成法文实属不易。习总书记还告诉李治华先生，2015年是曹雪芹诞辰300周年，国家将隆重举办一系列纪念活动；习总书记还指定《红楼梦》作为出访的重要国礼。2015年9月24日，他到访美国塔科马市的林肯高中，在礼堂与学校互赠礼物。习总书记向林肯高中赠送《红楼梦》等中国古典书籍。

2014年10月15日，习总书记出席全国文艺工作座谈会，围绕着如何做好新时代文艺工作，总书记发表重要讲话，深刻回答了新的历史条件下文艺工作方向性、全局性、战略性的重大问题，为中国社会主义文艺在新时代的更大繁荣发展指明道路。总书记在会上引用"世事洞明皆学问，人情练达即文章"这副《红楼梦》中的对联，教导艺术家脚踩坚实的大地，扎根人民，扎根生活，找到文艺创新的源泉。同时号召广大艺术家要学习曹雪芹等前辈的创作精神，不畏艰辛，深入生活，剖析社会生活全景，精雕细刻，努力刻画出栩栩如生的艺术人物形象，创作出类似于《红楼梦》一样的不朽巨著。

## 《红楼梦》与中国梦的内在联系

上述事例充分表明，习总书记对《红楼梦》是非常熟悉的，也是非常重视的。然而，中国梦与《红楼梦》是否有联系呢？对这一话题，我在讲演中谈谈自己的理解和认识。

2012年11月8日，党的第十八次代表大会在北京胜利召开，习近平在这次党代会上当选为中共中央总书记。2012年11年29日，总书记在国家博物馆参观"复兴之路"展览，首次提出中国梦的概念。习总书记阐释中国梦定义为"实现中华民族伟大复兴，就是中华民族近代以来最伟大梦想"，并表示在不远的将来一定能够实现中国梦。

2014 年 10 月 8 日德国时间上午 9 时,法兰克福书展隆重开幕。在这次书展上,欧洲大学出版社出版中、英、德三个版本的"跨超本《红楼梦》法兰克福书展特刊"。跨超本《红楼梦》的作者是编创人刘金星。此次书展现场气氛十分热烈,10 大展区 7000 余展位前万头攒动,来自世界各地参展者几乎人人拿到一张对开四版、欧洲大学出版社出版的跨超本《红楼梦》法兰克福书展特刊。该特刊在极其抢眼的头版位置整版刊发"习近平与《红楼梦》、'中国梦'"的专题文章。作者追溯习近平与《红楼梦》的机缘以及《红楼梦》与中国梦的内在关系,报纸配发习近平 20 世纪 80 年代担任河北正定县委书记和 30 年后担任中共中央总书记首次发表中国梦讲话的大幅照片。

文章译者、《红楼梦》德文版翻译家、时任欧洲大学出版社社长、著名汉学家吴漠汀(Martin Woesler)说:"法兰克福书展是世界最大的书展,每届书展都集散着、也积淀着人类最新的文明成果。在这样一个高端的平台上,欧洲大学出版社以特刊方式解读中国的领袖与一部文学经典和民族梦想之间的独特因缘,这本身就是一个极富魅力的中国故事。"文章开头以"梦起正定,伏脉千里"为题,简要叙述习近平与《红楼梦》的早期传奇,提出"中国梦是民族信仰"的观点,该文写道:

> 中国梦,红楼梦。
>
> 红楼梦是文学,中国梦是战略;
>
> 红楼梦是传世经典,中国梦是民族信仰。
>
> 红楼梦诞生两个半世纪,中国梦未满两岁。
>
> 显然,红楼梦是中国梦的梦中梦;
>
> 同时,红楼梦滋润哺育了中国梦。

法兰克福书展媒体中心在开展首日上午将这条新闻在官方 Twitter

(推特)播发。一位来自澳大利亚的出版商看了文章后惊喜地问记者："中国梦是否可以这么理解,它相当于欧洲伟大的文艺复兴?"

87版电视连续剧《红楼梦》的导演王扶林对这段历史记忆犹新。他感慨万分地说:"那时他仅29岁。正定,是他政治生涯的起点,也是电视剧红楼梦的开端。在我们艰难的创作初期,假如没有他的添薪给力,也许就没有那次红楼梦文化的全民普及和跨世纪中兴。"

中国台湾地区参展人柳驷洋仔细观看后赞叹:"习近平先生29岁谈《红楼梦》,59岁说'中国梦'。这样有梦想的政治家,难得!"

《红楼梦》与中国梦之间存在着千丝万缕的联系。泱泱中华拥有五千年的历史,既创造了举世公认的璀璨华夏文明,也经历过沧桑巨变,唯有博大精深的中华文化在历史长河中从未间断过。中华文化早已融入全国各族人民的血液,更是海内外中华儿女共同的魂。只有大力弘扬中华文化,才能为中国梦提供极其丰富的精神滋养。2015年8月,拙著《探秘红楼梦》在上海古籍出版社出版发行,笔者曾在自序中写下这么一小段文字,"国兴文学兴,国强文化强"。习总书记在党的十九大报告中明确指出:"文化是一个国家、一个民族的灵魂,文化兴则国运兴,文化强则民族强。中华优秀传统文化蕴含着丰富的智慧,是民族的瑰宝。"《红楼梦》既是中国的文化瑰宝,也是世界的文化瑰宝。原文化部部长、国家荣誉称号奖章获得者王蒙先生更是对《红楼梦》推崇备至,他以坚定的口吻说:"其实《红楼梦》就是中国文化,谈《红楼梦》就是谈中国文化,《红楼梦》就是中国文化的一个代表,是中国文化的一个窗口。"当前,《红楼梦》在国际上的影响力也是与日俱增。2014年4月23日,英国《每日电讯报》评出史上十佳亚洲小说,《红楼梦》名列榜首,成为为国争光的著作。在举国上下奋力实现中国梦的伟大进程中,《红楼梦》与中国梦既相互联系,又相互作用。中华优秀传统文化助推中国梦目标早日实现,实现中国梦目标又为中华优秀传统文化传承提供更加光明的前景,《红楼梦》作为传承中华优秀传统文化重要载体和见证,则发挥着无可替代的作用。媒体对我国现状有一个准确表述:"我们比历史上任何时期都更接近中华民族伟大复兴的目标","更接近"三字的言下之意,就是中华民族伟大复兴已经指日可待。实现这个宏伟目标需要分两步走,第一个阶段,从2020年到2035年,在全面建成小康社会的基础上,再奋斗十五年,基本实现社会主义现代化;第二个阶段,从2035年到本世纪中叶,在基本实现现代化的基础上,再奋斗十五年,把我国建成富强民主文明和谐美丽的社会主义现代化强国。

## 《红楼梦》所蕴藏哲理影响当代国人的"三观"

《红楼梦》研究现状令人堪忧。红学专家刘梦溪忧心忡忡地指出:红学研究尚存在三大死结,一是脂砚斋何人? 二是芹系谁子? 三是续书作者何人? 若不解开这些死结,红学研究就不可能取得实质性进展。当下红学界用"乱成一锅粥"来形容一点也不为过,仅《红楼梦》的作者就被好事者罗列一百余位,江苏如皋的冒廉泉先生和浙江的土默热先生等人先后卷入混战。"两耳少闻窗外事,一门心思读红楼",我一直将《红楼梦》当作圣贤书来读,数十余年如一日,相继发表数十篇论文,《脂砚斋母亲说》《论荣国府通曹》《试解十首"怀古诗"》等文尝试着解开上述"死结"。

《脂砚斋母亲说》一文旨在解决脂砚斋的身份问题。脂砚斋姓甚名谁? 同作者是何种关系? 这是红学界迄今为止最大的一桩公案。脂砚斋因率先批阅《红楼梦》而广为人知,更因其批语涉及曹雪芹卒年等核心机密,故脂砚斋地位举足轻重。近三百年来,脂砚斋姓甚名谁的问题,每时每刻都牵动着数以万计的红迷之心,红迷们也从未放弃对此人的查考。近现代一些著名学者积极参与探讨,并提出各自的观点。归纳起来大致有:作者说、史湘云说、叔父说、堂兄弟说等。胡适先生论证此人是曹雪芹本人,周汝昌先生论证此人是史湘云原型,欧阳健先生在《还原脂砚斋》一书中彻底否定此人存在。然而,我以脂批所透露的信息为基础,经过深入研究和思考后,大胆提出独家观点——脂砚斋其人就是书中的主要人物薛宝钗原型。各抄本中累计出现三千六百余条脂砚斋批语,它是所有《红楼梦》阅读者和研究者都绕不过的一道坎。总体来看,各抄本脂批保持一脉相承的风格。令我感到既惊又喜的是,脂砚斋在批语中巧设数条伏线,或明或暗以及或多或少的涉及自己的身份。尤以其中的四条批语为最直截了当,无异于脂砚斋本人"投案自首",脂砚斋就是薛宝钗原型迅即进入人们的视线。

薛宝钗和林黛玉的艺术形象是现实生活中同一人,这一观点来自"钗玉名虽二个,人却一身"的脂批。脂砚斋利用该批澄清《红楼梦》没有女一号疑云。"钗玉名虽二个,人却一身"的内涵,就是人所皆知的"钗黛合一"。第四十二回是"蘅芜君兰言解疑语,潇湘子雅谑补余音",该回前出现一条总批:"钗玉名虽二个,人却一身,此幻笔也。今书至三十八回时,已过三分之一有余,故写是回,使二人合二为一。请看黛玉逝后宝钗之文字,便知余言不谬矣。"从该条批语中不难发现,《红楼梦》根本不存在第一女主角和第二女主角的区分,简言之,薛宝钗和林黛玉两人之间不存在第一女主角之争。薛宝钗和林黛玉虽是故事中两个鲜活的人物形象,但现实生活原型却是同一人。这一结果着实令所有读者难以接受,可脂砚斋说的明明白白,清清楚楚,有白纸黑字为证。一经脂砚斋点破,拥林派和拥薛派只得偃旗息鼓,握手言和。之前的争论分明是"天下本无事,庸人自扰之",双方如同开打了一场旷日持久的"口水仗",毫无意义可言。原来,在"真事隐"和"假语存"的大前提下,为达到吸人眼球的效果,曹雪芹在创作时大胆使用"风月笔墨"。除此之外,他还别出心裁地策划一场荡气回肠的三角恋情。具体方法如下,曹雪芹采用分身之法,先将一位重要人物生活原型分设成薛宝钗和林黛玉两个艺术形象,然后宝黛钗三者之间爱情故事拉开序幕。事实证明,薛宝钗和林黛玉的言谈举止,确是《红楼梦》可读性和可赏性的亮点之一。

薛宝钗和林黛玉的人物原型就是脂砚斋,这一观点来自"回思将余比作钗、颦等"的脂批。脂砚斋利用该批披露自己就是薛宝钗和林黛玉两位艺术形象的原型。"钗"特指薛宝钗,"黛"特指林黛玉,对于这两点,没有人持异议,早已形成共识。至于林黛玉另有"颦颦"这一雅称,这是林黛玉初进荣国府时,贾宝玉强行为她起了这么一个古怪的代称,文本中专门提及,也不存有任何疑问。假若脂砚斋被曹雪芹当作薛宝钗和林黛玉的艺术形象写进著作,就相当于发生一起天崩地坼的大地震,势必震醒所有梦中人,《红楼梦》岂止是一般性言情小说,绝对存有高深莫测的"真事隐"。似此等要事,唯以当事人脂砚斋的书证为准,局外人通过其他途径取得的只言片语应全部视作无效证据。脂砚斋并没有矫情造作,反而抓住一次绝佳时机,直接"打开天窗说亮话",亲手写下一条振聋发聩的批语:本人已被作者化作薛宝钗和林黛玉两人艺术形象,不仅被写进著作,还被作者看作一位"知己",这是一件何等幸运的事情呵!第二十六回是"蘅芜院设言传蜜意",此回有一故事情节:贾芸为谋求荣国府一宗生意,打起走后门主意,决定亲往府上拜见贾宝玉。他小心翼翼走进怡红院,有幸见到荣国府未来掌门人的贾宝玉。"宝玉穿着家常衣服,靸着鞋,倚在床上拿着本书",此时的贾宝玉身着休闲装,拖着鞋,歪躺在床上,装模作样看着书。作者如此描写有损于豪门公子贾宝玉的光辉形象,脂砚斋也感到迷惑不解,特作出 60 余字的专批。从该条批语中可以看出,脂砚斋的心情极其复杂,既感到担心,又感到高兴。担心的是,宝玉哥哥若见到此批,自己定会受到责骂;高兴的是,自己被作者当作一位知己写进在著作中。"这是等芸哥看,故作款式。若果真看书,在隔纱窗子说话时已经放下了。玉兄若见此批,必云:老货,他处处不放松我,可恨可恨！回思将余比作钗、颦等，乃一知己，余何幸也！一笑。"

　　林黛玉和贾宝玉命中注定无夫妻缘分，这一观点来自"皆信定（林黛玉和贾宝玉）一段好夫妻，书中常常每每道及，岂其不然"的脂批。脂砚斋利用该批彻底否定林黛玉同贾宝玉结婚的可能性。林黛玉前世是一株绛珠草，生长在西方灵河岸上三生石畔。附近有座赤瑕宫，宫中住着一位神瑛侍者。神瑛侍者对绛珠草倍加呵护，勤于施水，竟使它修炼成为一个"女体"的神仙。这株绛珠草在仙界被称之为绛珠仙子。"日以甘露灌溉，这绛珠草始得久延岁月。后来既受天地精华，复得雨露滋养，遂得脱却草胎木质，竟修成个女体"。由于绛珠仙子受到长期灌溉的缘故，所以她的体内郁结一股缠绵不尽之情。神瑛侍者长期居住在仙界，只因为"凡心偶炽"，执意要下凡，并得到警幻仙子批准。这一消息迅速传到绛珠仙子那儿，她决心追随神瑛侍者下凡，发誓用完一世眼泪报答神瑛侍者的灌溉之恩。于是，她急匆匆赶到警幻仙子处提交申请，也获得批准。绛珠仙子投胎转世成了巡盐御史林如海之女，即为林黛玉；神瑛侍者投胎转世成了荣国府贾政的二公子，即为贾宝玉。林黛玉和贾宝玉这段前世奇缘，被作者曹雪芹定性为"木石前盟"。林黛玉来到人间目的也仅为"还泪"而已，从而决定"二玉结合"必然是一个的悲剧结局。贾敏去世后，林黛玉亲赴荣国府拜望外祖母贾母。林黛玉和贾宝玉在荣国府实现两人的首次晤面。虽是第一次见面，两人都有种"眼熟"的神奇之感。又过了一段时间，林如海在扬州病逝。林黛玉无依无靠，只好长住荣国府。从此以后，林黛玉与贾宝玉开始朝夕相处的生活。随着时间的推移，林黛玉是否成为贾宝玉未来妻子悄然演变为热议话题。有次，林黛玉在荣国府品茗，王熙凤趁机向她挑明这层关系，喝我们家的茶，就该给我们家做媳妇。原文第二十五回如此表述："凤姐笑道：'倒求你，你倒说这些闲话，吃茶吃水的。你既吃了我们家的茶，怎么还不给我们家作媳妇？'"我国有的地方确有饮茶定亲习俗。正当人们翘首以盼之际，脂砚斋特制两条批语，向公众大泼冷水，"二玉结合"只不过是痴人说梦。一是甲戌侧批："二玉事在贾府上下诸人即看书人批书人皆信定一段好夫妻，书中常常每每道及，岂其不然，叹叹！"二是庚辰侧批是："二玉之配偶在贾府上下诸人即观者批者作者皆为无疑，故常常有此等点题语。我也要笑。"

同贾宝玉原型存有夫妻关系，这一观点来自"常守常见"的脂批。脂砚斋利用该批自曝同贾宝玉原型原是两口子的隐私。脂砚斋有如此特殊身份，竟是她亲手隐写在批语中。脂砚斋自报料称，本人不仅与通灵宝玉做到"常见"，还做到"常守"。处于那个年代，男女之间能够做到上述两点绝非易事，除夫妻关系外别无它解。"常守常见"虽仅四字，可信息量特别巨大，等于脂砚斋亲自出示一张合法的"结婚证"。这得从贾宝玉的那块通灵宝玉说起——通灵宝玉的降世充满着神话色彩，它是贾宝玉从娘胎里带来的宝物，含在贾宝玉口中随同他一道来到人间。通灵宝玉正反两面均刻有若干汉字，后来一直挂在贾宝玉的颈项上。在文本中，此玉用来代指贾宝玉。脂砚斋既然宣称自己与通灵宝玉做到"常守常见"，也就等同自我承认与贾宝玉做到"常守常见"。这是为什么呢？在我国漫长的封建社会里，"男女有别，授受不亲"是一条铁律，不论是男人还是女人，必须恪守此规定。普通的男女之间不可能发生私相授受的事情，特别是少男少女期盼长相见和长相守，唯有确立夫妻关系才能实现这一目标。再回归文本，第五回有《终身误》判词，曹雪芹在此超前预判贾宝玉和薛宝钗两人结合属于"金玉良姻"，两人未来结为夫妇是板上钉钉的事，高鹗在续书描写他俩结婚的场景。在"金玉良姻"前提条件十分确定的情况下，脂砚斋声称与通灵宝玉做到"常守常见"，实则公开自己与贾宝玉做到"常守常见"，从而使两人最终结为夫妻的隐秘之事浮出水面。再运用逻辑推理，脂砚斋铁定就是薛宝钗的原型。第十九回有一故事情节：袭人被接回娘家，贾宝玉和茗烟随后悄悄赶去。花家人见贵客光临，又是敬茶，又是上果品，大伙儿忙得不亦乐乎。然在此时，袭人未征得贾宝玉同意,擅自将通灵宝玉从贾宝玉颈项上取下来,随随便便拿给她的姐妹们观看。不仅如此,她当众说出许多轻蔑的话,"今儿可尽力瞧了""再瞧什么希罕物儿,也不过是这么个东西"等。贾宝玉主动上门,才使袭人轻易拿到通灵宝玉。可袭人得意忘形,口出狂言,把尊重主人的基本礼节都抛到九霄云外。脂砚斋对袭人的做法很不以为然,作出一条专批,提出批评意见,你仅拿到通灵宝玉一次,言谈举止太过于轻狂,彻底暴露小人得志的心态。同时又表示,本人与通灵宝玉做到"常守常见",有这种特殊关系,才将它视为"平物"呢!该条批语虽隐晦,但意思已经足够清晰。庚辰双行夹批如下:"行文至此,固好看之极,且勿论按此言固是袭人得意之语,盖言你等所稀罕不得一见之宝,我却常守常见视为平物。然余今窥其用意之旨,则是作者借此正为贬玉原非大观者也。"

《论荣国府通曹》一文明确界定作者的家世问题。曹雪芹在原著中公开了一个绝要机密,即贾府在扬州接待过一位皇帝。贾府接待皇帝一事则暗合曹寅接待康熙的史实。贾府曾在姑苏和扬州一带接待过一位皇帝,《红楼梦》仅出现一次,却是一段极其敏感的政治性文字,与"借省亲事写南巡"的脂批遥相呼应。第十六回:"赵嬷嬷道:'嗳哟哟,那可是千载希逢的!那时候我才记事儿,咱们贾府正在姑苏扬州一带监造海舫,修理海塘,只预备接驾一次,把银子都花的像倘海水似的!说起来……'"《红楼梦》是部"真事隐去"的著作,贾家在姑苏和扬州接待太祖皇帝的记述十分必要和及时,每位研读者绝不能忽略此段文字,更不能采取回避态度。每个家庭情况确实存在千差万别,但在有没有接待皇帝的原则性问题上无一丝一毫的造假余地。由此可见,接待皇帝事实既是研究《红楼梦》的一个关键点,又是曹雪芹为还原"真正之家"划定出一条红线。书中所提姑苏和扬州就是现如今的苏州和扬州,两市均处于北京东南方,古老的大运河将两座城市紧密联系在一起。实有必要阐明另一重大疑点,书中所提的太祖皇帝就是经曹雪芹幻化的康熙,不仅有"荣禧堂"影射

"萱瑞堂"的推证,还有记录在案的史料作为辅证。曹雪芹多次公开发表声明,《红楼梦》系"真传",但使用了"真事隐"和"假语存"两种基本写作方式。众所周知,《红楼梦》除隐藏大量的曹家秘事外,还隐存诸多涉及政治方面的"碍语",曹雪芹无一例外地全部采用隐真示假方法进行处理。鉴于此,曹雪芹应该如何交代那位来到姑苏和扬州的皇帝呢?从小说创作角度来说,曹雪芹可以任意虚构一个名字;从"真事隐"角度来说,曹雪芹绝不能指名道姓那位皇帝就是康熙。事实充分证明,那位皇帝被曹雪芹幻化成太祖皇帝是非常明智之举,既亮明来者的政治身份,又没有授人以柄,才使《红楼梦》通过了史上最严厉的"政审"。贾家在姑苏和扬州一带接待皇帝一事,完全契合曹雪芹祖父曹寅在扬州和苏州接待康熙的史实。经查证,曹雪芹祖父曹寅确实在扬州接驾康熙。康熙四十四年三月十一日(1705),第五次南巡的康熙一行到达扬州站。据《圣祖五幸江南全录》记载,康熙第五次南巡盛况空前,阵容庞大。该档案同时载明,康熙在扬州期间由曹寅接驾,他因为圆满完成任务,受到了康熙加官晋爵的特别嘉奖。康熙在扬州等地的活动情况,详见日程安排表以及路线图:

十二日,皇上起銮乘舆进扬州城。乡绅生监耆老迎接,进献鲜果不等。皇上大喜,(问)甚么人,回奏是耆老。上着内监收行,至高桥,老人恭进万民宴,泊舟。总漕桑(格)奏请圣驾往砲长河(今瘦西湖)看灯船,俱同往平山堂各处游玩。……皇上过钞关门上船开行,抵三塗(汊)河宝塔湾,泊船,众盐商预备御花园行宫。盐院曹(寅)奏请圣驾起銮,同皇太子、十三阿哥、宫眷驻跸,演戏摆宴。……晚戌时,行宫宝塔湾上灯如龙,五色彩子铺陈古董诗画,无计其数,月夜如昼。

十三日,皇上行宫写字,观看御笔亲题。"朕每至南方,览景物雅趣,山川秀丽者,靡不赏玩移时也……"至茱萸湾之行宫,乃系盐商百姓感恩之致诚而建起，虽不干地方官吏，但工价不下数千。

……

初七日，皇上自扬州行宫上船，回銮。行至宝应五里庵驻跸。皇上因江苏织造预备行宫，勤劳诚敬，江南织造府曹（寅），加授通政使司，苏州织造府李（煦），加授光禄寺卿。


值得一提的是，《红楼梦》与芜湖存在一定的联系，一是曹家在此置田产一百余亩；二是《红楼梦》评点家黄小田世居芜湖，黄小田是《红楼梦》自传说的鼻祖；三是《红楼梦》使用大量的江淮方言，如"韶刀""挺尸""困觉""落脱"等，这些方言的使用频率至今仍然很高；四是中国红学会首任会长吴组缃就读芜湖五中，等等。

"开谈不说《红楼梦》，读尽诗书也枉然。"我国没有一部著作有如此神奇的魅力，帝王将相、共和国领袖以及文学大伽都对它津津乐道。乾隆读后感是"此乃明珠家事也"。中华人民共和国的主要缔造者毛泽东主席给予《红楼梦》极高评价。1956年4月，毛主席在中央政治局扩大会议上指出："我国过去是殖民地、半殖民地，不是帝国主义，历来受人欺负。工农业不发达，科学水平低，除了地大物博，人口众多，历史悠久，以及在文学上有部《红楼梦》等以外，很多地方不如人家，骄傲不起来。"针对《红楼梦》存在"真事隐"等奥秘问题，毛主席则一针见血地指出："读五遍才有发言权。"作家三毛也说过："《红楼梦》是一生一世都要看下去的书。"胡适和蔡元培是我国近代两位学术巨匠，前者创立红学考证派，后者创立红学索隐派，两派观点是针锋相对的。两位先生是各执己见，互不相让，他们的徒子徒孙至今仍在激烈论战中。

只要有阅读能力的中国人，就不可不读《红楼梦》。儒释道是中华文化的精髓，中华文化也因儒释道的融合更趋于圆满。《红楼梦》不仅触及儒释道，还有很深刻阐释。但由于每人的视角不同，每人的眼里就有一部别样的《红楼梦》，诚如鲁迅先生所言："经学家看见《易》，道学家看见淫，才子看见缠绵，革命家看见排满，流言家看见宫闱秘事……"尽管各人的兴趣点有所不同，研究的方向也有所不同，但都能从《红楼梦》中体味到各自的乐趣。特别是改革开放以来，一些精明的企业家又将《红楼梦》引入商业机制，他们相继成功开发红楼系列菜谱、红楼园林艺术、红楼建筑风格，红楼系列酒水等产品。2018 年 11 月，江苏金陵红楼梦文化有限公司一次性赞助百万元人民币和几十箱主打产品红楼白酒，热心赞助云南红学会和云南民族大学共同举办的全国红学研讨会，企业知名度得到迅速扩大。

曹雪芹对时代、社会、人生有深入的思考和精辟的见地，全部融化在不朽的《红楼梦》著作之中。《红楼梦》包罗中国封建社会的物质文化、制度文化、精神文化等多个层面，是对整个中国古代文化的回顾、总结、浓缩和艺术的表现，是中国封建社会生活文化的集大成者，被世人称作"百科全书"。《红楼梦》富含深刻哲理，让人深思，回味无穷，是部不二的经典著作。

伟大时代呼唤伟大精神，个人梦想与国家梦想是密不可分的，中国梦既是中华民族复兴之梦，又是中华民族在复兴过程中每个个体自我实现之梦，更是中华民族面对未来之梦。我们都是追梦人，我们都做追梦人。作为一名新时代的见证者和奋斗者，特别是在座的年轻一代尤要从《红楼梦》中汲取营养，增长才干，充实自己，丰富人生，在实现中华民族伟大复兴的进程中大显身手。

《红楼梦》阐释的哲理有现实意义，能够激发我们的情感，引发我们对社会、对人生的深入思考，甚至可以直接影响我们的世界观、人生观、价值观。

## 一、"身后有余忘缩手,眼前无路想回头",其释义有助于加强新时代廉政建设

此对联出现于《红楼梦》第二回:贾雨村的腐败问题被上司告发,当朝皇帝毫不留情地将他革职。他成了一个无所事事之人,整日以游山玩水的方式消磨时光。不久,贾雨村来到旅游胜地扬州。在扬州期间,他想方设法结识巡盐御史林如海,应聘做了林黛玉老师。有天,林黛玉生病请假,贾雨村到野外郊游,看见一座残破不堪的寺庙,寺名叫"智通寺"。寺内只有一位"既聋且昏、齿落舌钝"的老和尚,庙门两旁有副破旧的对联:"身后有余忘缩手,眼前无路想回头。"贾雨村暗思:"这两句话,文虽浅近,其意则深。"

"身后有余忘缩手,眼前无路想回头"的大意是:有些人已积聚来世都花不完的钱财,欲壑仍然填不平,那双贪婪之手总不愿缩回;待到他们碰壁,陷入无路可退的绝境,才想起早该回头,可惜为时已晚了。

淡泊名利是福,贪婪成习是祸。人的欲望是无止境的,这既是人的优点又是人的弱点。关于优点,人类对于世界和自身的探索使得人类得以不断进步;作为弱点,人之所以不断想要更多在于人们往往低估我们所有的东西而高估我们所没有的东西。一个人染上贪婪,就会变得视财如命,必然导致身败名裂的下场。人生本不苦,苦的就是欲望过多。"苦海无边,回头是岸",人生在世千万不要强求和攀比,自始至终保持知足常乐的心态极为重要。远离贪欲的陷阱,自由和平安才能相伴一生。正如书中所言:"世人都晓神仙好,只有金银忘不了。终朝只恨聚无多,及到多时眼闭了。"

此联有现实教育意义,对一些不廉洁的掌权者能起到当头棒喝的效果,它无疑又是一剂防腐良方,警戒有职有权者不敢腐、不能腐、不想腐。我国经过数十年改革开放,广大人民群众的物质生活得到了极大改善。

可仍有少数官员贪赃枉法,搞利益输送,接受巨额贿赂。

古训云:"要想人不知,除非己莫为。"老一辈无产阶级革命家陈毅同志也留下一句名言:"手莫伸,伸手必被捉。"天网恢恢,疏而不漏,只要做过以身试法的事情,必会留下蛛丝马迹,东窗事发只是时间问题。沦为成为阶下囚之时,哪一位不是悔恨交加,痛哭流涕,所说的话也都惊人相似——对不起党组织多年培养,对不起家人,我真的好糊涂啊!

党的十八大以来,反腐败斗争一直处于高压态势,特别是公职人员必须每时每刻保持廉洁自律的清醒头脑,绝不能心存侥幸,要筑牢防火墙,谨记收敛、收手。

## 二、"世事洞明皆学问,人情练达即文章",其释义有助于推动新时代社会实践

此联出现于《红楼梦》第五回:宁国府花园里梅花绽放,女主人尤氏邀请贾母赏花。吃过早饭,贾母在贾宝玉等人陪同下,亲临宁国府。吃过午餐,贾宝玉昏昏欲睡。贾蓉夫人秦可卿主动安排贾宝玉休息,领着他来到正房卧室。卧室内布置富丽豪华,贾宝玉忽见《燃藜图》,有点不高兴。他又看见"世事洞明皆学问,人情练达即文章"对联,觉得该联圆滑气息太浓,产生厌恶情绪,当即转身就走。秦可卿见状,只好安排他到自己的房间午休。

"世事洞明皆学问,人情练达即文章"的大意是:通晓世间事理是一门真正的大学问,熟悉人情世故就是一篇上乘的文章。

世事洞明和人情练达属于应世哲学范畴。明世故,通人情,了解社会,这是一个人综合能力的体现。做到世事洞明和人情练达,才能善于应对和解决各种社会矛盾。

刘姥姥是世事洞明和人情练达的典范。她的处世之道对我们颇有启迪。刘姥姥与女儿、女婿生活在一起,其女婿好吃懒做,落得家徒四壁的

境地。年关将近，家中断炊，一家人要么被冻死，要么被饿死。可女婿束手无策，眼睁睁地坐以待毙。在万般无奈的情况下，刘姥姥挺身而出，抛弃尊严，放低身段，亲赴贾府"打秋风"。她动用人脉关系，求见王夫人，及时获得不薄的救济，使一家人转危为安。自度过上次生死关后，她的女婿开始觉醒，勤劳苦做，渐渐走上富裕路。刘姥姥是一位知恩图报之人。她见年成好，亲自挑选上等的瓜果蔬菜，领着孙子板儿，再次迈进荣国府，答谢贾家的救命恩情。刘姥姥是一位心胸宽广之人。她应邀进入天堂般的大观园，受到贵族小姐当面讥笑，非但一点不气恼，还像喜剧明星一样，自我解嘲地说："老刘，老刘，食量大如牛，吃个老母猪不抬头。"逗得大家开怀大笑，把多愁善感的林黛玉也乐得手舞足蹈。

刘姥姥是一位重情重义之人。她获悉荣国府贾家被皇帝抄了家，没有像那些势利小人一样神隐起来，反而倾出家中积蓄上下打点官家，亲到狱中看望贾宝玉和王熙凤等人；当探知巧姐流落烟花巷时，她又毫不犹豫变卖家产，及时将巧姐救出火坑。

刘姥姥重情重义，无愧于己、无愧于人、无愧于天地，实至做人的最高境界。她大字不识一个，居然说出"谋事在人，成事在天"之类高智商话语，尤其是初见贾母时那声"请老寿星安"，谁还敢说她不是一位超级智者呢？

社会是人生大学堂。每人只有投身社会，经过长期基层历练，才能增强世事洞明和人情练达的本领。

梁启超曾说过："如果你做不成一个人，智识却是越多越坏。"

毛泽东主席特别欣赏"世事洞明皆学问，人情练达即文章"，用特有毛体风格书写该对联，现成为一幅经典作品。

学历不代表能力，文凭不代表水平。从 20 世纪中后期起，国家实行计划生育政策，大多数家庭属于"四二一"类型。这期间出生的孩子娇生惯养，如同温室里的花朵一样，过着衣来伸手饭来张口的幸福生活。他们中的很多人虽然接受良好教育，拥有高学历，但抗压力差，实际工作能力也不能与之成正比。还因他们长期不接触社会，没有社会经验积累，有的人生阅历基本上为零，连最起码的自我保护意识都没有，除常犯低级错误外，甚至付出宝贵的生命。对于历练"温室花朵"，我国于20世纪五十六年代在全国范围内开展了一场声势浩大的上山下乡运动，成千上万的城市知识青年被下放到生活条件最艰苦的农村。广阔天地大有作为，知青广泛接触社会，接受特殊锻炼，学到了丰富的社会知识，练就了过硬的本领。"吃得苦中苦，方为人上人。"他们在此期间形成了特别能吃苦、特别能战斗的高贵品质，实践能力普遍提升，为日后走上工作岗位奠定了坚实基础。许多人都成了各自单位的中坚力量，现有多人担任党和国家的重要领导职务。习总书记就是知青大军中的一员，在陕西梁家河锻炼七年，对这块黄土地怀有深厚感情。他说，梁家河是个有大学问的地方；2021年又说，自己上的就是"梁家河的大学"。

### 三、"金紫万千谁治国，裙钗一二可齐家"，其释义有助于　　强化新时代社会管理

此回尾联出现于《红楼梦》第十三回：王熙凤是荣国府的大管家，受邀做客宁国府。她见到令人目瞪口呆的一幕幕：焦大工作期间醉酒骂人，仆人普遍存在上班迟到现象，等等。王熙凤对以上弊端进行深入思考，发现存在问题的五大根源："这里凤姐儿来至三间一所抱厦内坐了，因想：头一件是人口混杂，遗失东西；第二件，事无专责，临期推诿；第三件，需用过费，滥支冒领；第四件，任无大小，苦乐不均；第五件，家人豪纵，有脸者不服钤束，无脸者不能上进。"

"金紫万千谁治国，裙钗一二可齐家"的大意为：数不清的高官立于朝堂之上，可他们没有治理国家的真才实学，朝堂上若有一至两位像王熙凤那样的实干家，国家事务治理就会顺顺当当。

宁国府管理积重难返,乃是"冰冻三尺,非一日之寒",得采用雷霆手段才能彻底解决问题。贾珍的长媳秦可卿亡故,贾珍央请王熙凤操办此次丧事。王熙凤终于有了施展才能的舞台。她勇挑重担,坐镇指挥,出实招、用重锤,终于扭转宁国府管理混乱的局面。在王熙凤主持下,秦可卿的丧事办得风风光光,极尽哀荣。说到这里,朋友们肯定会发问,王熙凤如此精明能干,荣国府为何最终没落了呢?若通览全文,大家就会发现是"省亲"等政治原因才导致荣国府一败涂地,与王熙凤管理水平高低是毫无关系的。

王熙凤的管理经验对我们的日常工作具有指导意义,这与党的十八大以来严格执行"八项制度"有异曲同工之妙。十八大以来,中纪委和监察委采用霹雳手段从严从重查处违反"八项制度"的单位和个人,有效遏制屡禁不止的公款吃喝等违法乱纪行为,社会风气得到了根本性好转。王熙凤治理经验还适用于行政机关管理和企业管理。一些单位为执行考勤和规范着装等基本规章制度而一筹莫展。根本问题出在哪儿呢?关键在于该单位主要领导未能做到像王熙凤那样以身作则,敢于亲自抓和亲自管。如果单位一把手做到率先垂范,还会存在制度执行难的问题吗?正如孔子所言:"其身正,不令而行,其身不正,虽令不从。"王熙凤的管理经验尤其适合民营经济管理。民营经济发展现已成为国民经济起飞不可或缺少的重要力量。可某些民营企业老总任人唯亲,七大姑八大姨被安排到重要领导岗位上。这些人通过裙带关系上位,大多数是不服从管理的,企业的规章制度对他们而言等于形同虚设。不仅如此,这些人自肥腰包的欲望特别强烈,一有机会就会下重手,吃回扣、拿红包,是地地道道的大蛀虫。长此以往,这类企业无一例外都成了匆匆过客,最终难逃关门的厄运。假如这些管理者能在百忙之中静下心读一读《红楼梦》,深刻领悟王熙凤管理之道,这些企业就不至于昙花一现,更不会殃及到那么多无辜客户。

## 四、"纵有千年铁门槛,终须一个土馒头",其释义有助于净化新时代政治生态

此诗句出现于《红楼梦》第六十三回。"纵有千年铁门槛,终须一个土馒头"出自宋朝范成大的《重九日行营寿藏之地》:"家山随处可松楸,荷锸携壶似醉刘。纵有千年铁门限,终须一个土馒头……"《红楼梦》正钗之一的妙玉特别推崇此两句:"古人自汉晋五代唐宋以来皆无好诗,只有两句好,说道:'纵有千年铁门槛,终须一个土馒头。'"曹雪芹对该诗稍作改动,仅将"限"改为"槛",这与妙玉自号为"槛外人"的身份更加贴切一些。

"纵有千年铁门槛,终须一个土馒头"的大意为:有权有势者特把自家门槛做得高大,并用铁皮将其包严、包实,即使经过上千年也会完好无损。可生死轮回是任何人无法阻挡的,只要大限一到,他们所得到的无外乎就是一座坟墓。

在旧时代,尊贵者活着时候把自家的门槛做得很高很大,用来显示其豪华气派;死后的坟头也垒得高一些,用来彰显其地位与众不同。"土馒头"喻指坟头,既巧妙又嘲讽,人都死去了,高耸入云的"土馒头"又有何意义呢?

"贾不假,白玉为堂金作马。阿房宫,三百里,住不下金陵一个史。东海缺少白玉床,龙王来请金陵王。丰年好大雪,珍珠如土金如铁。"贾史王薛四大家族在鼎盛时期可谓富贵至极,最终仍以一损俱损、树倒猢狲散、落了片白茫茫大地真干净的可悲结局收场。

"人固有一死,或重于泰山,或轻于鸿毛。"每个人的寿命有长有短,可生存意义是完全不同的。中国人历来崇尚留名,因为人的肉体存在相对而言是极其短暂的,所以精神追求就成了重要选项,尤盼百年之后能留下美好的名声,这就是俗语常说的"人过留名,雁过留声"。"人过留名,

雁过留声"的意思是：人虽然离世，其名却让人难以忘怀，如同大雁从天空飞过一样，总会留下鸣叫的声音。人生在世不能虚度光阴，应当多做有益于社会的事情，至少不能干出让子孙后代抬不起头的坏事。人都是赤裸裸而来，赤裸裸而去，贫穷也好，富贵也罢，只不过是过眼云烟，最后连一丝一纱也带不走。由此来看，人在世上走一遭，拥有金山银山不重要，拥有至高无上的权力也不重要，为子孙后世留下清白名节才是最重要的。中华传统文化向来讲求顺其自然、审时度势、知其进退。

史上就有那么一些人，采用不正当手段或泯灭良心的做法窃取大富大贵。这种人德才均不配位，生前虽然无比辉煌、仕途无比顺畅，权力欲和物质欲得到了极大满足，但死后落得骂名千载。秦桧是永远钉在历史耻辱柱上的大奸臣。他任南宋宰相期间，干了一件最愚蠢的事，就是以"莫须有"的罪名杀害名将岳飞，主动向金朝求和。秦桧生前享有一人之下万人之上的崇高地位，因为作恶多端，他与其妻王氏一起被世人塑像跪于岳庙前，遭万世唾骂，以至后人只要名和姓与秦桧同框都感到羞愧难当。据传，清乾隆年间状元秦大士为自己的姓氏感到非常羞愧，甚至亲书了一副"人自宋后羞名桧，我到坟前愧姓秦"的名联。世间自有公道，秦桧之流追名逐利显然徒劳无益，老百姓心中的那杆秤永远不会失去公平，可见民心向背是何等重要呵！"纵有千年铁门槛，终须一个土馒头"，它还提醒世人必须保持一颗健康和平衡的心态，这恰恰又是现代人最需要的一种生活方式。

## 结　语

中华文化博大精深，浓缩五千年华夏文明的精粹，凝聚前贤的大智大慧，其睿语哲思感染和熏陶了一代又一代龙的传人，这是老祖先留给子孙后代极其宝贵的精神财富。《红楼梦》是名著中名著，经典中的经典。"腹有诗书气自华"，博学多思，每个人就能提振精气神。当前，书香中国活动正在全国范围内如火如荼的开展，新一届芜湖市委也创新推出"共读计划"。我们应当立即行动起来，推掉非必要的应酬，确保有充足时间阅读《红楼梦》等经典著作，活学活用，学以致用，学做人，养德行、增才智。我坚信，在习近平新时代中国特色社会主义思想指引下，只要在座的各位坚持在学中做，在做中学，不仅个人终身受益，还能够实现与《红楼梦》等经典著作一起飞扬的远大目标

最后，我用自己的一首原创诗与大家一起分享深耕《红楼梦》的感悟：


曹公著大作，警世意尤长，

淫欲屎盆扣，贪腐枷锁扛。

小三索星月，大位蹲班房。

仕宦千里外，至亲盼安详。

# 第四编 学者评论及媒体宣传

# 对初稿的基本看法及建议

## 吴思增

奚建武教授并转丁以华：

您好！

论著拜读了，感觉蛮有新意，丁先生确实对《红楼梦》非常熟，能够在细微处发现问题，并联系清初社会背景、皇室宗亲复杂的人际网络、曹家兴衰历史，构建自己的研究体系。论著分为三个部分：考证、篇章论析、《红楼梦》的个性化解读，结构完整，框架明晰，内容详实，很见功力。新见时出，如对贾母的分析，由"玺"字联系到曹家曹玺的家世……都让人有洞开之感。

《红楼梦》鸿篇深奥，从著作完成之时，人们就开始寻找它背后隐藏的"真事"，一直未停。索引派、考证派，红学大师用尽心力，现当代如刘心武先生"秦学"，影响力很大。丁先生论著中所证贾宝玉原型是曹頫、薛宝钗原型是曹雪芹之母……故能自圆其说，拥有大量支持者，但也要有心理准备，接受置疑之声。尤其是此书如果销量很大，有一定社会影响力之后，则易引来学术界苛刻的审视。

故建议不以"纯学术"著作出版，而以其他形式出版。

就出版事宜，建议如下：

1. 每个章、节、点的标题还可更加精致化。

2.插的图片建议取自古画：如宝玉的影像资料图,可改为清人或现代人绘画。

希望大作如期问世,再贺!

祝愉快!

（作者系华东理工大学博士）

# 十年磨剑成著作

## ——读《探秘〈红楼梦〉》

### 张千卫

丁以华先生"十年磨一剑",将其十年研究《红楼梦》之心得,集腋成裘,先是在网络上引起相当程度的反响,去年又在上海古籍出版社出版了《探秘〈红楼梦〉》一书,洋洋洒洒近三十万言。丁先生本非古典文学研究出身,然而因其对《红楼梦》痴迷般的热爱,最终走上了"红学"之路,终成一家之言。尤其是一些新发现与结论,使人读后颇有启发。

### 一、探文意而推时政

"穆莳"两字在《红楼梦》第三回中出现,是林黛玉在母亲病逝后辞父进贾府,进荣国府堂屋时,抬头迎面先看见一个赤金九龙青地大匾,匾上写着斗大的三个大字是"荣禧堂",后有一行小字"某年月日,书赐荣国公贾源",还有"万几宸瀚之宝"。在中堂,见有一副对联:"座上珠玑昭日月,堂前黼黻焕烟霞。"下面一行小字是:"同乡世教弟勋袭东安郡王穆莳拜手书。"穆莳何许人也? 丁先生从《红楼梦》及清康熙朝历史中考证其人为康熙两废两立的太子,认为"穆莳"谐音"没时"。众所周知曹家祖上与皇家有特殊的关系:都来自关外,可称同乡。曹振彦跟随摄政王多尔衮转战南北,战功卓著;曹玺任江宁织造,曹玺夫人孙氏是康熙皇帝保姆;曹寅做过康熙的侍读。"同乡世教弟",不是没有依据的。至于"东安郡王",诸王居所,以"东"为贵,此处又有"东宫"之义。东宫在古代就是太子的代名词,这里指太子胤礽日常起居之地。

《红楼梦》第五十三回中也提到过御笔,薛宝琴进入宁国府院时,抱厦前上面悬一九龙金匾,写道是"星辉辅弼",乃先皇御笔。两边有一副对联,写道是:"勋业有光昭日月,功名无间及子孙。"是御笔。五间正殿前悬一闹龙填青匾,写道是"慎终追远"四个字,傍边有一副对联,写道是:"已后子孙承福德,至今黎庶念荣宁。"俱是御笔。

"星辉辅弼"乃先皇御笔,点明《红楼梦》的故事至少经历两个皇帝。作者经考证穆莳是皇太子胤礽。薛宝琴进宁国府院中只看见先皇的御笔,没有太子题词,出人意外的却是孔子后代衍圣公孔继宗题写了"贾氏宗祠"四个大字及一副长联。丁先生认为:不见太子题词踪影之日,意味着是雍正皇帝开始清算之时,《红楼梦》在第五十三回后风声越来越紧说明政治上的变化。

## 二、理灰线而彰伏笔

《红楼梦》中第二十九回,清虚观打醮部分,曹公笔下写出了贾府的显赫排场。多数读者可能对贾珍啐打贾蓉、清虚观的张道士出场印象深刻。而贾府女眷刚进道观时来不及躲避而挨王熙凤打的那个倒霉的小道士,可能除了寄以同情外,印象就不深了。丁先生在其书中有多处提及和研读,认为这不仅仅是彰显贾母的宽厚仁爱,也是草蛇灰线,为后文预先埋伏,小道士日后当大有动静:

当日贾府队伍浩浩荡荡,阵容强大。抵达清虚观时,钟鸣鼓响,十二三岁小道士不小心撞在王熙凤怀里。凤姐下手狠毒,毫不心慈手软"一扬手,照脸一下,把那小孩子打了一个筋斗",并且破口大骂,众婆娘媳妇们也跟进围攻,都喝到"拿,拿,拿!打,打,打",事态严重,一片乱哄哄。贾母当机立断制止,见小道士吓得魂不附体在地下乱打颤,连话也说不出,命族长贾珍:"快带了那孩子来,别唬着他。小门小户的孩子,都是娇生惯养的,那里见的这个势派。可怜见的,他老子娘岂不痛的慌?"另吩咐贾珍命人不要为难他,还给小道士几百钱买果子吃。丁先生感到曹氏如此用笔并非刻意铺垫,而是精心伏笔。其妙就妙在这一伏笔是由贾母的心境形成预期的:即他日小道士必是风云人物。不要看不起这个可怜巴巴的小道士,他极有可能是张道士的关门弟子,或将得张道士之真传,继承衣钵,主政清虚观。强将手下无弱兵,张道士是当日荣国公的替身,为荣国公冲锋陷阵,攻城拔寨;又为荣国公牵马坠镫,鞍前马后,生死与共,感情深厚,主仆情深。随着张道士实现华丽转身,成为皇家红人,先皇御口亲呼为"大幻仙人",掌管"道录司"印,且受皇上封为"终了真人",王公藩镇都称他为"神仙",谁敢轻慢!世事多变,张道士仙去,当年的小道士主政清虚观,此时恰逢荣国府遭毁灭性打击的他,感念当年贾母的博爱,自然不会袖手旁观,定有伸出援手之篇。

红楼梦中类似的之处还有《葫芦僧判断葫芦案》对小门子的描述,其中所写小门子结局的几句"此事皆由葫芦庙内沙弥门子所为,雨村又恐他对人说出当日贫贱时事来,因此心中大不乐意;后来到底寻了他一个不是,远远的充发了才罢。",亦伏下后日小门子收拾贾雨村的线索。丁先生通过文中对"小道士"人物处理的分析,提炼出曹氏文学情节刻画的精妙,可谓丁先生在《红楼梦》探佚学方面的独特成果。

### 三、尊古法而定时间

书中写到晴雯在重病期间为补好雀金裘一直坚持到亥时初刻(即晚上九点)累得差点丧了命,《红楼梦》中原文是:当"听得自鸣钟已敲了四下"时,她"已使得力尽神危"了。但仅仅简单几个字"亥时初刻(即晚上九点)",彰显出丁以华先生阅读得仔细与广博的学识!钟声响了四下,并不是凌晨四点,而是晚上九点。二百多年前的《红楼梦》时代的钟表计

时方式与今天的是不一样的,详见下表:

| 时辰 | 子 | 丑 | 寅 | 卯 | 辰 | 巳 | 午 | 未 | 申 | 酉 | 戌 | 亥 |
|---|---|---|---|---|---|---|---|---|---|---|---|---|
| 初 | 九下 | 八下 | 七下 | 六下 | 五下 | 四下 | 九下 | 八下 | 七下 | 六下 | 五下 | 四下 |
| 正 | 一下 | 二下 | 一下 | 二下 | 一下 | 二下 | 一下 | 二下 | 一下 | 二下 | 一下 | 二下 |

——摘自周绍良《细说红楼》之《贾府的钟和表》

古代一天按十二时辰计时,一个时辰合现在两个小时,前一个小时为初,后一小时为正,这样十二时辰,子丑寅卯等就分为子初、子正、丑初、丑正、寅初、寅正等时间。晴雯补孔雀裘坚持到深夜,钟响了四下,也就是到了亥时初刻,即亥初,即现在的晚上九点。当时没有电灯,日落天黑后就要休息了,况且是冬季,天黑得也早,晚上九点在那个时候也属于非常晚了。了解这些知识,对阅读《红楼梦》是很有裨益的。第十三回"王熙凤协理宁国府"时,在卯正二刻点名,就是早上七点半。她还要更早起床打扮,为给好朋友秦可卿办理丧事,这凤辣子也是蛮拼的!

《红楼梦》作为当时社会生活的一部百科全书,博大精深,仔细阅读,当不时会有自己的独特阅读心得,这也是它问世两百年多年来,盛行不衰,永葆魅力的独特所在。正是因为像丁先生这样的爱好者与研究者精益求精,才使得"红学"这块中国古典文学的瑰宝不断光耀世界!

（作者系上海古籍出版社编辑）

# 在自成体系中自圆其说

## ——读丁以华《探秘红楼梦》

### 姚　祥

在潜研《红楼梦》的第十个年头，丁以华先生拿出了自己的阶段性成果，这就是上海古籍出版社推出的《探秘红楼梦》。书于出版前，部分文章曾在其博客陆续公开，即得到众多《红楼梦》爱好者的拥捧，一些红学研究专家、教授亦刮目相看，以不同方式给予鼓励。

《探秘红楼梦》全书三大板块共计 35 章，近三十万字，作为个人独立研究成果，体量不可谓不丰。"弱水三千，只取一瓢饮。"十年来，丁以华在大观园迷宫中穿行，迷而忘返，乐而忘忧。多少个晨昏厮守，与那些有血有肉的人物进行灵魂上的深入交流。终于某一天，似乎得到了某种神秘的暗示，就像武陵渔人发现了别有洞天的桃花源。于是，在他眼里，一切都豁然开朗、眉目清晰起来，不再是混沌的"太虚幻境"。

我们知道，《红楼梦》传世版本繁多，因研究切入点的不同与赏析角度的差异，历来分为考证派、索隐派、评点派等派别。丁以华着迷于溯源穷流之初，压根没有受到这些派别的影响，他只相信曹雪芹会把写作的惊天背景编成了"密码"，寄存在原著里，唯有书读百遍，才能其义自见。在反复咀嚼、琢磨、串联、融会贯通中，心细如发的他发现小说中煞费苦心的人物命名与情节设计。这些细节正如前人研究指出的那样，确实很多、很妙,也很隐秘。这些掺杂着著述者个人最初喜怒哀乐的生发点,有所暗示甚至有所特指是肯定的,关键看能否提出笼罩全书的核心观点,合理其说。既然小说开篇明确已把"真事隐去""假语存焉",所以丁以华确信,只有跳出前人研究的窠臼,根据自己的思路"大胆假设",并"小心求证",才有可能有新的发现。

丁以华的求证,就是这样建立在细究小说原文的基础之上。谐音还有方言的谐音,拆字、组字还有拆字加谐音,那些关键的字词句,绝不轻易放过;在愈是语焉不详、看似无解的地方,愈是不懈地勘探深掘、聚焦透视、抽丝剥茧、蔓引株求,乃至串点成线、由此及彼、以小见大、一叶知秋。功夫不负有心人,渐渐地,在那些隐写的空白里,终于显现了一些与史实相符的影像,如同一宗宗迷局,开始有了几分庐山真面目。

很快,丁以华有了关于研究的心得,认为"考证重要人物的原型,是揭秘《红楼梦》的唯一通道"。他底气十足地指出,贾宝玉的原型是曹颙,而不是很多红学权威认为的曹雪芹本人,彻底否定《红楼梦》乃"自传说"的主流观点。这个逆天想法,就是源自拆字加谐音。当然,仅有这样的"文字游戏"远远不够。丁以华有此朦胧想法后,一方面在文本中继续找佐证;另一方面,结合曹家兴衰,特别是根据零星史料记载,加以综合分析研判。双管齐下,他果然收获甚多,得到更多有力佐证。在坚定贾宝玉的原型就是曹颙后,其他重要人物的原型,如顺藤摸瓜,就一抓一个准,一连一大串了。所以说,贾宝玉原型的确定,具有一举定乾坤的意味,不仅成就了这部《探秘红楼梦》,也奠定了丁以华红学研究理论体系的根基。

所有的文本研究,都离不开丰厚的知识储备。在论证《红楼梦》是在隐说曹家近百年荣辱史的时候,作者以薛宝琴的十首怀古诗作为突破点,认为这十首诗是系统完整的叙事,潜藏着曹家由痴忠而遗恨的泣血历程,同时也对雍正皇帝给予有力鞭挞,而薛宝琴就是曹雪芹叙述家世、书愤言志的代言人。这个观点被分析得头头是道,丝丝入扣,合情合理。不过,看似寻常最奇崛,成如容易却艰辛。这是丁以华耗费数年,遍查有关历史知识与文化知识,尤其是康雍两朝的史料,揣摩诗歌寓意,结合曹雪芹创作技巧,反复考量后得出的。作者深知,历史与小说同样只负责演示,而"探秘"必须有丰满的内涵和外延,才能自圆其说,自成体系。这种立足文本、尊重历史、以据立论,合乎逻辑的综合分析推理,无疑增强了观点的可信度与说服力。

在我看来,《探秘红楼梦》没有拾人牙慧,更不靠奇谈怪论吸引眼球,道出了人之所未道。尽管是一介"草根",丁以华却开辟了自己的红学研究路径。书中的一些观点引起广泛关注,甚至在网上发酵,并不奇怪。我不敢说这些观点都正确,但既然谓之"探秘",就不排除冒险、越界、偏差的可能。也许,这本书的特殊意义正在于此,即以一种投石问路的精神在抛砖引玉吧。

值得点赞的是,《探秘红楼梦》在表述上,不疾不徐,张弛有度,在深奥处说浅易,于紧要处道家常,很有一些著述大家的风范。不过,缺憾之处亦显黯:可能是时间仓促之故,在集文成书时,没有恰当梳理、剪裁、整合,有些内容在不同的文章中多次提及,给人以重复累赘之感。

丁以华是来自民间的"研红"巧手,在红学这片广袤土地上,还将细作深耕不辍,要将自己的疑问悉数解除,让这部享誉世界的名著,流溢出更多的弦外之音,这绝不是痴人说梦。

(作者系安徽省芜湖市作协副主席)

# 镜湖之畔品"红楼"

## 康　丽

　　《红楼梦》位列四大名著之首,是我国最具文学成就的古典小说。一本《红楼梦》,不知引来多少人的狂热,也延伸出了一个学派——"红学"。2022 年 3 月 12 日,一场"红学"主题的文化公益讲座在芜湖城市书房镜湖书苑举办。芜湖市文艺评论家协会副主席、芜湖"红学"专家丁以华娓娓道来,带领读者们从不同角度赏析红楼、品味经典。

### 一、谈《红楼梦》与芜湖的关系

　　"开谈不说《红楼梦》,读尽诗书也枉然。我国没有哪部著作有如此神奇的魅力。"丁以华酷爱中国古典文学,潜心研究《红楼梦》数十载。在他看来,只要有阅读能力的中国人,就不可不读《红楼梦》。"由于每个人的视角不同,每个人眼里就有一部别样的《红楼梦》,诚如鲁迅先生所言:'经学家看见《易》,道学家看见淫,才子看见缠绵……流言家看见宫闱秘事……'尽管每个人的兴趣点有所不同,研究的方向也有所不同,但都能从《红楼梦》中体味到各自的乐趣。"

　　作为本土"红学"专家,丁以华在讲座中特别提到了"红学"与芜湖的"交集"。一是曹家在芜湖置田产一百余亩;二在《红楼梦》众多评点者中,世居芜湖的黄小田无疑是其中极为著名的,他也是《红楼梦》自传说的鼻祖；三是《红楼梦》使用大量的江淮方言，如"韶刀""困觉""落脱"等，这些方言至今在芜湖的使用频率仍然很高；四是中国红学会首任会长吴组缃曾就读于芜湖五中。

近代的"红学"探索，可谓争议不断，众说纷纭。"脂砚斋何人？芹系谁子？续书作者何人？这些都是'红学'研究尚存的'死结'，若不解开这些'死结'，'红学'研究就不可能取得实质性进展"。丁以华介绍，在长期研读以及深入思考中，他形成了自己的一些观点，相继发表近百万字文章。讲座现场，他向听众们详细说起《脂砚斋母亲说》一文旨在解决脂砚斋的身份问题，《论荣国府通曹》一文明确界定作者的家世问题等。活动现场，丁以华不仅为红楼爱好者们"释疑"，更彰显了自己严谨的学术态度。

记者了解到，丁以华曾多次参加全国"红学"研讨会，其发表的《论荣国府通曹》《试解薛宝琴十首怀古诗》《"白首双星"新析》等论文受到海内外"红学"专家高度关注。其著作《探秘〈红楼梦〉》一书于 2015 年 8 月出版，第二部专著《再探〈红楼梦〉》有望近期付梓。

## 二、传统经典带来的现实思考

"《红楼梦》作为名著中的名著，经典中的经典，是祖先留给子孙后代极其宝贵的精神财富。"丁以华认为，《红楼梦》包罗中国封建社会的物质文化、制度文化、精神文化等多个层面，是对整个中国古代文化的回顾、总结、浓缩和艺术的表现，曹雪芹对时代、社会、人生有深入的思考和精辟的见地，其阐释的哲理更有现实意义，能引发读者们对社会、对人生的深入思考。

讲座中，丁以华择取了《红楼梦》中若干个对联和诗句进行深入解析，阐释其现实教育意义——"身后有余忘缩手，眼前无路想回头"，意在淡泊名利是福，贪婪成性是祸；"世事洞明皆学问，人情练达即文章"，社会是人生大学堂,每个人只有投身社会,经过长期基层历练,才能增强世事洞明和人情练达的本领;"金紫万千谁治国,裙钗一二可齐家",一个国家若有像王熙凤那样的实干家,事务治理就会顺顺当当……

"我曾在自序中写下这么一小段文字:'国兴文学兴,国强文化强',只有大力弘扬中华文化,才能为'中国梦'提供极其丰富的精神滋养。"丁以华认为,《红楼梦》作为传承中华优秀传统文化重要载体和见证,发挥着无可替代的作用,年轻人要从这部经典中汲取营养、增长才干、充实自己。"当前,芜湖创新推出'共读计划',每个人都应响应号召,捧起书本,阅读能让每个人提振精气神。"

讲座结束,丁以华还向读者们赠送了著作《探秘〈红楼梦〉》一书。"之前看红楼梦,书总是看不进去,只是看了开头就终止了。这次听了丁老师的精彩解说,感受到这部作品的伟大,又重新燃起了我阅读的渴望。"一位读者听完讲座后表示。

本次讲座是芜湖市文联文艺志愿者走进城市书房的系列活动之一,也是芜湖市文艺评论家协会 2022 年度首场文艺志愿服务讲座。市文艺评论家协会相关负责人向记者介绍,未来,协会还将以书房作为活动基地,精心策划各种主题文化活动,将芜湖书房打造成更好的"文化体验空间",助力书房成为芜湖最具温度的文化地标,满足市民对高品质文化生活的新期待和新需求。

(作者系《芜湖日报》记者)

# 后记:关于本书的写作

2015 年 8 月,拙著《探秘〈红楼梦〉》由上海古籍出版社推出。发行之前,上海古籍出版社在第一时间向各大书店及京东等知名网站隆重推介了此书,其推介辞冠我以"红学中的福尔摩斯""红学新星"等称号,拙著随即全国上架。

敝室书架上的书籍原已琳琅满目,现又端端正正摆放着一部自己的著作,小小的成就感不禁油然而生。

首部专著成功面世,我收获到特别多鲜花和掌声,研讨会和签名售书等活动接踵而来,忙得不亦乐乎。可自己手头上仍保存一些杂乱无章的手稿,如果不能尽快整理成文,岂不是半途而废?我深知既已开弓就断无回头箭之理,于是乎谢绝许多无谓的应酬,以咬定青山不放松之决心,继续沿着"真事隐"方向深入探究。"躲进小楼成一统,管他冬夏与春秋。"我当即拾出手稿,集中精力,搜集资料,再度遨游在书籍的海洋里。"一朝入梦,终生不醒。"直到此时,方知著名作曲家王立平所言不谬矣!

《红楼梦》研究是一项系统性工程,构建一套完整的研究体系至为关键。"故将真事隐去""亦不过实录其事"等文字赫然在册,"真事隐"的天机已被曹雪芹本人故意泄露;"又一个真正之家""却是日常家用实事"等存真性批语不断出现,评批者脂砚斋也是言之凿凿。故此,我笃信《红楼梦》存在"真事隐",探索发现书中所隐真事才是红学研究最主要的任务,新发现、新观点必须全面考察实据,就是说,每个新观点都要建立在事实之上。荣国府影射何家之事？我认为考据从外围取证已是毫无指望,只能从原著中广泛收集有价值证据。但关键点在于,这些证据的有效性务要通过史料支撑这一关。贾宝玉是故事中核心人物,其原型考据当然不可或缺。贾宝玉原型考据不仅要有理有据,还要兼顾到贾政原型和贾母原型的辈分等诸多因素。上述单个原型论证全部通过之后,全面检试与其他原型考据能否有效链接则是必不可少的一大环节。若能有效链接,方可宣告一个新的红学体系确立。反之,原建考据系统全线崩溃。总而言之,红学研究要走对路,要选准突破口,要创自主品牌。东抄西袭那套做法毫无意义,脚踏西瓜皮式研究之法也不会有好的结果。

坚持传统讲座形式和现代讲座形式相结合。我一边撰写论文,一边加大对外宣传力度。对外宣传选择两种形式,一种是传统讲座,另一种是微信讲座,我更倾向于后者。微信传播是新媒体的一种重要形式,其特点是速度快,受众面广。每当完成了一篇新作,我定会在红学微信群中举办一场讲座。这样,既能宣扬自己的新观点,又能及时接收同行的反馈意见。通过一场场微信讲座,我的朋友圈得到了迅速扩大,志同道合的新微友是越聚越多。当下微信圈内可谓是谈笑皆红学,朋友遍天下,拙文频频发布于天津市红楼梦研究会和芹梦轩等高端学术平台。

我以开放平和的心态对待来自四面八方的评价。纵观中外文学史,没有哪部著作像《红楼梦》一样,既有极高的关注度,又有极大的争议性。红学家刘梦溪在《〈红楼梦〉与百年中国》中指出,目前红学研究存在三大死结:一是脂砚何人;二是芹系谁子;三为续书作者。由于"三大死结"久攻未克,《红楼梦》旨义至今仍然成谜。学术界争论一直无法平息,学者对此都感到无比困惑与烦恼。不论专业研究者,还是业余研究者,大都对自己的研究结果奉若奇珍,其观点容不得别人置疑,甚至对持不同意见者进行人身攻击。面对乱哄哄的现状,我提出了"解梦者只是写手,聆听者才是评委"的暂时性妥协方案。一是建议《红楼梦》学者高悬免战牌。在红学没有达成共识前，大家各抒己见，但绝不能卷入无休无止的"口水仗"。一旦参与了论战，必将浪费大量的时间和精力。二是建议《红楼梦》学者静候佳音。观点正确的论文，暂时得不到别人认可是一种正常现象。倘若在较长时间内仍然受到冷落，那也无怨天尤人的必要，要相信蒙尘的金子总有发光闪亮的时候，更要相信世间迟早会出现慧眼识珠的读者。

鲜花盛开，蝴蝶自来。我潜心研究《红楼梦》数十载，坚持走原创之路，始终以解决"真事隐"等硬核为首要目标，逐渐丰富学术内涵。《曹家有王妃》《"白首双星"新析》等数十篇论文受到了国内外专家学者高度关注。已故中国红楼梦学会顾问、学术委员会主任委员胡文彬曾给予拙作较高评价："丁以华的红学观点将名震东南西北！""用原文说真，真是石破天惊！赞！"中国作协办公厅副主任王军指出："丁老师近期大作迭出，深邃精湛，条分缕析，解决了许多百年难解之谜！"拙文能获得专家学者的首肯，是对我的鼓励和鞭策。

"好文章都是改出来的。"红学类文章不仅要有较强的文学性，还要有严谨的逻辑性。我总期望拙文经过反复修改能够得到较大的提升。若能如此，既是对自己负责任，也是对广大的读者负责任。在这种理念支配下，我不敢稍有懈怠，只要时间允许，就会聚精会神地修改文章，有的竟多达数十遍，虽然很辛苦，但很快乐。经过七年多时间的艰辛创作，拙文在不知不觉之中已累积到了数十篇，逾二十万字，新著付梓水到渠成，书名确定为《再探〈红楼梦〉》。新书名仍沿用一个"探"字，这是我再次向外界郑重亮明自己态度，红学研究正在进行时，探索永远在路上，所阐述的观点仅是抛砖引玉而已。

需要说明的是：本书主要由我不同时期的论文构成，由于历时较长，抟合成集时，虽进行了重新组合，但仍难免有个别篇章文字的交叉重复。

拙著在编纂过程中,得到了众多行家和朋友的关心、支持和帮助。中国红楼梦学会副会长、《红楼梦学刊》编委、天津师范大学博士生导师赵建忠教授撰写了序言;中国红楼梦学会副会长、《红楼梦学刊》主编、中国艺术研究院红楼梦研究所所长孙伟科教授数次转发和点赞拙文;江苏省红楼梦学会副会长张桂琴女士编发数十篇拙文;另有多名文友默默支持和付出,在此深表感谢。

我涉足高深的红学领域,乃是兴趣爱好使然。事到如今,其实早已把钻研红学当成一件高大上的事业,将来还会继续坚持下去。人贵有自知之明,我才疏学浅,能力有限,该书错误之处在所难免。"闻过则喜,闻善则拜",竭诚希望广大读者和行家不吝赐正。

丁以华

壬寅夏　于芜湖竹院斋